U0037142

永樂王朝
下卷
紫苑徊翔
作者 宋福聚・夏明亮

目錄

第一章

溫潤花朝

溫潤花朝

柳拂清明倚東風

有如一縷清風，吹散盡金陵城中的悶熱，湛藍的湖面水光瀲灩，霍然讓人神清氣爽。

雖然宮牆內外濃煙烈火的影子仍在眼前閃動，驚悸心魄的喊殺聲仍在耳畔迴響，但是這一切畢竟遠去了。史鐵眺望著眼前似乎會蔓延到天際的洪澤湖，長長地舒口氣。妻子兒子都已經成了泡影，家中那三間半坍的土屋也許早就被戰馬踏平，沒了這些，那裡還能算是家嗎？可即便不算家，天下之大，自己除了去那兒，還能到何處呢？

算來離開南京城莫約有十多天了，如今走到這洪澤湖邊的雙溝集上，臨沂城仍然遙不可及。但不管怎樣，那裡是自己唯一能去的地方。史鐵抬手抿抿被風貼在臉上的頭髮，拖著軟綿綿的雙腿，快快地繼續向北挪動。

忽然一陣尖利的喊叫在身邊炸雷般響起：「有人跳水啦，快救人哪！」

心神不寧的史鐵被喊叫聲驚得渾身一激靈，抬眼看去，就在不遠處的湖邊上圍攏過去一大幫人，正喊喊嚓嚓地議論著什麼，不時傳出女人的哭叫：「娘，娘，快救救我娘！」

史鐵不由地打起精神，幾步跑過去擠進人堆。離岸不遠的湖中有個女人正在水中翻滾撲騰，長長的裙袖眼看著將她越纏越緊，時浮時沉，情形萬分危急。

圍觀的人群七嘴八舌，個個嚷著：「得趕緊將人拉上來，否則很快就不行了」。可是嚷歸嚷，就是你推我我推你的沒人肯下水。

史鐵匆匆打量一下跪在岸邊哭娘的兩個半大女子，恍然間覺得有些面熟，可又來不及細想在那裡見過。兩個淚眼婆娑的女子也看見了擠到最跟前的史鐵，其中一個撲過來扯住史鐵的褲腿哀告道：「大哥，快，快救救我娘吧！再遲她可就沒命啦！」

史鐵心裡雖然著急，卻一時左右為難起來，自己從小在鐵匠鋪中長大，去村邊半腰深的小河裡洗澡也是有數的幾回，這麼深的大湖，跳下去不是連自己也給搭上嗎？

見史鐵站著不動，那女子哀求聲更高幾分：「大哥，你行行好，救我娘這回，我們就是做牛做馬也會報答你的。快些兒吧，大哥！」說到最後，聲音嘶啞地幾乎要暈厥過去。

正鬧得不可開交之際，馬蹄聲由遠而近驟然響起，眨眼已來到跟前。有人通地跳下馬來高聲喝道：「新皇爺剛剛登基，你們聚在一處吵吵嚷嚷幹什麼？莫非想造反不成?!」

看熱鬧的扭臉一見來人，立刻神情大變，滿臉驚懼地閃到兩邊，膽小些的則悄悄地四散而去。正不知如何是好的史鐵也回過神來，見那人高大凶猛，鼓著一雙魚眼不住地四下打量，一看便知不是良善之輩。再看他上身著一件黑色錦緞短衣，下穿暗紅色紮腿瘦褲，腰間束條五花寬大絲帶，腳上蹬雙明光發亮的皮靴，不禁暗吃一驚，壓抑不住砰砰心跳，慌忙背過臉去。

正哀求著史鐵的女子卻不曾注意這些，放開史鐵，遇見救星似的轉身撲到那人腳下叫道：「這位大哥，我娘掉進水裡啦，快，快救救我娘！」

「噢？還有這事！」那人臉上皮肉抽動一下，不知是喜是怒，他看看腳下哀求不已的女子，又看看旁邊那個被嚇得不知所措、年齡略小些的女子，大眼珠骨碌一轉說：「好吧，今兒你倆遇到咱爺，算碰上救星啦！」說著兩步跨到岸邊，順手從腰間解下一條細細的鐵鏈，看準了「嗨」地甩過去，鐵鏈梢頭的小鉤正好鉤在水中女人的衣領上。他抖動鐵鏈，讓小鉤勾得更牢靠些，然後慢慢收起，不一刻便把那女人拉近岸邊，彎腰揪住她濕淋淋的衣服，提上岸來扔到地下。

兩個女子見狀大喜過望，撲到那女人身上「娘，娘」地叫個不住。還是史鐵老成，猶猶豫豫地蹭過去悄聲說：「還不趕緊將你娘扶著控控肚裡的水！」

兩個女子手忙腳亂地折騰半晌，那女人哇哇地吐出一灘濁水，終於緩過氣來。「娘，你何苦這樣？丟下我倆咋辦？」兩人見母親又活過來，悲喜交集，重又撲上去，母女三個摟著嚶嚶地哭個不停。

「行啦，行啦，新皇爺剛登基，大喜的日子哭喪個啥?!」錦衣大漢站在一邊早就不耐煩了，走過去抬腳尖踢踢她們：「哎，我說，爺們救了你們娘仨，拿什麼謝忱爺呀？」

正哭作一團的三人聞言一愣，還是年齡大些的女兒反應機敏，忙爬起來，抹乾眼淚深施一禮，怯生生地說：「光忙著救人，竟忘了救命恩人了。我娘大難不死，全託恩人的福。我們一時也沒帶什麼，這點子東西，送與恩人換碗酒喝。」說著將手中的一個小布包恭恭敬敬地捧過去。

年齡小些的女兒見狀有些發急，扯扯姐姐的裙襬說：「姐，你把咱娘帶的銀子首飾全給了人家，咱們吃喝咋辦？」錦衣大漢並不理會，將布包接在手中掂量掂量，冷冷一笑說：「怎麼，一條人命才值這幾個錢?!你娘的命是不是也忒賤了?!」

母女三人不料那人會說出這話來，一時怔住，不知該如何回答。末了半躺在地上的女人掙扎起來，打著顫音說：「這位官人，可憐我們母女三人千里迢迢來這裡投親，親戚卻沒遇著，身邊只剩下這些東西，官人千萬別嫌少，官人的恩義我們記在心裡，等有機會定然會重重報答。」

大漢嘴角抽動兩下，又是一聲冷笑：「等有機會？哼，今兒走散了，咱們可就是一葉浮萍歸大海，誰還能再見到誰?!好聽的話少說，咱爺們只要現世現報！」

「這……」母女三人面面相覷。剛被撈上來的女人衣服上仍在滴水，身下已積了一灘，火辣辣的太陽下竟有些發抖。錦衣大漢直勾勾地盯住她們三個，忽然嘴角向上一挑，瘆人兮兮地笑道：「你們不是眼下沒有著落麼？也罷，咱爺們索性好人做到底，你們三個一起住到爺家，吃喝全不用發愁，也可以順便報答咱爺們！」說到得意處，竟仰天哈哈大笑幾聲。

三個女人立刻明白了他的意思，落水女人驚恐萬狀地失聲叫道：「不，不！官人，我們母女都是有家有室的人，雖說尋親不遇，不過這附近還有同鄉遠親，他們已經得著信兒，很快就過來接我們娘們過去。請官人收下這些銀兩，容我們快走。」

「哼！」剛才還笑個不住的大漢聞言臉色一沉，陰森森說道：「要想走也不難，再拿出五十兩銀子！不然就跟爺走，省得囉嗦！看你們婦道人家，還沒看出爺是幹什麼的，再換個人，早他娘的服服帖帖了！」

三個女人被他一驚一詐唬得心驚肉跳，這時才注意到那人與眾不同的裝扮，落水女人突然意識到什麼，頃刻神色大變，緊緊摟住兩個女兒，渾身抖作一團，嘴唇哆嗦幾下卻沒能發出聲音。

大漢滿面陰冷，上前緊逼兩步：「怎麼樣，知道爺是幹什麼的了吧？識相的快些跟爺走，省得別的夥計來了分不公道！」

史鐵側立一旁，早知道這大漢定是錦衣衛北鎮撫司的人，平日裡百姓躲都躲不及，今兒三個女人怕是劫數難逃了。史鐵立刻想到自己眼下的境況，暗想還是趕緊走開為妙，否則一會兒讓這幫人盯上，那可真是自投羅網了。想著便挪動碎步悄悄蹭到一旁。

就在史鐵轉動身子，眼光掃過那母女三個的時候，電光石火間，猛然想起來在哪裡見過她們。臨沂城？濟南府？對了，她們可不就是救命恩人鐵鉉鐵大人的家眷！前些日子濟南府被燕軍攻破，鐵大人被活捉並押解至南京的消息，他在路上隱約聽人說起過，可他的妻女怎麼會在這兒？千不該又碰上了錦衣衛，她們這真叫引火燒身，不死也得扒層皮啊！

想到這裡史鐵猶豫了，怎麼辦？他深知別說搭救，只要自己一開口，那與眾不同的太監腔調馬上就會引起大漢的警惕，末了連自己也會賠上，可就這麼走開嗎，又實在於心不忍。畢竟，鐵大人救過自己的命哪！史鐵站立一旁躊躇不安。

大漢卻早已不耐煩，搶上一步，彎腰揪住其中一個的衣服，抓小雞般拎在手中。三人頓時如禿鷹爪下的兔子，發出一陣淒厲的尖叫。史鐵心中似有萬箭鑽過，真想衝上去拼個你死我活，可是他又清楚，即便把自己搭上，也救不了她們。不覺間，史鐵額頭上的汗粒順著臉頰滾落下來。

正吵嚷拉扯著不可開交時，又有兩匹快馬飛馳而來。此時看熱鬧的只是三三兩兩地駐足遠望，見錦衣衛來了幫手，鬧不好還有大隊馬隨後便到，便連遠望也有些心虛，頃刻間一哄而散。方才熱熱鬧鬧的湖岸邊，眨眼一個人影也不見。眾人散盡，史鐵頓時覺得自己孤零零一個特別扎眼，也更加底虛。好在從馬上跳下來的兩人只注意到先前的大漢和三個女人，並沒理會他。

那兩人直走到大漢近前，叉手施禮道：「校尉，她們……」

大漢正苦於弄不走三個人，見來了幫手，呵呵一笑說：「你倆來的正好。這三個賤貨形跡可疑，說不定是哪個逆臣的家眷，新皇爺最痛恨這幫人物，好在讓我碰上了。一人一個扔在馬上，馱回去慢慢審訊！」說著衝二人暗使眼色，「嗯?!」

二人立刻會意，陰笑著衝上去，各自扭住一個便往馬上拖。

三個女人拼死掙扎，「閨女！」「娘！」地哭叫得撕心裂肺。錦衣衛們毫不理會，三下兩下將各自的獵物推搡到馬背上，隨即踏蹬上馬，就要驟馳而去。史鐵心頭咯噔一下，絕望地捂住雙眼。

這時順風傳來一聲大喝：「慢著！」聲若洪鐘，夾雜著幾分怒氣。三個錦衣衛暗吃一驚，四下看看，岸邊早已空無一人。正疑惑間，忽見湖邊飄來一葉扁舟，小舟輕盈靠岸，一高一矮兩個人跳上岸來。不消說，方才吆喝的正是這兩人了。

錦衣衛一時琢磨不透二人是何來歷，竟敢衝他們大喊大叫，便勒馬停住，待二人走近時，才看清原來一僧一道。僧人胖胖大大，莫約六十餘歲的年紀，方面大耳，面皮白中泛黃，穿件湖青色僧袍，脖掛念珠，手握一根竹杖，腳踏半新不舊的芒鞋。身後緊跟的道人略矮略瘦些，頭戴道冠，著一件八卦絲袍，腰束鵝黃絲絛，手裏揑一柄摺扇，頗有幾分江湖術士氣息。

三個錦衣衛見他們這般裝束，頓時放下心來，其中一個在馬上怒喝道：「哪裡來的妖僧怪道，膽敢攬大爺們的公差，一併拿下送到昭獄中去！」

那僧人卻並沒被他們的氣焰嚇倒，反而上前一步說：「青天白日下，隨便捉拿弱女子，不怕有悖天理，遭了天譴麼?!」

另一個錦衣衛聞言勃然大怒：「好你個妖僧，不瞧瞧眼前是誰，還談什麼天理不天理，爺這就讓你去見如來佛祖！」說著跳下馬來，伸手抽出腰刀直逼二人。

僧人身後的道士見狀有些緊張，忙大叫一聲：「慢著，你們看這是什麼?!」說著打袖中摸出一枚黃澄澄的印章，「當今聖上尚且以禮相待，你們區區錦衣衛，莫非想造反不成?!」

拎刀過來的錦衣衛並不理會，獰笑道：「你們這幫僧道，慣拿言語哄騙什麼善男信女，可惜今兒遇見爺，算你們碰到了剋星，下輩子再去騙人吧！」說著掄刀撲上來便砍。

先前被二人稱作「校尉」的錦衣大漢卻在馬上看出些門道，急忙喝道：「胡三，慢些動手！」一邊跳下馬背，兩步搶上前將他拉到一邊，然後衝僧道二人細細打量一番，翻翻眼珠大悟似地說：「哎呀，這可不是道衍和金忠兩位師父麼?!我們錦衣衛指揮紀大人正奉命到處找你們呢，可巧竟讓我們給碰上了，真是有眼無珠，兩位師父恕罪！」

說著轉身衝二人喝斥道：「你們知道這兩位師父是誰?他們正是當今新皇爺的左膀右臂，你們能有今日，還不全託了師父的福?!還不快過來賠不是！」

說罷轉臉衝道衍、金忠賠笑道：「二位師父莫怪，他們都是些魯莽之人，沒見過世面，方才我們見這三個女人神色不對，懷疑是朝廷要犯，這才抓她們回去審訊。兩位師父誤會了，千萬擔待些！」

被稱作「道衍」的和尚不以為然地笑道：「也不必擔待不擔待。豈不聞攬人買賣，如殺父母。我們打擾了你等的好事，怒不可遏也是應該的。那麼貧僧索性就將諸位得罪到底，當今聖上新登大位，務求天下百姓安樂，三個女人能是什麼要犯，你等還是將她們放了罷！」

「這個……」那校尉聞言一愣，隨即又笑道：「兩位師父的話，皇上尚且言聽計從，我等自然不敢違命。只是……只是兩位師父須跟我們走一遭，紀大人正四處查訪您二位……」

道衍回頭與金忠對視一眼，笑著衝金忠說：「師弟呀，我說過慈悲勝念千聲佛，造惡徒燒萬炷香。前幾年我們既疏於念佛，又誤了燒香，看來只有今日補上了，捨我二人，換回她娘仨吧。」

金忠臉龐削瘦，略想一想接口說：「當年說好功成而泛舟五湖，你我師弟雖然自南京到這裡，只遊了高郵、洪澤兩湖，也足以盡興了。隨他們去去倒也無妨，一則救下三人，聊贖前罪，再則將來見到聖上，言明你我志向，還可再續遊興。」

道衍搖搖頭，似乎有些不以為然，但也沒接話茬，淡淡地對三個錦衣衛說：「那好，你們將她們放下，我師弟二人隨諸位前去見紀大人。」

校尉聞言喜上眉梢，連聲稱謝，拉著胡三走回馬前，悄聲向兩人說：「可別小看了這一僧一道，那是新皇爺的軍師，建文下臺有他們一大半功勞。新皇爺登基後，他倆不知怎麼著給悄悄溜了，皇爺密令咱紀大人暗中查訪，誰承想竟讓咱們給碰上了。你們想，這可不是一件天大的功勞

?!說不定賞下來的銀子，買十個八個小妞都不止呢！」然後又大聲吩咐：「快！把這三個娘們放下來，侍候兩位師父回衙門！」

史鐵站得較遠，對這一僧一道的面目看得不是十分真切，只是覺得那道人身架有些眼熟，待那校尉提到「道衍、金忠」時，猛想起，那道人可不正是金忠！

金忠，金忠，是他在濟南親手給自己療的傷、治的病，又是他出謀劃策把自己給送進了皇宮，也是他，使翠環在北平慘死於王府中。面對這個近在咫尺，卻似乎又恍若隔世的道人，史鐵說不清楚該感激還是該仇恨，然而眼下自己這般情形，感激也好，仇恨也罷，自己又能拿他怎麼樣?連上前與他說一句話也不能夠!史鐵暗自慨歎：「人啊，真就是一場活生生的戲！」

慨歎中，見錦衣衛們扶著道衍和金忠分別上馬，校尉騎馬在前，另兩人牽馬跟在後邊，微塵揚起處，很快消失在路的盡頭。

三個女人連驚帶嚇，折騰得已經筋疲力盡，相擁著坐在路邊直喘粗氣。年齡小些的女兒說：「娘，這回好了，咱總算躲過去一劫。」話音未落，卻引得那女人悲從中來，揮起濕淋淋的衣袖，抱住兩個女兒哭道：「可憐的閨女呀，雖說躲過這一難，可往後的日子咋辦呢!真不如淹死了乾淨啊！」說著已是泣不成聲。

大些的女兒驚慌地忙去捂她的嘴：「娘，你別這樣，當心又招惹上是非。你淹死了乾淨，我們倆可也活不下去了！」說到後半句也哽咽起來。

史鐵飄渺的思緒被哭聲打斷，醒過神來，走到她們跟前，瞧瞧四下無人，低聲說：「夫人，小姐，千萬莫再哭了，這裡可不是說話的地方！」

三人並沒有注意到史鐵，冷不丁被他的說話聲嚇一大跳，驚慌萬狀地瞪眼盯住他，齊聲問：「你，你是誰?!」

史鐵再次警覺地打量一下四周，苦笑道：「夫人小姐不認識我，我可認識夫人小姐。當初我史鐵在臨沂城，讓錦衣衛們差點打死，是鐵大人救了我一命。我在濟南鐵大人府中療了一個多月的傷，還多虧了夫人小姐隔三差五地過來問候。夫人小姐的救命大恩，我可不敢忘了。」

史鐵比起以前來白胖了許多，說話腔調也變了不少，不過大概模樣沒變，母女三人很快辨認出來，小女兒叫道：「對了，你就是那個史鐵！」

史鐵顧不得再說許多，忙對兩個女兒道：「快些扶起夫人，咱們找個地方先安頓下來再慢慢細說。待會兒再有錦衣衛過來可就麻煩了！」

雙溝集地處洪澤湖畔，在南北陸路的通衢大道旁，地面不大，各色店鋪卻不少，主街兩側招牌林立，南北貨物交錯堆積，不寬的街道上行人如織。史鐵左顧右盼，終於在街道拐彎處的角落，選準一家不起眼的小客店。

客店夾在兩側店鋪貨棧間，更顯得低矮破舊，牆面水漬斑斑，泥皮脫落陸離，門窗已看不出本來的顏色，彷彿又矮又醜的人還穿了件補丁衣服，滿副地可憐相。只有低低的正門上方懸塊寫著「南北客棧」的泥金匾額，還讓人知道這是家客店。

「店不怎麼樣，招牌倒不小，」史鐵暗暗好笑。但這樣的小店不招人注意，住進去反倒省心。史鐵轉身招呼道：「兩位小姐，快扶你娘進去換身衣服。」說著自己先邁進門檻。

雖然正午時分，屋內卻昏暗模糊。前廳一側有張櫃檯，裡面兩張八仙桌下橫七豎八地幾條長凳，冷清清沒一個客人。有個十五六歲的小夥計拎條手巾，懶散散地過來問道：「客官吃飯呢還是住店？要住店到後院請。」

看看沒人，史鐵心裡踏實些。等母女進得門來，史鐵對小夥計說：「快到後邊收拾個乾淨的房間，夫人小姐們住的，別太小了！」見小夥計答應一聲進到裡間去，轉過臉說：「夫人，先安頓下來換身衣服，有什麼事咱們慢慢商量。」

客店鋪面不大，後院客房倒還寬敞。史鐵就在她們母女住的廂房一側找間空房，先把隨身背的小包安放好，等她們大概也收拾得差不多了，便緩步過來，先隔著房門問道：「夫人小姐，收拾妥當了罷？」

秀蓮小步跑過來開門，兩眼紅紅地說：「史大哥，收拾好了，你快進來勸勸我娘吧，她一個勁地哭，我們……」

史鐵不待說完，進屋把門輕輕掩上，見鐵夫人半倚在床榻一頭，雙手捂住臉啜泣不已。史鐵在宮中幾年，早已慣熟了察言觀色，見此情形，心下便明白幾分，悄聲問：「你們娘仨咋跑這兒來了？」

秀英被他一問，臉色立時陰沉下來，兩顆淚珠慢慢滑過臉龐：「我爹，他，他防守濟南，燕軍幾次攻打都沒能取勝，後來他們繞道攻佔了南京，濟南城的守兵聽說皇上都讓燕王給打死了，便一哄而散，都開小差跑光了。燕軍趁勢攻進城來，把我爹抓走了，說要押解到南京。我和我娘我妹妹被幾個親兵護著，乘亂跑出濟南城。後來大家跑散了，我們沿路打聽爹的下落，打算去南京聽個準信。誰知今兒在路上聽好些人說，我爹叫新皇上用油鍋給炸了，我娘當下就發了昏，跳進洪澤湖……」說著再忍不住，也抽噎起來。

史鐵又是咯噔一下，幾年的皇宮生活讓他知道，那裡面什麼事都有可能發生，弄不好路人的傳說確有其事。不過在三個弱女子面前，他勉強作出沒事的樣子，笑笑衝娘仨說：「看看，看看，人都說福禍無門，唯人自找。還真讓說著了不是？鐵大人那是當朝一品大員，說殺就殺的?!你們聽路上百姓信口胡說幾句，就尋死覓活，險些闖下大禍。實話告訴你們吧，我剛打京城那邊過來，得的信兒最準。鐵大人雖說和當今新皇上打過仗，可那叫各為其主，皇上不但不怪罪，還直誇鐵大人忠心耿耿，智勇雙全呢！後來鐵大人被安置在宮外六部衙門內，說不定還要封大官呢！」

娘仨一聽都止住哭泣，將信將疑地瞪大眼睛：「真的？」

史鐵故作輕鬆地一笑：「那還有假？我就在宮中當……」他忽然意識到什麼，忙改口說：「我就在宮城外幹活，親耳聽宮中出來的人說的。」

鐵夫人聞言驚喜交集，臉色立刻紅潤許多，坐直了身子，摸著小女兒秀蓮的頭頂，頗有些過意不去地笑笑說：「唉，都怪娘一時糊塗，還沒弄清怎麼回事就要跳湖，現在想想也後怕，耳朵不離腮，沒娘是兒女的災，娘死了，倒是一了百了，這兵荒馬亂的，丟下你們可咋辦？秀蓮，你們說，娘那時候也不知怎麼想的！」

秀蓮拱在鐵夫人懷中，半撒著嬌說：「娘，你以後可別嚇唬我倆了。爹不在身邊，全指望著你呢！」

鐵夫人抹把眼淚笑道：「好好，多虧你們這位鐵大哥安頓咱娘們，快謝謝人家！」

秀蓮這時忽然想起來，白了史鐵一眼，走到鐵夫人跟前坐下，氣嘟嘟地說：「才不用謝他呢！咱們救過他的命，可我求告他救你，他就是站著不動！真沒良心！」

史鐵站在屋中央，頓時面紅耳赤，結結巴巴地辯解說：「我，我不會……」

「不會什麼？不會游水是不是？那我問你，是你不會游水才不去救人呢，還是不想救人才不會游水的?!哼，膽小鬼！要不是你不肯下水救我娘，哪裡會招來什麼錦衣衛，哎呀，可嚇死我了！」秀蓮越說越來了勁，伶牙俐齒地搶白道。

「秀蓮，不許你這樣不懂規矩！」鐵夫人半是生氣半是疼愛地嗔怪道，「你鐵大哥要是不想救你，何苦留下來幫著安頓咱們。」

鐵夫人一幫腔，史鐵緩過氣來，忙接口說：「就是，就是，我真的不會游水，俺們村邊倒是有一條河，可惜太淺，才半人深。有人在裡面學游水，肚皮貼到河底的石片上，給劃了一條口子，我爹說那還算運氣好，要是河底有誰家扔的瓷碗碴子，非得和殺豬一樣開了膛不可。自那以後，就再也沒人敢游水了。我早知道有這麼一天，當初就是冒著被開膛的險，也得學會鳧水！」

史鐵的話既俏皮又實在，說得母女三人都忍不住笑起來。鐵夫人直直腰身說：「這下好了，你爹雖說和新皇上打過仗，但總算保住了條命。咱也不指望他再當什麼大官，將來能安安生生地回鄉裡種地去，也心滿意足了！秀英，咱們歇上一天，明天就上南京找你爹去。」

「別去！」史鐵不由得驚叫一聲。見母女三個嚇一大跳，自知失口，忙掩飾說：「你們現在還不能去，我這幾日打南京過來，沿路可沒少遭罪。雖說新皇爺已經坐了天下，可天長、六合等地方仍在打仗，當兵的殺紅了眼，無法無天的什麼壞事都敢做，你們孤兒寡母的，何苦去冒這個險?!再說了，鐵大人到底是跟燕王對過陣的，難免會有小人攛掇陷害，他一個人小心翼翼地還好應付，若再加上你們娘仨，那手忙腳亂的，出點差錯可就不得了！」

鐵夫人經他這麼一說，也覺得有幾分道理，不禁長嘆一聲：「哎，人常說家貧不是貧，路貧愁煞人。濟南是回不去了，這南京又不能去，那，那我們總不能一直住在這客棧裡吧？」說著眼圈又有些泛紅。

史鐵見狀心中暗暗發急，忽然靈機一動，搶上一步說：「夫人，小姐，你們是俺的救命恩人，今兒算我報恩的時候了。我家在臨沂鄉下有房有地，北邊戰事已平，路上也放心，你們要是不嫌棄，就隨我先回老家住些時日。我呢，託人打聽鐵大人的消息，一旦鐵大人有了著落，我立刻去報信，保管叫鐵大人派人抬轎來接你們。」

史鐵說這話的時候已經盤算妥當，用自己從宮裡帶出來的那些金塊玉器，蓋座大瓦房，管待幾個人的吃喝不成問題，在這種隨時都會招來殺身之禍的半路上，也只能如此打算了。

鐵夫人看看兩個女兒，沉默半晌，終於長出口氣說：「眼下看來也只好如此了，只是給你平添了許多麻煩。」

史鐵見她答應了，放下心來，有幾分喜色地說：「我的命都是你們救的，還談什麼麻煩不麻煩。夫人你耐心等待些時日，鐵大人一定會差人抬大轎來接你們的。」

秀英冷不丁地插上一句：「就是，這就叫有情不怕隔年約嘛！」

鐵夫人臉上一紅，在她頭上輕輕拍打一下：「不知害臊的傻丫頭！」說著幾個人都笑了。

流鶯啼闌喚愁生

雙溝集上，緊挨熱熱鬧鬧的大街背後，還有一條略窄些的小街，緣湖岸而建，曲曲折折，不時掃過湖面上陣陣溫潤的風。青石路面平平整整，馬蹄得得聲清脆而悠遠，整條街巷高門大戶錯落分布，為數不多的店鋪也都是些錢莊和典當行，和前街比起來，行人甚為寥寥。

道衍和金忠他們三拐兩拐，來到這條街上，前邊那個騎在馬上的校尉頻頻扭過頭，衝道衍和金忠說：「兩位師父，在下姓馬名一功，是錦衣衛北鎮撫司指揮紀綱紀大人部下的一個校尉。早就聽說二位師父功蓋當世，乃皇爺跟前片刻不離的紅人。在下剛才一見兩位師父的裝扮，便猜出八九不離十。可巧，紀大人新官上任，本想回老家臨沂一趟，行轅恰駐此地。我帶二位師父去見紀大人，他一定驚喜莫名呢！」隨後又壓低嗓門說：「兩位師父切莫忘了，在紀在大人面前誇讚幾句在下苦苦尋覓的功勞。」言語間已多了幾分討好的味道。

道衍端坐馬上含笑微微頷首，金忠則有些沉不住氣地說：「馬校尉，我們師兄弟出來閒逛，何必非得去見你們紀大人呢？」

「這個我也不大清楚，總之是紀大人特別吩咐過的，不論是哪隊錦衣衛，但凡見到二位師父，務必請來與他相見，」馬一功回頭眯起眼睛笑笑，「大約是皇爺令他保護師父的吧。」

說話間來到一座朱漆大門前，門庭巍峨，門額上方嵌著「福威集」三個磨磚大字，門庭外左右各有一座石獅，張牙銜環，威武異常。門旁朱紅條凳上，坐著三四個濃鬚大漢，個個解衣敞懷，大大咧咧，見馬一功來到，也不用答話，有人吱吱呀呀地將門推開。馬一功跳下馬，向道衍和金忠恭恭敬敬施一禮說：「紀大人行轅就在這裡，二位師父裡面請。」

道衍和金忠下馬跟在馬一功身後，緩步進得大門，見院中甚是寬闊，左右三開間，兩處門房，院落皆是青石板砌就。再往前走，迎面有座磨磚雕花門牆，門旁有幾個大漢手執刀槍。馬一功也不理會，領二人逕直進到裡院，裡院一順五開間的楠木大廳，簷口一道巷棚。馬一功輕腳走至廳前，對門口處幾個緊身衣褲的護衛低語幾句，然後對道衍和金忠說：「二位師父請吧，紀大人正在屋裡呢。」

話音未落，有人從廳內踱著方步出來。馬一功抬臉一看，慌忙翻身拜倒稟告：「紀大人，在下出去巡邏，恰巧遇到大人要找的兩位師父，給大人請到衙門裡來了。」

那人一愣，看看階下站的道衍、金忠二人，立刻明白過來，拱手笑道：「莫非道衍金忠二位國師麼？」

道衍和金忠遠遠望去，見那人身材消瘦，青白面皮，頷下稀疏幾根髭鬚，一雙細目中寒光冷泠，即便笑時也有股驅不散的冷氣，情知此人便是掌管百姓生死大權的錦衣衛北鎮撫司指揮紀綱，忙合掌答禮，口稱：「不敢。」

寒暄一番讓至廳內，獻過茶後，紀綱眯著細眼似盯非盯地看住道衍笑道：「二位國師幾年來在聖上面前運籌帷幄，立下了不世之功，卻忽然於功成之日逍遙江湖，聖上聞知消息後寢食不安，再三叮囑在下務必追尋，以免遭小人暗算。今日有幸在此地不期而遇，實乃聖上洪福齊天。在下想來，二位國師真是好雅興哪！」

道衍臉色微微泛紅，擺手笑道：「紀指揮誤會了，我們師兄弟原本無意紅塵，只是當初有感於聖上知遇之恩，鞍前馬後地效些微勞。如今天下大定，國內清平，全賴聖上英武，我們不過借著中秋買月餅，因人成事罷了。哪敢談什麼功與勞？慚愧，慚愧！」

紀綱哈哈大笑：「國師謙讓，國師謙遜！也好，既是一家人，也就不用拐彎抹角地客套。二位暫且在此歇息幾日，在下當安排得力護衛，親送二位國師至南京見聖上。」

道衍早料到他會如此，欠身整整衣袍說：「紀指揮不必費心，我們原本就是世外中人，幸而輔佐聖上一程，如今功業已成，我們也可無牽無掛地隱身而退了。所謂來亦空，去亦空，赤條條猶如一場夢，世人皆雲行者癡，卻不知自身也在行者中……」

紀綱見他大講佛理，微皺眉頭不耐煩地打斷說：「道衍師父，你所說的那些玄理在下實在不大懂得，不過以在下想，金陵城中高僧雲集，名寺眾多，豈不聞『南朝四百八十寺，多少樓臺煙雨中？』兩位國師見過聖上後，朝廷為你們重修佛寺道觀，既在朝廷之中，又可修身養性，豈不兩全?!」

道衍張張嘴剛要推卻，金忠接過話頭說：「聽紀指揮講話，也是滿腹經綸之人，大概也知道有句話叫身在江湖，心存魏闕，但凡心中有，何必遠近求?!只要顧念聖上，心中有佛，四海之大，盡可去得，至於寺院道觀，倒還是其次的事情。還望紀指揮代我倆稟明聖上……」

紀綱聞言愈不耐煩，略帶幾分氣惱地高聲說：「兩位的意思在下已聽明白，只是聖上有過交代，在下只好唯命是從，就不必多說了！」說完忽又覺得不大妥當，待要放緩語氣講幾句委婉的話來，忽然有個師爺模樣的人急匆匆跑進來，在紀綱耳旁低語幾句，紀綱聞言神色凜然一變，不及說話，抬腿隨那人出去，直奔後院西廂房。

偌大的客廳一時寂靜下來，道衍和金忠對視一眼，彼此心不在焉。金忠訕訕笑道：「師兄果然立地成佛，為救幾個女子，竟忘了咱倆的身分。爾今欲罷不能，該如何是好呀！」

道衍手撫念珠，不動聲色：「師弟這話講差了，我等飄逸江湖，並非要做行屍走肉，仍須用心於世。前則輔佐燕王，那是為自己，今則扶貧救弱，看似為他人，實則仍是為自己。只有為他人，才算真為自己啊！」

金忠見他說得認真，也就不再辯駁，正要商量該如何脫身，忽聽後院隱隱有女人抽泣之聲，夾著幾嗓子男人的怒喝，忽而又有女人乞饒哀告，繼而又傳出女人尖細的慘叫。金忠好奇地站起身，在廳中踱出幾步，見廳西屏風後邊開一後窗，便繞過屏風，側立於窗前，遠遠望見後院西廂房門口處立著幾個侍女丫環。個個低頭縮手，中間有人揮舞鞭子正往地下抽打著什麼，哭聲和哀號聲正是從那裡傳來。

金忠不明就裡，又見情狀淒慘，便欲轉身回來，扭頭間忽見紀綱和剛才那位師爺由廂房內出來，並肩向前廳慢騰騰挪動，邊走邊低頭商量著什麼。金忠怕被他們瞧見，正要閃開，又見師爺一手高高舉起，狠狠落下，似乎做了個「殺」的手勢，好奇心愈熾，索性隱身於窗側，看他們還要做些什麼。

就見紀綱連連搖頭，師爺見商量不妥，又說出幾句話，這時已走至前廳後背，師爺索性伸手拉住紀綱站在窗下細細勸說。金忠傾耳聽去，話音雖低，卻也聽得清楚。

師爺聲音尖細如同女人，就聽他說：「大人雖然痛失幼子，不過好在是個女兒，也不必十分在意，打死幾個丫頭出出氣也就算了。七夫人和八夫人不是都有了身孕麼？將來肯定都是兒子呢！這就叫遭一小災，得一大福。只是眼下如何處置這一僧一道，須得慎重些。還是依小人說的，殺了乾淨！」

金忠聞言暗吃一驚，忙蜷縮了身子，緊貼牆根聽得更仔細些。

紀綱的聲音有些猶豫：「他們當初可是皇上身邊的近臣，不明不白地殺掉了，皇上怪罪下來……」

「紀大人多慮了。皇上當初看重他們，那是他們能出謀劃策，能指揮打仗，現今天下大局已定，皇上再要他們還有什麼用?!紀大人不是說起過，皇上對他倆似乎有些不放心，擔心他們為建文帝的餘黨所利用，回過頭來再爭他的天下。紀大人要是在半路上殺了他們，正中皇上下懷，皇上重賞還來不及呢，怎麼會怪罪？再則說，小的剛才在窗下聽你們談話，似乎有些不大投機，紀大人送他們到了朝廷，萬一皇上委以重任，他們念起大人的不是，那時大人那就反受其害了……」

紀綱沉默片刻，低低地說：「嗯，也有道理。那就乾脆除掉，回頭稟奏皇上，就說他倆勾結建文餘黨，欲行不軌，被校尉馬一功當場斬殺！」

師爺打著顫音笑道：「還是大人英明，難怪皇上會如此看重大人！」

紀綱也笑了，但隨即「哎呦」失聲叫一下，師爺趕忙湊過去：「大人上回從馬上跌下來摔傷，眼睛還痛？」

紀綱揮揮手：「不大礙事，」話音未落，腳步響起，顯然繞道朝前廳而來。

金忠側倚在窗臺一側，不覺間出了一身冷汗。怕被看出破綻，不及多想，躡手躡腳轉過屏風，看看道衍，正微閉著雙目數動念珠，忙在旁邊端端正正坐下。

紀綱大跨步踏進門來，臉色已恢復平靜，若無其事般笑笑衝二人一抱拳：「剛才些許小事，失敬，失敬！」說著大大咧咧在對面坐下，轉動眼珠話題一轉說：「方才在下思慮再三，實在佩服兩位不貪戀富貴的大智大慧。也好，既然人各有志，那就不強求了。在下這就命馬一功送兩位出去。聽任其便。」

道衍聞言如釋重負，欠起身子合掌深施一禮：「那就再好不過了，還望紀指揮將我二人心意奏明聖上，也懇請指揮身負聖上重託，以天下百姓為念，致力於萬民安樂才是。」

紀綱翹著嘴角冷冷一笑：「師父教誨的是。二位既然行色匆匆，紀某就不留飯了，各自請便吧！」

道衍合掌再施一禮，起身離座欲往外走。金忠情知一出府門便性命不保，心急如焚卻又說不得。正手足無措間，見道衍已走至廳門前，看道衍身穿的布衣大衫，迷亂中金忠忽然想起四五年前，道衍第一次引導自己與燕王相見的情景，似有一道電光閃過腦際，他忽然暗喜：「有了！」

金忠竭力穩住心跳，平靜地叫道：「師兄且慢行，我還有句話說，」然後轉過臉直視著紀綱，緩緩說道：「紀指揮，請恕貧道冒昧。貧道遊走江湖，素以看相奇準著稱。當初與聖上素不相識，正是貧道一眼看出聖上的前世今生，所說無不一一應驗，這才頗得重用，想來紀指揮一定聽人說過了。方才欲離座時，貧道無意中望了紀指揮一眼，不覺大吃一驚，有些話甚想以實相告，不知指揮樂意聽否？」

紀綱早就聽說過金忠當初給燕王相面的事，又見他說得鄭重其事，心下先自突地一跳，忙拱手道：「誰不知師父是天下第一神相高手，能卜過去知未來？有話但講無妨！」

道衍見金忠突然神情古怪，不知他是何用意，便立住腳，站在門口。

金忠起身踱至紀綱面前，又仔細看了兩眼，頷首說道：「紀指揮目長而秀，骨架硬挺，分明仕途無量。但近觀則見臉色白中泛青，血氣不濟，似乎眼下便隱著種種凶事，」說著又拉住紀綱的左手細細觀看片刻，「紀指揮手紋線上兩條直線，狹而淺者為女，深而闊者為男。如今深而闊者尚隱約不顯，狹而淺者卻中途折斷，不怕指揮發怒，指揮雖年過四十，可惜只有一女尚幼，且旦夕便有性命之憂……照貧道看來，只在今日與明日間！」

紀綱聞言臉色頓時煞白，騰地起身失聲叫道：「正是，正是！小女今年方才一歲半，前日早上被一個丫頭抱著在園中玩，一不小心絆倒掉進枯井裡，小女的頭被磕破，就此招了風，兩天來身上忽冷忽熱，剛才已經……死了！」

「啊?!」金忠托住他的手掌細細看過，嘴裡念念有詞地推算片刻，「紀指揮你自己看，你手掌中有兩條闊而深的豎線，表明指揮不久即有兩子。」

紀綱長舒口氣，跌回椅子上說：「那就好，那就好！」

「不過嘛，」金忠一撚幾根羊角鬚，搖搖頭說：「紀指揮命中有子固然可喜可賀，只是兩豎線欲隱欲現，捉摸不定，只怕不依貧道所言，他們也要步小女後塵呀！」

紀綱略微平靜下來的臉色又突地大變，挺直了身子尖聲問：「師父可瞧準了?!」

金忠見狀不露聲色地一笑說：「貧道遊走江湖數十年，何曾有過失手？當年在北平時，貧道一眼便從人叢中認出當今聖上的萬金之軀來，並能當即斷言聖上時下臧否和將來運數，所言無不一一應驗，似紀指揮此等兒女家事，貧道自然敢保萬無一失。」

紀綱聽著，臉色漸漸煞白，嘴唇抖動幾下卻說不出話來。

金忠知道得手，心下一寬，仍然緊逼不放，再仔細看看紀綱，抖抖袍袖接著緩緩說道：「貧道剛才看指揮手掌中玉柱紋為拇指球峰位置的星紋所穿過，依照掌紋流年的說法，指揮的時運眼下怕就不大妙，貧道不放心，又仔細瞧了指揮五官，果然見指揮印堂發黑，黑中還略呈紫色，豈不聞黑中紫紅，眼內穿孔，想來指揮最近眼中帶傷了?!」

紀綱如聞震雷，渾身一抖，連聲說：「正是，正是，前日在下自南京來時，不慎跌於馬下，左眼讓石子磕了，雖然表面瞧不出什麼，可時時疼痛難忍，找了幾個郎中都沒效藥可治，這才暫時將行轅安置在雙溝集上。師父一眼看破，真是神了！」

金忠嘴角一撇，幾分不屑地說：「區區小病，治好尚且舉手之勞，看出來當然就更不算什麼了。只是依貧道看，指揮的大病倒不在眼上，而在命上呢！」

紀綱此刻已服服帖帖，沒有不相信的道理，立刻瞪大眼珠子顫聲問：「那，師父看在下這命……」

金忠手指紀綱面門，娓娓而談：「指揮請看，指揮不僅印堂發黑，而且命門暗淡，災禍之氣隱約撲面，先前還有眼神助威，而今眼又受傷，只怕在劫難逃啊！」

紀綱顧不得禮節，如溺水般一把抓住金忠的衣袖，急急說道：「在下究竟有何劫難，師父不妨明說！」

金忠卻不慌不忙，在紀綱旁邊的椅子上坐下，搖頭晃腦地說：「哎呀，時乎時，不再來！紀指揮如此深孚聖上信賴，卻不能永年，可惜呀！」

紀綱聞言更暈頭轉向，昏頭昏腦地叫嚷：「師父，莫非在下有什麼性命之憂麼？」

「除死無大災，指揮如今性命尚且不保，還懼怕別的災不成?!」金忠此時胸有成竹，卻又欲擒故縱，幾分調侃地說道，「指揮離開聖上之時，已有小人在聖上面前攛掇，聖上雖深知指揮一片赤誠，怎奈三人市虎，難將一人手，掩盡天下目，據面相上看，那小人已經得手了！」

「啊?!」紀綱大吃一驚，騰地站起身，「我紀綱對陛下那真是忠心耿耿，是哪個大膽小人，竟敢在聖上面前說我的壞話，我若查出來，定要他死無葬身之地！」隨即又有些不相信地說，「師父莫非看走了眼？我在朝中雖非一手遮天，耳目卻也不少，誰敢如此猖狂，不怕我聽到風聲嗎？」

「雖有親父，安知其不為虎，雖有親兄，安知其不為狼？陷害指揮者，或許就是指揮耳目也未可知呀！」

「哼，我當親自面見聖上，打消聖上疑慮，再將小人碎屍萬段！」紀綱脖子一梗，滿臉怒氣。

「唉，紀指揮何等英明，此刻卻怎麼糊塗起來了？」金忠不慍不火，依舊緩緩說道，「豈不聞猛獸不敵群狐，指揮這些日子忙於替聖上捉拿大臣平民，難道不曉得一旦皇上要拿你，你根本沒有機會在皇上面前辯解了麼？貧道看指揮氣運，只怕出不得此月，便有聖旨要下指揮於錦衣衛詔獄之中。唉，君子不壽，小人永年喲！」

紀綱一聽「錦衣衛詔獄」，立刻臉色灰黑，木木的似受了酷刑一般，神采俱無。「紀指揮統領錦衣衛，詔獄的刑法自然再熟悉不過，任你神人進得裡面，也要化作血水呀！」金忠旁敲側擊，話語中頗有幾分幸災樂禍，不過紀綱已無暇品味其中語氣。

「那，依金師父看，可有破解之法？」木然半晌，紀綱終於有氣無力地吐出一句話來。

「這個嘛……」金忠滿臉難色，躊躇片刻才吞吞吐吐地說，「辦法也不能說沒有，雖然人常言天上下雨地下滑，各自跌倒各自爬，但也不全對，豈不知還有遇貴人吃飽飯之一說。紀指揮眼下處境，若要消災脫難，恐怕須得找一貴人相助才可。」

紀綱聞言如蒙大赦，立刻多了幾許活氣，忙問：「那師父就直言相告，在下要找的貴人是誰，此刻在何地？」

「貴人麼，待貧道再細細推演一番，」金忠說著嘴裡念念有詞，少頃大悟似的說，「利不百者不易業，功不百者不變常；指揮若要尋貴人，半是俗人半和尚。哎呀，莫不是師兄?!」說罷自己先作出驚訝不已的神色。

道衍在門口已站立半晌，見金忠忽然如此裝模作樣，雖然琢磨不透他是何用意，但也深知金忠並非無緣無故，遂靜觀他們作戲。末了聽金忠竟然扯到自己身上，更是迷惑不解，剛要張口，紀綱卻大徹大悟地驚叫道：「哎呀，金師父真是一語驚醒夢中人哪！道衍師父在皇上面前說的話，皇上向來言聽計從，若道衍師父能回南京見到聖上，紀綱定獲重生。哎呀，在此地遇見兩位國師，真是紀綱三生有幸！來，來，道衍師父，且先受在下一拜！」說著匍匐於地，叩頭不已。

道衍見狀有些驚慌，狠狠地剜了金忠一眼，深怨他多事。金忠卻並不理會，一顆懸著的心終於落地，長舒口氣想，這下總算沒有性命之憂了，至於見到皇上怎麼樣，那只好到時候再說，大不了當個閒官罷了！

然而成為永樂皇帝的朱棣，他滿懷勝利喜悅地放聲大笑，並沒有持續太長時間，皺眉的事情很快便接踵而來。

新登基的朱棣著實痛快過一陣，那是在處置堅決反對他，被他稱作所謂的逆臣時。首當其衝的是逆臣之首方孝孺。朱棣早在北平為王爺時便知道，方孝孺乃當今一個難得的人才，堪稱曠世大儒。他不但撰寫過許多書籍，而且門徒故吏遍布天下，依許多人的話說，此人簡直就是當今聖人。

正因如此，朱棣曾設想過，如果能將此人勸說降伏，使其為我所用，那就會令天下觀望新政的人相信，新朝是一個不但尚武，而且重文的盛世。況且，當時從北平出發，直逼金陵城時，道衍也站在自己馬頭前悄聲叮囑過：「王爺，據老僧來看，王爺此去必然得手無疑。只是將來金陵城歸屬王爺之際，方孝孺等一般文氣十足的舊臣必然不肯輕易低了架子，所謂士各為其主，也是常理所在，王爺千萬擔待，切勿輕開殺戮，特別是方孝孺，若殺此人，天下讀書種子可就斷絕了！」

朱棣不知道道衍所言確實是從讀書人方面考慮，還是像自己所想到的，可以利用方孝孺之流來使新永樂政權得到不戰而勝的效果。但不管怎樣，他決定放過方孝孺了，並且如果情形好的話，還可以放掉更多像方孝孺這樣的讀書人。「可是，齊泰和黃子澄無論如何也不能放過！」朱棣咬牙切齒地想。

可是被生擒活捉的方孝孺在護衛推搡下走進大殿時，朱棣卻立刻心涼了半截。捉拿方孝孺的倒不是什麼燕軍屬下，卻是方孝孺曾掌管過的錦衣衛鎮撫伍雲。當時燕王懸賞捉拿建文舊臣的

「賞格」已經貼滿大街小巷，方孝孺猝然被捉拿，伍雲因此得以連升三級。

誰也不知道方孝孺在錦衣衛的詔獄中，如何找到一身麻衣換上。他就這樣披麻帶孝地跟蹌奔進大殿，昂首站立在朱棣面前。

「參見皇爺，還不快跪下！」伍雲得意之態溢於言表，大喝一聲，跪在金磚地面上，暗中使勁搗搗方孝孺的腿腕。

方孝孺趔趄一下，沒有跪倒，卻扯開喉嚨大哭起來。哭聲越來越高，最後簡直呼天搶地，在這痛哭的漩渦中，兩旁文武百官紛紛變了臉色，他們拿不準朱棣會如何收場。

朱棣儘管有幾分怏怏，卻仍不死心，他覺得自己還多少了解一些讀書人的脾性，方孝孺這樣做，也不過是為了善始善終，好正大光明問心無愧地效忠他這個新主子。於是朱棣耐心地端坐在哀哀哭聲中，半晌工夫沒發一句話。

好容易方孝孺的聲音漸漸低弱下來，朱棣覺得時機大概已經成熟，彼此的戲是該煞尾的時候了。他謙遜地走下龍椅，踱至丹墀臺階邊，半是安慰半是向群臣借機表白似的說：「先生不必如此，其實朕心中也頗不好受。朕本意是驅除建文陛下身邊的小人，更好地輔佐我大明朝廷，就如當年周公輔佐成王一樣，成就一段千古佳話。誰料建文陛下並未理會朕之一片苦心，竟然放火自焚！唉，明瞭內情的還好，不知道就裡的，倒陷朕於不仁不義呀！可是事已至此，朕也只好勉為其難了……」

朱棣絮絮叨叨還要說下去，方孝孺卻厲聲打斷他：「你既然自稱要效法周公輔佐成王，建文陛下被你逼死，何不立建文之子為帝?!」

「這個……」朱棣一愣，隨即耐著性子冷笑一聲，「先生所言，朕何嘗沒想過，只是建文長子文奎於宮中大火升騰之時，不知為何人所劫持，至今不見蹤跡。次子文圭年齡尚幼，難以處置國事。況且此乃朕之家事，先生就不必過問許多了。」

方孝孺卻不依不饒，抖動著全身上下長一片短一片的麻片和白布條，仍舊硬梆梆地說：「錯了，國家國家，國即是家，皇家事無大小，都乃國事。治理天下當以德為先，你身居藩王而不守臣節，四年來，多少無辜生靈遭到塗炭，你這龍榻全是屍骨疊就！你……」

朱棣渾身一激靈，他突然感到方孝孺並非只是做做樣子而已，他生怕接下來會聽到更刺耳的話，忙接過話頭說：「事已至此，先生不必多言，朕既登大位，自然不可更改。煩先生能認清大勢，替朕起草登基詔書，將來汗青史冊中，也好留先生大名呀！」

說這話的時候，朱棣已分明感覺自己不大耐煩了，他突然覺得和這幫文士繞彎子，尤其是大庭廣眾之下，很頭疼，也很不自然。

方孝孺卻沒注意朱棣微微變化的神情，煞白的臉色在粗布白衣映襯下，忽然有些泛紅，突兀地抬起手，話語生硬地吐出一句：「拿紙筆來！」

朱棣立刻放下心，並且生出幾分鄙夷，文人到底是文人哪，連投降都要如此惺惺作態，哼！馬騎上等馬，牛用中等牛，人使下等人，果然不差，任你裝得多麼高雅，終了不過仍然搖尾乞憐罷了。這樣想著，朱棣退回寶座上，揮揮手，身旁太監忙將準備好的紙筆托盤捧過去。

方孝孺左手挽起衣袖，右手援筆，略一沉吟，在鋪開的絹紙上唰唰寫下四個濃墨大字，寫罷呵呵大笑：「好了，這就是你的登基詔書，拿去叫史官寫在汗青上吧！」

寶座距離大殿中央還有幾十步遠，朱棣詫異於他寫得如此之快，忙吩咐站在方孝孺身旁的太監呈上來。雖然當年明太祖洪武皇帝明確規定，太監不得讀書識字，但其實宮中認識幾個字的太監並不在少數，對此無論是建文還是朱棣，都裝作渾然不曉，太監們也故意作出一字不識的樣子。可是今天，方孝孺身邊的這個太監卻怎麼也裝不下去了，他捧著長長的黃絹呆立原地，不知如何是好。

「怎麼，沒聽清朕的話麼?!」這個兼貼身侍衛的太監，深得朱棣信任，他不但乖巧伶俐，而且練就一身武藝，四年來和建文征戰中，正是他時刻不離自己左右，正因如此，寶座尚未坐穩，朱棣邊特意頒下內旨，賜其改名為鄭和，以示恩寵。可今天，這個素以伶俐見長的鄭和，卻楞頭楞腦地站在大殿中央，眾目睽睽下如同半截木樁，朱棣頗有幾分不滿。

「這，這……」鄭和捧著詔書仍在猶豫，磨蹭到丹墀下，渾身顫抖地將手中長幅鋪在御案上。朱棣迫不及待地傾身看去，他立刻明白了鄭和反常的原因。精致的黃絹上顏色分明濃墨重彩寫著四個大字「燕王篡位」！四個大字如濃濃的烏雲般撲面壓來，朱棣情不自禁地也像鄭和一樣渾身抖動一下。

他不知道兩旁的大臣看清了方孝孺寫的什麼沒有，如果看清了，他這個君王的威風也許會在他們心目中大打折扣。一股怒火砰地在胸中點燃，他無論如何不能再容忍了！

但朱棣沒有咆哮暴跳，他時刻意識著自己已不是在北平的燕王，而是君臨天下的皇帝，他要處處體現這種身分。

「方孝孺，你如此狂悖不羈，莫非欺朕乃仁義之君，真的不會殺掉你麼?!」朱棣語氣陰冷，淒淒陰風一樣旋過大殿，許多人怕冷似的一縮脖。

方孝孺卻不管不顧，他索性放開手腳叫嚷道：「怎麼，說你篡位難道還冤枉了?!你篡奪國家神器，弒君叛逆，為天下所不容，方某人就盼著被你殺掉，也好留下芳名任千古評說！我今日死，明日便有人扯旗恢復建文江山，你朱棣得意一時，卻不但不得善終，還要遺臭萬世！實話告訴你，我但求一死，詔書卻斷不可起草！」

朱棣能覺察出方孝孺話語中咄咄逼人的口氣，他彷彿看到自己此刻反而被一個亂臣賊子逼到了懸崖邊，方孝孺分明是在向自己挑釁了。猶如戰場上兩陣相對，爭鬥的熱血奔湧開來，他不露聲色地流露出一絲惡狠狠地笑意：「能立刻死了固然痛快，可你想沒想過，似你這樣的逆臣，死一個還不足贖清罪孽，按大明律推演，是要誅滅九族的！」

方孝孺像接了仗的武士，連想都沒想，立刻反戈一擊：「大丈夫既捨身為國，就將整個紅塵置之度外，慢說九族，便是十族又能怎麼樣?!」

鏗鏘的話語如利劍般直指朱棣，朱棣此刻已沒了退路，他再忍不住地將御案拍得通通作響：「好，好！朕就成全了你！伍雲，你即刻傳旨，捉拿方孝孺十族，連同門生故吏，一個也別放過！」

伍雲痛痛快快地答應著就要退下。「把這個逆臣也帶下去，休要讓他在朕的跟前礙眼！」朱棣扭動著沉重的身軀，龍榻似乎軋軋作響。

方孝孺被拖下大殿的那一刻，突然哈哈大笑：「奸雄朱棣，人言你是奸雄，我看韜略也不過如此，你上我的當啦！哈哈，你上我的當啦！」

近乎瘋狂的笑聲在大殿朱樑畫棟間縈繞，旁側的文武百官聽得清清楚楚，但沒人吱聲，沉靜得如同一潭死水。朱棣卻立刻意識到了方孝孺的用意，這個書呆子竟然會以他的死來換得自己暴君的名位。陰險，太陰險了！那好，朕既然入了你彀中，索性暴到底好了。朕要你知道，即便是暴君，也還是君！

「再傳朕的旨意，將方孝孺凌遲處死！記住，要割他一千刀，要他慢慢品嘗死的滋味！」朱棣望著方孝孺的背影，用變了腔調的嗓音吼道，「鄭和，臨刑時你去監斬，務必要執行得圓滿！」

等他回過神來，眼角餘光掃視了一下兩側眾臣，他們一個個如鐵鑄泥捏般，僵硬的臉色毫無表情。朱棣胸中有什麼東西落到踏實處，他忽然想到，方孝孺僅僅在道義上得到勝利的同時，自己卻勝利得更加實實在在。雖然，自己感覺並不淋漓痛快。

和方孝孺幾乎同時受刑的還有朱棣最痛恨不已的齊泰、黃子澄。對於這兩個建文手下最得力的大臣，朱棣卻沒了大殿之上當眾召見的勇氣，他怕他們再像方孝孺一樣說出什麼叫自己下不了臺的話。

朱棣的沒有特意召見，倒使齊泰和黃子澄少受了些痛楚，他們沒等到看難友方孝孺血淋淋的場面，便身首分離倒在金陵城內聚寶門旁的刑場上。

由於新皇爺專門吩咐過的，劊子手在方孝孺身上自然下的工夫最大。方孝孺被緊緊箍在一個大絲網中，混身的肉被網格勒得突出成一小塊一小塊。幾個劊子手便手執較小的快刀，將那些突出的小塊肉一點一點地割下來，令他受盡死亡的痛苦和驚懼卻無處可逃。

但方孝孺神情很平靜，面對如潮如堵的圍觀者，他竭力顯示出建文遺臣的氣節。可是當他在將死未死之際，另有一群人被綁赴而來。那是他的親族和門生。儘管血水遮住了眼簾，朦朧中方孝孺還是看見走在最前邊的三弟方孝友。突然他意識到，因為自己，許多原本和美的生活要由此而改變，他們方家，更是要從此斷絕了世代的承傳。自己這樣做，是對是錯？堅硬如石的心頭突地被什麼東西狠狠一撞，裂開絲絲細密的紋路，脆弱便沿著這些紋路滲透出來。

他流淚了，血水混著淚水蚯蚓一樣蜿蜒而下，他用盡最後一點氣力稍稍扭過頭去，竭力不讓人看見自己最終一剎那間的虛弱。

已經走到近前的方孝友卻注意到了哥哥細微的變化，這個在建文時期並沒因為哥哥而受到多少重用的小弟，此刻反而異常灑脫，他翹嘴角努力地一笑，抬高聲音，既是對哥哥說，也是當眾表白，「哥，我們方家能有今日，雖說滿門血骨無存，非但沒有對不起祖先，倒正是給列祖列宗曲終而奏雅，演繹了一場永垂千古的絕唱，應當欣喜慶賀才對呀！」

方孝孺已經說不出話來，他眼中鮮紅的液體卻更加洶湧而出。方孝友鼻子一酸，急忙把眼光從血肉模糊的哥哥身上移開，面對觀望的人牆，高聲吟誦道：

阿兄何必淚潸潸，
取義成仁在此間。
華表柱頭千載後，
旅魂依舊歸家山！

聲音高亢，觀者無不為之一震，喧鬧的唏噓聲嘎然而止，繼而有人嘖嘖讚歎：「有其兄必有其弟，滿門英烈，當之無愧呀！」更多的人則悄無聲息地流下感慨的熱淚。

方孝孺直到渾身裸露著白骨嚥下最後一口氣時，他還是沒曾料到，因為他而丟掉性命的，其實遠不止眼前這幾個。他的所謂十族統共加起來，被斬首的就有八百七十多人，發配流放的更是不計其數。聚寶門一側的刑場上，接連一個多月，日日血流成河，夜夜狗叫鬼哭。以至許多附近百姓或是害怕受到牽連，或是害怕這裡陰氣太重，悄悄搬移到別處。

所有這些情形，朱棣並沒有親見，是貼身太監鄭和回來後向他仔細回稟的。但朱棣能想見那種令百姓驚駭的場面。他緊繃著面皮，斜倚在寬鬆的軟榻上，半晌沒說一句話。

燕來仍啄舊日泥

鄭和不知道朱棣在想什麼，不過他覺得氣氛有些壓抑，便湊近了低聲說：「皇爺，那個在濟南和咱們作對的鐵鉉，讓都御史陳瑛從詔獄中提出來了，現正在偏殿中聽候皇爺發落……」

朱棣眼皮一跳，他想起了曾在濟南城下既驚且險的那一刻。鐵鉉差點讓自己粉身碎骨呀！這傢伙，當初怎麼就沒想著還能有今日呢？哼，別的人可以不見，至於鐵鉉，非得叫他知道最終誰是鐵不可！這樣胡亂想著，朱棣揶下榻來：「好，那就引朕過去看看。」

只是朱棣沒有想到，這次乘興而來，以勝利者姿態出現在鐵鉉面前時，鐵鉉留給自己的，卻是一段城牆般的背影。

兩旁站立的錦衣衛武士見聖上出現在御案後邊的高階上，慌忙拉扯鐵鉉，讓他參拜新皇爺。鐵鉉在掙扎中手上和腿上發出一陣紛亂的鐵鏈撞擊脆響，但他固執地仍然背對著龍榻，那無言地抗爭，分明是在告訴朱棣，他鐵鉉斷不承認自己這個皇帝。

朱棣很明白這一點。或許受了上次方孝孺的教訓，或許文武百官不在跟前，他從容鎮靜了許多，手腳也漸漸放開。

「鐵鉉，你幫助建文朝奸臣抗拒朕的大軍，朕不歸罪你也就是了，緣何敢以背對君，連這點君臣禮數都不懂了麼?!」朱棣聲音冷峻尖利，絲毫不夾雜妥協，他終於悟出，對付方孝孺和鐵鉉之類人物，必須以硬對硬，和在戰場對陣時簡直沒什麼區別。

「既然燕王懂得君臣禮數，為何能忍心將自家君王弒掉，而自己取而代之？我鐵鉉實在弄不懂其中道理。」

鐵鉉的嗓音破舊嘶啞，如同他身上撕扯成布條的囚衣，可是這種像痰液在喉嚨中滾動的聲音，比起方孝孺的尖聲厲喝，一樣的叫人聽著不舒服。

朱棣已經沒什麼興趣再和他們理論其中道義和道理，他皺著眉頭斷然叫道：「鐵鉉，朕對你們這幫舊臣已經恩至義盡，方孝孺即是前例，你若再不識好歹，朕先割掉你一隻耳朵！」

方孝孺被連誅十族的事情，詔獄的獄卒們早已奉命給所有犯人講過許多遍，就是要他們引以為誡。朱棣重提方孝孺，告誡之意自然再明白不過。

不料鐵鉉卻忍不住似的哈哈大笑：「方孝孺苦心，終於換來回報。當時圍觀百姓無不為之涕泣不已，人人在心中咒罵叛賊暴君，天理昭昭，天理昭昭啊！哈哈！」

「住口！」沒了百官們的沉靜旁觀，朱棣自如了許多，他騰地從御座上跳起，大步沿臺階走下丹墀，「將油鑊抬過來！把火生起！快，把這個膽大妄為的逆臣耳朵割掉！」朱棣連珠炮般指指點點衝錦衣衛們胡亂命令著。

油鑊尚未搬來，鐵爐內的火已經點燃，有個滿臉麻點的錦衣衛拎把牛耳彎刀躥上去，唰地一聲微響，紅光閃間血絲迸出很遠。「皇爺，您要的耳朵。」錦衣衛就地跪在灑著鮮血的金磚上，手捧一團紅乎乎的東西，黏稠的血正一滴一滴藕斷絲連地緩緩掉下。

朱棣希望再次落空，他沒能聽到鐵鉉負痛的叫喊，甚至連身影的微微顫動也沒看到。鐵鉉仍如一段城牆般突兀挺立，這令朱棣極不情願地想到濟南城中的那段往事。紅乎乎的東西在錦衣衛手中顫抖哆嗦，如同跳躍的心臟，砰砰地似乎要跳到朱棣跟前。

「快，將這東西扔進火中烤熟了，讓他吃下去！」朱棣分明聽到自己聲音不住打顫，不容他再說太長的句子。

麻臉錦衣衛似乎覺察到了這位新皇爺略微的變化，忙將那耳朵紮在刀尖上，湊近鐵爐烘烤。

耳朵上血色很快變黑，吱吱作響，一股焦糊味瀰漫屋中，簡直要叫朱棣嘔吐，他下意識地捂了捂鼻子。

錦衣衛武士倒也乖巧，慌忙抽回手，把冒著青煙蜷縮成一團的黑乎乎的東西狠狠塞進鐵鉉口中。鐵鉉的頭昂揚了一下，他腮幫鼓動，似乎有些艱難，但還是很快吞嚥了下去。

朱棣強忍住陣陣湧上來的反胃，既掩飾著失態又頗有幾分幸災樂禍地問：「怎麼樣？味道還可以麼？」

「這個自然，與那些弒君叛賊的大不相同，倒不知弒君賊子的肉有多腥臊！」鐵鉉沙啞的嗓音突然變得尖利許多，朱棣不覺間倒退了兩步。好在這時幾個武士抬來了油鑊，滿滿的一鍋油，放在已經燒得通紅的火爐上。朱棣四下看看，並沒人注意到自己的張皇模樣，他穩穩神，朝著黑影大喝道：「鐵鉉，朕非無情無義之君，你若就此改過，恭恭敬敬拜見君王，朕還是會給你一條出路的。否則……」

鐵鉉卻又恢復了沉默，突兀地一段城牆般冷峻嚴厲。對峙片刻，一個錦衣衛校尉拱手稟奏：「皇爺，油已經沸騰……」

朱棣忽然感到很累，他無言地揮揮手。錦衣衛們會意，七手八腳將鐵鉉平抬起來，順進翻滾著冒出刺鼻青煙的油鑊內。朱棣看得很仔細，他等待著最後一刻會有恐懼的驚叫甚至瑟瑟的求饒。自從攻破金陵城，他太想在以前的強敵面前體味勝利的滋味了。

然而鐵鉉直挺挺地像一截木樁，就那麼毫無動靜地滑進油鑊中。和木樁略不相同的是，在滑進油鑊之前，他調整了一下姿態，匍匐在翻滾的油面上，朱棣能看到的，仍舊是他的背影！面前的情形，多少令朱棣尷尬，抬眼正與錦衣衛們的眼光相遇，朱棣似乎覺得每一個眼光都在嘲諷自己，嘲諷自己能征討大明江山，卻對一個孤身漢子無可奈何。剛愎和自大使他暴跳著叫嚷：「哼，區區敗將，臨死還在朕面前作態，真真可惡！你們，將逆臣給我反過來，朕讓他死後也得向朕朝拜！」

錦衣衛們得令，慌忙找來幾根細長的鐵棍，幾個人站在炙熱的油鑊邊，紛亂地撥弄著油中已經焦黑的屍體。朱棣強忍住嗆鼻的煙氣靠近些，他要親眼看看對抗自己的人最終會是一番什麼情形。

焦黑的屍體隨著熱油上下翻騰，幾根鐵棍來回攪動，終於將半截木樁一樣黑乎乎的東西夾緊了，眾人「嘿」地一使勁，鄭和在旁邊連忙說：「皇爺，快看，鐵鉉這逆臣就要朝拜皇爺啦！」朱棣聞聲探一下頭，青煙繚繞中，鐵鉉的屍身被鐵棍叉起來，有人挪動姿勢企圖將其翻轉。然而儘管小心翼翼，可由於油太滑，又瞧不大清楚，通地一聲悶響，鐵鉉又重重落進油中。滾燙的油珠迸濺，幾個錦衣衛忍不住「呀」地一聲叫喊，扔掉鐵棍捂住臉。朱棣站得略遠一些，但也覺得臉龐某處尖銳地疼痛一下，尖銳的疼痛頓時讓他周身發冷，他臉色鐵青，轉身走向御座。

只有高高坐在這錦緞鋪就，寬大而僅供他一人享用的御座之上，朱棣才能勉強找回帝王的感覺，他喘一口粗氣，惡狠狠地吼道：「沒用的東西，一群沒用的東西！陳瑛，陳瑛呢？速去詔獄中，將看管鐵鉉的那幾個獄卒處死，在逆臣跟前什麼都亂說，還像話嗎?!」

看陳瑛唯唯諾諾地答應著退下去，朱棣不耐煩地揮揮袍袖：「還愣著幹什麼，將這些破爛都給朕抬走，快抬走！」

就在腳步雜沓中，朱棣掩飾著內心奔湧的不安，悄聲問鄭和：「紀綱回來了麼？」

「回稟皇爺，紀綱今日剛到京中，沿途捕獲一些叛臣及他們的眷屬，忙著送到詔獄中去，尚未顧得上遞牌子稟奏皇爺。聽說，他還無意之中碰見了道衍和金忠兩位師父，也一併給帶來了。」

「噢?」朱棣瞪大了眼睛若有所思，暫時忘了連日來處置叛臣的既痛快又心煩，「那……道衍和金忠為何也不來面君?」

「這……」鄭和略微猶豫一下，「他們……聽說他們來到京城之後，便直接到天界寺掛單去了……」

「掛單?什麼掛單?」朱棣一愣。

鄭和知道隱瞞不住，索性直接說清楚，「所謂掛單，就是新來的僧人或道士請求入住……也就是入夥的意思。」

「功成名就卻激流勇退，不愧為高僧啊！」朱棣面無表情地長嘆一聲，「昔時杜甫有句詩說李白是冠蓋滿京華，斯人獨憔悴。道衍和金忠眼下情形，正是如此呦！哼，朕豈能讓功高勞苦之人憔悴下去?鄭和，你就去天界寺，想辦法將他們請來。記住，一定得請來！」

由於紀綱對道衍和金忠寄予了厚望，沿路之上倒也恭敬有加，就連道衍提出先到天界寺中參拜一下當年的師父，他也絲毫沒有阻止。

天界寺位於聚寶門外，在秦淮河南岸，是京師金陵首屈一指的大剎名寺。道衍年輕時流落京師，曾在這裡修行過。不過那時他還是一個名不見經傳的小僧彌，那時寺內的高僧以及前來參禪拜佛的達官貴人，對他是不屑一顧的。

轉眼三十年過去，站在寺門外，仰望著恢宏的雕金樓臺，道衍覺得自己彷彿轉了一個大大圓圈，最終又回到了起點。屈指算來，當年離開這裡時，尚不滿三十，正是風華正茂的年齡。而此刻，自己已經將近古稀，垂垂老矣。唉，人生如夢，無論夢中身在何地，醒來依舊各自睡於各自榻中。佛經上說的，太有道理啦！而這些道理，往往會叫人得用一生的時間去參透。玄之又玄，玄之又玄啊！

知道當今皇爺的軍師要來本寺，方丈及大小僧官穿戴整齊，鐘磬悠揚地奏響中，列隊迎接他。道衍在一片寒暄聲裡神情極不自然，他又想起了往昔沒沒無聞的日子，他也不約而同地想起了那句沉鬱的詩句：「冠蓋滿京華，斯人獨憔悴」。

天界寺離聚寶門很近，聚寶門內外的喧囂聲這裡都能隱約聽到。這讓道衍異常苦悶困惑。整日間充盈耳內的，不再是往昔熙攘的市聲，撕心裂肺的痛楚慘叫夾裹著陣陣陰冷風撲面而來，腥味濃鬱，令人毛骨悚然。誰心裡都清楚，那裡每日升天的怨魂總在數以百計。而殷紅的血，更足以匯聚成一條不小的河。

無意中，道衍發覺寺中眾僧看自己的眼光有些異樣。他不曉得這是自己內心作怪，還是確實如此。總之，他開始坐立不安，獨居淨室參禪打坐，儘量避開和每個人的交往，就連金忠進寺之後又溜達到了哪裡，他也懶得過問。

突然有一天，金忠卻笑嘻嘻地出現在面前。他推門進來的時候，道衍正微閉雙目口中念念有詞，直到他走到跟前，道衍也沒睜眼看看破門而入的是誰。

「師兄果然好悟性，進寺才幾天，便練就了如此高的定力，」金忠的聲音極其輕快，彷彿一綹陽光射進窗櫺，和籠罩整個寺院的淒淒氣氛很不相稱，「師兄，你睜眼看看你師弟如今的模樣，保管叫你大吃一驚。」

道衍依舊低首垂目，緩緩念誦道：「心相無形，面相逐生，心面相應，面露心聲。師弟，你莫非到朝中領下一襲官袍穿戴整齊，來要老僧道賀了？」

「呀，師兄果然是師兄，小弟怕這一輩子也趕不上了！」金忠驚叫一聲，隨即又樂呵呵地說，「師兄，君臣一場，既然來到京師，不去參拜也說不過去。況且不是小弟硬湊著去的，內臣鄭和奉了皇上詔旨，再三相邀，不去實在說不過去……」

「不用解釋了，你我相處，彼此已洞若明燭，師弟意思我明白，你又奉了詔旨來拉老僧一同參拜當今聖上，沒有妄說你吧？」道衍輕輕打量一下眼前的這個身穿正三品補服，既熟悉又陌生的師弟。

「哎呀，京師這個首善之區真是寶地，師兄法力增長如此快，竟然能神機妙算了！」金忠連說帶笑地扯一把蒲團上的道衍，「那就快走吧，行李都收拾好啦，聖上正翹首以待呢！師兄不是要以畢生才學施展抱負於天地間麼？現在天下初定，正是大展才華的良機，師兄何不善事做到底，青史之上，也可收取全功的美譽呀！」

道衍心頭一動，他立刻想到天界寺外接連不斷的殺戮，解鈴還須繫鈴人，也許自己真的該走出只顧個人吃齋念佛的寺院，該去普度一下眾生了。但他立即想起方才佛經上的一句，眾生好度人難度，寧度眾人莫度人。是啊，大千世界，人最難為呀！

見道衍沉思不已，金忠卻不耐煩了，又扯他一把衣袖，壓低了聲音說：「師兄既然了解小弟，小弟自然也能猜出師兄心下所想。師兄不過是害怕當年洪武皇帝對待功臣的情形重演，有道是與君王交，共患難易，共富貴難，可是這層意思麼？其實師兄多慮了，當今聖上自是不同於乃父，他邀你我師兄弟，確實是真心實意！」

道衍苦笑著搖搖頭：「佛語說，識破一人，難似識破整個紅塵。師弟不必胡亂猜測，老僧還須仔細想想前因後果。」

「國師果然高明，句句不離智哲禪理，著實叫人欽佩，難怪聖上如此看重！」通通腳步聲響，門外黑影一閃，有人轉過花格門扇，走近兩步，邊說邊衝道衍躬身施禮。

道衍瞇起眼睛打量一下眼前這個年紀不過三十餘歲，渾身內臣打扮的高個壯漢：「恕老僧眼拙，這位是……」

「果然應了那句老話，錢是人之膽，衣是人之威。這一換了裝束，竟然互相不認識了。國師那時日理萬事，固然無暇仔細端詳在下，但國師每日在皇爺身邊商議事情，在下卻再熟識不過了。」那人抖動袍袖，笑說著湊得更近些。

「師兄肯定記得，他便是常在當年燕王身邊的貼身內臣兼護衛，現在聖上賜名叫鄭和。」金忠忙在一旁幫著解釋。

道衍大悟似的點點頭，好像想起來了。彼此寒暄兩句，鄭和直截了當地說道：「國師，金陵城攻陷時，怎麼也找不到二位，皇爺急得什麼似的，後來聽說二位有了下落，驚喜得立刻下旨令在下來請。在下先碰見金國師，共同入宮觀見，皇爺拉住金國師的手，又是感歎又是唏噓，連在下見了也忍不住掉幾滴眼淚，能如此君臣一場，真算沒有白活。這不，皇爺今兒在後宮御花園擺下慶功洗塵酒宴，去的都是些功高蓋世元老，像淇國公丘福丘大人這樣的。恐怕別人都到齊了，單等著國師您呢！」

道衍立刻知道，自己無論如何也推脫不過去了，「好吧，那老僧就索性普度眾生中最難對付的人一回！」他喃喃自語著站起身來。不過鄭和並沒聽清他的話，正忙著向門外招呼：「快，將肩輿抬過來！」

正如鄭和所說的，規模不大卻很精致的宴會擺放在後御花園中。御花園是供皇上和后妃平素散步遊樂的場所，不要說外臣，就連一般太監也不讓輕易進來。能在這裡與聖上共用美味，本身就是一種了不起的榮耀。

來參加宴會的如丘福和朱能、張信等開國元勛，無不緋袍玉帶，威風凜凜，唯獨道衍，依舊一身半新不舊的袈裟，格外扎眼。

但朱棣並不介意，特意將他的座位安排在離自己最近的地方，接連招呼鄭和代自己向他敬酒。道衍在眾人羨慕的目光中，一次次地叩頭謝恩，一次次地仰脖飲盡金樽中的醇釀。不知不覺間，他昏然大醉，幾年來他頭一次這樣醉過，而昏昏然中，他沉醉得既痛快又酸楚。有一刻，他甚至弄不清楚，自己身在何方，到底做過些什麼。

晃晃悠悠中，道衍感覺自己被人攙扶著，前呼後擁，依舊乘肩輿來到一處看上去十分陌生的高大門第，他來不及看清門第是何等模樣，已被簇擁進前廳大門。一股撲鼻的異香幽幽薰面，影影綽綽中，環佩撞擊發出一連串的脆響，有許多裊娜的身影在眼前晃動，鶯歌燕語般的聲音接連問候，但道衍已經無力聽清她們說些什麼。

有人捧上熱茶，幾口下肚，道衍舒服許多，長長出口氣。似乎是鄭和的聲音：「好了，天下沒有真金剛，師父也覺出溫柔鄉的美妙了，那就快快就寢吧。」

鶯歌燕語立刻答應著，道衍半張朦朧的雙眼，忽然感覺如同仰臥在輕柔的雲團上，雲團輕盈好像虛無，香風拂擺中彷彿進入天界。耳畔的喧鬧漸漸遠去，萬丈紅塵終於踩在了腳下，道衍甚至聽到自己飽經滄桑的衰朽骨骼發出酥散的響聲，他放開心胸化入了虛幻之中。

多麼甜美的天際遊蕩，直到第二日的太陽紅紅白白地在眼皮外搖晃，道衍才意猶未盡地睜開眼睛。

他突然大吃一驚，映入眼簾的首先是一頂粉紅色帳幔，鑲著金邊的流蘇在陽光下熠熠閃光。

再摸摸身上，也不是天界寺中粗布棉被，光滑的綢緞在手中像流水一樣柔和。道衍以為自己大夢未醒，他抬手撩開帳幔一角，才發現自己正睡在一張象牙鑲嵌的楠木大床上，床幃四面擺放著描畫有仕女揮扇、西施浣紗之類各式圖案的屏風，屏風外側則是雕花玲瓏的案几和楠木太師椅。

這是什麼地方？自己怎麼會無緣無故地闖到這等地方？道衍忽然意識到，夢中所謂的天界，不過是人間最俗的角落。他呼地撩開身上的衾被，卻立刻下意識「呀」一地輕叫一聲，慌忙將赤裸的身子裹住。

躲在屏風外邊的一群裊娜身影聞聲立刻婷婷娉娉地走過來，紛紛彎腰施禮，仍舊鶯歌燕語般地請安。

道衍當即便悟出了什麼，卻低頭沉思著不知該如何應付。這時，那群使女已經走過來，有人端杯清水，另一個捧著痰盂，意思要侍奉漱口；還有人雙手托著緋紅色的官袍，掀開被子要給他更衣。

道衍情急之下大喝一聲：「慢著，你們都退下！對了，再將我的僧衣找來扔到床上！」

使女們一愣，她們摸不準這位新主子的脾性，因而更加小心翼翼。但誰也不敢貿然離開，更不敢去找什麼僧衣。昨日皇上心腹太監鄭公公親口交代過，這個和尚非同一般，他可是當今新朝的國師，連皇帝對他都恭敬三分，將來封什麼大官都有可能。既然如此，誰敢替他找什麼僧衣，萬一鄭公公怪罪下來，那可怎麼得了？這些使女幾乎全是建文罪臣的家眷，她們脆弱的神經再經受不起一丁點兒的驚嚇。

就這樣尷尬地對峙片刻，有個丫頭匆匆跑進門檻，幾分驚慌地說：「收拾好了沒有，鄭公公來了！」

聲音很低，但所有的人都為之一震，她們來不及細想，撲通跪倒在床下一大片：「奴婢們有什麼不是的地方，大人慢慢教訓，現在請大人快更衣吧，鄭公公來了，見奴婢們伺候不周，又要發怒了。」

道衍不同於自小生長在侯門的權貴，他理解下人的難處。但如果順著她們，自己的初衷又何在呢？道衍長歎一聲：「起來吧，快叫鄭公公進來，有什麼話我對他說。」

「國師，您如今萬流歸源，終於又和皇爺團聚在一起，真正可喜可賀，有什麼吩咐，儘管告訴奴婢好了。」鄭和衣帽整齊，人已走到屏風外邊，接過道衍的話頭說道。

使女們見鄭和來到，忙爬起身閃到一邊。道衍也鬆了口氣，他衝這些受驚兔子般的小女孩擺擺手：「你們都退下去吧，我會給鄭公公解釋清楚的。」見眾人大赦一樣依次走出，道衍擁被坐起，滿臉無奈地笑道：「鄭公公，你這安排的叫哪齣戲呦，和尚倒要使女侍侯，那還成什麼體統？」

鄭和卻不以為然：「國師，奴婢哪有這份能耐，還不全託了當今皇爺的福？昨日國師酩酊大醉，皇爺特意頒旨，賜國師皇城外宅基一座，奴婢剛才繞院子看了看，倒也蠻寬敞，皇恩浩蕩呀！怎麼，國師還賴在溫柔鄉裡不肯起來麼？來，奴婢給國師換了衣服，一同到金殿謝恩。」說著鄭和拿起堆放在一旁的麒麟袍和玉帶。

道衍連忙擺手：「鄭公公誤會了，老僧本是江湖漂泊之人，有幸輔佐皇上一程，平生志願已遂，所謂從來處來，到去處去。老僧馳騁雲遊倒還有幾分用處，至於端坐衙門，確實非我所長呀！還是煩勞鄭公公給皇上解釋一下，老僧在這華屋之下，其實遠不如天界寺的禪房中自在。」

鄭和疑惑地瞪大眼睛：「國師，人人爭先恐後，都是圖個老來富貴，您可倒好，放著到手的福氣不享用，那青燈黃卷的，有什麼意思？」

「唉，鄭公公這就有所不知了，佛理上說，不讀華嚴經，不懂佛富貴。各人眼中自有一番富貴，只是人人看起來不同罷了。」道衍淡淡地微笑著說，有意無意地將手邊的麒麟袍和玉帶向遠處推了推。

好似漫不經心的動作，鄭和已經看在眼裡，他搖搖頭，滿副不可理喻的表情：「好吧，既然國師堅持這樣，奴婢只好恭敬從命，至於皇爺准許不准許，那可不好說。」

「鄭公公可轉告陛下，就說老僧雖年近古稀，但仍然願受驅使，只要讓老僧長住佛寺，閒暇之際能拜佛參禪也就足夠了。」

換上僧衣芒鞋的道衍目送鄭和搖著頭遠去，自己也苦笑幾聲搖搖頭，然後他昂首走出那座在陽光下閃爍著金輝的宅院，四周雕樑畫棟的廳房和假山小橋，他視而未見。直到走出朱紅大門，他才感覺，大夢或許真正醒了。

一場大風暴席捲而過後，漸漸的又都恢復了寧靜。建文朝中膽敢頑抗到底的舊臣，無不受盡折磨而最終連同他們的家眷甚或親友倒在了金陵城中各個角落。

許久以後，朱棣仍然覺得眼前閃動著血光，耳旁搖曳著刺響的呼號。他竭力不去想這些，雖說對手的倒下，自己的感覺並不如預料中那般酣暢痛快，但他們畢竟倒在了自己腳下，也許這也就足夠了。

況且還有許多更為棘手的事情在等著他。

對那幫建文舊臣，朱棣可以肆無忌憚地將他們割鼻、斷舌、下油鑊、剝皮乃至碎屍萬段。但令朱棣很難把持的，卻是那些沾親帶故而和建文舊情不斷的王公們。

自己的妻兄徐輝祖便是頗讓頭疼的一個。四年靖難戰爭中，徐輝祖從來沒念及過和自己的親族之情，積極輔佐建文想方設法地征討自己。這倒也還罷了，就連在大局已定的情況下，燕軍攻殺進了金川門，幾乎所有的都督及指揮使都放下了手中的武器，見風使舵地歸順了自己，而本應該最先投靠自己的徐輝祖，卻仍不識眼色地率兵抵抗。

退一步講，就算那時還是各為其主，自己這個妻兄有些過於愚忠，不與他計較許多也就是了。但在自己已經登臨奉天殿，成為天下新君主之後，前來拜賀的群臣中仍沒有徐輝祖的身影，這就讓朱棣有些臉上掛不住了。有好幾次，他疑神疑鬼地發覺大臣們眼光中閃動著神秘莫測的冷笑，似乎在無聲地說，你們一家人中還有人對抗你，難怪不服氣的會那麼多。

朱棣終於忍耐不住，他吩咐紀綱，讓他帶人到徐輝祖家中，不管是軟請還是硬拽，都要把他給弄到金殿來，叫眾臣看看，朕的家風其實並不如他們想得如此不和！

可是紀綱很快便轉回來稟報，徐輝祖確實在他的家中，也就是當年開國元勛中山王徐達老宅裡。但是他們卻空手而歸，因為徐輝祖並不在正廳，不知處於什麼原因住進了中山王祠堂中。中山王祠堂是洪武皇帝親手寫的匾額，即便是他們錦衣衛鎮撫司中的人，也不敢輕易闖進。

稟奏的話還沒說完，朱棣便猜出了徐輝祖的意思。他分明在向朱棣表白，我承認的仍舊是建文，寧可躲避在陰氣沉沉的死人祠堂中，也不向你俯首稱臣。當然，還有更為了當時的言外之意，那就是你朱棣登位登得名不正言不順！

「混帳，真真是喪心病狂！」當著紀綱的面，朱棣不必掩飾許多，他青黑著臉將面前案几拍得砰砰直響，「立刻再去，帶上詔獄的書記官，帶上刑部校尉，傳朕諭旨，令他招認自己罪狀！」

紀綱不敢辯駁，立刻再帶人眾湧到中山王祠堂前，命人敲開大門，宣讀聖諭，令他當面認罪。徐輝祖好像早有準備，也不推脫，接過紙筆，一氣呵成兩行大字：「我父乃大明開國重臣，江山社稷有其血汗。洪武太祖親賜鐵券，後輩無論何罪，皆可免死。」

寫罷將紙筆往紀綱面前一丟，返身縮進祠堂中，再不肯露面。紀綱自然知道此處非同一般百姓田舍，中山王祠堂不但是徐輝祖的祭祖之處，還是當今徐皇后的本源所在，硬的自然不敢來，況且皇家內部事務，插手太深反而自取禍患。這樣想著，誰也沒繼續為難徐輝祖，僅將這張寥寥數語的供詞帶回朝中。

當朱棣看到這個所謂供狀時，簡直要氣炸了膽和肺。他忽然覺得從前根本不認識徐輝祖似的。自從攻下金陵，建文朝明擺著已經成了過去，表現出對老朝廷忠心的臣子倒也不少，不過那都是做做樣子而已，或者說向他這個新朝廷表表姿態，以便能在新朝撈取更多的實惠。本以為徐輝祖最多也不過如此。但現在看來，自己完全判斷錯了。

「哼，不要以為祖上會庇護他一輩子，朕偏就不信這個邪！」朱棣心頭怒氣翻騰，「紀綱，你立刻帶人將不知好歹的傢伙拎到詔獄中……」

「皇上，臣妾拜見皇上！」屏風外陡地一聲脆響，朱棣輕微一激靈，抬頭看時，徐皇后已經風風火火地站在面前。

「你……」朱棣知道她肯定聽見他和紀綱的談話了，畢竟這是後宮的偏殿，皇后居住的坤寧宮就在旁邊。

「皇上，臣妾蒙皇上厚愛，位居皇后，方才在交泰殿西側受眾妃嬪和誥命夫人們的朝賀。回來時抄個近路打這裡穿過，不料卻聽見皇上正商議國事，本來不想攪擾，又恐逕直而過有失禮節，故此……」

成為皇后的徐妃遍身大紅宮衣，髮髻挽得很高，千嬌百媚中不乏雍容，根本想像不出就在一年多前，她還煙薰火燎地站在北平城頭上，親手舉石塊砸死過敵軍。

不需要太多的解釋，朱棣知道她的心思，不過也不能怪她。朱棣能想見她剛才接受誥命夫人朝賀時，肯定見到了成為新寡婦的徐增壽妻子，從她被淚水沖出條條粉黛痕跡的面容上就可以輕易瞧出來。而現在，她又將失去另一個弟弟，滋味怎麼會好受呢？她處處留意自己的言行，用心良苦啊！

「愛妃，你知道，輝祖他……」朱棣由她大紅宮袍想到了北平城頭慘烈的一幕幕，忽然理虧似的有些結巴。

「皇上，臣妾清楚皇上的難處，臣妾只是恰巧從這裡路過，並不想偷聽皇上的談話。臣妾剛才在交泰殿中見了大殿中央懸掛的那塊洪武太祖親筆題寫的『無為』牌匾，那是太祖告誡后妃，不許攙和國家大事，臣妾既然統領六宮，怎能違背祖宗規矩？臣妾知道輝祖他生性耿直，有時候未免做出出格的事情，任打任罰，皇上自然會斟酌而行……只是苦了他一家老小……可嘆阿爸戎馬一生，到頭來……」

朱棣看見徐妃的眼睛開始泛紅，晶瑩的淚珠順著長長的睫毛滾落到腮前，與先前淚水流過的痕跡重疊沖出更加深刻的溝壑，哀楚得那麼孤立無助。

一瞬間，朱棣領會了這位將門之女的另一面，她那不管不問的威力遠遠大出了據理力爭。但想想也是，徐家一門，老一代跟著父皇創下了大明江山，新一代的一個給自己生兒育女，支撐起半邊青天，另一個又因為向著自己被建文親手砍殺，僅剩的這個，即便有些錯處，也似乎不必大動肝火。唉，家家門前千丈坑，得抹平處且抹平吧！

這樣想著，朱棣無力地揮揮手：「紀綱，你去傳下朕的旨意，赦免徐輝祖大不敬之罪，幽禁其於宅邸中，削去世襲的魏國公爵位，不管怎樣，聽憑其頤養天年也就是啦！」

紀綱答應著信步退下。徐妃並沒叩頭謝恩，她既然說過自己不攙和國事，那赦免徐輝祖就完全是皇上一個人定的主意，她不能自相矛盾。「來，朕陪愛妃一同回宮。新朝初建，萬事穿心，是該歇息歇息啦！」朱棣苦笑著無聲地嘆口氣。

如果說，對於徐輝祖而言，親情大過仇恨的話，諸位親王的手足之情則更讓他有點煞費苦心。

花木蔥蘢夢蝶情

當初起兵反對建文朝廷時，朱棣便打著反對削藩的旗號。他曾再三聲明，自己之所以出兵，是要替那些被削藩的親王們平反冤屈，正因如此，親王們幾乎一致地支持他，寧王將朵顏三衛交屬他統轄，谷王在他兵臨城下時，最先大開金川門，使他幾乎沒有阻礙地殺進來。若沒這些幫助，也此刻他仍在生死未卜地與建文苦戰。

對此朱棣自然心知肚明，因此剛坐穩了寶座，他便接連下詔，將建文朝中被削去爵位的親王全部恢復名位，並且還給各王府增設了賓輔、伴讀，所轄護衛人數都增添一倍。比起以前來，親王們的待遇簡直空前恩厚。

其中最高興的還數谷王，因為開啟金川門迎駕的大功，朱棣特意另賞賜他衛士三百名，還將其封地由宣府改封到長沙。長沙位居長江中心，是國家的正中央，這裡物產富庶，風光優美，氣候宜人，正是享福作樂的好去處。為此谷王喜出望外，當著宣讀詔書的鄭和拜謝皇恩說：「人都說長兄如父，我這皇兄，簡直比太祖父皇更講情義。大明江山如此皇恩浩蕩，真是我們藩王的福氣！」

當鄭和喜滋滋將這話如實稟告給朱棣時，朱棣只是淡然一笑，隨即眉頭又皺緊了，他正不知道該如何消除分封親王中遇到的一塊心病。

心病便是寧王，這個年齡最小，對自己幫助卻最大的同母兄弟朱權。

寧王朱權其實早就等不及了。自從當年率領自己王府親兵以及朵顏三衛跟隨燕王起兵後，他便一直隨征討大軍南下，居無定所。現在天下總算穩定了，當年的燕王如願以償地當上了皇帝，建文朝中有仇怨的大小臣僚基本斬殺殆盡，標誌著新朝建立的永樂製錢已經發行，「文淵閣」也組建落成。可是唯獨自己，仍沒等來兄長諾言的兌現。

特別是朱權看到自己的弟兄們，像周王、代王、谷王等都稱頌著皇帝的恩德回到了屬於自己的封地，再看看自己，仍舊蜷縮在金陵城邊上的龍江驛中，別說增添護衛，就連王府也沒個蹤影。相形之下，他深感酸楚。

當年兄長燕王與建文苦戰不休時，正是自己將屬下的朵顏三衛這支剽悍騎兵拱手送出，關鍵時刻扭轉了戰局。雖然當時有些脅迫的意味，但自己半推半就的意思也很明顯，否則遠道而來的燕兵也不會如此輕易得手。

事後朱權也了解到，朵顏三衛和燕王曾有過秘密的所謂大寧盟約，燕王承諾將來打下天下之後，將大寧地盤送給三衛這些兀良哈族人，准許他們自治。正因如此，三衛騎兵才肯捨命衝殺。現在正如當年所許諾的那樣，大寧地界交給兀良哈人自己管轄，朝廷在東北的防線整個南移，兀良哈人為此喜不自勝，連連上表稱頌英明。

可是自己呢，朱權不止一次地想起燕王灰溜溜遠赴東北尋求自己幫助時，信誓旦旦地說過的那句話：「兄弟，這張餅咱倆一人一半地吃。慢說一張餅，將來天下太平了，就是整個江山，也是一人一半。」

燕王成了永樂皇帝後，一一兌現其許諾時，朱權總忍不住琢磨整個江山也是一人一半的意思。若真的一人一半的話，自然就是以長江為界，分作兩個國家，大明從此有兩個朝廷。但是，這可能嗎？如此深厚的恩遇，連朱權自己都覺得玄乎。他了解自己的兄長，向他要求瓜分國家，簡直就是與虎謀皮呀！

躊躇不安間，已到了永樂二年的春天。金陵比不得大寧和北平，這裡的春天來得格外早，新春剛過，園中已是綠樹蔥蘢，花叢中星星點點的花朵隨著薰風左右搖擺。年前皇帝頒下詔書，改北平為北京，與現在的南京遙遙相對。其中意思，據詔書說來是不忘發祥之地，但也有些善於揣摩皇上心思的大臣，像解縉和金忠，暗中猜測這可能是皇上有意將都城北遷的一個徵兆。

事若關己，言便入耳。寧王朱權乍聽到這個風聲，心下不由得一震，這麼說，皇兄之所以將自己留在金陵的龍江驛中，遲遲不予分封，莫非真的要實踐當年諾言了？他若要遷都北平，那南京算誰的？江南半壁江山莫非真的要成為自己的了？一想到手中要掌握這麼多土地百姓，他立刻有些頭大，是驚是喜連自己也說不清了。

朱權日夜做著皇帝夢的時候卻不知道，此刻朱棣正為如何打發自己而猶豫不決。

彼此僵持著直到永樂二年的四月間，朱權終於等不及了，他寫了奏疏，要求覲見皇兄。在寫奏疏的時候，朱權忽然靈機一動，耍了個小心眼，他沒提要跟皇上商議什麼事情，單說來京日久，卻始終無暇得睹天顏，終日思念手足親情乃至夜不能寐，「若聖上百忙中得暇敘談，平生願望足矣！」他信誓旦旦地寫著，暗想話說到這種地步，你恐怕不見也不行了。

果然，朱棣接到奏報後，立即安排鄭和手捧御敕，詔十七弟進宮，陪同聖上共進御晚膳。朱權聞訊兩眼放光，他想起了當年在自己住所，最後一次和四哥共用早餐的情形，正是在這個特殊的彼此心照不宣的早餐中，四哥手拎一張薄餅，似乎無意而又意味深長地說，十七弟，你我兄弟要甘苦與共，將來慢說一張餅，就是整個江山，也是你我一人一半。那麼，四哥這次安排自己與他同進晚膳，是否別有深意，或許真的兌現當初的許諾了？

「好呀，早上開花，晚間結果，倒也恰中事理……」朱權看著鄭和走出院門的身影，喃喃地自語道，隨即強壓住喜悅，吩咐家人，「快給我換衣服，我要進宮！」

暮色沉沉，整個金陵城已沉浸在靄靄煙霧中，夕陽意猶未盡地在天邊留下一抹紅暈，醉人而蒼茫。隆隆的輦車碾過方磚石條砌就的大道，隨著一扇扇沉重大門的依次吱呀呀拉開又閉上，雄壯巍峨的乾清門矗立在面前。

鄭和碎步迎上來，替他掀開半單的車簾：「王爺來了，皇上今兒特意將晚膳安排在乾清宮東邊的御茶房內，王爺請吧。」

朱權大致看一眼暮色中只剩下一個輪廓的殿門，說不上緊張還是興奮激動，點點頭，踏上大理石臺階。「也許用不了多久，這裡的一切就順理成章地要供自己享用了，」一個飛來的念頭充斥在腦中，儘管連他自己也覺得似乎不大可能，但這樣的想法怎麼也揮之不去。「若是四哥不和自己商談平分江山的大事，何至於這時候召進宮來呢？要知道，日暮宮門上匙時分，外臣是不准再進來的，可見事情有幾分門道。」他竭力尋找種種跡象來說服自己。

經過去年那場大火的洗禮，整個宮院幾乎全是修葺一新。乾清宮在火中損壞得最厲害，因而也修整得最氣派，明黃宮燈成串排成一條長龍，雕樑畫棟隱約可見，儘管目力所及只有一鱗半爪，其宏偉仍然可以想見。

穿過長長的門洞，一陣鐘聲悠然響起，緊接著管弦絲竹大作，伴有忽高忽低的裊娜歌聲。香煙順風繚繞過來，沖淡了尚殘存的油漆味。「王爺快些，晚膳怕已經開始了，」前邊引路的鄭和回頭輕聲催促一句，懵懂中遐想不已的朱權趕緊跟上去。

矮身走進鄭和打起的簾子，朱權覺得眼前立刻一亮。屋內四壁明燭高燒，如白晝般幾乎映不出人影。所謂的御茶房其實就是一座偏殿，比自己想像得要大出許多。大殿的臺階正中央，南北向擺開一溜條案，各式餚饌已經琳琅滿目，還有宮女太監不斷從側門穿梭著端盤遞盞。階下一隊樂手正賣力地吹拉彈奏，大殿正中幾個宮女長袖曼舞，歌喉嘹亮。

朱權不暇細想，緊走兩步，來到臺階下方，撲通跪倒，口呼：「弟臣拜見皇兄，自去年來到金陵京城，皇兄日理萬機，弟臣雖日思夜念，卻不敢貿然打擾。只是看看轉眼一載有餘，想到近在咫尺仍要倍忍離別煎熬，這才不得已上疏請求覲見，望皇兄恕弟臣萬死之罪！」說著客套話，眼前卻閃現出一年多來的失意彷徨，聲音立刻哽咽起來。

端坐在長案一頭的朱棣忙站起來前走幾步，彎彎腰做出要扶他的樣子，鄭和趕緊攙住朱權：「王爺，皇上要您免禮用餐呢！」

朱權又彎腰拜謝過，蹭到長案邊，在另一頭坐下。朱權很早以前曾陪同父親洪武皇帝吃過飯，但那時尚小，具體什麼情形已經記不大清了。現在重新坐在金殿中享用御膳，他說不上感慨，只是覺得這所謂的御膳沒他印象中的豐盛。長長的條案上碟盤離自己很遠，不要說品嘗，就連裡面是什麼也看不大清楚。守著一大攤美味，卻只能撥拉跟前的幾樣。朱權偷眼看一下對面的兄長，見他也是如此，不免暗中感嘆，百姓傳說中皇上每日吃的是龍肝鳳膽，其實倒還不如街頭略微富裕的人家抱隻鹹水鴨猛啃一通來得香甜痛快。

不過朱權心裡清楚，吃什麼倒還在其次，今夜怕就是決定自己命運的時刻，務必小心應付才是。可惜令朱權甚感失望，案桌太長，皇上就在跟前，卻根本說不成話，加之吹奏歌舞鬧騰，朱棣的目光滑過自己身旁，望著那些宮女兩眼熠熠生光，也似乎沒有要和他說話的意思。

勉強地胡亂吞嚥幾口，終於盼望著晚宴近了尾聲。朱棣擺一下手，樂工和宮女悄悄退下，鄭和也從旁門走出去。朱權見狀心頭突地一喜，四哥果然沒讓自己白來。

偌大的殿堂頓時冷清下來，朱棣臉色在燈下有些發白，和他到大寧投奔自己的時候相比，簡直恍若兩人。「十七弟，朕的飯菜可還合乎胃口？」朱棣話中含著笑意。

朱權將身子傾斜了湊近些回道：「皇兄恩德，弟臣不勝感激，只是……皇兄可還曾記得當年在大寧時，皇兄說過兄弟如手足，萬物皆如衣。衣服破了尚可補，手足斷了不可接……皇兄還說即便一張餅，也要一人一半地分著吃……」

朱權不想再繞什麼彎子了，他知道時間有限，過不了多大會兒，夜色稍深，他是非走不可的。這樣一想，便咬咬牙，照直說出來。

「哦，那是自然，」朱棣幾分意味深長地笑笑，「說沒說過這樣的話，朕雖然不大記得，皇弟的意思卻是再對不過了。譬如現在，朕賴上天相助，鏟除了朝廷奸佞，富有四海，慢說一張餅，就是一筐餅，皇弟儘管吱聲，叫御膳房去做好了。」

話未聽完，朱權便感覺有一瓢涼水當頭潑下，渾身一激靈，大夢般地清醒過來。這位皇兄顧左右而言他的意圖再明白不過，他竟然厚著臉皮說自己不記得當初許過的願！唉，時過境遷，事過境遷啦！

不過朱權並不特別失望，因為自己本來也覺得所謂中分天下不大可能，現在一下子挑明了，反而有點輕鬆。那麼，接下來就由他這個當皇帝的去說吧，看他要將自己分封到哪兒，總之，自己對他的作用是明擺著的，他總不至於忘掉吧，總不至於將自己分封個不像樣的地方，至少要比谷王、周王他們還得強些，否則他當哥哥的自己良心上也過不去。

躊躇間朱棣又說話了：「十七弟久駐大寧，那裡天寒地凍，物產單調，怎麼，來金陵京師後感覺到底不一樣吧。來，品品新採摘的西湖龍井，揚子江中水，蒙山頂上茶，四月裡正是最新鮮的時候，味道自有不同之處。」

朱權聞言心頭一動，他清楚藩王一旦變成了皇帝，說話便開始晦澀，這也算是百姓們講的巧人慣說藏頭話吧，皇帝雖不是巧人，但他是貴人，說話更要藏頭掩尾了。四哥的意思，莫非要將自己分封到杭州？那倒也是個好地方，半壁江山的秀色，都集中到那裡了，能在西子湖畔悠哉半世，未嘗不是一件美事。

「皇兄的意思是……」朱權打起精神，「是可憐弟臣在大寧苦寒多年，要將溫潤的西子湖賞賜弟臣居住？」

朱棣忽然哈哈大笑：「看看，十七弟又想歪了不是，蘇杭美倒是美，可惜作為封地，都有不妥之處。像杭州，先帝在位時，五弟曾請求分封自己去那裡，父皇就沒有准允，認為杭州陰氣太重，不利藩王。建文學識淺薄，領會不了先帝意圖，即位之初就將其弟分封到那裡，結果怎麼樣？還沒等到動身，就玉石俱焚呀！再說蘇州，不但和杭州同樣的毛病，而且距離京師太近，乃京畿所轄，分封給藩王，多有不便……」朱棣搖頭晃腦地連連嘆氣，似乎很願意滿足朱權卻又無可奈何。

「這……」朱權一愣，但找不出什麼理由反駁，索性率直了性子說：「難得皇兄為兄弟們考慮如此周到，那，依皇兄的意思，弟臣該往何處安身立命呢？」

朱棣慢慢收斂笑容，一本正經地想想：「十七弟，你我兄弟既然情同手足，自然要奔著最好處打算。記得當初分封藩王的時候，先帝將十七弟分到東北大寧，當時就有司天官提出，說十七弟命在西南，東北恰打了一個反，不但不利於個人，亦不利於天下。可惜那時先帝脾性粗暴，司天官們只是在下邊私自議論，沒敢跟父皇提及。結果呢，朝中果然就出了奸佞，引來為兄四年靖難，想來還後怕呀！如今天下終於太平，再不可重蹈覆轍。為兄以為，建寧、荊州以及南昌和重慶，都是古來名勝之地，也是兵家必爭之處，由十七弟去留守，朕自然再放心不過了。」

朱權砰砰跳的心立刻冰冷下來，他覺得自己自從進這乾清宮時就被四哥擺布了。誰說過自己命在西南，他不得而知，況且四哥說了，那是司天官們私下議論，就更無從對證。從東北到西南，簡直如同屎堆挪到了尿窩，真虧四哥能說得出口！

「不要說自己曾怎樣幫過他，他還親口許諾過江山也可以一人一半的話，即便光憑兄弟情分，也不該將自己摔出那麼遠哪！掐指數數，大明統轄的一百四十多個州府，比這四個地方差的還有幾個?!」朱權忿忿地各種思緒風捲而來，「朱棣呀朱棣，當時你是怎麼情形，莫非真的忘個一乾二淨，皇帝這個位子，真就如此巨大地改變人麼?!」

然而朱權也知道，父皇洪武爺還曾當過和尚要過飯，可不管原先有多落魄，現在皇上就是皇上，金口玉言，說出話來是不可改變的。他突然覺得心底有東西通地一墜，渾身鬆軟得幾乎站不起來。猶如設了一場賭局般，這次又輸了，輸得他不願再算計得失的多少。趔趄著，他奔出大殿，走到門口時，侍立於門側的鄭和過來要攙扶他，但他甩手打掉，哈哈一陣身不由己地狂笑。直到走出殿門老遠，笑聲依舊繚繞。鄭和唬得面如土色，偷眼望望朱棣，見皇上正盯住條案上的碗碟發呆，似乎什麼也沒聽見。

回到驛館中的朱權很快病倒了，動不動便發瘋似的哭父皇。朱棣聞聽消息，沉著臉也不說話，攤開黃絹親筆謄寫了一篇初唐大才子王勃的《藤王閣序》，並特意在最後加上一句：「南昌人傑地靈，正適於修身養性，十七弟久在大寧冰天雪地，兄賜溫潤雄州，該不怨詰。兄知十七弟明通事理，不比建文。」

這個不是聖旨又似聖旨的東西送到驛館中，朱權一眼便領會了其中半是勸解半是威脅的語氣，他一下子更了解了兄長不少，搖頭苦笑幾聲，什麼也沒說，即刻收拾行裝趕赴了南昌。

等到了地方，朱權才知道，南昌雖然處於長江邊上，但繁華景象遠不如皇兄謄抄的文章那樣美妙。自己的王府，其實也就是江西布政司搬遷後留下的舊院落，不但不能和其他弟兄們相提並論，就連自己在大寧的寓所都不如。

不過既然到了這種地步，他也只好將就了。況且早在金陵時他就想到了那句古話，太平本是將軍定，不許將軍見太平。古來如此，就連自己父皇也毫不眨眼地殺戮功臣，自己能有個地方活命，也該知足了。因此他不但沒說什麼，反而變個人似的滿臉笑意，在藤王閣附近修蓋了座不甚奢華倒也雅致的書房，每日調錦瑟讀詩書，真正樂哉悠哉。

正因為無為，朱權便很快落下了好名聲。當一年以後告密風潮迭起，有地方官員向朝廷報告說寧王在南昌有不滿之心時，朱棣毫不猶豫地笑道：「朕知道十七弟為人機敏，定然不會做如此事端。」

有人將朱棣在朝堂上的話悄悄告訴朱權時，朱權正在自己的「精廬」中焚香撫琴，聞聽後也不答話，臉上不動聲色地一笑，琴聲更加激越而悠揚。

幾經周折，雖然有不太滿意的地方，但畢竟兄弟們間很容易造成尷尬的分封問題終於不了了之，朱棣略微放下些心。但他來不及長出口氣，因為還有更為棘手的事情困擾著新誕生的永樂朝廷。

按照祖制，新朝建立，頭等大事便是確立誰為太子。依禮部大臣們講，這關乎社稷長遠流傳，半點馬虎不得。朱棣雖並不十分看重他們的進諫，但也不能明顯表示出不屑一顧。

「諸位愛卿言之自然有理，不過朕正值壯年，精力自覺充沛得很，東宮立儲麼，再等一等也無妨，反正朕之三個皇子俱在眼前，讓他們靜心多讀書長些見識，到時候再議論此事也不算遲。」一次朝會上，當文淵閣大學士解縉再度提起這個話題時，朱棣面含微笑地說。

「可是……立儲君當立長子，這已是老規矩，陛下即便定了儲君，也並不影響諸位皇子增長學識……」解縉覺得自己身為文淵閣大學士，乃當今天下的秀才班頭，理當拿出直諫的勁頭來，便吞吞吐吐地說。

朱棣臉色略微一變，看看左右侍立的太監，忽然用了種不耐煩的口氣說：「那麼，就這樣吧，若沒有其他事務，就先退下……解愛卿，朕提過的修編文獻大典的事情，先著手準備著，免得到時候手忙腳亂。」

解縉不知道皇上為何偷偷轉換了話題，正想糾正過來時，值日太監已經扯嗓子吆喝道：「早朝已畢，眾臣拜辭退下！」

雖然解縉莫名其妙，但朱棣卻洞若明燭。通過解縉不合時宜的勸諫，透過眾大臣貌似平靜而實際心頭滿是疑惑的表情，朱棣知道一個新難題已經切切實實不容迴避地擺在了面前。而這個難題，卻遠非對付他的十七弟那麼簡單。

比起父皇二十多個皇子來，自己的兒子要少得可憐，僅有三個。但皇子數量卻似乎和因為皇子而引起的煩惱沒多大關係，他立刻理解了父皇當時左右為難的心情。知子莫若父，話雖不全對，但朱棣仍然清楚自己三個兒子真正是一母生十子，子子有不同。長子朱高熾寬容敦厚，性情和善，但往往給人一種優柔有餘，陽剛不足的感覺；次子朱高煦粗暴好鬥，猶如猛張飛，但也正因為他有這樣的勇力，自己在四年作戰中，屢屢於為難之際得到朱高煦的解救，像前年燕軍橫渡長江直搗金陵時，在浦子口遭遇到盛庸率領的援軍，激戰半晌，燕軍死傷慘重，他差點想暫時退回江北，徐徐再作進攻，而正是這個節骨眼上，朱高煦橫槍立馬，帶一隊敢死兵衝上來，戰局瞬間就有了扭轉。

朱棣還記得很清楚，當時自己精神為之一振，當著眾人的面說：「高煦，幹得好，給我狠狠地衝殺，以後世子之位可就要換你了！」朱高煦不知因為殺得興起還是過於激動，臉色漲紅了一抱拳頭：「父王放心！」話音未落，人已竄了出去。

往事歷歷在目，他卻深感無法交代了。像應付十七弟那樣敷衍過去？顯然會落下遺患。但若就此立朱高煦為太子，他又明顯覺得不大合適。一方面這樣做於祖制不合，放著老大不管，卻立老二為太子，無法向大臣和天下百姓說清楚；再者，朱高煦性情太鹵莽，作大將有餘，當國君卻欠缺呀！

還有那個三子朱高燧，這傢伙文不如他大哥，武難敵他二哥，但此人心眼極其靈活，慣於見風使舵。他在自己兩個哥哥中間，經常一副唯恐天下不亂的勁頭，一會兒附和二哥捉弄老大，一會兒又在大哥面前告朱高煦的小狀。似這樣的性子，當然不是駕馭天下的料，但如果不將他安排妥當，他使勁攪起混水來，卻也害處不小。

將三人橫豎對比過來對照過去，朱棣始終拿不準主意，而這種事情卻偏偏無法向人訴說，甚至連找個人商議也不可能。若以前，道衍倒是可以隱約探討一二的，但現在他蜷縮在天界寺中，青燈黃卷非但沒使他落寞，反而深感滿足。

「這個老傢伙，真是怪人，總有一天，要叫他走出寺門，再替朕多少出些氣力才成！」朱棣想到道衍，便自然地想起這幾年的巨變，不禁自言自語地笑罵道。可罵歸罵，事情仍一籌莫展。朱棣徘徊在幽深而顯得幾分陰暗的應天大殿中，想到許多年前，父皇也許就這樣為立誰作未來的皇帝而躊躇犯難過。據很多人講，父皇當時確實想立自己這個皇四子繼位，因為二十多個皇子中，唯有自己最接近父皇那種不服輸鐵手腕的性格，但最終迫於禮教的壓力，父皇還是立了柔弱的皇太孫為皇帝。也正因為這樣一個決定，他殯天後，多少生靈為之塗炭，多少百姓血汗化作青煙。唉，進退兩難呀！

朱棣分明覺得父皇正注視著自己，看自己如何重走他過去的老路。他分明聽見空落落的龍榻上傳來一聲沉重的嘆息。

就在眾人對皇上何以遲遲不立儲君而猜疑不休時，淇國公丘福趁著下朝時分，遞進牌子，請求面見皇上，說有話要當面稟奏。

不用問，朱棣便猜出了幾分他的來意，但他仍然命太監立刻宣丘福進乾清殿見駕。

丘福是靖難之戰中最大的功臣，幾乎和成國公並駕齊驅。對於這樣一員忠勇俱全而韜略未必十分出眾的戰將，朱棣是最放心不過的。他登位之初，就立意一改父皇濫殺功臣的做法，他要接受建文倒臺的教訓，保存一些想不到什麼時候就會有用的勇將，否則天下再有類似自己之輩，也不至於束手無策。他覺得這是個聰明的主張。

當丘福邁著穩健大步踏上金殿時，朱棣不等他叩拜完便笑盈盈地要他在旁邊龍墩上坐下。丘福儘管作了朝廷重臣，仍不失戰將風采，簡單地謝一聲就重重坐下，龍墩經受不住地吱扭一叫。朱棣對丘福的讚賞也正是這點，直腸子的人總讓他身心放鬆。

「淇國公，現如今不比戰時，每日早朝受約束，可否還適應啊？」朱棣不等他開口，先放緩聲調說道。

「稟陛下，臣既然跟定了陛下，約束不約束的倒也不在乎，」丘福甕聲甕氣地說，「臣之所以這個時候來告擾陛下，是想說說立皇儲的事情。陛下不知道，外邊大臣們猜測紛紛，都瞎議論說陛下有難言隱情。臣當即訓斥他們說，陛下一時沒拿定主意，哪有什麼隱情不隱情?!誰再敢私下議論朝政，當心拿到詔獄中揍折了肋骨！」

「噢，有如此洶洶?!」朱棣眉頭微微一皺，其實他能感覺出來，大臣們應該有所議論了，若沒人吭聲，那才叫奇怪呢。不過既然丘福提開了話頭，朱棣倒想側面問問這個憨直的大將，橫豎他有什麼也不會藏著掖著。「其實正如丘愛卿說的，朕在立誰為太子上，確有些為難，愛卿不妨替朕拿個主張，看朕的三個皇子中，誰堪當大任呢？」

「臣就是為這個來找陛下的，」丘福兩眼放光，扭動著身子，龍墩又呻吟地一叫，「陛下，臣老家有句話叫家有萬貫，不如出個硬漢。莊戶人家如此，朝廷也未嘗不是。當初洪武皇爺正是憑著鐵手腕，才將那幫蒙古韃子和亂臣整治得服服帖帖。現如今陛下要選將來的國君，依臣所見，還是應選個硬漢支撐著才好。」

朱棣心頭一動，他立刻明白了丘福要說出來的是誰。但他卻裝作懵懂無知的樣子，聽他繼續說下去。

果然丘福看也不看朱棣的臉色，照直說下去：「陛下，按臣的想法，符合硬漢標準的，世子自然難當此任。為江山社稷著想，只有二皇子最合適不過了。」

朱棣不置可否地笑笑：「丘愛卿，百姓的話自然有百姓的道理，可惜皇位不止是三五人生計，這關乎江山社稷，那就不僅僅是只講究個硬不硬的問題了。再者說來，若論起祖制，太子重擔非長子莫屬，並且高熾他並沒什麼明顯過錯，如今忽然捨長立幼，天下臣民未免議論洶洶……」

丘福鼻子孔中哼出一聲：「陛下但覺合適，臣民算什麼，拉出幾個殺一儆百，看誰還敢吭聲！」

朱棣沒有理會，苦笑一下搖搖頭，暗說現在不是打仗時候了，丘福那種只知橫衝直闖的憨直早背時啦！真正治國焉會如此簡單？但他並未說出口，反正說出來也沒什麼意思。便長長地打個哈欠，斜倚在榻背上說：「丘愛卿，朕有些倦了，若沒別的事，你先下去歇息吧，總之這事還要仔細考慮周全些。」

丘福見攆他走，趕忙搶著將肚裡的話全倒出來：「陛下，臣以為做大事不應當在乎別人的議論，立誰為太子那可是確保江山萬代無虞的事情。二皇子在幾年征戰中功高蓋世，深孚眾望，雖說他於文韜上略微差些，但只要陛下精心調教，不出多少時日，必然能成就如當年唐太宗似的曠古天子。」

「唐太宗？」朱棣心頭一動，丘福對朱高煦評價如此之高，顯然是想極力推薦成功。但他將朱高煦與唐太宗扯在一起，卻讓朱棣突然想到二人的確還有些相同之處，當時唐高宗不就是在李世民的幫助下才取得勝利的麼？由此再想開去，若朱高煦是唐太宗的話，那自己不就是唐高宗了？當年李世民發動玄武門之變，殺死他的兄弟，逼迫他的父親讓位，這都深深觸動著朱棣敏感的神經，他可不願那段歷史重演。

想到這些，朱棣更不願意將談話進行下去，他擺擺手：「好啦，愛卿一片心思朕知道了，各自再思慮仔細了再商議。」

直到丘福拱著腰倒退出大門，消失在白花花的陽光中，朱棣仍然沉浸在心事中。連丘福這樣的鹵莽漢子都找上門來說合了，看來立儲的事情已經到了三叉路口，非得挑選出其中一條道，否則就有走不下去的可能。

「可是禮部大臣和文淵閣的學士們本應當對此事更看重些，為什麼他們還沒動靜，而丘福卻火急火燎呢？」朱棣沉思中無意想到這層，忽然覺得背上一陣發冷，憑著敏感的心思，他立刻感覺到了什麼。

「鄭和，鄭和何在?!」朱棣厲聲喝道。

鄭和正在門旁侍侯，聞聲慌忙過來，半低著頭聽候吩咐。「鄭和，」朱棣聲音卻低沉柔和下來，「方才淇國公丘福剛剛出門，你看到了吧？你趕緊換身衣裳，跟在他後邊，看他是直接回府呢還是拐到了別處，倘若直接回府，再觀望一下有什麼人出入他府中。」

見皇爺臉色似乎異於平時，鄭和也不敢多問，答應著立刻下去。

可是沒等朱棣緩過一口氣，又有太監捧著牌子進來：「稟皇爺，駙馬都尉王寧求見，說有重要事情稟奏。」

「王寧？」朱棣一愣，駙馬都尉王寧雖說沒有在靖難之戰中衝鋒陷陣，那時他還是建文朝中的大臣，但他曾當著文武百官爭論過如何對待自己，並冒著被視為奸細的嫌疑，大膽申明說燕王是被逼迫而起兵的，請建文誅殺奸臣，以和為貴。在當時百官視自己為洪水猛獸的情況下，能如此說話的，太難能而可貴了。論起功勞來，簡直可以和因為自己而被建文親手砍了腦袋的徐增壽相提並論。這樣的人要覲見，自然不可輕易推辭，只是，他方才上朝時一言未發，此刻跑到宮裡來幹什麼？

王寧的話題令朱棣既在意料之中，又頗感意料之外。寒暄三言兩語後，王寧知道皇上沒工夫閒聊，趕緊直奔想要說出來的主旨。

「陛下，」王寧彷彿下了很大決心似的，頓一頓說，「新朝初建，有功大臣無不各得其所，大家歡呼舞拜，紛紛讚頌陛下賞罰分明。臣只是不明白，陛下既然有功必賞，為何光顧了外人，卻忽略了自家呢？」

朱棣一時沒反應過來：「自家，什麼自家，難道朕還有遺漏不成?!」

王甯再畢恭畢敬地施一禮：「臣說的是二皇子，他自小受陛下薰陶，弓馬嫻熟，在靖難之戰中屢次立下不世大功。可是他至今備位王府中，未得什麼封賞，臣以為深有不妥……」

朱棣立刻明白了他要說的意思，但仍不動聲色地問：「那依都尉所言，高煦他功高卓著，該如何封賞才妥當呢？」

「陛下聖明，」王寧以為打開了缺口，忙滿懷希望地抖開嗓門說道，「自古普通百姓有了大功尚且可以爭得侯爺爵位，封妻蔭子。至於堂堂王爺，能親自衝鋒在前的本來就不多，棄身鋒刃端，不顧性命者為數就更是寥寥，所以臣以為對於二皇子的封賞，非立其為儲君不能嘉其功績。若用二皇子為太子，臣想來不但大臣歎服，就是百姓也必然拍手稱快。」

王寧說得興起，滔滔不絕地還要講下去，朱棣卻沒了絲毫興趣，微微沉吟一下，打斷他的話頭：「都尉所言不無道理，可惜太子首先要立嫡長子，此乃古訓，功勞大小尚且不論，單是這一條，朕就不好更改。如何封賞高煦，都尉還是和眾卿再商議了定奪不遲。」

對於朱棣反駁的理由，王寧似乎早有準備，他在龍墩上挪挪身子，湊近了壓低聲音，頗有幾分神秘地說：「陛下，按說有的話本是皇家的家事，外臣不便議論。可臣為社稷考慮，還是斗膽說出來，不當之處，陛下萬勿責怪……其實陛下也清楚，身為一國之君，日理萬機，不勝繁難，須身強體健才成，可是如今大皇子他的身子骨……」

王寧無聲地嘖嘖一咂嘴，到底沒敢明白地說出來。朱棣滿腹心思卻被這半句話撞開了堤壩一般，滔滔洪水奔湧而出。是呀，功勞大小暫且不說，單是論起身體狀況來，長子高熾就比他弟弟差出許多。高熾雖然才二十多，正是生龍活虎的年歲，卻臃腫得似裝滿穀糠的布袋，簡直邁不開腳。想起上次去孝陵參拜，高煦快馬加鞭，一派龍騰虎躍，而他的哥哥卻上不去馬，只好走著到陵前，偏腿腳又不俐落，一跛一拐地滿頭大汗，連自己這個做父親的還要時不時停下來等他。參拜進香時，跪也跪不下，還要太監們上前攙扶，真是狼狽，當時自己心裡就很不舒服，現在王寧提起來，朱棣就更加覺察出了事情的嚴重性，他砰地眼光一跳，心中有什麼東西開始鬆動。

「都尉說的未嘗沒有道理，」朱棣顯出少有寬鬆，他甚至微笑了一下，「不過這是大事，還是應該慎重些才好。這樣，都尉與淇國公丘福等人先寫個聯名奏摺來，待朕看看確否可行，然後再做決定。」

雖然仍有些模棱兩可，但比起以前來，王寧能明顯感覺出朱棣語氣的轉變，他長舒一口氣似的起身告退：「陛下聖明，臣即刻著手去辦。」

「是呀，國家每日事務如此繁重，整天病怏怏的，豈不是貽誤百姓國家麼？」王寧輕微的腳步消散了很久，朱棣仍在沉思，他終於猛拍一把御榻扶手，「對，就這麼定了！」

話音未落，鄭和小跑著過來，連叩兩個頭後，還氣喘吁吁地說不出一句完整的話：「稟奏皇爺……奴婢依照皇爺吩咐的，遠遠跟在丘大人後邊，三轉兩拐，丘大人卻沒直接回府中，只打發隨從們先走了，他自己卻乘了小轎進到二皇子府第。奴婢不敢進去，只好躲在門房一側耐心等待。沒過多大一會兒，丘大人便折身出來，二皇子親自送到門首，奴婢站在門房旁側，隱約聽二皇子扯一把丘大人衣袖叮囑說，還要彼此多費些心思，大事一旦成功，真不亞於靖難中的惡戰大獲全勝，慢說後半生，子孫萬代的福澤也就定了。當時丘大人連連點頭，隨後又壓低聲音站著說了許多，然後才分手。」

朱棣滿臉密雲，雖然正應了自己的預見，他仍壓抑不住地震驚。看來丘福一介武夫，並不如自己感覺的那樣憨直，也學會拐彎了，這傢伙，口口聲聲為江山社稷著想，其實不過是高煦派來的槍頭！唉，說什麼大臣百姓議論洶洶，原來不過是高煦爭奪太子之位的一個手段！

看朱棣神情不對，鄭和忙又沒話找話似的說：「皇爺，奴婢看丘大人從二皇子府門出來後，逕直往大中橋那邊自己家中去了，便急著跑回來稟奏皇爺。不料剛走到半路，卻撞見了駙馬都尉王大人的車轎，他身邊沒幾個隨從，看他們從洪武門出來，繞過五府衙門，直奔烏蠻橋而去。那裡可不就是二皇子的宅第？奴婢留了個心眼，跟了一截，遠遠看見他們果然是進了二皇子府門。不過想到皇爺等著交差，也來不及細看，就急忙回宮了……」

鄭和邊說邊偷看朱棣的臉色。他發現皇爺面皮漸漸發青，終於忍不住，當著他的面狠狠捶一把旁邊的案几：「小兔崽子，竟然跟他老子耍開心眼了！」話一出口，才發覺鄭和滿副不解地站在跟前，不耐煩地揮手說：「下去吧，什麼忠臣元老，全是見風使舵！」

鄭和不知道皇上惱誰，不過聽他說忠臣元老之類的話，知道和自己沒關係，忙鬆口氣靜悄悄退下。

第二章

炎夜初消

炎夜初消

日沒古原新雨後

一剎間，朱棣立刻明白了今日丘福和王寧不約而同來覲見自己，苦口婆心辯論如何立太子的原因了。雖說知子莫若父，看來自己還是沒認透高煦啊，他勇猛鹵莽倒是不假，權欲卻一點也不少。派來以憨直出名的丘福，好讓自己不會懷疑他們是在搗鬼，又唯恐這樣力度不夠，緊接著王寧上陣，可謂機關算盡，丘福還說什麼他文韜欠缺，由此來看，他非但沒欠缺之處，簡直稱得上陰險！

恍然大悟之後，朱棣分外感到失落的怏怏。特別是想起方才王寧的一番話，自己險些動了心，更是臉上發燙。繞過了千礁萬灘的老船，竟差點在小溝壑裡給攪翻了！唉，徒留笑柄呀！進而朱棣聯想到單憑高煦一人，恐怕很難想出這樣的連環巧諫，也未必會找出那麼多詆毀高熾的巧妙理由。背後給他出謀劃策的，說不定還有他那個聰明伶俐的弟弟高燧。他們合謀一處，來陷害其哥哥。骨肉相殘呀，就發生在自己眼皮下真真切切的骨肉相殘！

朱棣幾乎頭一次品嘗到被人戲弄的滋味，但他無法發作，這種事情，只能遮遮掩掩地吃個暗虧。愈是自己工於心計的人，便愈討厭乃至憤恨別人玩弄什麼手段。高煦的自作聰明，所得結果卻正好相反。然而他自己並不知道這些，他正為全面發動爭奪太子位置而全神貫注。

倒是大皇子朱高熾，滿副懵懂無知的樣子，除了每日照例帶了自己大兒子朱瞻基來跪拜問安，並不多說一句話。他的沉默讓朱棣同樣也覺得不可捉摸，他這是真的心地耿直，還是故意做出樣子來給自己看，耍弄以靜制動的把戲？

玩弄了半世的計謀和手腳，最後竟然要和兒子們絞盡腦汁，他頭痛而無奈。但無論怎樣，朱棣心裡清楚，既然是這種情形，設立儲君的事情已經不容再拖下去了，否則不定會鬧出什麼動靜來。

永樂二年四月將盡時，金陵的天氣已經顯出炎熱的氣象，蟬聲稀稀落落，在宮院外此起彼伏地斷續響起，牆外柳枝綠綠的在陽光中閃著油光，輕柔婆娑地隨風撫擺，和牆頭鮮亮的琉璃瓦脊映襯在一處，煞是好看。宮院內遍地綠草絨絨地鋪展開來，點綴上粉白相間的碎屑小花，寧靜而愜意。

解縉就是在這樣暖風和煦的早晨時分，匆匆走過一重重朱紅大門，邁過一道道門檻，有太監指引著，來到高聳巍峨的乾清殿。

身為文淵閣大學士的解縉，此刻的心境正如滿院的芳草鋪開，又似院外的楊柳搖擺，其中滋味欣然而不安。新皇已經登極將近一年，而自己作為名滿天下的大才子，當世無可比擬的文人雅士，除了被封任為文淵閣大學士外，皇上卻還未特意召見過一次，他覺得這與自己名位很不相稱。

「武將馬上揮戈矛，文臣秉筆治天下，古來如此，現在天下既然已經太平，理當是我輩飽學之士大顯身手的時候了，皇上怎麼卻沒絲毫動靜？」很多時候，解縉都這樣暗暗問自己，但總不得要領。為此他便竭力在上朝時提出各種主張，希望藉此來博得聖上的另眼關注。時間很快流逝，聖上卻依然如故，似乎沒聽說過自己才名似的，解縉真有些急了。

正當著急而無奈時，一紙詔書卻突然飄進自己院落，皇上要召見自己了！叩頭謝恩後，解縉小心翼翼地問前來宣旨的太監：「公公，皇上今日召見的，還有哪些臣工？」

太監茫然地搖搖頭：「這個咱也不大清楚，怕只有大人一個吧。」

解縉立刻心神蕩漾起來，眼光也隨著樹影間銅錢般大下的斑駁影子不住晃動。今天非三非五，不是早朝的日子，皇上此刻召見自己，並且煞有其事地頒詔，到底為了什麼事情？然而解縉並不恐慌，他對自己滿腹的才學深信不疑，「別管皇上問什麼，儘管對答也就是了，總之要將現今才子的風采展現出來，叫聖上再也忘不掉就是！」臨登上綠呢小轎時，解縉點點頭對自己說。

宮城正殿的莊嚴肅穆，解縉並不陌生，只是單獨一個人進來，仍有些按捺不住地忐忑。朱棣端坐在正面高高的御座上，寬大的御座鋪了錦繡黃緞，鏤龍繡鳳地和他身上的黃袍連在一起，彷彿那座位天生就鑄在他身下，權威得令人不容有一絲懷疑。

待解縉不假思索地三叩六拜後，朱棣輕揮袍袖，空蕩蕩的大殿內微風拂過似的吐出一句：「免禮，來，給解愛卿看座。」

有太監搬過一張楠木雕花椅放在御案前的階下，解縉本想再次叩謝，忽然不知怎的想起李白戲弄高力士的事情來。「武夫要憨直，才人當癲狂，」解縉閃過這樣一個念頭，「新皇之所以近一年都未召見自己，定然是將自己和那幫苦讀書生混同一塊了，若是此時再像他們那樣畢恭畢敬，豈不越發顯不出才子風度來？」

這樣想著，解縉也弄不清怎麼就大了膽子，昂首邁前兩步，逕直走到椅子跟前坐下了，等坐下來才發覺，椅子擺放得緊靠御案，甚至能聽到皇上輕微的呼吸，他忽然有些不安，可要再折回去拜謝，又未免不倫不類。

正尷尬著，朱棣欠欠身子發話了：「解愛卿果然是名士，朕早就有耳聞，只是近來政務纏身，總抽不出工夫。今日正好閒暇無事，特邀愛卿來談詩論文，或許朕能受益不少呦！」

解縉立刻放下心來，詩文乃是自己拿手好戲，應對起來，自然得心應手。況且解縉知道，面前是位馬上得來天下的皇上，縱然韜略過人，於辭賦上面，當然要遜色許多。

看解縉客氣地拱拱手，朱棣含笑從御案上拿過一個卷軸：「解愛卿，這是當年朕鎮守北京時無意中得到的一幅畫，雖不是什麼名家，但朕看起畫中情形頗有意思，便一直帶在身邊。今日偶爾想起來，有畫無詩未免寡氣，若愛卿當即題詩一首，詩畫相稱，倒才更值得收藏。」

卷軸輕輕放在御案一端，解縉慌忙起身捧過來展開了。畫面很簡單，中央粗筆勾勒著一隻威猛吊睛大虎。大虎本不足奇，只是與普通猛虎畫卷不同的，這隻老虎身邊圍聚著幾隻幼崽，有一隻竟然還站到了大虎的背上。牠們正嬉戲不已，親暱情狀躍然畫外，正上方用篆書寫著「虎彪圖」。筆法雖然不是特別工整，但表達親情的立意卻顯而易見。

見解縉專心觀賞，朱棣在喉嚨裡輕歎口氣說：「解愛卿，朕每次看到此畫，總覺得心裡有什麼東西似乎要盈溢出來，卻苦於表述不出。愛卿大手筆，不妨給朕在畫上題詩一首，看能否將朕未言之意表白清楚。」

朱棣說得輕描淡寫，解縉卻驚出一身冷汗。憑著才子敏銳的感覺，他立刻明白，皇上今日要他看畫，又叫他題詩，並非平日經常作的應制詩。至於應制詩，解縉倒不畏懼，總之一味歌功頌德也就是了。可是方才聖上說得很清楚，要將他的心裡話表白出來。他的心裡話到底是什麼，解縉覺得自己要頗費一番猜思了。弄不好惹得龍顏怫然，自己枉擔一個才子的名聲，後半生可就不好過了。

這樣想著，解縉再仔細凝神盯住畫面相當簡單的所謂「虎彪圖」。看著面前這幅畫，解縉忽然想到另一幅和其極其相似的畫面。那還是洪武二十五年的時候，當時的懿文太子，也就是朱棣的大哥，沒等到繼承大位便一病不起，當時許多大臣主張另立新太子，其中主張立四子朱棣的就不在少數。對此洪武皇帝猶豫不決，懿文太子聞聽消息，於彌留之際親手畫就一幅「負子圖」，此圖解縉沒能親見，那時他還在鄉間讀書，只是聽說而已。但畫上的內容，他後來還是聽別人講起過，不過是一隻老虎，形態凶狠，卻溫情脈脈地馱著自家的幼崽。

據說一向蠻橫的洪武爺看到這樣一幅畫後，卻痛哭流涕，當即頒詔，令皇孫接替太子之位，使懿文太子終於安心地閉上眼睛。也正因為這幅「負子圖」，建文登上了皇位，繼而引發了萬民塗炭的靖難之戰。

一幅畫的威力如此之大，洪武爺當時根本不曾意料。現在似曾相識的「虎彪圖」又擺在了自己面前，什麼意思，僅僅是因為皇上不明就裡地喜愛才召自己來共賞，還是別有深意？

「畫裡自有一番天地，人心別有一個乾坤呀，千萬馬虎不得，」解縉緊繃著面皮，腦海中旋風般颳過許多想法，「虎彪圖，三虎為彪，聖上恰好有三個皇子，其中是否有什麼必然聯繫呢？」解縉眼光落在畫上，心卻飄搖不定。忽然他想到這些日子吵得沸沸揚揚的立太子之事，無聲的炸雷轟然響起，他明白皇上的良苦用心了。

「聖上天心，豈是常人所能測得？但聖恩浩蕩，臣不敢違旨，若有差池之處，還望聖上恕罪。」拿定主意後解縉不慌不忙，揑住一旁太監遞過來的筆，略想一想，在那張薄薄的絹紙上既工整又不失飄逸地寫下一首絕句：「虎為百獸尊，誰敢當其怒？唯有父子情，一步一回顧。」

寫完了仔細看看，覺得還算滿意，便交給太監呈上。朱棣一邊淡淡地說著：「解愛卿果然好文才，真正是倚馬千言。」一邊接過來輕聲吟誦那首語意簡單的詩，讀著讀著不知觸動了內心深處哪些脆弱的東西，竟然眼圈漸漸泛紅，嗓音也有些嘶啞起來。

解縉偷眼望去，立刻知道自己這一寶押得恰到好處，心氣陡增，膽子壯了許多，抖抖衣袖拱手稟奏道：「聖上，臣上次曾提到為社稷朝廷平穩計，當早立太子為是，聖上……」

「唉，愛卿說的何嘗不是！」朱棣忽然將手中的畫重重扔在案上，毫不遮掩地歎口氣，「只可惜朕這幾個皇子稟性各異，有道是一言可以興邦，一言可以喪邦，用人不慎，危害深遠，朕尚且琢磨未定。愛卿看來，如何是好？」

「陛下聖明，尺有所短，寸有所長，自古人無完人，金無足赤，陛下對各位皇子評價，無不公允。但天無二日，國無二君，必須有所捨棄才成。故此陛下當早立儲君，以免時日一長，他們兄弟互相猜疑，彼此傾軋，正如百姓所言，家不和，鄰里欺。皇子們若由此而不和，實在是一大隱患哪！」解縉知道博得聖上矚目的時刻終於等來了，趕忙滔滔不絕地說個不住。

朱棣卻並不特別感興趣，「愛卿所言朕也能想得出，只是……依愛卿意思，不妨明白地說，哪個皇子能當人君之任呢？」

「恕臣直言，」解縉知道朱棣急於知道結果，對於那些大道理他當然明白，便索性單刀直入，「臣以為立長子為儲君，天經地義，即便其餘皇子也說不出什麼。若隨意變更古制，譬如若立二皇子，非但天下人議論紛紛，就是皇長子與皇三子也要爭執不休，反而會欲求穩反添亂。」

「可是……」朱棣猶豫一下，仍舊說出來，「朕之長子脾性懦弱，仁心有餘而權輿欠缺，況且他的身子……」

關於這些由頭，解縉早就風聞一二，現在聽朱棣這樣說，立刻接口說道：「陛下，兒孫自有兒孫福，莫為兒孫作馬牛。臣方才說過，金無足赤，長皇子雖然誠如陛下所說，但天下大勢，向來一文一武。陛下馬上馳騁疆場，如今國治民安，正是以仁心規化萬民的時候，昔日欠缺反會成為將來長處。」

見朱棣沉吟不語，解縉倏忽又想起懿文太子所進獻的「負子圖」來，靈機一動接著說：「陛下，臣還以為，凡事當從長遠著想。陛下感覺長皇子身有欠缺，那為何不想想長皇孫呢？」

「皇孫？」朱棣反問一句，立刻知道了解縉指的是朱高熾的長子朱瞻基。一想到他這個皇孫，朱棣心裡疙疙瘩瘩的東西便似冰塊遇到了熱水，瞬間化解而通暢。

或許由於子孫少的緣故，朱棣對他這個長皇孫格外偏愛。沒事的時候，他經常抱著年近十歲的孫子放在膝蓋上，愛撫摩挲他的頭頂，講些閒話。特別是他發現自己這個孫子雖然年齡尚幼，卻方面大腮，五官端正，越看越有一股帝王氣象。

更叫朱棣滿意的是，朱瞻基自小便出奇地聰慧，讀書時過目成誦自不必說，單是應對的機敏就讓他讚不絕口。上次全家祖孫三代去孝陵祭拜，自己走在最前面，朱高熾弟兄三個依次跟在後邊。朱高熾身體肥胖笨拙，腿腳也不俐落，一不小心，在石階上踩空，竟摔個跟頭。當時朱高煦和朱高燧正愁看不到這個哥哥的笑話，見狀捂住嘴偷笑，朱高煦還不失時機地調侃一句：「哎呀，這就叫前邊跌跤，後邊受了警惕就不用跌啦！」

朱高熾面紅耳赤，知道當著父皇的面出了醜，卻一時找不出話來。正尷尬間，一個脆生生的稚嫩童音在朱高熾身後響起：「還有更受了警惕的人看著前邊的你們！」話語既切合情境，又意味深長，眾人都是一驚，尋聲望去，原來是朱高熾的長子朱瞻基，最終反而兩個叔叔鬧了個大紅臉。朱棣在一旁看得很清楚，又注意到這個皇長孫雖然年紀尚小，但眼神中剛柔並濟，儼然兼有了自己與朱高熾的長處又濾掉了不足，心裡很是驚喜，朱瞻基的影子就刻在了心中再抹不去。

這時朱棣才發覺，有些東西原本自己心裡就已經有了的，只是經解縉一提醒，他如同撥開迷濛的薄霧，胸臆頓時爽然。他立刻領悟到自己原先的狹隘，自己僅從幾個皇子自身的優劣上來考慮，其實江山的傳承是千秋萬代的事情，當有長遠眼光呀！

「好，那就這樣吧，此事關係重大，尚要再三考慮，卿暫且退下吧……」朱棣眼光游移著，心不在焉地擺擺長袖。

就這樣？解縉眨眨眼，他似乎有點意猶未盡，似乎還有許多文才沒來得及展示，但聖上既然發了話，也只好拜辭告退。直到走出幾重大門，他才自我安慰地笑笑：「不管怎樣，皇上終於知道我解縉是何等樣人了。」

朱棣無比輕鬆地長吁口氣，隨即接連向殿門一側的太監們發出一連串喝令：「你們快去，將朕的長皇孫領進殿裡來，將金忠召進宮見駕……將皇長子也召來！」

太監們唯唯諾諾，立刻小跑著出去，腳底發出一陣沙沙細響。片刻工夫，高熾領著兒子朱瞻基和金忠同時來到。家禮臣禮一一行過，朱棣面沉似水，直盯住金忠：「金忠啊，想當年你能於鬧市中一眼認出朕命中是要登大位的，如今果然應驗，足見天性稟異，命不欺人哪！雖說你已是朝廷三品命官，但老本行還沒丟吧。那你不妨再給朕這個皇子看看，日後可有什麼坎坷。」

金忠何等乖巧，不等朱棣將話說完，便瞧出了其中的門道。他瞇縫起眼睛上下打量幾眼朱高熾，忽然振衣袖拜倒叩頭，口稱：「哎呀，異日天子，臣預先有禮了！」倒慌得朱高熾不知如何是好，連連擺手：「父皇在位，先生這是何意，快起來，你我一同向父皇謝大不敬之罪！」一邊偷眼看高座上朱棣的臉色。

朱棣仍舊面無表情，候金忠三叩六拜地爬起來，又指指站在一旁低矮稚氣的朱瞻基：「金忠，那你再看看朕的皇孫日後命中如何？」

金忠邁步從朱高熾身後繞過去，走近朱瞻基，拱腰仔細端詳片刻，慌忙又是通地跪地施禮不疊：「哎呀，又一異日天子，臣也預先叩見過了！」朱瞻基看著金忠一驚一乍的模樣，覺得好玩，竟也學著爺爺的樣子虛虛地一抬手做出攙扶的姿勢說：「愛卿免禮平身！」

話一出口，唬得朱高熾面如土色，使勁扯一把兒子：「不可放肆！你皇爺爺在跟前，還不快叩頭謝罪！」

朱棣卻忽然哈哈大笑：「好，好，金忠啊，你片刻工夫磕了幾十個響頭，可有何感想啊？」

「回稟陛下，臣昨夜夢中見到乘一巨船翱翔天邊，中間穿過紅日星辰，醒來後歷歷在目，百思不得夢中究竟所指何意。想到古人曾夢見乘舟沿太陽而過，結果不久便得重用，可自己已經身受陛下看重，尊榮幾乎無以復加，弄不懂是什麼暗指。直到此刻，臣才恍然大悟。」

朱棣見他講得繪聲繪色，興意盎然地問道：「那你明白什麼了？」

「陛下，臣一日之內能有幸親眼目睹三代天子，古往今來，誰還有過這個福分？臣堪稱古今第一啊，說來比個人職位升遷不知要幸運多少倍。夢不欺人，命中注定啊！臣恭賀陛下！」金忠話語夾雜著手勢，唾星橫濺，好像又回到了幾年前北平時候的模樣。

「那好，既然有喜，就應當同賀，」朱棣心胸一下子寬闊得無邊無際，扭過臉對旁邊的鄭和說，「你去傳朕的旨意給吏部，升遷金忠為當朝二品，至於官職麼，他們看著辦就是了。」

金忠連忙再次拜謝，朱棣卻看也沒看地將頭重重地靠在背後軟枕上，微閉上眼睛，冥冥中似乎有個聲音對自己說：「好了，塵埃終於落定了。」

當然，這一系列曲折，朱高熾知道得並不特別真切，朱高煦和朱高燧更是無從知曉詳情。正因如此，當幾天後，朝廷發布聖上旨意，在奉天殿冊封長子朱高熾為太子時，朱高煦和朱高燧既驚訝又突然，他們除了自認失敗外，連反應商議的機會都沒有。更何況在冊封太子的同時，朱高煦被封為了漢王，朱高燧被封為了趙王，漢趙的封地天各一方，他們即將淪落天涯，這就更讓他們惶惶。

「不行，就這樣走了，實在太不甘心！」受封儀式結束後，眾人依次走出大殿，朱高煦悄悄扯一把弟弟，惡狠狠地吼道。

朱高燧驚慌地看看四周，做個手勢叫哥哥聲音小點：「哥，量小非君子，父皇今年還不到五十，日子長著呢，有的是扭轉乾坤的機會，橫豎又不用立即到封地去，咱仔細商量，不相信兩人對付不了一個！」

人不依舊，故園卻更面貌全非。雖然史鐵對自己那兩間土屋本就沒抱什麼希望，但破敗到這種程度，他還是吃了一驚。

曾經暖意融融的小屋如今坍塌成了一堆黃泥，戳出來的幾根椽頭被風吹雨淋變作了烏黑色。站在這黃土堆前，史鐵想起了就在這間不足以蔽風擋雨小屋中，他和翠環度過的那段今生不會再有的美好時光，有多少歡聲笑語從小窗中飄出，有多少柔情蜜意在小屋中糾纏。可惜如今曲終人散，一切飛向了天邊，化作了雲煙。而這些東西，今生今世卻不會再有了！

史鐵還心痛地看到，沿小屋旁邊，原先一望無際的綠油油麥田，而今蒿草半人多高，風聲颯颯，如泣如訴，淒慘慘地讓人打不起精神。再轉身回望四周，村莊中的大致情形雖然還和過去一樣，但街上行人卻稀落得幾乎空空蕩蕩。

好容易碰上了個老頭，史鐵滿心希望地迎上去，仔細辨認片刻才驚叫道：「史老爹！」那老頭破衣爛衫，胸襟處有幾塊撕扯開裂成細條，在風裡拂擺不定。聽見史鐵的叫喊，他吃驚地倒退兩步，滿是皺紋溝壑的臉上顯出幾分驚慌，許久才沙啞著嗓子說出話：「呦，這不是史鐵麼，你……你還活著？」

史鐵卻顧不上和他講許多這些年的情形，忙上前拉住他的衣袖問：「史老爹，咱莊上的人呢，俺記得以前正趕吃飯時分，家家門前圍坐得滿滿當當，人人手捧大大碗公，怎麼現在……」

「嗨，史鐵呀，還虧你記得從前。你和翠環走後，這幾年咱這裡可翻了天啦！」史老爹抹把被風吹出來的鼻涕，順手往鞋面上一蹭，「自你走後，連年的大旱，匠戶人家又沒多少活計可做，年輕人出去闖蕩的不少，像澤生、潤生他們兄弟都出去了，誰承想隨即就突然兵荒馬亂起來，出去的年輕人大半不知死活，反正沒什麼人回來。剩餘的一些，又叫朝廷徵兵給生扯硬拽地拉走了。再後來，官兵被燕王打敗，那打敗的兵還能有好下場麼，肯定都殺個差不多了，反正沒有再回來的……」

見史鐵聽得目瞪口呆，史老爹忽然看見遠處馬車旁站著三個穿紅掛綠的女子，咧開乾癟的嘴一笑，低聲說：「史鐵，那就是翠環？還帶了兩個丫鬟？看樣子咱莊上出去的就數你出息了，其他人如今屍首都不知扔在哪裡。你是沒聽見，以前咱莊上夜夜有哭爹哭兒的，那個慘喲，真好比進了閻羅殿一樣。」

史鐵聽他提起翠環，臉上一沉低了頭說：「老爹，那不是翠環。翠環她，她生孩子時難產，大人孩子都……」

史老爹聞言頓時惻然，訕訕地說：「唉，好人不長壽啊。咱莊上翠環翠紅兩個閨女，出落得人有人樣，心地又好，現如今翠紅也不知下落，唉，可惜她爹娘生養了兩個好閨女，卻到死都沒見上一面……那，那三個娘們……」

史鐵卻犯難了，他不知道該如何說出她們的身分，況且其間的離奇曲折，也不是三言兩語能說得清的。正躊躇間，史老爹眼光又落在史鐵身上，見他穿一身錦緞長袍，明晃晃地在陽光下閃著水波一樣亮光，連聲嘖嘖地讚歎：「史鐵呀，看樣子你不是升了官就是發了財，又續娶了一個?可惜你爹娘沒熬到今天，要是他們看見你這身裝扮，再看看你領回來的媳婦，不定樂成什麼樣呢！」

史鐵尷尬著忙打岔：「老爹，咱莊上有閒屋子嗎，她們一下子來了三個，總得找個地方先安頓下。」

「有，有，咱莊現在別的什麼都沒有，就是閒屋子多，」史老爹隨手指著不遠處的幾個院落，「那些被拉去當兵的，死活不知道不說，燕王登基成了新皇爺，接連給地方下令叫追查什麼建文餘黨，凡是有一絲瓜葛的都得捆到州府監牢裡問罪，還說這叫瓜蔓抄，就是順藤摸瓜的意思，總之死人越多，當官的越受獎賞。唉，平素官人們見了有利可圖，就似蒼蠅見了血腥，這下可好，有了皇帝撐腰，他們更來勁了，但凡當時入了官兵的家都有私通建文嫌疑，要挨個審問。

說是審問，其實就是叫你掏些銀兩上下打點。咱莊戶人家能有多少東西填州府老爺的胃口？許多人家也就只好悄悄地溜掉了事。這不，大半個莊子都是空屋，想住哪個住哪個。還有這地，荒了兩年啦，瞧見了就叫人可惜。唉，當初都笑我一個孤老頭子沒兒沒女，現在看來，孤老頭子反倒更好喲！」

史鐵不願再聽史老爹絮叨下去，隨口應付兩句，看他佝僂著腰走遠了，折回身對鐵夫人和秀英、秀蓮簡單說了一些情形。鐵夫人蹙額長歎一聲：「為一人私欲，而使天下生靈塗炭，真是造孽呀！秀英，等咱們見了你爹，說什麼也不叫他為官了，還是耕種幾畝地，自食其力更踏實些。」

見鐵夫人說得認真，史鐵心裡苦笑一下，任你深山更深處，到頭都屬帝王家，平頭百姓天生就是受氣的命呀！但他不願多說，忙變了語氣振起精神：「夫人，小姐，這裡離州府還算遠些，一時半會的沒人注意，你們先安頓下來再說吧。只是莊戶人家，灰頭土腦的，要委屈夫人和小姐了。」

「這位兄弟，難得你如此照顧，人到落難處，能保住命就萬幸了，還談什麼委屈不委屈，等將來秀英她爹有了音信，定然叫他加倍償還。」鐵夫人撫摩著兩個女兒柔弱的肩頭，長歎口氣。

「對了，」聽她這樣說，史鐵略微安些心，忽然又想起來說，「莊戶人家少見多怪，夫人小姐住下來後，儘量少走動，若要什麼用什麼，只管說就是。若有人串門問起身世來，你們就說是翠環的一個遠房親戚，家鄉遭了兵災，前來投親，結果在路上就碰見了我……要是有些閒人再刨根問底，支吾過去也就是了。總之現在朝廷在各處瓜蔓抄，不小心被他們撞上了，到了衙門有理也說不清，還是小心為好。」

鐵夫人答應著微微一笑：「這個我知道，不消吩咐。秀英秀蓮你倆聽見了沒有，如今可不比從前，別瘋瘋癲癲四處閒逛多嘴！」

待尋了兩處比較整齊的院落住下後，史鐵才更放心了。正如史老爹所說，莊上幾乎沒了什麼年輕人，剩下的不過是些老頭老婆，多半蜷縮在炕上病歪歪地直哼哼，根本沒串門的心思。還有幾個年輕些的半老婦女，由於男人不在家，地裡的雜活還忙不完，更沒閒空串門了。他們聽說史鐵回了家，三三兩兩地過來看看，互相說些這幾年史鐵不在家時的情形，無非是戰亂莫名突起，壯丁被抓去不少，緊接著燕王坐了天下，州府衙門裡都換了新官，新官到任後日日抓人勒索錢財，結果莊上人家能跑的全跑了，不光是他們這個莊，其他臨近村莊也是這樣。

這些話史鐵已經聽史老爹講起，不過還是熱情地客氣著，拿出路上剩下的油餅和各種果子叫大家嘗。從人們的說話中，史鐵深感放心的一點是，州府衙門的差役知道他們這些村莊已經榨乾了油水，近來根本不光顧了。「夫人和小姐可以放心安住了，」對於老弱的鄉里鄉親，史鐵並沒什麼擔憂。

時間很快流過，逃難當中紛亂的心緒漸漸平靜下來。史鐵回到了生養自己的村莊，感覺如同夢遊一遭後被驚醒，眼前的一切熟悉而自然。至於巍峨的宮闕，肅穆的朝堂，史鐵惶惑迷離，彷彿從來就沒經歷過。唯有翠環的永遠消逝和晚間睡下後，手無意中碰到那處不能觸摸的傷痛時，他才能意識到那段往事真真切切地發生過，儘管他不忍再去回想。

史鐵知道鐵夫人和兩位小姐是富貴人家出身，同苦慣了的自己不同。他儘量想辦法弄些好吃的送到隔壁院中。好在身邊不缺銀兩，只要多跑幾步路就成。原本史鐵是計劃蓋幾間像樣大瓦房的，現在看來根本沒必要，「那也好，省下來的錢都打了牙祭，不至於叫夫人小姐太受委屈，也算對得住鐵大人了。」

可是周圍附近的集市也早不是以往熙熙攘攘，店鋪大半拆毀，剩餘的幾個也只賣些針頭線腦，若要買雞鴨魚肉之類的東西，非得逢三六九趕大集的日子才能碰見一點。為了不叫人看著顯眼，史鐵換上了粗布衣服，特意拎個破布口袋，東邊買一丁點，西邊買上少許。最後背了大半口袋回來，碰見鄉親，不等他們問便主動說：「翠環親戚寄住在咱這裡，身上錢也花光了，怪可憐的。俺就趁著大集菜幫子便宜，多買些，夠她們吃幾天了。」

回去之後，史鐵就趕緊從裡面掛上大門，將那些魚和肉一一取出來，洗淨了用他專門買的白瓷盆端了，探頭看看四下無人，急忙跑到隔壁送過去。他在宮裡侍侯別人幾年，心細了許多，他害怕鐵夫人和小姐看見他那條破布袋會噁心。

時光就這樣平穩地緩緩淌過，除了鐵夫人有時偶然問起朝廷有什麼消息了沒有，史鐵需要支吾著應付外，秀英和秀蓮兩個丫頭整日憋悶在小院中，也有點不大耐煩，時不時地叫嚷著要出去看看。「我爹在山東當了一場父母官，我還沒見過山東的鄉下到底什麼樣呢！」秀蓮不止一次地說。

「別著急，等風頭平靜了，你倆就能到村莊裡走走了，其實咱這裡就是地勢平整，一眼能看到天邊，別的也沒什麼好看的。」史鐵每次都耐心解釋，好言相勸。

秀英和秀蓮還好應付，只有鐵夫人尋親心切，整天惴惴不安，有時還無聲地啜泣，這讓史鐵很不安，也更無奈。他在趕大集的時候，早就聽人講過了，鐵大人被燕王抓到京城後，鐵大人寧死不肯投降，甚至連正眼都不肯看燕王一下。結果惹得燕王發了威，竟將鐵大人用油鑊炸了！

史鐵一想到那翻滾的油鑊，渾身就起一層雞皮疙瘩。太慘啦，鐵大人一生耿直，結果竟落了這麼個下場！感歎的同時，他對自己曾住過幾年如小山聳立般的金鑾殿更產生由衷的畏懼，每每聽到莊上那些上了年紀的人議論皇宮如何如何地好時，史鐵便在一旁苦笑。有人看出他不屑的表情，就會大聲說：「史鐵，別看你在外邊混得有些人樣，可要是讓你到皇宮中住上一天，保管你再不願出來。」

對此史鐵也不爭辯，有時為了打消他們對自己這些年在外面都幹什麼了的疑慮，還使勁點點頭。

所有這種種情形，在史鐵看來，都還好應付，最叫他不安的，便是為如何面對鐵夫人而深感頭疼。他知道，紙裡包不住火，鐵夫人和她的兩個閨女遲早會聽到實情。但他不敢想像，她們知道後會是一種什麼情形。也正因為這層原因，史鐵再三告誡秀蓮和秀英：「現如今錦衣衛已流竄到地方上，他們可不分青紅皂白，胡亂抓了人說是建文朝的奸細，弄到官衙裡去領賞。千萬不要出去亂跑！」

可是儘管史鐵小心翼翼，仍然很快發生了他擔心的事情。

霞飛舊殿近妝樓

有次史鐵去趕集的時候，繞了個小路。猛然發現路旁不知什麼時候多了座寺院。寺院不大，緊挨小路的山門精致玲瓏，青磚紅脊簇新鮮亮，露出的一排椽頭花花綠綠地描繪著觀音菩薩和如來佛祖，在周圍土黃色低矮小屋的映襯下，倒也頗有些壯觀氣象。朱紅的大門半開，隱約可以看見院中正面三間正殿，兩個小和尚揮動著掃帚有一下沒一下地劃拉著。

史鐵先是很詫異。想想近幾年災荒不斷，緊接著又是戰禍連連，一般百姓連肚皮都哄不飽，誰來的心思蓋這麼好的寺院？

這樣想著他特意找到史老爹打聽。誰知史老爹沒聽他說完就變了臉色，溝壑縱橫的皺紋緊擠在一起，「史鐵，你剛回來，不知道寺院的來歷。其實別小看了這個小廟，裡面供的佛可不小呢！聽人說，當今萬歲爺手下有個專門抓人的頭目，說是什麼錦衣衛北鎮撫司頭目，叫紀綱，也是咱臨沂這一帶的人。這個寺院方丈就是當初和紀綱一起學武藝的師兄弟。聽人講紀綱這個師兄弟好吃懶做，學藝半點不上心，因此得罪了師父，師父發怒，沒等他學成就將他給趕了出來。這傢伙在江湖上浪蕩幾年，也沒幹出什麼名堂，後來聽說自己的師兄被新皇上重用，就去投奔他。紀綱知道自己這個師弟沒多少本事，惹是生非倒有一套，便樂得省心，拿出一筆銀兩在老家地盤上蓋了這做寺院，叫他當住持，說是等他在這裡練習好了武藝再向皇上推薦。」

關於紀綱，史鐵知道的不多，不過錦衣衛鎮撫司的名頭他在宮裡當差時聽的多了。他知道那是皇上豢養的一群惡狼，得罪了他們，簡直要把你骨頭嚼碎了嚥到肚裡去。

「這個住持自稱什麼修善大師，唉，其實倒還不如說成修惡大師來得實在。這傢伙，名義上奉師兄命令修練武藝，背地裡是欺男霸女，無惡不作。還愛作弄幾句歪詩，欺負了你，還叫你說不出來。」

史老爹顯然積怨已久，嘮叨個沒完，忽然放低了聲音，「修善大師名義上是和尚，其實寺院裡面養了好幾個小姑娘，就這還不過癮，隔三差五地出來踅摸，看有幾分顏色的女子，總要想法子弄到手。幸虧咱這幾個莊上的年輕媳婦都跑到外地去了，不然又要鬧出什麼亂子來。唉，如今做和尚的都這樣，也不怕如來佛祖和觀音菩薩降罪下來，這是什麼世道！」

史鐵倒沒多想，他只憑著直覺感到，村莊其實也並沒他料想的那般安全，看來自己不讓鐵夫人和兩個閨女亂跑，是再對不過了。

永樂二年的夏天很快來過去，地裡的活計漸漸多了起來。史鐵自從知道鐵鉉大人確實已經被殺害後，便打定在老家史家莊長期住下來的主意。他將莊邊上的幾塊荒蕪沒主的田地收拾一番，該平整的平整，該深翻的深翻，又從大路旁收集許多冬天落下的枯黃樹葉，撒在地裡，充作糞肥。

天氣漸漸顯出幾分涼爽，下過兩場透雨之後，終於等到小麥播種的季節。田間地頭，人群儘管稀稀落落，但終於有了些許熱鬧氣氛。大家相互閒談著，一邊牛拉人拽，將麥種撒在犁耙好的土中。

史鐵從集市上買來最飽滿的麥種，他知道，即便自己從宮中帶來的積蓄再多，還是不能坐吃山空。「家有萬貫，不如日進分文，自家流汗掙來的飯食到底吃著踏實。」本著這個念頭，他做得格外帶勁。雖然依照金忠的說法，自己被去了勢，只能算半個人，但此刻，史鐵一握起令他倍感親切的農具，失望落寞頓時煙消雲散，他覺得自己仍是個健全的人，即便像牛一樣出力，也比蜷縮在宮裡裝腔作勢來得痛快。

由於自己沒有牲口，史鐵也就格外辛苦些。本來買頭牛對他來說並不算什麼，他那個小屋中，炕洞裡藏的玉器金塊隨便摸出一塊來，換十頭八頭的牛怕都不止。但史鐵心有顧慮，特別是當他拿著黃澄澄的金塊買東西或是兌換零碎銀兩時，面對人們疑惑的目光，他便惴惴不安，他想，還沒拿那些翡翠瑪瑙來呢，否則你們不知該會怎樣的一副表情了。

由此他也知道了花錢太多會引起別人的猜測，這對鐵夫人母女很不利。於是他儘量少兌換銀子，有錢的日子當沒錢過，只要夠她們三個好吃好喝，其餘的錢則能不花就不花。

雖然不在一個院子中，史鐵的辛勤勞作，鐵夫人母女仍心知肚明，她們幫不上忙，只能看著史鐵在傍晚時分拖著疲憊的身子晃晃悠悠走進他的院門。對此母女三人既心疼又內疚，她們閒暇無事商議了許多，鐵夫人主張儘快離開這裡，省得再給人家添負擔。可秀英和秀蓮被上次路上的遭遇嚇怕了，堅持說等史鐵哥忙完了，叫他去金陵一趟，讓爹派人抬大轎來接她們。

爭執來爭執去，其實鐵夫人對出門之後兵荒馬亂的情形也心悸不已，況且又帶了兩個半大不小的閨女，就更讓人放心不下。末了只好長歎口氣不再堅持。商議到最後，秀英終於說句痛快話：「娘，既然咱們落到這個地步，也別顧什麼閨門不閨門了。咱們幫不了史鐵哥別的忙，幫他做頓飯總成吧，他一個人累死累活地在地裡掙扎一晌，回來連口熱水都喝不上，太可憐了。打明兒起，我和妹妹過去，趁史鐵哥上工，把飯菜弄熟了熱在鍋上，等他回來，熱乎乎地吃一頓，也算消乏啦！」

鐵夫人尚未說話，秀蓮立刻拍手稱好。鐵夫人看著兩個樂呵呵的女兒，想到她們不久前還是養在朝廷大員府上的大家閨秀，如今卻擠在偏遠村莊的土屋裡商議洗衣做飯的瑣事，唉，滄海桑田呀，只是這滄海桑田變化得也太快了，簡直就是天上變幻無端的白雲蒼狗！但正如秀英說的，既然到了這種地步，也只好暫顧眼前，她勉強點點頭，背過臉去滴下幾滴淚，匆忙用衣袖擦拭了。

自此以後，史鐵的生活立刻發生了巨大的變化。他疲憊不堪地回到屋中，鍋灶上熱氣騰騰的飯菜已經做好了放在火上溫著，鐵皮盆放在灶口邊，裡面的水不冷不燙正好洗涮。史鐵自然知道這是她們母女做的，但也不好說什麼，他不知道該如何向她們表示謝意。他發覺自己在宮裡本來已經練就花俏的舌頭，回到村莊後突然笨拙了許多。但他覺得這樣挺好，反而一想起以前說過的那些低三下四的話語，便噁心作嘔。

隨著耕種的正式開始，史鐵更忙碌了。當初開墾荒地的時候，史鐵見以前的良田荒蕪成這樣，心裡過意不去，就使勁地犁、耙，結果貪大求多，到播種的時候，史鐵一個勞力就顯出勢單力薄來了。為了能趕在霜降時節將麥種全撒播完，史鐵使出以往打鐵時的韌勁，白天黑夜地泡在地裡。

雖然鐵夫人母女對田地的活計不十分熟悉，但她們從史鐵匆忙的背影中，從村莊中長年臥床不起的老頭老婆們也掙扎著往地頭挪動的情形裡，也能知道莊戶人家所謂的大忙來到了。

「娘，」有天正午早過，看看太陽已漸漸西斜，秀英忍不住說，「史鐵哥自打天不亮就門閂作響的出去，到現在還不見人影，光幹活不吃飯怎麼能撐得住？要不，我把飯送到地頭上去吧，橫豎又不遠。」

鐵夫人看看兩個女兒，猶豫了一下，她不願意叫她們拋頭露面，雖說還小，但到底是朝廷大官的閨女，拎著飯罐在人前跑來跑去的成什麼體統？日後別人要是知道了，自己當娘的，臉上怎能掛得住？可不讓去吧，確實像秀英說的，天不亮時分就聽見隔壁小院中門閂響動，史鐵通通地邁著大步走了，到現在眼看就是一整天，不吃不喝的如何能挺過去？她左右為難起來。

兩個女兒正目光灼灼地看著自己。鐵夫人略微猶豫片刻，咬咬嘴唇說：「這樣，你兩個留在家裡，為娘的去。」

「那怎麼行，還是我們腿腳更俐落，我們去吧。」秀蓮搶著說。

「鬼丫頭，你以為娘就老成不能動了麼？」看她調皮的模樣，鐵夫人既心酸又可笑，「你和你姐在家收拾屋子，娘去給你史鐵哥送飯，也順便看看莊戶人家的日子到底是怎麼過的，哪兒有什麼弊端，將來也好說給你爹聽，叫他們為官的多替百姓想想。」

「老是你爹你爹的，就你知道掛記，真成一日夫妻百日恩了！」秀蓮小聲咕唧一句。鐵夫人沒聽清：「小蓮，你說什麼？」

秀蓮蹦跳著躲到姐姐身後，吐吐舌頭。鐵夫人卻沒心思追問下去，匆忙收拾好了，提著瓦罐走出門去。

雖說夏天基本已過，但正午上下時分的田間地頭，仍然熱氣蒸騰，遠遠望去，彎著脊背播種的人影竟然有幾分搖曳，似乎虛無不定。

「唉，都云田家苦，五月人倍忙，」鐵夫人恍惚記得鐵鉉曾吟詠過這樣一句詩，說是白居易寫的，這會兒想起來，才感覺再貼切不過，「其實何止五月，春日鋤草，夏日收割，秋天撒播，就連冬天，還得去附近樹林裡砍柴扛到集市上賣，農家一年到頭都不得閒啊！」鐵夫人既聽史鐵講過村莊人家的生活，也親眼目睹過一些，此刻不僅感慨萬端。

史鐵很好找，因為別人家儘管就剩下病殘老弱，但人數倒不少，往往三五成群成堆地在田裡掙扎，只有史鐵是一個人，孤零零地半爬在地上，一會兒牛一般地拉犁耙出壕溝，一會兒又要折回身去撒種。不要說做，看上一陣就讓人覺得疲憊不堪。

鐵夫人不知怎麼的，突然湧上一陣心痛，她趕忙碎步上前，將盛著飯和水的黑瓷瓦罐輕輕放下，正想招呼史鐵過來歇會兒吃飯，卻意料不到地犯了難。「給怎麼稱呼他呢？」鐵夫人暗自嘀咕一句，在史家莊住了這麼長時間，除了秀英秀蓮她們「史鐵哥，史鐵哥」地叫個不停外，自己倒從來沒稱呼過他什麼。

「叫恩公麼，那未免太生分些，直呼他史鐵，又顯得自己太耍大架子氣，」鐵夫人猶豫再三，還沒等拿定主意，忽然耳畔響起一個粗聲大氣的聲音：「喲嘿，真奇了怪啦，尋摸了這多長時候，竟沒發現農戶人家還有這等絕色的娘子，皮肉這麼細嫩，捏一把保管流水。」一流裡流氣的語調讓鐵夫人既吃驚又臉紅，忙回過頭來看時，一個胖大和尚捏柄蒲扇，挺著油晃晃的肚皮，搖搖擺擺地走近跟前，一雙細眼直勾勾地盯住自己，在陽光返照下竟然閃出幾許綠瑩瑩的光。

「你……你這和尚，從哪裡過來的？竟敢這樣說話，也不怕佛祖雷劈了你！」鐵夫人沒聽史鐵說過這附近還有寺廟，以為是個雲遊僧人，況且如此不敬的言語，忽然激起了她埋藏已久的夫人脾性。

「嘿嘿，咱是佛祖的弟子，佛祖掌管著雷公，怎能捨得輕易劈了他的弟子呢？」胖和尚嬉皮笑臉，一副無賴相地更湊近些，逼得鐵夫人倒退幾步。「小娘子是那個傢伙的內人了？哼，一幫泥腿子，天生和牛一樣的命，倒有福氣糊弄上這麼個尤物，真他娘的糞堆上長靈芝了！」

「你……你，你這不知羞恥的佛門敗類，還不快快滾開，否則我可喊人來，將你捆綁到衙門中……」鐵夫人滿臉通紅，渾身顫抖，青黑了嘴唇哆嗦著叫道。

可是話音未落，胖和尚卻仰脖一陣哈哈大笑：「小娘子不但肉嫩，心眼也挺嫩，衙門就是我家開，公人見我似如來，小娘隨我走一遭，穿紅掛綠又開懷。」

這樣的和尚，鐵夫人卻頭一回碰見，她愣神間竟不知如何去應付。胖和尚見她呆立著不動，以為被他打動，愈加放肆，「小娘子，想起來咱家是誰了吧，實話告訴你，我雖然是和尚，卻當不了多久，等我師兄騰出空來，發財流油的差事還不由著我挑？小娘子天生如此相貌，跟著土包子在地裡曬黑了豈不可惜？跟了我走，保管叫你鑲金戴銀，丫頭伺候著好不自在。」

「出家僧人竟戲弄起良家婦女來了，天下成什麼世道，無恥之尤，無恥之尤！」鐵夫人再忍不住，高聲叫喊起來。

「什麼世道？就這世道！」胖和尚不慍不火，卻步步進逼。

高聲吵鬧早驚動了許多人，大家紛紛直起腰來觀看。史鐵也聽到了，他抹把糊住眼睛的汗水，仔細辨認了片刻，驚訝地發現和那和尚吵鬧的竟然是鐵夫人，頓時吃驚不小。他隱約猜測出那大膽和尚是誰，同時又擔心鐵夫人如此拋頭露面，叫人看見了，懷疑起來可不得了。

但不管怎樣，事情既然已經出來，史鐵還得硬著頭皮走過去應付。

「怎麼回事，」史鐵從不遠不近圍觀駐足的人中走出，一邊大著聲音說，「婦道人家不懂事，還請大和尚多加諒解。」

就在史鐵走上前的時候，史老爹悄悄扯一把：「這個就是修善和尚，儘量別招惹了他。」

修善和尚乜斜著眼看一眼史鐵，不陰不陽地笑道：「這麼說，你就是這小娘子的主人了？嘿嘿，你看看你和小娘子站在一處，本和尚隨便編一句詩就能說得明白清楚，」他眼珠一轉，清咳了嗓子搖頭晃腦地吟詠道：「一顆明珠土裡埋，黑豬拱壞嫩白菜；鮮花插在牛糞上，豈不叫人痛惜哉！」說罷又是一陣哈哈大笑。

和尚吟的詩半文半土，百姓雖然聽得不是特別透徹，但大概意思還是能聽得懂，有人捂住嘴偷偷暗笑。鐵夫人更是聽出了其中含義，霎時面色紅中透白，有心要回敬他幾句，可情急之下想不出什麼詞句，況且當著這麼多百姓的面，自己一個朝廷命官的夫人，和一個和尚當眾對罵，成什麼體統？有天讓人知道了，非在背後笑死不可。

這樣想著，人就僵在那兒。和尚愈發得意，搖著肥胖的身子還要再編幾句歪詩，鐵夫人氣哼哼地一跺腳轉身走了。史鐵顧不上和那個修善理論，急忙跟在後邊，擠出人堆。修善和尚見漂亮娘子走了，心有不甘地向眾人問道：「那個小娘們是哪家的？住莊東頭還是莊西頭？」

眾人漸漸散開，木著臉沒人搭腔。修善鼻孔哼出一聲：「一幫土包子，你們以為不說，老子我就訪不出來麼？走了和尚走不了寺，咱老子看上的娘們，哪個逃出手心過?!」

自從在地頭不大不小鬧一場後，史鐵小心了許多。他幾分愧疚地來到隔壁鐵夫人的院落，先是看看缸裡的米麵還有多少，再探頭留意一下案板上菜蔬夠食用幾頓。等秀英和秀蓮到院中閒玩去了，史鐵才吃吃地說：「夫人，以後……以後就不必再出去了，需要什麼，我自然會送來……至於吃飯，我按時回來就是……」

鐵夫人明白他的意思，想起地頭受辱的情景，微紅了臉氣憤憤地說：「哼，鄉間刁民實在太可惡，連一個和尚尚且如此飛揚跋扈，小民還真的沒活路了！」

史鐵更低了頭，彷彿全是自己的過錯：「夫人息怒，那個和尚不是一般的人物，人家有後臺撐腰，自古窮不與富鬥，富不和官爭。只要小心一些，諒他不會再來找麻煩。」

「有官府撐腰就無法無天了？」鐵夫人倔強勁上來，柳眉上翹，聲音尖利許多，「我聽秀英他爹說過，官衙官衙，百姓之家，哪有官衙幫著惡棍欺壓百姓的?!等將來見了秀英他爹，非得將民間實情講給他聽，叫他稟奏朝廷，好好整治一番！」

史鐵不料鐵夫人脾性如此之大，況且又聽她提起鐵鉉，心裡被人揪了一把似的臉色煞白，忙低了頭翻弄衣襟來掩飾失態：「夫人說的何嘗不是，不過現在新朝雖然都一年多了，但各地仍有小股兵力陸續抵抗，皇上很是生氣，下詔讓錦衣衛們狠命捉拿亂黨，各地亂紛紛的，消息不靈通，路上也不太平，鐵大人暫時還沒消息，夫人還是安心居住些時日。反正我經常去集市上，等聽說了鐵大人的準信，就告訴夫人。」

鐵夫人點點頭，卻仍餘怒未消地說：「那個什麼修善和尚，我回來後，問了左鄰右舍，知道了一點他的底細，似這等欺男霸女下三爛的東西，若有機會，非教訓他一頓不可！」

史鐵一愣，暗想果然是鐵大人家的，平時柔柔弱弱，一到正經場合，巾幗氣概就顯露出來了。不過他嘴上仍說著：「夫人千萬別和這等人一般見識。有道是，忍事是躲災星的法寶，眼下還須謹慎的好。」

經歷過一點小波瀾後，生活又如一塘寧靜的池水。忙碌使人們無暇顧及這許多，史鐵也很快將事情放在腦後。

但修善和尚卻如同聞見了腥味的蒼蠅，沒頭沒腦地圍著史家莊來回轉悠。他幾經觀察，已經大致知道了那個美娘們的住處，並且他還打聽出來那家不僅有個村莊裡根本見不上的漂亮娘們，還有兩個半大不小的閨女，不用說，必定都是美人胎子。

「哈，這就叫住在鄉間享野味，紀綱這個雜種，放著師兄弟的情誼不管，說什麼在這裡修煉修練，修練你娘個腳，當年同為和尚，同學武藝。現如今你不但還俗，還受皇上的重用，全不顧你師弟的寂寞。這下可好，你師弟在荒野鄉間倒修練出一群女人來。若再有三個絕色的，比你紀綱未必差多少。」修善半恨半喜地想著，一邊思謀著如何下手，「若將這母女三人都弄到手，丈母娘和閨女同侍候一個主子，真成千年佳話了！」

令修善略微有點擔心的是，出去打聽的小和尚們回來講，史鐵雖然是史家莊的本地人，可幾年來在外邊闖蕩，誰也說不清他到底幹了些什麼，不過乍回來時看上去挺闊綽。「他能幹出什麼大事，最多跑一兩樁買賣掙筆橫銀子，估計現在也花得差不多了，要不也不會到田裡出死力。」

這樣一想，修善不但完全放下心，橫豎你一個鄉民，即便和哪處官府有點瓜葛，也大不過師兄去。而且他還突然冒出一個主意來：「有道是柴米夫妻，那絕色小娘子當初一定是看中了他的錢財，才跟隨他到這等窮地方來。現在他銀兩花完，那小娘子肯定早厭煩他了，我趁熱敲敲邊鼓，保管那小娘們動心思。然後將那窮漢藉故支走，那咱可就睡到鮮花窩裡啦！」

拿定主張後，修善著意裝扮一番，臉皮刮得鐵青，眉眼對著鏡子照半晌，越瞧越覺得自己濃眉大眼，比起那個累彎了腰的泥腿子不知強到哪裡去。「哼，小娘愛的是俊俏，老鴇愛的是錢鈔，咱兩樣都夠，不怕那娘們不動心。」

收拾妥當後，修善意氣揚揚地繞村後小路直走到鐵夫人的小院門前。大忙季節，村中幾乎沒什麼人影，修善知道，此刻史鐵定然在地裡忙得不亦樂乎，也就格外膽大。

他沉住氣，抬手「篤篤」地輕敲兩下油漆剝落的破木門。太陽已是很有些偏西，熱氣剛剛消退，正是幹活的大好時機，鐵夫人聽見門響，很是奇怪，覺得史鐵不會在這個時候回來。

秀英和秀蓮此時恰好不在家。搬過來很久後，她們才知道隔壁院子中住個孤寡老太婆，為人相當和善熱心，不時送來些稀罕吃食，有時也坐下拉幾句家常。一來二去，彼此就來往起來。鐵夫人和秀英、秀蓮有時也過去幫她做點家務。

特別吸引秀英姐妹的，是老太婆一手攤煎餅絕活，黃黃的麵糊在鐵鏊上被她用細棍一圈一圈地平鋪開來，隨著香氣四溢，薄如草紙的黃澄澄煎餅便揭起來，趁著軟和時疊成四四方方，稍微一晾，鬆脆可口，滿嘴留香。秀英和秀蓮看得發呆，問娘說：「我爹在山東當了這幾年大官，怎麼沒讓我們吃過這麼好的東西？」

鐵夫人心頭微微一酸，當年身在閨閣，何曾想到有朝一日要學著攤煎餅？但這話也說不得，省得叫女兒們跟著傷心。

現在她倆又去隔壁老太婆家半看半學攤煎餅了，誰敲的門？鐵夫人疑惑地將門拉開一條縫隙。一個碩大的光頭嬉皮笑臉地探進來：「啊，小娘子換了這件綠紗長裙，愈加顯得嫵媚了。」

鐵夫人剛開始吃了一驚，待看清來人後，受辱的怒氣令她忽然剛毅起來，特別是想起百姓們說的，這個和尚簡直就是地方一害，附近村莊略微年輕些有點姿色的婦女幾乎都被他糾纏過，不少暗地裡叫他糟踐，吃個啞巴虧。

這些念頭在腦海中一瞬間旋過，鐵夫人咬了咬牙，不僅沒退縮，反而將門開得大些，厲聲問：「你這不守清規的佛門敗類，來這裡何干？」

見鐵夫人答話，修善心中一喜，暗道有門，忙嬉笑著說：「娘子莫要氣惱，佛門最講究隨心，隨心即是大悟。我那日見小娘子的模樣，頓時想出幾句詩來，念與娘子聽聽，看是否屬實。」

說著修善賊溜溜的眼珠盯在鐵夫人身上，尖聲細氣地誦道：「有位娘子長得俏，根本不似村姑臉。一頭黑髮如墨染，兩隻杏眼忽閃閃；三月桃花映粉面，四季黃菊插鬢邊；五官端莊多秀氣，好比六月水中蓮；七褶榴裙拖地上，八尺飄帶垂銀環；九天仙女下塵凡，專為人間禿頭漢。禿頭漢子站眼前，千里姻緣前世牽。」

得意揚揚地朗誦完了，咂摸著嘴唇笑道：「娘子，小僧一片癡情，盡在其中了，娘子心下如何？」

聽著這等肉麻的話語，鐵夫人一陣噁心，但也越發激起她教訓這個作惡鄉間惡僧的決心。匆忙想一下，鐵夫人冷笑道：「這位大和尚果然文才出眾，不同於我家那個莊稼漢，可惜你已經出家為僧，我即便有意，也終究不是長遠辦法呀！」

修善聞言大喜過望，看來什麼他娘的貞婦，全是裝的，任你再作得像，錢勢跟前沒有不動心的。這樣想著修善更加來勁，瞇起眼睛盯著鐵夫人粉紅的臉龐滿是淫笑地合掌說：「娘子這就差了，出家人以慈善為本，小僧看娘子現在是寶玉和瓦礫相配，鳳凰與烏鴉同巢，不但實在委屈了娘子這副好人材，就連小僧看在眼裡，也可惜得不得了。小僧想度娘子逃離苦海，快快樂樂地過他一輩子，豈不也是修善造化？」

說著修善索性再走前兩步，湊得更近些：「娘子，實不相瞞，我乃當今皇上跟前大紅人，錦衣衛鎮撫司紀綱的師弟，他要我在此待上一年半載，隨後就可以還俗為官，到那時，我和娘子搬到京城裡，住高門大戶，吃世間美味，嘖嘖，俗話說，為官一日，勝似千年為民，娘子的福氣到嘍！」

提到錦衣衛和什麼鎮撫司，鐵夫人立刻想起去年落水時遇到的那個大漢，「錦衣衛，鎮撫司，全是欺壓百姓的皇上走狗，怪不得這傢伙如此囂張，原來有這幫人作依靠，哼，秀英他爹當初最恨的就是這般得志的小人，咱今天就替他辦點差，也給百姓出口氣。日後相見了也好叫他樂一樂。」

鐵夫人暗暗拿定主意，眼皮一眨嫣然笑了：「高僧原來這麼有來頭，恕小女子眼拙了。可是……」她故作猶豫，似乎認真想了一下才接著說，「可是小女子的當家人雖然低賤，卻老實本分，沒哪裡對不住我的地方，再說我倆同在鄉鄰，青梅竹馬，熱熱鬧鬧明媒正娶過來的，如今要是棄了他，恐怕……」

終於上鉤了，修善樂得簡直把持不住，真想上前一把抱住這個娘們咂兩下嘴，可憑了他在鄉間勾引婦女的經驗，知道火候仍然欠缺，邊耐著性子嬉笑道：「娘子多慮了，咱又不是立刻就要娘子捨家出走，況且我那師兄還未將我的位子給安置妥當，我還得在這寺院裡暫時住段時候。我是想，種地的泥腿子一輩子辛苦到頭，能賺出個什麼結果。這樣，我先與小娘子成就個露水夫妻，吃喝銀兩暗中塞給你，保管叫娘子比以前大不一樣。等將來我出頭時，咱再遠走高飛。不知娘子意下如何？」

雖然鐵夫人已經成竹在胸，但她害怕秀英和秀蓮回來撞上，便急於打發他走。當即作出想通了的神情，但似乎又有些後怕的模樣，長歎口氣說：「唉，高僧說的何嘗不是正理？可鄉里千百年來傳承下的規矩，嫁給當官的作娘子，嫁給殺豬的翻腸子。奴家命苦，嫁給了莊稼漢，但不管怎麼說，人家總是當家人，若叫他撞見了，不但在莊上做不得人，只怕他發起怒來，連奴家的命都要保不住了。況且，這種事情，也萬萬不能仗著勢力來硬的。」

修善一聽，心下霍然開朗，喜得合掌直念佛，連聲說：「只要小娘子有心，別的都不難。小僧聽說那窮莊稼漢曾在外邊做過一陣買賣，好像還贏了些賺頭。這樣，小僧多出些本錢，叫他再出去做他的買賣去，小娘子留在家中，你我好比魚游大海，還不想怎麼折騰就怎麼折騰?!」

鐵夫人強壓住噁心，聽他說完了，裝作略略想一想的樣子，點頭說：「那好，只不過高僧要多給他些銀兩才成，他在外邊見也見的多了，銀子少了打不動他的心。」

「那是自然，那是自然，」修善戀戀不捨地盯住鐵夫人的臉和腰身，嚥口唾沫連聲說，「小僧即刻去準備銀兩，明日就打發他出發，儘早與小娘子結百年之歡。」

看修善搖晃著臃腫的身軀走出老遠，還不住地回頭看，鐵夫人覺得渾身一軟，差點兒跌坐在地上，她既詫異自己方才何以如此大膽，又感覺心裡酸溜溜地難受，「天爺，咱如今怎落到這一步，要和這麼骯髒的人打交道?!」但不管怎麼想，她決心要將這齣戲演到底。

傍晚時分，直到天快黑透了，史鐵那邊門環才叮噹響動。鐵夫人讓秀英和秀蓮在家中收拾碗筷，自己悄悄帶了門，走進史鐵的院子。

甫進正屋門，一股汗臭撲鼻而來。鐵夫人略微皺一皺眉，輕咳一聲邁過門檻。

史鐵正埋頭在大碗公裡扒拉茶飯，猛抬頭見鐵夫人站在身邊，驚慌地立起身訕訕著不知說什麼好。安頓在史家莊這麼長時間了，鐵夫人倒從未來過這屋裡。乍一進來，還真不知該如何招呼。

鐵夫人看看史鐵凌亂不堪的屋子，歎口氣先發話說：「你一個人忙裡又忙外的，真難為了。明日叫秀英她們兩個過來清掃清掃，這兩個丫頭反正也閒著沒事。到底年齡小些，說作飯就只知道作飯，也不看看屋子用不用拾掇。」

史鐵這才反應過來，慌忙從身旁搬過一個矮凳，用袖子拂了拂請鐵夫人坐，一邊迭聲說：「不用，不用，其實莊戶人家都這樣，夫人小姐是貴人，自己動手洗衣做飯已經夠委屈了，怎麼好麻煩她們？」

說著話史鐵借著如豆燈光偷看一下鐵夫人臉色，以他猜想，鐵夫人是官人娘子，向來極避男女嫌忌，無事斷不會到自己屋裡來。莫非她知道鐵大人被慘害的消息了？若是那樣，自己倒還要好好費一番口舌來安慰她。於是史鐵先打了圓場試探地說：「夫人住在這鄉下，著實太委屈了，現在新皇上已經坐穩了金殿，天下日漸太平。等忙完了這一陣地裡活，我就去京城打探消息，夫人先莫著急。橫豎福禍由天定，人家都說，一生都是命，半點不由人，大概就是這個理兒。」

鐵夫人聽了又是一聲輕歎：「事到如今，也只好如此了。」

聽她話音，並不是因為知道了鐵大人消息的事情才來的，史鐵暗鬆口氣。忽然又想起那日在地頭和修善惡僧吵嚷的事情，史鐵猜想或許鐵夫人自小沒受過那分氣，心中窩火，便換了個話題說：「夫人不必和鄉下人一般見識。其實哪個鄉下沒幾個惡棍？他們有的是仗著家裡有錢，能買通官府，有的是仗著有親朋當個什麼官，作威作福的，不過只要躲著他們些，忍讓一時也就過去了……夫人金枝玉葉，不要因此氣壞了身子，那就太不值得了。」

史鐵這話正說到鐵夫人心上，她不由氣憤憤地說：「惡棍橫行鄉里，其實一大半在惡棍身上，鄉民的縱容也叫他們愈加猖狂，若整治他們一回，煞煞他們的氣焰，他們未必會如此肆無忌憚。」

「唉，」史鐵喪氣地搖搖頭，「夫人久在衙門中，對百姓的事情不大了解。咱窮苦百姓，一年到頭只知道在地裡下死力，出了門兩眼一抹黑，慢說朝廷官員，就是衙門裡的小吏跑腿的，也不認識一個。就憑這和人家惡棍作對，人家動根小指頭，小百姓就得家破人亡呀！因此大家都是能忍就忍著，反正也忍慣了，實在不行，也只能躲著走。」

鐵夫人聽他說的確實是這個理，便也不再辯駁，默默沉思片刻，抬頭看著昏黃的油燈，燈芯略探出油面，忽閃忽閃地似明似滅，狹小的屋中被兩個分外高大的身影各遮住半邊，沉悶而壓抑。

「話雖這麼說，不過狹路相逢，實在躲不過時，教訓他們一下也不為過，只要考慮得天衣無縫，管叫他們啞巴吃黃連，有苦噎在心裡，能老實一陣子。」鐵夫人仍然不相信史鐵說的那麼可憐，忍住臉上的羞紅，將那個修善和尚今天找到門上的事情簡單說了出來。

史鐵越聽越覺得氣憤，末了通地一拳砸在桌上，兩個粗瓷大碗趔趄著晃了幾晃。「真是瞎了他狗眼，也不看看夫人是什麼身分。虎落平川遭犬欺，真他奶奶的太過分啦！夫人莫生氣，明日我一早就去他那個破寺院中找他理論去！」

鐵夫人淡淡一笑：「其實也不必如此動怒。這些鄉間小人，橫豎如賴皮狗一般，你越和他糾纏，他倒越高興。我記得秀英他爹曾說過，對付小人，應當叫他畏懼，而不能叫他懷恨。他害怕了你，就再不敢招惹你，若他對你懷恨在心，處處使絆子，弄得人不人鬼不鬼的，反倒不好收拾。」

「夫人到底見多識廣，」史鐵想想也是，但仍不得要領，猶猶豫豫地不知她要說什麼。

鐵夫人見史鐵似乎想通了，也不便躊躇下去，咬了咬嘴唇將打算說了出來。史鐵聽罷兩眼瞪得溜圓，雙手亂擺著說：「哎呀，這個使不得，使不得，那樣就太委屈夫人了，我是什麼人，怎麼能……」

「看你說的，」鐵夫人連忙打斷他，「咱這也不單是為自己出氣，咱是替十里八鄉的百姓除點害，叫百姓們都知道，什麼鄉裡惡棍都是欺軟怕硬的，你真對他不客氣了，他也拿你乾瞪眼沒辦法。」

話說到這裡，史鐵也激起壯氣，想一想仍舊說：「試一試倒行，還是覺得有些委屈夫人了。」

鐵夫人卻沒接話茬，起身說：「那就這樣商議妥當了，明日叫秀英和秀蓮來收拾一下屋子，省得那個修善起疑心。我回去安排一下，叫她倆天一黑就栓了那邊房門別出來……這種事情，叫她們知道了，又是擔驚受怕的，再說……」接下來的話，她咬住下唇沒說出來，不過史鐵能猜出其中意思，他默默地點點頭。

巫山雲深留不住

果不出史鐵所料，第二天一大早上地，修善已經笑吟吟地站在地頭等著了。史鐵裝作沒看見，收拾了農具準備幹活。修善晃悠悠地蹭近了打著哈哈：「這位大哥，聽說你前兩年在外邊做生意發了財，怎麼不接著大幹一場，反而見好就收，跑到這窮地方受這等窮罪，能有多大出息？」

史鐵被他一說，勾起心思似的長歎口氣：「想當初在外邊吃香喝辣，真沒料到有朝一日要回來出這等牛一樣的死力。可惜也怪咱大意，一不小心上了別人的當，本錢蝕得眼看差不多了，再想做下去也沒那個財力。只好拿著剩餘的一點銀子回來將就過，誰知現如今剛打過仗，東西短缺，什麼都貴，銀子好比當初的銅錢，沒幾下就花光了，不出死力也沒辦法呀！」

感慨和牢騷句句說到修善心尖上，他壓抑住欣喜，眉毛亂顫地說：「這位大哥，自古以來，農不如工，工不如商，連我們出家人都懂得這個道理。大哥既然做生意有了經驗，就這麼丟掉了未免可惜。我看這樣，我雖然是出家人，這些年也積攢了不少私房錢，錢總放在禪房也不能下崽，再加上我那兩個兔崽子徒弟整日賊著眼睛算計那幾個錢，叫人放心不下。我想大哥若拿了這些銀兩去做本錢，再出去闖闖，將來賺了利咱三七開成，大家都得些好處，你看怎樣？」

史鐵彷佛動了心，但隨即又撲稜著頭：「不妥，不妥。我拿你的銀子做本錢，一個人出門在外的，到底賺多少也沒個準，回來後你說多了少了的，我可糾纏不清。」

「哎，大哥想到哪裡去了，」修善做出坦誠的樣子大咧咧笑道，「美玉千磨，真金百煉，英雄往往遭貧賤。我看大哥生意場上肯定是位真英雄，我這點本錢，能叫大哥重新振起雄風，也算做了一樁善事，佛祖跟前好積德呀！況且我也不在乎那些錢財，隨你分些贏利，總比放著提心吊膽的強。」

兩人一個虛意應付，一個急切地信誓旦旦。不大工夫，史鐵終於痛快地答應下來：「那好，承蒙師父美意，買賣爭的就是個時候，既然有了本錢，我今天就出發，大約到年底就能回來交帳。」

「好，好，」修善歡喜得舌頭哆嗦著，從懷中拿出一個布包，「這是八十兩雪花紋銀，你先帶著，將來賺了，咱再用大本錢做大生意。」

史鐵滿臉喜氣地抖手接了揣在懷中：「那咱還得寫個紙片什麼的吧。官憑文書私憑約，省得師父怕我賴帳。」

修善已經有些急不可耐，雙手搖擺著：「哪裡的話，鄉里鄉親的，我還不知道你是有名的實在人，你只管放心出去闖就是。反正家中田地也收不下幾個錢，沒事儘量別回來。」

「那我這就回去給老婆交代一下，準備些乾糧，趕在正午時分出發，臨黑還能到臨沂城邊上呢！」史鐵喜滋滋地收起種地的傢伙，彼此拱拱手，大步向回走去。修善看著他的背影，得意地笑笑，隨即覺得下體一動，「乖乖，今夜又輪到你上場嘍！」他哼著小曲，揚揚得意地嘀咕一聲。

回到寺中安排妥當後，修善便躲到史鐵家的山牆邊，偷看這邊動靜。日頭比起往日來，彷彿移動得特別慢，急得頭皮油光光地吱吱出汗，史鐵家卻還不見有人出來。「哼，鐵怕落爐，人怕落套，既然上了爺爺的套，諒你也不會懷疑什麼。不過既然要離別，小夫小妻的總要那個一陣，可惜喲，今晚就該爺爺我舞弄獅子滾繡球嘍！」修善半是得意半是安慰的獨自嘮叨個不停。

看看日頭終於偏西，正急不可耐間，忽然「吱扭」一聲門響，就聽史鐵說：「給你丟的散碎銀子，足夠半年多米麵錢了，娘子不必著急，有了這些本錢，我找個大買賣做幹，保管掙幾個元寶回來。只是每天早些關門閉戶，沒事少拋頭露面。」

「奴家記住了，你只管放心就是，路上多留意些，別再叫人給騙了。」令修善幾天來日思夜想的柔聲話語傳過來，顯然是鐵夫人到門外送行。雖然修善來過一次，但兩家緊臨，他也無暇分清是不是昨天鐵夫人出來的那個門，只探出半個腦袋，偷眼看見史鐵肩背褡褳，渾身整齊一新，分明是出遠門的模樣，那樣子叫修善看了忍不住捂嘴偷笑。

修善特別注意了一下，他家門前有棵高大的柳樹，「是了，就是正對柳樹的這個門，即便黑燈瞎火地也不會摸錯。」

親眼看著史鐵沿大路走出了村外，三拐兩拐地消失在盡頭。修善完全放下心來，「哈，又得手了一個，雖說這也就是故技重演，憑了幾塊銀子支走不少漢子，但留下來的娘們，卻還數這個更有味，值，真值！」修善在村邊上胡亂轉悠著，他覺得今日的太陽有些奇怪，慢吞吞地總也落不下去。

終於等到天漸漸昏暗，繼而麻麻透黑，修善渾身躁熱，看看天際紅暈散盡，村莊街道上本來就不多的人零零落落相繼收工回家。炊煙四冒，莊戶人家晚飯簡單，很多是只拌些麵湯一喝就了事。不多工夫，乒乒的關門聲一陣紛亂響動，大忙季節，人們都歇息得格外早。

盼望已久的時候終於來到了，修善按捺住砰砰心跳，躡著腳來到那棵大柳樹下的門旁，輕輕拍響門環。

鐵夫人好像就在門口等著，沒等他再拍第二回，便立即靜悄悄地將門拉一扇。「哎喲，我的小娘子，你果然對咱有意喲！」修善照著那婀娜的身影撲上來，鐵夫人早有準備地側身一閃，叫他撲了個空。

「看你著急的，也不怕人看見了，」鐵夫人一邊脆生生地說著，一邊將門掩上，「這位高僧，時候還早，先進屋喝杯熱茶，既然當家的走了，日子久長著呢，何必著急一時？」

修善此時既著急又怕拂了這個美嬌娘的興致，便也不敢造次，跟在身後進了小屋。屋內四角點上了明晃晃的蠟燭，床榻地面收拾得乾淨俐落。雖然沒什麼擺設，但仍覺得很是舒適。屋子正中央的小桌上，黑瓷茶壺中泡了熱氣騰騰地濃茶，斟一杯香氣四溢。修善在村邊上溜達了大半天，此刻確實有些口渴，忙連著咕咚咕咚灌下了三四盅。痛快淋漓地甩袖一抹嘴：「娘子，我的小心肝，為了你，我花去這幾年的積蓄，來，快叫我仔細看看，」他顫聲說著，就去扯鐵夫人的衣袖。

鐵夫人強含惱羞，紅了臉往旁邊退了退，望望門外，若有所顧慮地說：「既然高僧如此情重，奴家怎好辜負？也好，你先收拾著睡了，我再到院子中看看四鄰可有什麼動靜，省得他們傳出去羞人答答的。再者我看高僧衣服滿是風塵，脫下來後我在院中給你洗涮一把，明日一早就乾了。」

修善見日思夜想的美嬌娘就要到手，哪裡顧上想許多，還以為她是羞紅了臉，更加愛惜得什麼也順著，更何況熱天衣服單薄，自己在外邊站了大半天，確實撲滿了灰塵。再看看床榻上被褥鋪開，心花怒放地顫抖聲音說：「難為小娘子想得周全，今夜小僧一定伺候得小娘子如神仙般快活。」

鐵夫人胡亂應付著走到院中，修善則三下兩下扒掉身上的僧衣，赤條條地鑽進被臥，隨手將僧衣扔出門去，靜等美事的來臨。

不料剛躺下，忽然聽見院門一陣門環扣響，只聽鐵夫人問：「誰，三更半夜的？」

令修善魂飛天外的是，門外傳來的竟然是史鐵甕聲甕氣的聲音：「現在敲門的還能有誰，是我。快開門！」

就聽鐵夫人急急地說：「先等一等，這就過來。」腳步輕輕地走到屋門口，壓低了嗓門說：「哎呀，高僧，我家那口子不知怎的又回來了，這可如何是好，要不，你先躲躲。你不知道，他脾氣其實特別暴躁，這下非鬧出人命不可。」

修善聞言頓時驚出一身冷汗。雖說自己曾和紀綱一道拜師學過武藝，可當時一學才知道，那種苦處實在不好受，結果只練了兩下花拳繡腿，拉拉架子裝腔作勢還對湊，若真打起架來，慢說會點手腳的，就是強壯些的漢子，自己怕也不是對手。更何況這幾年依仗著師兄的名聲，好吃懶做慣了，又日日拈花惹草，淘空了身子，面對看上去身強體壯的史鐵，他確實膽怯。更何況衣服扔在了院外，渾身赤條條地如何動手？

這樣想著更加發急，忙低聲問：「娘子，這……這可如何是好，屋裡空蕩蕩的連個躲藏的地方都沒有！」

門環再度拍響，史鐵的聲音明顯有些不耐煩：「怎麼回事，莫非已經睡下了？我明明聽見你在院裡說話嘛！」

鐵夫人掩飾著驚慌應聲：「哎，哎，就來，就來，」一邊在門縫中吹著氣似的說：「快些，床頭有個大木箱，他平時挖來草藥就放在裡面，現在是空的，高僧就先躲到那裡面去，千萬別出聲。待奴家打發他走了再說。」

明亮的燭光下，修善看見了那個半大不小的木箱。這時門閂響動，通通的腳步聲走進院中。

讓修善吃驚的是，進來的還不是一個人，就聽鐵夫人說：「你怎麼又回來了？他們……」

史鐵沒好氣地回答：「他們是我在臨村的好朋友，個個力氣大得賽過一頭牛，我特意找來當幫手的。至於發生了什麼，進屋來說。」隨著話音，腳步雜沓地走過來。

修善再不容多想，慌忙鑽出被臥，掀開箱蓋跳進去。就在跳進去的那一剎那，他覺得渾身一陣鑽心地痛。箱子裡塞滿了帶刺的藤條，悶頭進去，簡直就是萬箭穿身。可是修善硬憋住不敢發出響動，因為此刻外邊的人已經推門進來。

屋裡頓時腳步紛亂，聽聲音，個個都是粗壯大漢，修善渾身抽搐著蜷縮在刺窩中，疼痛得渾身汗津津，卻大氣也不敢出。

「唉，他奶奶的，野草難肥胎瘦馬，橫財不富骨貧人，沒想到這話今兒竟應驗到咱身上！」也不等鐵夫人再發問，史鐵忿忿不平的高聲叫嚷道，「新皇爺登基都一年了，天下刁民還是這麼多，我背著修善和尚給的本錢，本指望去發筆橫財的，誰承想也就是走路趕得著急了些，叫人看出門道來，結果被幾個傢伙給跟上了，當時我還沒覺察，等走到一處僻靜地方，他們三五人一哄而上，我雖然打倒了兩個，可到底還是吃了虧，叫人家把褡褳給搶走了。唉，那可是八十兩的雪花銀哪！」

大概人多沒處可坐，史鐵就勢蹲到床頭的木箱上，手拍箱蓋通通作響：「當時我也沒走多遠，就是咱這十里八鄉的人幹的，我找來幾個要好的朋友，商議著怎麼給奪回來！」

「哼，那還用說，古來都是以硬碰硬，以牙還牙，那幫強盜既然離此處不遠，咱們就直接找他們算帳，再把銀子給搶回來！」有人拍椅打凳地吆喝。

「不妥，不妥，」又有一個人粗聲大氣地說，「人家在暗處，咱們不知底細，若跑到人家老窩中吃了虧，那可就太丟人現眼了。我看不如引他們出來，方才老弟不是說了麼，攏共不過三五人，咱們上去，三下兩下就給收拾掉了！」

史鐵坐在箱子上踢騰著箱幫：「這倒是個好主意，其實想引他們出來也不難。他們專門幹打家劫舍的買賣，咱只要裝作帶著好東西從他們守的那條路上過，不怕他們不出來。」

「那好，咱就這樣辦，把傢伙準備好，再叫個人在前邊走，咱們悄悄跟在後邊。」三兩個聲音紛紛回應。

「只是要裝得像，做什麼的都有路數和規矩，像旱賊不宰馱夫，水賊不傷船家之類的，那幫人精著呢，別叫他們看出馬腳，蜷縮著不敢出來。」有人提議。

史鐵通地跳到地上：「夥計們看你哥家窮得什麼也沒有，就這只箱子還有幾成新，要不拉到車上，他們見了，一定不會放過！」

修善窩在扎歪歪的箱子裡聽得一清二楚，本指望他們快些走，自己好出來鬆快鬆快，說不定那小娘們可憐自己，一會兒舞弄得更隨心，好事多磨嘛！

正暗自瞎胡調侃著安慰自己，不料卻聽史鐵把主意打到箱子上了，當即哆嗦起來，叫苦不迭。但他無論如何卻不敢跳出來，甚至更加小心翼翼地生怕弄出響動。雖然表面上在鄉民跟前不可一世，可其實內心深處卻是怕硬的。他知道深更半夜的在這幫鄉村漢子跟前，一旦叫他們揪出自己來，非叫打斷胳臂扭斷腿不行，弄不好連小命都保不住，那樣就太不值得了，他還要等著自己那個師兄來提拔自己，也好享上半輩子的福呢。

胡思亂想著的時候，眾人已經開始動手抬箱子了。箱子晃動著，襯在箱底的藤刺渾身亂扎，修善痛得冷汗亂淌，卻捂住嘴不敢叫出聲來。

「老哥，你這箱子裡面裝得什麼寶貝，這麼沉？」有人拍拍箱蓋。

「哪有什麼寶貝，這是老輩傳下來的，笨重雖然笨重，卻結實得很，我平時就把採來的草藥胡亂塞在裡面，等攢得差不多了再去集上賣。來，放到車上，一個人推著走在前邊。今兒恰好沒月亮，風高月黑，正是打劫的好時候，保管他們上鉤。」

幾個人說著話，通地將箱子放到車上，吱吱扭扭的車輪聲響起，院門響動一下，修善知道出了門。他實在把握不準接下來會發生什麼事情，但也只能耐著性子，渾身似爬滿了螞蟻般疼癢得難受。

路面好像很不平整，搖搖晃晃的更增加了修善許多苦楚。此刻的修善早將淫亂心思拋到九霄雲外，咬牙強忍著只求事情快有個了斷。但他清楚這是要幹什麼，萬一那幫強人將箱子搶去了，發覺本以為裝滿金銀的寶貝箱子內竟然藏著個赤身和尚，結果會怎樣，他們一怒之下未必不敢殺了自己。

想到此處修善只能暗自叫苦，擔憂起性命後，身上反而不那麼難受了。他目下唯一希望的就是兩幫人能火拼起來，自己好借機逃回寺中，反正黑天半夜的，出些醜也沒人看見。

又走過莫約幾里路，忽聽前邊有人大喝道：「今天真他奶奶的撞上財神了，剛弄了幾十兩白花花的銀子，又有人成箱子的往這邊推。站住，識相的趕緊丟了東西逃命去罷！」

這邊聞言也怒不可遏，針鋒相對地怒罵著：「好，真有種，就是他們幾個，弟兄們，從兩邊上去，別叫跑了一個！」

亂紛紛地互相連聲叫罵，接著有鐵器撞擊的脆響。修善躲在箱子中暗喜，盼望著趕緊打得再激烈些，自己好脫身逃開。他強壓住砰砰心跳，嘴裡肚裡的直念佛。

不料剛接上仗沒打幾下，就聽史鐵這邊有人大叫道：「哎呀不好，怪不得他們這麼囂張大膽，後面樹林裡還有幫手躲著呢！大哥，咱恐怕要吃虧的，不如快些跑開算了！」

史鐵的聲音響起：「果然不差，這回就便宜了他們。走，咱推著車子趕緊跑，再不能讓他們撈半點好處！」

說著話，大車木輪發出急匆匆吱扭聲，箱子顛簸得更加劇烈。修善光聽見外邊說得熱鬧，也弄不清楚到底什麼情形，眼見脫身的機會就這樣錯過，著急地不知該如何是好。渾身上下被藤刺扎得有些發木，木木地疼痛，雖然沒剛才尖利，滋味似乎更不好受。

追趕聲緊跟著大車，跑出好大一截，就聽一個人氣喘吁吁地說：「大哥，這樣怕是不行，咱推個車子太沉，遲早得叫他們攆上。反正這裡面也沒什麼東西，還是丟了，逃命的要緊！」

史鐵的聲音一陣猶豫：「說的倒也是，不過即便是隻破箱子，也太便宜這幫兔崽子了，哼，咱要不上，也不能丟給他們！來，這邊有個溝，咱把箱子推到溝裡去，叫他們下溝去找，咱們也好趁機走開！」

立刻有人答應著，修善來不及細想，只覺得天旋地轉般翻滾起來。翻滾中箱子被碰撞成幾塊，他哎哎呀呀地痛叫著甩出老遠，攔腰橫亙到一棵樹身上，脊樑骨簡直斷作了幾截，側臥著半天動彈不得。

幸好後邊追趕的人也沒跟上來搶箱子，人聲漸漸遠去，最終消失到不知什麼地方。修善緩過一口氣，摸摸遍體大大小小的傷，感覺手上黏糊糊的，湊到眼前一看，滿巴掌的血跡。「真他娘的偷魚不著惹一身腥，唉，偷摸了這麼多回，還真沒這麼窩囊過，有苦都難給人說，不過好歹總算揀了條命，造化不小呀！」

修善被折騰得半迷糊似的嘟囔著，勉強爬起身，在黑糊糊的夜色中四下張望，見自己正站在一個陡坡下，滿眼樹林如波濤起伏，夜風中颯颯作響，吹到身上，連打兩個激靈，竟一時辨不清身在何處。

根據方才走動的時間，修善覺得此地離村莊已經很遠，他平時只在四里八鄉的街巷中閒串遊逛，專看誰家有容貌可人的婦女。至於野外，倒沒多留意。他甚至辨認不出東西南北，呆呆地愣怔半晌，拿不定主意該往哪邊走。

又過了許久，修善忽然意識到自己是赤身裸體地站在野外，立刻發了急，抬頭見天頂星斗偏南，知道連驚帶痛地折騰了這麼長時間，不知不覺間天就要濛濛亮了。

「哎呀，得趕緊走回去，否則天亮起來，讓人看見我這副模樣，那以後還怎麼在這裡混下去

?!」修善著急地忘記了疼痛，跌跌撞撞地手腳並用，爬到壕溝上邊，順著大路兩邊仔細觀察一番，大約找出個方向，一瘸一拐地急走不迭。

打著赤腳走路，十分地彆扭，但修善顧不得這些，他小跑著滿頭大汗。走了不知有多長時間，終於欣喜地發現大方向沒認錯，已經進了史家莊的村頭。

可還沒顧上慶幸，他便驚恐萬狀地發覺天色不覺間開始大亮，加之大忙時節，人們起得特別早。路上三五一群地晃動起人影。等修善明白過來時，想躲避已經來不及，「哎，快看，那不是修善和尚麼？」

「怎麼不是，大白天的光個身子，別是發了癔症？」

接著有婦女驚慌地尖叫，腳步雜沓地匆忙躲閃，還有人忍不住呵呵地笑個不住。修善在鄉民面前向來作威行凶，何曾受過這等嘲弄？但此刻卻再發作不得，恨不能一頭鑽進樹壕中地遁而去。好不容易地有個老漢蹭過來，隨手解下自己外邊的一件單衫扔到這邊：「大和尚，大白天的，這樣叫人看了像個啥……」

若平時，有誰敢這樣對自己說話，可此刻修善不但不惱，反而滿臉感激地唯唯連聲，接過單衫束在腰間，不顧腳下扎得生疼，一溜煙地跑向自家寺院。

兩個小徒弟見師父一夜未歸，知道又去誰家鬼混去了，也不在意，樂得睡個懶覺。不料天剛發亮，山門敲得繃繃直響。其中一個小徒弟極不情願地爬起身，沒等拉開門縫先罵道：「大清早的，敲什麼喪，敢是你老娘死了，叫我們去做道場?!」

話音未落，一個身影閃進來，劈頭就是一巴掌：「你他娘的，爺爺倒楣，都是你們這幫龜孫咒的！」

小徒弟剛要發作，睜大了眼睛仔細一看，卻是師父。看著平日得意揚揚似乎天下無人敢惹的師父渾身血污，赤裸個身子，紮條破布爛衫，鼻眼歪斜著狼狽不堪，不知到底發生了什麼，吐吐舌頭正要問，修善已經瘸著雙腳奔自己禪房去了。

兩個小徒弟合計一下師父來路不明的情形，忐忑不安地過來請安。此刻修善換過衣服，草草洗涮一下，雖然一夜沒合眼，但終於有驚無險地躲過這一劫，畢竟長舒口氣，精神陡增許多。

看看兩個小傢伙過來恭恭敬敬地施禮，修善雖不好仔細解釋，只能恨恨地將事情說個大概。但因為對自己行徑徒弟們自然知道，所以也不必太遮掩。待修善說完了，兩個徒弟睜大了眼睛，彷彿不相信似的張張嘴卻沒發出聲音。

「你他娘的，怎麼，也看你爺爺笑話?!」修善將事情說出來，心境更平靜一些，抬手又是兩個耳光，氣咻咻地罵道。

兩個小和尚平素跟著這個師父沒念過佛，歪經倒是聽了不少。挨過一巴掌，先前開門的小和尚靈機一動，湊近了細聲說：「師父，常在河邊走，哪有不濕了鞋的?再說，他們勢眾，好狗敵不過狼多，師父也不必在意。」

話剛說完，立刻意識到說得差了，先照自己臉上掌一下嘴，接著說：「師父說的情形我們也聽清楚了，依徒兒看，這事八成是他們合計好了陷害師父的。俗話說，咬人的狗兒不露牙，這幫鄉民，看著粗，其實耍起小心眼，精著呢！師父你想，那個莊稼漢怎麼就這麼湊巧，別人的銀兩帶來帶去的都沒事，偏就他遭了搶劫？再說了，一個莊稼漢碰見這事情，最多也就告到官府了事，哪來那麼大的能耐，要和強人比個高低？」

匆忙中驚魂差點離身的修善倒沒顧上想這麼多，聽自己徒弟一提醒，頓時也疑惑起來：「那照你說，那小娘們也不是東西，他們夫妻勾結一幫刁民合演了一齣戲，來捉弄你師父？他娘的，我早就聽說男子心思易猜，婦人詭秘難測，看她嬌滴滴的模樣，說不定真有這樣的毒蠍心腸！叫爺爺吃個啞巴虧，有苦也找不到她門上去，唉，大天白日的赤身在街上走，這丟人敗興的，還怎麼出門?!」

另一個小徒弟見兩人說得熱鬧，不甘心叫丟在一邊，轉動眼珠子沉了聲音說：「師父，您說的那個漢子我知道，他早在新皇爺和建文打仗前就離開村莊，也不知這些年在外邊幹些什麼勾當。反正他前些日子回來後，我聽人講確實闊綽過幾天。另外，我還看見他用大塊的金子去兌換碎銀，樣子偷偷摸摸的，來路不大地道。還有一次，我見他用來包金塊的手帕上竟然繡條龍，黃澄澄的細帛，斷不是平常百姓用品，當時他鬼鬼祟祟地露了一下就揣在懷中，我也沒甚在意，現在想起來，真該好好考究一番呢！」

「噢?!」修善眼睛一亮，本來斜躺在榻上，聞聽此話翻身坐起，「我雖然沒師兄那麼風光，但也見識不少，自打頭一回見那傢伙，就感覺他不是一般莊稼漢，經你這麼一說，我倒想起來，當時建文的皇宮被新皇爺攻下，建文索性自己點火燒了好幾座宮殿，當時一片大亂，許多宮裡宮外的人趁機搶走許多皇家御用東西，甚至連皇上的玉璽也叫偷走一塊。聽師兄悄悄告訴我，本來皇上御用玉璽是十七塊，現在只剩了十六塊，皇上也不敢聲張，只是叫師兄明察暗訪，搜求建文餘黨。叫你這麼一說，或許那個莊稼漢正是宮裡搶東西的也未可知。那個小娘們那麼標致，斷不會是普通人家女子，保不定是宮裡的妃子，叫這傢伙給拐騙出來了！」

見師父消了氣活泛過來，兩個小徒弟忙不迭地點頭：「師父果然不愧錦衣衛頭領紀大人的師弟，略一提醒就什麼都想通透了。那末，師父，咱闖到他家搜搜，看他藏了什麼皇家御用東西，若能搜出您說的玉璽，那師父發達的日子可就不遠啦！」

修善聽了先是點點頭，隨即又搖頭擺手：「不行，你師父沒抓住他把柄，吵鬧起來，就咱們三個，到底勢弱……再說，今天的醜丟得太大，也不好再拋頭露面……這樣，他丟了爺爺的面子，叫咱們在這裡混不下去，咱索性就走，立刻投奔師兄去，將此處可疑情形告訴他，他眼下聽說哪裡有建文餘黨，真比蚊子見血還著急，到時叫他多派幾個衙役，我帶著來殺他個回馬槍，哼，不但可以立功升官，就連那個小娘們還照樣得落在我手中！到時候，看我怎麼整治她！」

兩個小徒弟對視一眼，「師父，咱這就走?!」

修善惡狠狠地擂了床榻一拳：「這對狗男女，也作巫婆也作鬼地，合計那麼多刁民禍害你師父，叫你師父大天白日的光屁股在路上讓人看笑話，不走還能住得下去麼?!哼，殺不得窮漢做不得富漢，他若是建文餘黨自然更好，即便不是，只要這頂帽子扣上，咱這就叫他破家！」

「那……那咱就一把火把這個寺院給點了，省得叫那幫百姓沾了便宜?」一個猶豫著試探問。

修善略一沉吟，瞪眼喝道：「那豈不是打草驚蛇？咱要神不知鬼不覺地叫這傢伙倒楣！」

曉來蘭台弄扁舟

近來朱棣著實寬鬆了不少。雖然自己仍對皇長子朱高熾並不是特別滿意，但正像解縉所說的，國祚並非一代就算完事的，要從長遠考慮，要跳出纏磨在心頭的短見，唯有如此，才算深謀遠慮。

朱棣感覺自己正是這樣做了，所以他特別爽快，一種高瞻遠矚的自豪感時常縈繞心頭。只是令他略微擔心的是，自己的次子朱高煦脾性暴躁得比自己甚至還過，他本滿懷希望接承皇位的，並為此費盡心機，如今能接受突然而至的事實麼？還有那個文不能作出上好文章，武不能騎馬揮舞刀槍的三子朱高燧，他雖說本來就沒打算坐什麼皇位，但這個唯恐天下不亂的小子能不從中攛掇著鬧出什麼事由來麼？

特別是受封儀式中，朱棣擔心狂放不羈的朱高煦會當中弄出不可收拾的難堪。這天風和日麗，出奇地放晴。悠悠白雲不即不離地漂浮在金殿上空，春天已經煞尾，風中夾著熱氣，反倒使人格外鬆爽。朱棣端坐於寬大御榻上，威嚴的面容下，內心格外忐忑，他悄悄吩咐侍立一旁的紀綱，若哪個皇子膽敢口出狂言大吵大鬧，或者說三道四地不按規矩跪拜，可立即過去摘掉他的下巴，並往其嘴中塞上木丸子。

「陛下……」一聞聽旨意時，一向言聽計從的紀綱猶豫片刻。朱棣知道紀綱的心思，對付小民乃至王公大臣，紀綱可以不眨眼睛，但這二人畢竟是皇子，說來說去還是人家親近，將來萬一有記恨，還不全算在自己頭上？

「哼，再毒的人都會先替自己打算，」朱棣在心裡冷冷一笑，嘴中卻和顏悅色地說，「愛卿不必擔心，這也算是替日後的皇帝效勞吧，橫豎愛卿子孫都還要是大明臣子的嘛！」這話意思再明白不過，紀綱當即叩頭拜謝聖上的厚愛。

吩咐已畢，吉時便到了。奉天殿內外悄寂無聲，莊嚴肅穆濃重得讓人喘不過氣。朱高煦和朱高燧衣著簇新，在讚禮官引領下穿過奉天門，來到大殿門外。剛剛跪下，一陣長長的吆喝由殿內疊次傳出：「宣二皇子漢王進殿！」「宣皇三子趙王進殿！」

二人相互對視一眼，朱高燧衝哥哥擠眉弄眼地示意，朱高煦明白，那是叫自己要忍住，別做出出格的舉動來。朱高煦深信自己這個從小就慣於耍弄手段的弟弟一定有什麼高招來扳回敗局，連忙點點頭，表示知道了。

吆喝聲過後，鼓樂不疾不徐地蕩然響起，憑空更增添了幾分威嚴之氣。在讚禮官引導下，兩人深一腳淺一腳地走進還算熟悉此刻卻無比陌生的奉天大金殿。百官垂手站立兩側，樂工們則跪在丹墀階下，手持各式器具，輕輕敲打鐘磬，高高的臺階上，朱棣面含威嚴，御座兩旁香爐中青煙裊裊飄出，半遮半掩地使父皇看上去宛若天神。

朱高煦來不及細看，慌忙和弟弟撲通跪倒，三叩六拜，禮節做得絲毫不亂。朱棣的心立刻放下一大半，讚賞地笑笑。旁邊的讀冊官見狀趕忙上前一步，手捧金冊放聲宣讀聖上的封藩詔旨，聲音在似乎過於空曠的大殿內嗡嗡作響，令朱高煦滿腦子亂哄哄，根本沒聽清楚，不過他知道這都是老一套，聽不聽倒無關緊要。

聖旨宣讀完後，分發御封金冊和藩王金印的儀式開始了。由禮部尚書李至剛將金冊和藩王所用的印寶捧到兩個皇子手中，朱高煦將埋著的頭抬起來，正要伸手去接，眼光卻突然撞見父皇端坐的雕龍御座，那鋪著黃緞的寬榻，似乎金光閃閃，令人眩目。透過繚繞的香煙，朱高煦分明看見，自己的哥哥正站在父皇后邊。

想到就在前幾天，自己還和這個哥哥平起平坐，彼此僅僅只是年齡上的差別。可是現在，自己距離那個耀眼的御座簡直千里之遙，而哥哥卻緊貼著它，彷彿隨時就能坐上去。朱高煦知道，一旦誰坐在了上面，便就立刻有了呼風喚雨生殺予奪的權利，而自己的身家性命，也就掌握在了此人手中。再略微瞇眼細看，朱高熾臉上的表情十分怪異，彷彿神氣十足，得意洋洋，又好像有些緊張，怕冷似的緊貼父皇和御座，生怕有人要將其搶去。

一瞬間朱高煦咬牙切齒，恨不能立即撲上去把他給扯下來，但他還是強忍住了，能有如此耐性，他自己都有些奇怪，這當然與對朱高燧的期望有關。為了放鬆壓抑不住的神情，朱高煦低頭看看手中的所謂藩王印寶和金冊。

那金冊是用紅絲線綴在一起的兩片金頁，打開來，一片是工整楷書寫就的銘文，另一面鏤金鐫刻著一條雲中翻飛的巨龍，張牙舞爪的虎虎生氣。朱高煦又抖手掀開雕飾著金文的印寶匣蓋，紅綢緞中靜臥著一方裝飾有龜紐的四四方方的金印，上面用篆書雕刻了四個大字：漢王之寶。

「什麼漢王之寶，狗屁！」朱高煦在心頭惡狠狠地咒罵一句，「御案上的那才叫真寶呢，這玩意兒只能哄騙小孩子！」但他面色卻沒什麼變化，像弟弟一樣恭敬地叩頭謝恩。

朱棣輕吐一口長氣，滿臉慈祥地叫二人平身侍立一側，然後慢條斯理地說：「先祖分封藩王，本意是要手足同心，拱衛王室。你們只兄弟三人，正應了古人所說的，三人同心，其利斷金。漢王分封之地遠在雲南，那是朕深知漢王驍勇，而雲南毗鄰安南諸西南大小各國，雖說偏僻，作用卻不容小覷，將來威震西南，正是漢王大顯身手的良機。萬不可辜負朕之良苦。」

見朱高煦垂頭沒什麼反應，朱棣更放下心來，接著用了語重心長的語氣說道：「古往今來，做人的標準固然千差萬別，但朕始終認為，深沉厚重，是第一等資質，磊落豪放，是第二等資質，沒了這兩種，若只憑耍小聰明，即便有些能耐，也不過勉強屬第三等資質。」

很多人都能聽出來，這話其實是對皇三子朱高燧說的。朱棣知道，這個老三兒子，自己興風作浪的能耐固然不大，但煽風點火的本事卻綽綽有餘。旁敲側擊一下，也應該有必要。

朱高燧當然更明白父皇話中的意思，但他更能沉住氣，垂首聆聽，絲毫不作表示。沒想到兩個一直是心中隱患的桀驁兒子今日如此乖巧，朱棣簡直有些喜出望外，他相信，這是自己威嚴的感染所致，心底的自豪油然而生。一樁棘手的事情竟這樣順當地完結，真有些出乎意料。

然而朱棣沒想到，過於平靜的背後往往隱藏著更大的不安，他所認為棘手的事情卻遠沒結束，甚至是才剛剛開始。

等一切歸於平靜之後，朱棣才有心思轉向讓他隱約潛藏在心底的牽掛。

「篡位！」這樣的聲音曾從方孝孺等人嘴裡明確說出來過，經歷了大半年腥風血雨的洗禮後，如此膽大妄為的臣子紛紛銷聲匿跡，他們憤恨的魂魄消散在天際雲煙中。但不知道為什麼，每次坐在高高的御案後邊時，面對金碧輝煌的大殿和綿羊般溫順的群臣，他仍有種不自在不踏實的感覺。雖然眾人唯唯諾諾，但他分明聽見他們心裡在無聲地嘀咕：「這個皇帝名不正言不順，是篡奪了他侄子的皇位，我們今天臣服了他，不過是要活條性命，混碗飯吃。」

這個無聲的聲音時小時大，卻始終繞樑不散。「他是個什麼東西，不過是憑了武力奪得皇位，馬上爭來的天下，充其量是草莽英雄，大才子方孝孺被其誅滅了十族，可見其鹵莽到何種程度。」有很多次，朱棣添油加醋地設想著臣僚對自己的私下評價。雖然紀綱率領的錦衣衛幾乎無孔不入，即便有些大臣在家中的閒話，也會有人偷偷聽來稟報，但朱棣仍遏止不住自己對他們的臆想。

何況更讓他印證了大臣對自己有這種看法的事情很快出現。

太子冊封喧鬧了幾日剛消停下來，通政使趙彝稟奏說有個民間異人，酷喜演繹陣法，經數年悉心鑽研，終於繪就一幅「戰陣圖」，特意從山東老家跑到京城，要獻予陛下，作為太子冊封的賀禮，並願親口向陛下講解圖中所蘊含的奧妙。

本以為這樣一個苦心鑽營會博得朱棣的歡心。不料那圖呈上後，朱棣卻連一眼都未看，使勁扔到御案下，氣憤憤地說：「孫子兵法上早就講過，不戰而屈人之兵，是善中之善。朕當初起兵征戰，實在是迫不得已，現在每每想起陣亡將士，仍然痛心不已。如今天下好容易太平無事，百姓終於能過上安定日子了，這個山東什麼異人是何等居心，不將心思用在苦讀聖賢書，弄出這等玩意，他以為朕是好武之君麼?!哼，那人何在？」

趙彝知道這番獻媚不大妙，硬了頭皮奏道：「正在洪武門外天街上等候。」

朱棣冷笑一聲：「金吾衛，你們隨趙彝同去，將這個盛世亂民亂棍打走，打得越遠越好！」很多人偷眼看一下趙彝，目光中滿是竊笑。趙彝自然無話可說，支吾著倒退出去。朱棣高高在上地將這一切盡收眼底，他暗暗欣慰那個未曾謀面的小百姓，竟然無意中給了一個澄清自己的機會，他必須抓住這個機會，要讓天下臣民知道，自己並不如他們想像的那樣好武殘忍，自己是個文武並重的明君，至少比那個由洪武爺抱上寶座的建文要強。

「諸位愛卿，俗話說的好，亂世用武，治世重文，朕當著眾愛卿的面，自然不敢誇耀文才，但朕決非像有人說的那樣僅一介武夫！朕知道，君子之心未必比常人大，但其氣量涵蓋一世，小人之心並不比常人小，但其心志拘守一隅。所以君子小人面目相同，其實泥雲之別。朕既開闢出萬世太平，自今以後就當重文守禮，以禮化教導萬民，務求天下臣民個個文質彬彬！」既然有了開頭，朱棣滔滔不絕，說到盡興處，簡直眉飛色舞。

「李愛卿，」朱棣忽然話題一轉，眼光在百官中搜索著禮部尚書李至剛，「朕去年登位之初，便頒旨令全國舉行鄉試，現如今聽說會試已經結束，情形如何？」

李至剛和眾人一道靜聽朱棣說得慷慨激昂，冷不防被朱棣問起，急忙邁兩步走到大殿中央，拱了拱手卻不知從何說起。

朱棣此刻正在興頭上，生怕冷了場，見李至剛低頭沉吟，忙轉個話題問：「李愛卿，父皇洪武朝中，每次會試能選中的有多少人？」

「稟奏陛下，當初我大明天下剛穩定時，選中的舉人不是很多，每次大約有三十幾人，後來隨著國家興盛，最多時，如洪武十八年乙丑科，進士就達四百七十人之多。」李至剛這才緩過神來，朗聲答道。

「好，愛卿對分內事爛熟於胸，可謂稱職，」由於心情好的緣故，朱棣語調中充滿吟吟笑意，「朕雖然也是初登大位，但天下情形卻不同於父皇，當今天百姓晏然安樂，人人不愁衣食，讀書人自然多出許多，卿須多選中人才，為我朝之用……以朕的意思，此次取進士，就和洪武十八年相同，也錄四百七十人。」

李至剛當然唯唯稱是：「陛下如此看重讀書人，實在是天下文人之福分，臣先代他們謝恩了。」說著倒下身子連拜幾拜。

朱棣臉上泛著紅光擺擺手：「禮樂治國，是君主的職分，有什麼可謝的?!朕又想起一件事情，俗話說，對失意人，莫談得意事。即便選中的人再多，也有失意未中的。對於這些人，朝廷也不應虧待，你可傳朕旨意，令翰林院擇其中佼佼者，進入到國子監繼續苦讀，以待下回高中。」

「哎呀，聖上如此體貼讀書人，實乃前人聞所未聞，臣不勝景仰之至！」李至剛慌忙大呼小叫地說，引得眾人也不便在一旁觀看，紛紛跟隨著拜倒在金殿中央，口呼萬歲聖明。

「罷了，罷了，」朱棣故作輕鬆地一揮手，「偃武必要修文，這也是太平盛世的根本。卿等下去想一想，如何才能使我朝文風如殿外夏初煦風般迅疾吹進天下子民心中。若有好主張，可隨時稟奏。」

眾人再次稱頌拜倒。朱高煦和朱高燧夾雜在人群中，被這突如其來的聲勢弄得有些頭暈。「沒想到朝廷這麼穩固，憑高燧的心計，能翻過這條大船麼？」朱高煦漸漸有點不踏實。

而跪倒在朱高煦兄弟旁邊的解縉卻心境如陽光劃破雲層，迅即有個念頭從腦海中閃過，「或許，我解縉大才大用的時機真的到了？」他壓抑不住地心跳。

既然聖上有旨意，要大臣想主意修文，作為文淵閣大學士的解縉立刻從中敏銳地覺察出些許皇上的用意，而想想自己文才滿天下，就連平常百姓都知道解縉是個大才子，卻遲至如今尚未得到重用，他不甘心。

正是這種心態激動著，解縉散朝之後，立即想起去年的七月初一時，皇上曾到太廟祭祖，自己正好陪著。祭拜完畢後，皇上閒聊當中說起讀書人的艱難，他還記得皇上曾說，讀書人之所以難成大器，難就難在不能讓胸中才識廣博，天下古今的事物，散亂記載在各種書籍中，簡直浩如煙海，極其不易查閱，要想博大精深，能不難麼？

由此想開去，解縉還想起皇上當時就感慨萬端地提到：「朕想來若有閒暇之時，不妨悉數收集天下可尋之書，將其所記載的東西加以分類，用韻注的方式編排起來，使讀書人查尋起某處，如囊中探物般，那也算是大事一樁呀！」

當時在宗廟祠堂中，人人都顯得很拘束，解縉也沒想那麼多。事後組建文淵閣，又有冊立誰為太子的事情困擾著，無論皇上還是自己，都沒顧上再往這方面去考慮。如今一切大事就緒，皇上舊話重提，解縉靈機一動，預感到這可能是個不可多得的良機。

匆匆思索一畢，解縉連夜磨硯提筆，寫下一封長長的疏奏，將皇上以前的想法重新梳理一番，再加上自己對修訂一部這樣曠古大書的讚歎，看罷自己先是神馳不已。燭火跳動著，解縉精心地寫完最後一個字，望望沉悶的暗夜，摩挲一下短鬚，自言自語道：「數十年寒窗苦讀，滿腹經綸終於可以派上用場了！」

實際情況確如解縉所料，本來已經忘記了許久的話被解縉一提醒，朱棣忽然找到了永樂王朝如何體現尊崇文章道德的絕佳方式。他當即召來解縉，細細商議其中具體事宜。並在不久以後的一次朝會中傳下旨意，明確要修繕一部大書，一部曠古未有的大書，並任命解縉為修繕總裁官。

「此書本意務求悉探天下之書，昔日秦皇重武輕文，以至焚書坑儒，天下莫不怨望。本朝一改其道，偃武重文，所有有才之士，皆可重用。大書修訂之要，務必求全求大，但凡經史子集，雜家百言，乃至天文地理，陰陽醫卜，都要體現。文淵閣大學士解縉，早有才名，現任命其為修善總裁官，望其能領會朕意，勿厭浩繁，勿畏艱難。」

自從被任用為文淵閣大學士之後，解縉還是頭一次在朝堂上這麼風光，當值日太監站在丹墀一側，當眾宣讀詔書後，解縉跪拜謝恩，不用眼睛，他也能看到自己正沐浴在一片羨慕甚至嫉妒的眼光中，而這正是多少年來夢寐以求的，他飄飄然起來。

那段日子，夏天的悶熱已經濃重地壓在金陵城的上空，金陵這座大火爐正逐漸地在升溫。但解縉卻感覺春天剛剛到來，渾身舒適而灑脫。編纂一部博采眾長的大書，對於他這樣一個滿腹儒家經綸的才人來說，並非什麼難事。他要利用這個難得的機會，在皇上面前顯示一下什麼叫才，他當即不假思索地召集部屬，分門別類地安排下任務，憑著胸中對經史子集各種文章的爛熟，他幾乎不用翻檢書本，便一一布置完畢。

看到總裁官如此胸有成竹，況且人家確實是當今天下知名的才子，文淵閣的眾人不由不順從，當下沒人提出異議，各人照章匆忙辦理謄抄。儘管如此，解縉仍然一日三催，每天批閱謄抄下來的草稿都到兩三更。雖然勞累，但解縉反而精神倍增，他知道因為這部大書的緣故，現在自己真正成了朝中的顯要，而不像以往那樣可有可無地是個點綴。僅此一點，他就相當滿足了。

眾人憋足了勁般，幾個月的工夫，一部大書由幾個身強力壯的金吾衛吃力地搬進乾清宮。朱棣當時既吃驚又高興，連聲對跟隨來交差的解縉說：「看不出愛卿果然才高八斗，數月之內能編出如此皇皇巨著，著實難能，實在可貴呀！」一邊讚歎著，眼光在那摞堆得很高的書稿上流連，幾分愛不釋手地摩挲不住。

這些細節解縉都看在眼裡，他陶醉於被人賞識的快意中，況且皇上並不僅僅是口頭上稱讚，還相當大方地賞賜了大量的金銀和御用器物。不過對於這些金銀古玩之類，解縉仍不是最看重的，他期待著由此為契機，自己能有更大的作為，當然，得到了皇上的欣賞，這樣的機會必然會有的。

「著述立說，也只不過是閒暇時所為，讀書人既然學得滿腹經綸，就應該協助聖上馳騁朝堂，俗語說的好，學成文武藝，貨於帝王家嘛！」有多少次，解縉都這樣暗暗對自己說，「不定哪天上朝時，皇上就會突然降下詔書，封我個實差，戶部尚書？或者禮部尚書也保不準，但不管怎樣，總算不妄擔一世的虛名。」

因為即將苦盡甘來大有作為的緣故，解縉這段時間很容易想起過去。想當初洪武二十一年，那時自己才十九歲，便高中進士金榜，令多少老秀才小童生羨慕不已。也正是那時，自己開始有了天下奇才的名聲。憑了年輕氣盛，中了進士後他當即用以天下為己任的口氣寫下洋洋萬言書，在這封鋪滿整個御案的奏摺中，解縉毫不客氣地指斥朝堂上的種種弊端，並直截了當地說洪武爺選人不看是否有賢能，授職不管能否勝任，以及皇爺本人讀書過於雜亂。

洪武爺草草看過這封意氣風發的奏章後，不置可否地一笑，似乎還微微搖了搖頭，衝著趕來覲見的年輕解縉不慍不火地說：「解愛卿果然少年英俊，可惜朕朝堂之上盡是老一輩騎在馬上打天下的草莽英雄，怕愛卿和他們不是一路。不妨這樣，愛卿可先回鄉里苦讀詩書，待老成些了，十年後再來，大用也不算晚。」

當時解縉懵懂間也不知道什麼地方得罪了這個神鬼莫測的皇爺，但聖上金口玉言，既然發出話來，就是鐵打的事實。

如同炭火熊熊的頭腦被橫空一瓢涼水潑下，解縉灰溜溜地又回到鄉閭，在人們一片驚訝不解還有幸災樂禍中，他不能解釋什麼，只有自己也有些納悶地忍耐著。就這樣苦苦熬了八個年頭，驚天動地的消息從京城傳來，洪武爺駕崩了，長皇孫即位，也就是建文帝。

新皇爺是個年輕人，或許彼此更投緣。抱著這樣的渴望，解縉火急火燎地闖進京師，投書朝廷，要求取得一官半職。可惜當時新登基的建文卻顧不得照應這位大才子，他的投書連看也沒看地便轉到吏部。吏部主事還是先前洪武爺朝中的老吏，他了解內情，上書皇上，說明了洪武先皇讓其在家苦讀十年的情形，彈劾解縉違旨不遵。就在彈劾的過程中，又無意間查訪出解縉的母親剛剛去世，還未來得及下葬，他的父親年過九旬，似這種情況，就是正在任的官員也須回鄉料理家事侍奉高堂，而解縉卻不管不顧地要求出仕，實在是太違背綱常人倫，出名的大才子做出如此事情，就更不能讓人諒解了。

種種罪名的帽子相繼扣上，時運不濟的解縉不但沒能如他想像的大顯身手，反而在彈劾中被謫徙到河州衛充當了小役。這個結果和自己的期望實在差得太遠，但解縉熟讀詩書，他知道古人講的那些天將降大任於斯人也之類的語句，他便用這些來安慰鼓勵自己，在河州衛的那些日子裡，他徘徊在絕望與希冀之間。

後來的事情終於有了轉機，一個偶然機會，他結識了禮部侍郎董倫，靠了董倫的推薦，他的名字終於又在金殿上被提及。此時建文帝正需要像方孝孺那樣的飽學之士，解縉很順利地被召回朝中，授予了翰林待詔。官位不算高，但好歹是湊近在天子腳下，他深信憑藉自己才學，總有一日會被重用，特別是像建文這樣討厭武力而重視禮節的朝廷。

可惜的是，還沒等解縉顯露一下身手，建文朝卻戰亂四起，最終在惶惶不可終日裡灰飛煙滅。解縉那時感到從未有過的絕望，真的就如此命途多舛麼?但這種絕望隨著永樂朝的穩定，很快又猛地一掉頭變作了慶幸。新朝並非他想像的那樣凶神惡煞，永樂皇上對待柔順的文臣不僅不惡，反而表現得求賢若渴。譬如解縉自己，就因為沒和方孝孺等人攪在一起，不但沒受絲毫牽連，還被封為文淵閣首領。

想想過去的曲折，解縉就倍感如今的欣慰。去年進入文淵閣後，他主持重新編寫了《太祖實錄》，深得永樂陛下的賞識，書寫成之後，皇上御覽罷十分滿意，不僅賞賜了銀幣，還特意在朝會上當眾讚賞過幾次。而上回幫助皇上最終拿定主意確立了太子，他覺得這是他進入朝堂機要的開端。這次皇上交代的新書提前完成，皇上當時笑瞇瞇地看上去相當滿意，信手提朱筆寫了個題目叫該書為《文獻大成》，看來結果定然也和上次一樣好，只是解縉不清楚，皇上將會怎樣重用自己。

就在解縉對將來憧憬不已的時刻，他卻不知道，一張就要奪走他性命的大網也正在徐徐拉開。

閒暇的時光總是容易流逝。編寫完朱棣御題的《文獻大成》後，解縉著實閒暇了幾天，雖然心裡總不寧靜，隱隱地等待著一份驚喜的突然來臨，不過不用每日秉筆勞作，他還是感覺輕鬆不少。

終於有一天，解縉期望的東西正如自己所預料的那樣，突然而至了。司禮太監領了幾個隨從靜悄悄而又讓人感覺很喧鬧地趕到府門外。解縉聽到門人通報，心頭有火花般突地一閃，「天將降大任於斯人」這段老話掠過腦際，但他不容多想，慌慌張張整理好衣服，連聲喊叫：「快擺好香爐桌案，快叫下人離得遠些！」

忙亂間，那群人已走進府院，為首的一個正是鄭和。解縉見鄭和來到，心中頓時又是一喜，暗道可別小看了這個年紀不大的太監，他如今可是皇上跟前的紅人，有他來傳聖旨，十有八九是好消息了。府門口有看熱鬧的人躲躲閃閃地探頭探腦，解縉故意裝作看不見，他想讓眾人親眼目睹一下皇上是何等看重自己。

鄭和一臉肅穆，手捧明黃色絲絹詔書，走到正廳大門口處，面南背北地展開來讀到：「宣文淵閣大學士解縉即刻入殿面君，欽此！」

解縉匍匐在地下一愣，怎麼，興師動眾的就這一句話？看他迷惑不解地抬臉張望，鄭和倒先笑了：「解大人，昨天剛剛早朝了，皇上今兒又特意宣旨召見，想來事情自然非同一般了，解大人還不快接了收拾一下進宮去？」

「鄭公公，您向來是皇上跟前的紅人，什麼事情自然預先聞聽風聲，召見臣下，其實隨意傳個口諭也就是了，既然如此鄭重，想必朝中出了什麼事情？」解縉爬起身湊近些，壓低聲音問。

鄭和茫然地搖搖頭：「那倒不是，朝中平靜如常，看不出有甚大小事端。不過……」鄭和看一眼府門口處跟隨而來的眾隨從，附在解縉耳畔嘀咕一句：「方才我來時，見皇上臉色不大好看，似乎有事想說而未說的樣子，解大人還要小心應對。」

「唔，好，好，多謝公公提醒，」雖然他立即想到皇上臉色經常不大好看，這次未必和自己有什麼關係，但剛剛因為激動而發燒的心卻也清涼了不少，連繼續說話的心思也沒有，隨口敷衍著：「本來要宴請公公的，可今天實在顧不得了，改日吧。」

看鄭和走遠了，解縉又略微愣怔一下，腦海中颳風般的湧過這幾年朝廷和自己生活的變化莫測，心頭更沉甸甸地忐忑不安。雖然他知道自己清清白白，完全沒必要如此，但他還是強烈地預感到，事情也許並不如自己設想的那樣順當。

三拐兩拐地來到乾清宮外西角門偏殿時，日頭已經快要升上頭頂。宮院中處處假山和小河相互環繞，宛如濃淡適宜的山水畫。夏初季節，低矮的花樹隨風搖曳，紅紅白白各色花瓣悠然飄下，似落雨繽紛。

但向來見山水風月必詩興大發的解縉，今日卻悶著頭視而不見，任由幾個小太監領著繞轉。直到有人輕聲提醒：「大人，聖上就在裡面呢，快些進去吧？」解縉才從沉思中回過神來。

外邊一派明媚，陽光雖然還不能算毒，但熱氣已微微撲面。殿內卻有些陰冷，香煙繚繞的氣味遠不及花香那麼自然。解縉不敢多想，他看見朱棣正直視著自己，似乎不由自主地，雙腿一軟屈膝跪倒。

待口呼萬歲後，解縉抬眼偷看一下，他發現朱棣臉色並不十分難看，相反還略掛幾許微笑，這已是相當難得了。解縉暗暗舒口氣，直怪自己多問鄭和一句，以至擔心了這半天。看情形，好事的希望倒立刻多了幾分。

朱棣的確十分客氣，命其平身後，還叫侍立在一側的太監搬過龍墩放在御案旁邊，「愛卿不必拘束，坐過來說話，」朱棣聲音格外柔和，但不知怎的，解縉卻能敏銳地聽出他話音內隱含著一點猶豫和不安，這讓他剛平穩下的心隨即又一沉。

「解愛卿，朕早在北平時就聽說過你這個大才子，不但才學滿腹，而且聰敏機變超出常人。朕聽人講起過愛卿許多善對詩文的事情，可惜他們多是講一鱗半爪，不大過癮，若愛卿能親口講出一個，那才叫解頤呢。反正今日朝廷無事，愛卿不妨擇一個細細講來，叫朕領略一番才子風範。」

解縉聞言心頭忽又一寬，皇上能如此和自己促膝而談，足以證明皇上對自己還是很看重的，也從中可以猜測出皇上對自己領頭編寫的那部《文獻大成》相當滿意，否則他也不會如此以談心的語氣來和自己講話。那麼既然如此，結局定然如自己這幾天所想像的那樣了，甚至，還會比預料的要好幾分。如果皇上突然提出要自己擔任首輔內閣大臣，那該如何答覆，謙虛一下，還是當仁不讓？

解縉怎麼也壓不住滿腦子亂紛紛的猜測，但看到聖上正等著自己回話，忙強收住心思，略微想想，隨便揀出一個他頗為得意的事情來稟奏說：「既然陛下願意聽臣囉嗦，臣就隨意講一個。那還是臣在鄉下閒居期間，有天傍晚，臣到縣城中去赴個文友約會，回來時正趕上下雨，臣就近站在縣衙門一旁躲雨。

「正好衙門中的縣令此時也踱步到堂外觀賞雨景。臣早就聽人講起過，說這個縣令文才雖不怎麼樣，卻偏愛假斯文，自以為才華出眾，從不把讀書人放在眼裡。因為臣以前進學時曾參拜過縣令，所以彼此都認識，但他見臣站在一旁，卻裝作視而不見的樣子，旁若無人地咿咿呀呀吟詩作句，實在傲慢。

「臣當時氣不過，就思謀著趁機整治他一下。於是臣也作出吟詩的樣子，大聲念誦道：『雨阻行人，誰是行人之友？』

「那縣令聞聽一愣，不得不作出才看見臣，敷衍地說：『這不是大名鼎鼎的才子解縉麼，我還以為會有什麼驚人之語呢，原來也不過如此，這種句子再好對不過，看我脫口而出，天留過客，我為過客之東。』

「臣一聽，正中下懷，忙抬腳跨進大堂，在太師椅上坐下，接著吟道：『客既來兮，足下且設魚肉宴。』

「那縣令不料臣竟像狗皮膏藥似的黏上，卻也無法，只得勉強對了一句：『賓已至矣，廚中苟呈肚肺湯。』廚子和衙役不知臣與縣令是何關係，還以為至朋到了，慌忙奉上一桌酒餚。臣也不客氣，大吃大喝，反正雨一直未停，也回不去，索性吃他個痛快。縣太爺見狀既窩火又無奈，終於想出一句：『嫩筍初烹，片片難入賓客口。』

「臣聽他的意思，要趕臣走，不以為然地擺手笑道：『老薑細切，條條嚼斷主人筋。』那縣令一聽，目瞪口呆，啞巴吃了黃連一般，這才品嘗到臣的滋味。

「臣卻偏不依不饒，繼續有滋有味地喝酒吃菜，那縣太爺雖然平日裡對鄉民作威作福，但因為臣是中榜的進士，又覲見過洪武先帝，故此他敢怒不敢言，只好忍氣吞聲，飲著悶酒苦苦相陪。那天倒也奇怪，雨非但沒停的意思，反倒越下越大，臣便放下心來，慢條斯理地吃喝。不覺間已是三更，縣令自認晦氣，想草草收兵，借了個話題吟出一聯上句：『譙樓上叮叮咚咚，三更三下。』

「臣自然知道他的意思，卻佯裝酒未盡興地舉杯答道：『畫堂前你你我我，一口一盅。』

「那縣令見臣應答自如，又天衣無縫，張口結舌，只好強打精神，一直陪臣飲酒飲到天明。等到天光大亮，雨也收住，臣覺得將他戲弄得也差不多了，便起身告退，縣令疲乏至極，但心中仍然懷著一股怨氣，為了捉弄臣挽回一點面子，他故意叫人開了後院小門送客，見臣面露不悅的神色，他暗自高興，搖頭晃腦地吟道：『惡犬無知嫌門窄。』

「臣一聽他又來勁了，便站住腳正色回道：『大鵬展翅恨天低。』

「縣令見臣站住不走，唯恐再生出什麼花樣來，連忙再出一個上聯：『惡犬無情，去去去，今朝快去！』

「臣卻若無其事地笑笑：『賢東有趣，來來來，明日再來。』縣令聞聽慌忙露出一臉苦笑，拱手作揖說：『人言才子，果然不凡，今日總算見識了，哎喲，可坑死我這個父母官嘍。解大才子，你回去後，可千萬別給旁人說起此事，否則我還有何顏面再面對下屬？』臣見他說得可憐，這才正經告辭而去。」

提起得意往事，解縉漸漸忘卻了緊張，滔滔不絕地講個不住，眉飛色舞。

朱棣面含捉摸不透的微笑，也聽得很仔細，一邊微微點頭。等解縉終於講完了，朱棣哈哈大笑：「好，自古才人必狂，解愛卿能有如此舉動，當之無愧呀！朕早年為燕王時，便動輒聽人說起地方官吏將芝麻大小的官位卻使用得比個冬瓜還大，小人氣象，暴露無遺，百姓處在這幫所謂父母官手下，日子能好過到哪裡去?!朕已下嚴旨給吏部，務必整治地方吏治，大官圖名，小吏貪利，國家根基若要牢固，收緊地方小官小吏才是根本呀！」

皇上竟然和自己談起如何治理國事來了，這或許就是一個明確的信號？解縉壓抑住滿心騷動，連連點頭稱讚聖上聖明。

不過這樣的話沒談幾句，朱棣卻將話題一轉：「不過呢，古人也有教訓說，氣忌盛，心忌滿，才忌露。有真才能者，必然不矜持其才學，有實學問者，必然不誇耀其學問。做人法則，千真萬確呀！」

解縉一愣，忍不住抬頭看一眼朱棣，不知道他突然這樣教訓，是批駁自己剛才引以得意的往事呢，還是另有意圖？

第三章

涼風逐夢

涼風逐夢

料峭淒晨孤殘星

朱棣半仰著頭，斜倚在寬大的龍榻上，並沒注意解縉驚疑的目光，說著擺擺手，隨即有幾個太監將那部《文獻大成》陸續搬到御案上。朱棣抬手隨意地翻檢著一頁頁柔軟的宣紙，似乎漫不經心地說：「解愛卿，當初朕要編寫這部書時，曾明確有過旨意的，不知愛卿可聽清楚了？」

解縉愣神之餘又是一愣，他這回更猜測不出皇上話中的意思。見他呆愣著沒回話，朱棣語調緩緩地接著說：「朕記得曾明確說過，朕要編寫的是一部曠古大書，是新朝文人學問的集大成。也就是說，此書一來要全，要能夠輯錄各家學派的書籍，再者要大，要大到前無古人，後無來者，要不怕繁浩。愛卿編寫此書時，是否體會了朕的用心?!」

「這……微臣曾反覆琢磨過如何遵從陛下意圖，故此臣帶著一群當世秀才班頭，孜孜不倦，沒日沒夜地才趕完。想來大概能合乎陛下初衷。」解縉已經從那語氣中嗅出了不大妙的勢頭，意興頓減，陪著小心說道。

朱棣微笑的面孔忽然收住，微微蹙額：「朕近日來仔細翻看過一個大概，朕發覺所謂《文獻大成》，其實大半都不過是講說儒家之道，既然這樣，倒還不如稱之為儒學大成更名副其實些。朕說過，要全要大，要空前絕後，要能夠包容百家，像天文地理這些自不待說，還有什麼陰陽，醫卜，僧道，民間小曲，技藝雜耍，統統要收容進去，唯有如此，才能稱得上大成！」

說著說著，朱棣腔調愈來愈大，整個偏殿嗡嗡作響，解縉覺得自己被震得無法再坐下去。

「唉，」朱棣忽然打住話頭，長長歎口氣，「其實也難怪，卿雖有才子之稱，所學倒多半是儒家經道，堪稱鴻儒，不過朕要的卻能包容一切學問的雜家，也就難為卿心有餘而力不足了。」

殿中仍然陰涼如故，但解縉額頭上已經布滿汗粒，身上也濕乎乎的黏住了衣裳。但解縉全然不覺，他倒退兩步，伏在地上打著顫音說：「臣辜負了陛下期望，罪該萬死，臣請求重新修訂此書，定不負聖上所託。」

朱棣卻不以為意地擺手說：「解愛卿也不必如此，橫豎朕知道編寫此書的艱難，倘若誰都能輕易編寫出來，那還能叫曠古麼？也罷，就依解愛卿的話，將此書拿回文淵閣中，打亂了重新修訂。另外，朕還想再安排一個總裁官，也好與卿共同商議。人選麼，朕已看中了一個，就是當年與朕不離左右的高僧道衍。」

「道衍?!」解縉心中暗叫一聲，眼前立刻浮現出那個胖大而神情始終憂鬱卻又隱藏著許多不可猜測心思的怪異和尚。雖然此人久聽大名，但倒還沒打過多少交道，不過憑著直覺，解縉知道這肯定是個難對付的角色。況且皇上對這個和尚的信任，自然無以復加，將來大書編寫完成後，功勞能分給自己多少？這莫非是皇上捨棄自己的一個過程？

「陛下，那道衍師父，他……他不是到天界寺中去作和尚了麼？」因為有些發急，解縉斗膽反問出一句。

朱棣嘴角滑過一絲笑意：「出家作和尚無非就是為了隱居世外，小隱隱於山野，大隱隱於朝堂，朕不妨讓他作個大隱也就是了。況且朕記得道衍以前對朕說過，處草野之時，不可將自己看得太小，坐朝堂之日，不可將自己看得太大。足見其身在江湖，心存魏闕。朕這就將其召來，此人所學龐雜，非一般儒生可比，解愛卿可與他好生切磋。」

話說到這裡，解縉自然再找不出什麼理由，他只能違心地稱頌一句皇上聖明，然後默默地退出。朱棣看著解縉轉出了殿門，想著剛才他繪聲繪色講的如何戲弄縣令的事情，搖搖頭自言自語：「雖然沒方孝孺那般剛烈，卻也狂傲得可以，引來一供參考尚可，非是大用之材呀！」隨即又想起道衍，眼前立刻晃過許多在北平和在金陵時的情景，暗笑一聲，「這傢伙，青燈黃卷的，竟能坐得住，真有幾分高僧的模樣了！還是金忠俗氣重些，逛悠一圈，回來照樣作官。」

想到俗氣，朱棣忽然記起當年在北平時，那個什麼史鐵的老婆，被金忠調戲又沒弄成事的情形，忍不住噗哧笑出聲來。鄭和正好走到殿角屏風後邊，見狀忙過來湊趣：「難得皇爺有點清閒，看皇爺偷樂，奴婢倒還是頭一次。」

朱棣當然無法跟他講起這段有意思的往事，便不接話茬，定定神說：「你到聚寶門外的天界寺去一趟，看看道衍師父，就說朕想請他敘談敘談。」

道衍雖然還住在寺院中，卻已不是許多年前的那個普通僧人。他在冊立太子後便被封為資善大夫，官職是太子少師，從一品的文官，滿朝大臣之中，他可以隨意站立在前班了。不僅如此，朱棣還特意發下一道口諭，恢復其從前的俗姓俗名，令史官記載其作為時，直用其名姚廣孝。

聖意自然難卻，也是推脫不掉的，但只要准許自己繼續住在天界寺中，有個安安靜靜修身養性的環境，道衍也就知足了，他想自己得用很長的時間去思索過去幾年中的所作所為，更何況，這種平靜的日子中，也發生了許多令自己並不能平靜的事情。

那還是六月中的事情。自從進入到金陵城中後，雖然離家鄉蘇州很近了，但他還沒機會回去過一次。或許聖上體諒他的思鄉之情。恰逢蘇州一帶連遭水災時，特意頒召讓資善大夫姚廣孝為朝廷欽差，前往蘇州去賑濟災民。

臨行前，朱棣特意召他進宮，半開玩笑半認真地說：「少師，此番去賑災，朕本來不想煩勞你，畢竟你年紀大了，身子骨不爽利，但朕知道蘇州是少師出生之地，忽然想起當初項羽說的那話，富貴了若不還鄉去炫耀一番，簡直就如穿了錦繡衣衫在暗夜中行走，總不是那麼盡意的。故而煩勞少師一回。少師代朝廷賑災，猶如朕親去一般，務必叫地方官員將氣派弄得大發些，也不枉少師這幾年的辛苦。」

話說得語重心長又情真意切，道衍一改平日淡然神色，重重施禮再三拜謝。不過臨退出大殿時，道衍又有所思慮地淡淡說道：「陛下，老僧以為，自古都是上等修行者忘名，中等修行者立名，唯有下等修行者竊名。臣不敢自以為上，但也不甘心為下。」

當時朱棣聽得似懂非懂，又是匆匆告退的時候，也就沒有多問。結果道衍作為朝廷欽差去賑災時，依舊僧衣芒鞋，以至擁擠在街道兩旁看皇家威風的市井百姓，將他看得和他身後威風凜凜的隨從毫不相干，還以為這也是個愛看熱鬧的雲遊和尚，竟跑到圈子裡面了。他們只是詫異，為何那幫如狼似虎的差役不將他給轟出來。

道衍卻愜意於這既置身於塵世，又跳出塵世之外的灑脫。當一行人趕到蘇州時，道衍面對青山綠水，不勝感慨地想到，不知不覺間，闊別家鄉已經將近三十年了。當年自己離別家鄉時，孑然一身，形影相吊，那是為了到外邊的世界混碗飯吃，爾今自己回來了，當年所有敢想和不敢想的抱負都已變作了現實，而這些在當年覺得不可思議的現實，現在看來，也不過一陣煙雲而已，是否真的發生過，他都深感懷疑。

況且，即便是真的，又有什麼呢，自己不仍然是個形影相吊的過客麼？所不同的是，當年那個過客年輕勃勃，意氣風發。爾今這個回來的過客，垂垂老矣，意氣已經全無，身心俱已疲憊。人喲，飄飄何所似，真的天地一沙鷗呀！

如此一路行走，一路思索，道衍覺得，這次賑災，倒不如說是一回別樣的修煉，他對塵世有了另一種《華嚴經》上也體味不出來的滋味。

等到了蘇州後，諸項事由一一對蘇州知府和屬官吩咐過，他索性一個人飄然四處游蕩，漫無目的地尋找當年夢一樣影子的痕跡。

雖說漫無目的，但他還是自覺不自覺地先來到自己降生於這個塵世的村莊。村莊一如他印象中的那般破敗，處處殘牆頹壁的房屋，髒兮兮渾身黑泥的光身子小孩，幾乎處處都能找到自己那時的影子。這令他恍惚迷離。

當聽說他的姐姐仍然在世時，他一時說不出高興還是哀傷。因為他向人打聽姐姐消息時，有人順便告訴他，那個老太婆現如今正苦熬掙扎，老頭子是早就死在多年前的一場瘟疫中了，原本還有兩個兒子，前年建文朝緊急徵兵，說是保衛金陵，結果跟在中山王的兒子叫徐什麼祖的手下，一天之內戰死了一對。老太婆從此變得瘋瘋癲癲，日子少吃沒喝，可憐喲！

更讓道衍心中不安的，有些人講到他姐姐情形時，還順便提到，這個老太婆有個弟弟，聽說就是他幫助新皇爺打敗了建文，「這位和尚，你想想，他弟弟那麼有本事，卻做出了親舅領兵殺外甥的事情，唉，世道難說呀！後來，這老太婆聽人講起這件事，變得更瘋癲了，人人都勸她去京師找那個當了大官的弟弟，不管怎麼說，他再心黑，但顧及臉面，也不至於不管不問，反正他家就剩他姐弟倆了。可這個老太婆也怪，寧可餓死在家中，也不肯去，就是有人去京城辦差，她也不央求人家給捎個信。唉，一家子怪人哪！」

看著說話的人搖頭歎息著走了，道衍站立半晌，彳亍著終於邁步走到人們指給他的那間坍塌半截的小屋。

正午時分，太陽正毒，大小河流中似乎裊裊飄著熱氣，被水漫過的地皮橫七豎八裂開很寬的縫隙，幾隻瘦長的村狗有氣無力地趴在樹陰下，渾身顫抖著吐出長長的舌頭。道衍抹把腦門上的汗粒，瞇縫起眼睛四下打量，他對這個恍若隔世的院落已經沒有任何印象。

忽然人影一閃，道衍看見有個老婆婆佝僂著身子正站在屋門口，僵硬的手臂一瓢一瓢艱難地舀了水往外倒。道衍走近些才看清，由於河水上漲，家家戶戶屋中都進了水，現在洪水消退，別人家的屋裡積水早已收拾乾淨，而這個老太婆的屋裡，卻仍舊明晃晃地泡在一灘水中。

道衍仔細注意了一眼老太婆，歲月的河流將她臉上沖出了橫豎紛亂的溝壑，雞皮鶴髮中流露出不忍細睹的滄桑。但大致模樣卻還沒變，仍能認出她真的就是自己姐姐。道衍半曲了身子，衝她耳旁顫聲叫道：「姐姐，我是天禧，天禧啊！」他離開家鄉時，還叫著小名天禧。

老太婆的手一抖，瓢中渾濁的水撒在扯成條縷的衣袖上。「天禧？誰是天禧？」老太婆的聲音嘶啞乾澀，彷佛從枯朽的樹洞中冒出。

「姐姐，你真的認不出來了麼？我是天禧，你的弟弟呀！」道衍索性蹲下，讓她如瓢中水一樣渾濁的眼睛能注視到自己。可是老太婆的眼光卻游移到旁邊，「我兒子全死了，我家裡人全死光了，就剩下我這個老婆子，也支撐不了幾天啦。你說的話我聽不懂，反正我不會施捨飯食給你，我兒子叫他舅舅給殺啦，村裡人都說他舅舅殺他的外甥是為了當大官，我說他一個和尚，當和尚就當和尚算了，還想拿自己親外甥的血去換大官，就怕將來大官當不成，和尚也作不好，人啊，唉，我兒子全叫他們的舅舅給殺啦……」

老太婆絮絮叨叨地似乎什麼也不看，又似乎有雙能洞察一切的眼，道衍忽然渾身爬滿了虱子般站立不住。他想一想，從懷中摸出一塊黃澄澄的金子，塞到老太婆手中。

「這是什麼東西，黃得跟屎一樣，」老太婆說著順手丟在院中的水裡。

這時院外零星有人圍觀，交頭接耳地小聲議論。道衍知道他們在猜測什麼，他更加的不自在，彎腰拾起那塊金子揣進懷中，一聲不響地走出人圍。

但是姐姐的慘狀他不能不管，他想找一個可以託付的人，用這些錢來慢慢支付給姐姐零用。站在街巷中仔細想想，他忽然記起還有個以前從小玩大的夥伴，叫王賓的，彼此很能說得來。於是他很快便打聽到王賓的住處，可令他沒想到的是，王賓聽說道衍前來訪舊，竟趁他快到門口時，將敞開的院門嗵地一聲重重閉上，只在門縫中衝他長長地歎口氣說：「既作和尚卻殺人，想見菩薩不行善，當官卻又躲躲閃閃，唉，和尚啊，你錯了，你錯了！」

聲音不高，卻似乎振聾發聵，在道衍聽來，簡直比天界寺中請來高僧所講的經文更有禪意。他只是弄不懂，自己究竟錯在何處，想建功立業難道不對麼？想名垂青史難道有錯麼？

但他無暇想這許多，他將懷中那塊金子從下邊門縫中塞進去：「老哥，這點錢先存在你這裡，好慢慢接濟我姐姐。」

而那塊人見人愛的金子也被踢了出來：「和尚，你既然也念經，就應當知道，禍到休愁，也要會救；福到休喜，也要會受。你那窮命的姐姐，兩個兒子死於大禍，她不會救，結果愁瘋了，現在你平空給她大塊金子，這突然而來的福氣，她自然也不會受，你還是自己留著吧，別再害她了。至於她的吃喝，鄉里鄉親的，我自然會照料些！」

道衍不知道怎樣離開的王賓家，他只是一路上反覆琢磨「和尚錯了」這句話，是呀，和尚到底錯在哪裡呢？

本來朱棣精心安排的衣錦還鄉，卻給道衍心頭增添了更多沉甸甸的重量。身為朝廷賑災欽差，他卻身披灰布袈裟，懷揣著這些沉甸甸的心思，漫遊於蘇州城內外。

有天他轉悠著來到其實早就想來的蘇州郊外寒山寺，穿過鬱鬱蔥蔥的大片樹林，山寺就躲在林邊，繞長廊而行，長廊盡頭一口波瀾不驚的古井，正對古井的，便是寒山寺正門，山門不算高大，也並不巍峨，比起金陵的天界寺來，似乎還要差幾分，但這裡卻有著天界寺中尋覓不到的愁怨和幽思。道衍很想在這裡靜靜梳理一番這幾天來雜亂不堪的心緒。

看到寒山寺山門上那個並不十分顯眼的泥金匾額，「寒山寺」三個大字立刻令道衍想起那首帶著淡淡憂傷和迷惘的詩句：「月落烏啼霜滿天，江楓漁火對愁眠。姑蘇城外寒山寺，夜半鐘聲到客船。」

道衍默默念誦兩遍，忽然想到寫出如此千年不朽絕句的唐朝人張繼，他正是因為到京城去趕考，落榜後失意地返回故鄉時才寫出這樣絕妙佳句的。順著這層意思，道衍接著想，若當年張繼考取了進士，或者乾脆中了狀元，那麼他自然就沒機會寫這四句詩了。如果那樣，世間也就多了一個庸碌的官員，卻少了一首絕佳的篇章。那麼，張繼落榜，是幸還是不幸？唉，人生如同在茫茫萬丈深淵中掙扎，誰能說得如此清楚呢？

由此道衍繼續想到自己，如果自己安分守己地出家修練，也許世間就從此多了個或許並不太高明的和尚，卻少了一個決勝疆場，令天下風起雲湧的謀略之士。難道自己不和張繼的情形一樣嗎？可人們卻為什麼說「和尚錯了」呢?!

隱在大片樹林中的寒山寺，六月天氣裡仍然蔭涼密布，端坐在寺中亭臺內，滿眼望去，只覺得綠水繞孤村，青山圍小屋，傾耳細聽，野花叢林中，百鳥啾啾有聲。「真是一個修身養性，讀經參禪的好地方呀！」道衍暗自讚歎著，卻怎麼也想不通壓在心頭的鬱悶。

悶坐半晌，道衍無意中從懷裡拿出那本自己在天界寺中寫的《道餘錄》，那是自己半年來參禪悟出的一些東西，皇上也看過，並且讚賞不已，連稱他有悟性，是難得的如來種子。他信手翻開一頁，上面分明寫著：「為人世間，凡事唯有法則一條，提得起，放得下，算得到，做得完，看得破，撇得開……」

輕聲讀出一行，道衍苦笑了搖搖頭，話雖這樣說，可事到頭上，這些東西卻顯得如此蒼白。他輕歎一聲，正要接著往下看，一陣男女嚷嚷聲傳來，腳步雜沓，樹上群鳥撲撲稜稜四下亂飛。道衍下意識地將書塞回懷中，扭臉看過去。

原來是一群官宦人家帶著家眷來遊玩。他們花花綠綠地前呼後擁，瞬間打破了寺中的寧靜。道衍略一皺眉，還沒來得及想什麼，那行人已經來到跟前。

「這是哪兒來的要飯和尚，這麼沒眼色，看見曹大人過來了，也不躲得遠些！」為首一個全身黑衣的小吏歪戴頂暗紅圓帽，邀功似的大聲叫嚷。

道衍再扭了頭，向這群人仔細看一眼：「曹大人？哪個曹大人？」他彷彿記得蘇州府衙中沒什麼曹大人。

「怪不得你這窮和尚不知死活，連惠山縣縣丞曹大人都沒聽說過，」那個吃地一笑，指指點點著衝身後夥伴們說道，「你們看，這傢伙一雙賊眼色迷迷的，想看大人跟的那些個丫頭呢！呸，打你的一輩子光棍吧！」說得他那幫夥計鴨子般嘎嘎笑個不住。

道衍不想再爭辯什麼，慢騰騰地挪動身子，給他們讓開遊廊的過道，一邊情不自禁地輕聲歎口氣。

為首的那個小吏卻受了鼓勵似的，立刻惡狠狠地逼上來：「怎麼，窮和尚給曹大人讓路，還不服氣?!我看你賊眉鼠眼的，要不是在古剎中，若不是看你成了糟老頭子，早給你幾皮鞭了！」

不知怎的，道衍忽然一股消失了很久的倔強湧上來，他欠欠屁股又重新坐回遊廊一側的石凳上，拈拈短鬚笑了：「人都說狗勢大過人勢，皂隸厲害過官，果然如此呀！老僧雖然是和尚，卻也未必窮，你們雖說是小吏，卻著實可憐哪！方才老僧歎氣，不為別的，只因為一股官臭撲鼻而來，臭不可聞喲！」

眾人聽他忽然這麼一說，頓時愣住，沉默了片刻方才反應過來，正要怒罵，一個尖細的聲音卻陡然從人堆中傳出：「呦呵，怪鳥年年有，偏就今年多，昨天才收拾了幾個抗皇稅不交的，今天又來個硬骨頭禿驢！」

聲音尖利冷峻，眾小吏似乎抖了一下身子，紛紛閃到兩旁。其中一個嘟囔道：「曹大人聽見他說話了，這和尚今天可要倒楣啦！」

說話間一個身材矮胖，錦繡長衫下挺著個圓肚皮的中年漢子搶步上來，烏紗斜戴，眯縫一雙細眼，幾綹稀稀拉拉的黃鬚卻偏用手不停地搓撚著，斯文得頗為滑稽。

「高僧語出驚人，我倒要看看是個什麼如來樣的人物？」他緩步踱到道衍面前，道衍總之倔勁上來，也不起身，斜眼和他對視片刻。「唔，我當是三頭六臂呢，原來到底還是個窮和尚！」那人滿是譏誚口吻，一臉的不屑。

道衍不羞不惱，也撚著短鬚慢條斯理地說：「老僧雖窮，卻懂得居官先厚民風，處事先求大體。縣丞雖說是區區小員，但直接面對百姓，百姓看朝廷，多半是從縣丞處來看。若厚民風，先要自己厚道，如此嫌貧愛富，口口聲聲窮和尚，怎能彬彬有禮於窮百姓?!」

話一出口，連那縣丞也吃一驚，倒退兩步仔細打量一下道衍，忽然警覺地問：「你這和尚，是何來歷？聽說皇爺跟前的那個高僧奉旨來到蘇州城，莫非就是你?!」

道衍哈哈一笑：「皇爺跟前何曾有過什麼高僧？他若是高僧，又何必蹭在皇爺身邊？唉，如來在西方，到底離不開塵世呀！」

「曹大人，這傢伙瘋瘋癲癲的，哪裡會是皇上身邊的人，皇上身邊也會有這等迂腐之輩？別和他囉嗦了，大人請和家眷們盡情遊玩，這傢伙交給小人來收拾，莫掃了大人的雅興。」那個為首的皂隸作出心腹的模樣，低眉順眼地說。

「真聖賢，絕非迂腐；真豪傑，斷不粗疏。若說迂腐，迂腐者未必自己知道啊！」道衍搖晃著光光的腦袋，自言自語似的低聲嘟囔。

「果然是個瘋子無疑了！」那個曹大人看道衍神神道道的樣子，忽然暴怒起來，漲紅了臉吼道，「快，把他給我拖走，捆到那邊柱子上去，等夫人小姐們過去了，我要親自教訓這個老硬骨頭！」

眾人正巴不得這句話，立刻圍攏上來，三把兩把連推帶搡地將道衍拖起，扯拽到一旁。接著一股胭脂的香氣撲面而來，丫鬟簇擁下，夫人小姐嬌聲嬌氣鶯歌燕語地打著閒話，從身旁忽閃而過。

道衍使勁抽抽鼻子，沒來得及說話，有人已用繩子將他結結實實地捆綁在一旁的柱子上。看那群女眷過去進了正廳大殿，縣丞像個屠夫般挽了挽袖口，陰冷地笑著：「昨天教訓那幾個刁民，才打斷了兩根鞭子，他們就哭爹叫娘地要幹什麼幹什麼，就是把爹娘兒女賣了也情願。結果老爺我根本沒過癮，這下好，遊樂辦差兩不誤！等老爺仔細用鞭子審審他，保不準是建文朝逃出來的逆臣，那咱就升官有望啦，哈哈！」

說著話，手裡接過衙役遞過的皮鞭，看準了道衍，不由分說，狠狠抽下，「啪」地一聲脆響，道衍灰土布大衫裂開條口子，暗紅的血珠滲漉出來。道衍低聲呻吟一下，他感到麻辣辣地疼痛，但不知怎麼回事，這疼痛卻似乎喚起了他對許多東西的記憶。有多少年沒挨過打了？當初自己在家鄉時，不經常看到鄉民因為交不了租稅而像這樣捆綁起來打皮鞭麼？自己年輕時出家雲遊，不也經常碰撞了有點勢力的人家，而像今天這樣挨上一兩皮鞭麼？

姓曹的縣丞卻不知道面前這個古怪而可恨的老和尚在想什麼。不過那最初的一聲呻吟立刻喚起他看人受苦的熱忱，況且又有衙役們站在一旁叫好，他更來了勁。「叫喚什麼，你不是骨頭硬麼?!」說著鞭影晃動，皮鞭左左右右地接連落下。

道衍臉上身上立刻橫豎凌亂地鼓起一道道血痕，但他沒再呻吟一聲，他的思緒在鞭影中飛出了老遠，他想起了靖難之戰的幾年裡，有多少人身體裡流出了多少這樣的血？也想起了方孝孺那幫建文舊臣，遭受的苦楚要比現在大多少倍？他說不清，但他真切地體味到了許多能想像得出卻體味不到的東西。

「好你個老骨頭，我就不信整治不服你！」縣丞咬牙切齒地怒吼著，皮鞭的分量一下重似一下，可恨的是，對面這和尚卻乾脆連看都不看自己一眼了，他的目光穿越寒山寺不太高的紅牆，游移不定地望著天際漂浮如團絮的白雲。這令縣丞既惱恨又有幾分不安，他只有用恣意地暴打來掩飾。

「曹大人好手段，才二十鞭，和尚已經滿身掛紅了！」一個衙役在旁邊大聲喝采，引得眾人紛紛點頭稱讚。

「別忙，老骨頭硬挺，禁得住打！」縣丞停下手，往掌心吐口唾沫。此時捆綁的繩子已經有些鬆動，道衍迎著那一張張猙獰而麻木的臉看過去，懷中那本書噗嗒掉在地上。

「嘿，野遊和尚混碗飯吃就不錯了，還有心思看書，」縣丞陰陽不定地怪笑道，「拾起來叫老爺看看，是不是從哪裡偷來的春宮本，上面畫沒畫做那個事情的情形！」

近旁的小吏趕忙拾起來，遞到縣丞手裡。縣丞乜斜著眼，漫不經心地翻看。忽然他的手抖動一下，沾染了斑點血跡的書上，分明寫著「道餘錄」三個大字，再翻過一頁，赫然有朱筆寫著「修文竟武，功德兼隆」，落款竟然是當今萬歲爺的御寶。縣丞再仔細看去，御寶下方用小字寫了一行：「臣姚廣孝謹記慎存」。

「啊?!」縣丞早就聽府衙上司們講起過這本書，說聖上已將那個高僧賜名叫姚廣孝，此人佛道兩家都精通，為人卻很有些怪異費解等等。可他沒想到此人卻怪異到這種程度，身為皇上親賜欽差，連個隨員也沒有，獨自一襲土布僧袍地跑到這裡來。

「莫非，莫非師父真的……真的是皇爺身邊的高僧？」他顫抖著聲音，臉形扭曲得比發怒時更可怖。旁邊圍觀的衙役不解地看著平日裡威風八面的長官，弄不清他怎麼突然叫一本破書嚇成這樣。

道衍悠悠然將思緒收回，搖頭長歎著說：「唉，老僧不是說過了麼，如來在西方，到底離不開塵世。高僧也有不高之處呀！禪理說的好，衰敗後的罪孽，都是興盛時造的，老來後的疾病，都是壯年時攢的。你這二十鞭子打得好，老僧終於體悟出其中真意了！」

縣丞聞言半懂不懂，但大致意思卻可以明白，他知道眼前這個似乎從天而降的怪和尚就是名滿天下的那個道衍無疑了。若是這樣，自己往後的官運先不說，小命能保得住麼?!他雖不了解這位皇帝身邊紅人的脾性，但他知道破家的縣令，滅門的刺史，對付小百姓，自己一個縣丞不就讓好多人家破人亡了麼？更何況官場之上，向來就是官大一級壓死人，而自己和眼前這個土頭土臉的和尚相比，那簡直是天淵之分哪！這樣想著，雙膝一軟，撲通跪倒在塵埃中。

「師父千萬饒恕小人有眼無珠，小人該死，小人該死呀！」他一時間不知道該如何挽回局面，只是本能地叩頭如雞啄米般哀告不已。

旁邊小吏們見狀更是奇怪，為首的一個走近兩步，小心地附在縣丞耳邊說：「大人，他……」縣丞頓時醒悟幾分，急躁地順手一個耳光：「招惹是非的東西，什麼大人，這位高僧才是真大人！快，還愣著，趕緊鬆綁，快些！」

小吏們仍舊懵懂，但既然長官如此模樣，他們也顧不上問到底發生了什麼事情，三下兩下解開繩子，扶道衍依舊在石凳上坐下。縣丞哭喪著臉，叫眾人齊唰唰跪在道衍腳下，群聲高低不齊地告罪不迭。

道衍疲憊地支起脖子，依然望著天際的遠方，像是回答他們，又似乎喃喃自語：「其實不是你們錯，是我的錯。小錯在爾等，大錯卻在老僧啊！」

縣丞不解何意，以為是在諷刺自己，趕忙將頭深埋下去，作出一副可憐相。道衍長出一口氣，起身緩緩踱出兩步，臨近山門旁有筆墨紙硯，專供來往的文人墨客題詞寫詩用的，道衍略想一想，提起筆來，在朱紅牆面上寫下四行詩句，隨即飄然而逝。

眾人垂頭跪倒許久，不聽道衍動靜，姓曹的縣丞大著膽子抬起頭來，卻不見人影，唯有牆上新寫的幾行字跡赫然在目，他爬起身來仔細看去，上面字跡剛勁地寫著：

老僧南來坐畫船
袈裟猶帶御爐煙
無端撞著曹三尹
二十皮鞭了宿緣

「是他，果然是他，」縣丞仔細盯住這四句，反覆捉摸。「大人，這窮和尚是什麼來頭？」一個小吏蹭過來陪個小心問道。

縣丞卻沒聽見似的，從未有過的灰了臉，格外和氣地吩咐說：「林子大了，什麼鳥都有，下回出門要小心，即便不怎麼樣的百姓，能不衝撞盡量別衝撞著了，再不許和過去一樣。」見眾人唯唯連聲，他又將眼光落在那四句詩上，搖著頭說：「怪人哪，真是怪人。」

一夜飄落紅滿城

蘇州一行，令道衍改變了許多。在別人看來，他只是不知在哪裡弄了渾身的傷疤，但只有他知道，這心裡的傷疤，其實更深。通過那個姓曹的縣丞之口，以及他在回來時留意觀察到的情形，終於叫他略微明白「和尚錯了」的原因。

沿途百姓窮莊敝戶，比他當年好不到哪裡去，而渾身黑衣，紮著綁腿的皂隸們收取租稅的身影卻比他印象中更加頻繁。當他問起隨行官員時，他們當中有些人吃驚地瞪了眼睛不相信似的說：「姚大人是皇上身邊的人，難道不知道麼？聽說皇上要讓海外諸國都了解大明的富庶強盛，想建造諸多大型的海船，命人遠赴海外，以遠播國威。這不，要造大船可不是容易的事情，那得白花花的銀子不住地往裡填。」

隨行官員說這話時，道衍始終低著頭，他害怕遇到對方的眼光，他知道，別人一定會認為這是他出的主意。雖然他不在皇上身邊，甚至沒在朝廷中露過面，但別人仍然會這樣認為。也難怪，當年朱棣南下征戰時，道衍穩坐北平，那時許多謀略的籌劃就有他的影子，這次自然也不會例外。

「國庫中的銀子自然有限，要造許多這樣的大船，還得靠了百姓的租稅呀，不多收些怎麼行呢?!」隨行官員看著路旁不斷閃動的百姓哭鬧和皂隸吆喝的身影，良有感慨地說，忽然又想起道衍的身分以及他和皇帝的關係，自知失口，忙緘默下來。

從此一路上大家都很沉悶。道衍終於明白了，老友王賓何以如此對待自己，看來眾人眼光不差上下，人人心裡都有一本帳呀！只是令道衍再三捉摸的，「和尚錯了」這句話的含義，僅僅就在於此麼，或許還包含著更多的東西，而這些東西，要自己用很長時間和遊歷才能參透？

就在道衍去蘇州賑災後，回到天界寺不久，召他進宮的口諭便由鄭和給帶來了。道衍這次並沒像以往那樣找藉口推三阻四的不去，他很痛快地答應下來。鄭和對這位皇爺一直念念不忘的和尚多少有些神秘感，待傳過了口諭後，笑嘻嘻地湊上前拱手施個禮說：「少師大人，恕奴婢得罪地問一句，以往皇上召您，您都不是說老邁，就是腰腿疼，這回如此痛快，真是難得呢！」

道衍微微一笑：「鄭公公，自家有病自家知，自家欠債自家還，老僧年屆古稀，若不抓緊了時間，恐怕今生也還不完孽債喲！幸虧皇上給了老僧這麼一個機會，說實話，老僧也正這樣想呢！」

鄭和聽得半懂不懂，但也不便再問下去。含含糊糊點頭答應時，道衍卻繃了臉皮問：「鄭公公，也恕老僧問一句得罪的話。公公常在皇上身邊，消息最靈通不過。聽說修建大船出海遠播國威的事……」

「原來少師大人也聽說了，」鄭和不等他說完，立刻臉上泛起紅光，喜滋滋的表情洋溢出來，「皇爺確實有這個打算，皇爺說了，我大明自永樂王朝開始，當進到一個新境界，對內要偃武修文，整治出一個曠古的太平盛世，要百姓永樂萬載。對外卻要文武並用，以文來感化異邦，若他們實在鹵莽不通事理，則武力強行征服。皇爺說，以前歷代最多不過遠征漠北，而大明永樂則要南北並重，要炫耀國威於海外，叫普天下之人都知道永樂王朝曠古難尋，聖上是曠古之君。」

「唔，」道衍若有所思地點點頭，他終於聽明白也悟出了聖上心底深處一些沒說出來的東西。「燕王成了皇上，終究底虛，方孝孺等人罵他篡位，他可以將這些人零割整剮，但普天下人心裡的想法，卻如何消除呢？將來史書上如何評論呢？也只有依靠這樣來證明自己了，也只有如此來消除千萬人心中的耿介了呀！」道衍暗暗感慨，感慨一個人的良苦用心卻又無法對任何人交底。

他忽然想到自己，其實自己也何嘗不是如此呢？「少師大人，」鄭和卻沉浸在方才的喜悅中，沒看他的臉色，繼續說，「皇爺說了，奴婢出生在江南，熟悉水性，又下過海，等騰出工夫來，建造大船時，叫奴婢當總監工呢！少師大人，奴婢自小便想著做一番大事業，現如今能有這樣一個機會，皇爺又信任奴婢，真是太好了！」隨即放低了聲音，「少師大人奉召入朝，聽皇爺說是想叫您主持編寫一部大書，解大學士以前編過，不合皇爺心意。看來大人往後就經常出入朝堂了，若有機會，還請少師大人多替奴婢美言幾句。」

又是一個想做大事業的年輕人，和自己當年一樣啊！道衍感慨萬端地想，什麼才是大事業，等做完了，回頭一看，煙雲茫茫啊！可有這樣的想法，不甘心碌碌，能是錯嗎？就像蜜蜂採花，若不將花損壞，能採得蜜麼？看來世間之事，實在難以兩全呀！

見道衍沉悶不語，鄭和彎腰看看他枯皺的臉面，忽聽他乾癟的嘴中輕吐一句：「唉，花又不損，蜜不得成啊！」

「什麼，少師大人您說什麼?」鄭和既沒聽清，更沒聽懂。

道衍卻回過神來，改了口說：「鄭公公年紀輕輕，有此大志向，著實叫人佩服。好，老僧在《道餘錄》中曾寫過，日日行，不怕千萬里，常常做，不怕千萬事。鄭公公有此志向，定然能做出不凡之大業來！」

自從對解縉編寫的所謂《文獻大成》深感不滿以來，朱棣就常常情不自禁地想到道衍。「說到底，解縉再有才，也不過儒生一個呀！」每次站在乾清宮後院放眼各色花草時，朱棣就會想到這裡曾經的主人，「當初建文任用的全是方孝孺一班儒生，結果怎麼樣，亡了國！而朕只用道衍這樣一個集眾家之所長的雜家，便奪得了天下，看來儒生誤國，這話雖難聽了些，卻是實實在在的道理。」這樣想來，他就越發覺得，要編寫一部名垂千古，叫後人讚歎不已從而忘記或忽略自己是如何當上皇帝的大書，非道衍不可了。

而令朱棣欣慰不已的是，自從道衍接受了編寫曠古大書的敕命後，不再像以往那樣躲躲閃閃，他將住處搬到文淵閣的後院，還餵養了一隻大公雞，每天聞雞而起，翻檢書籍，謄抄文稿，孜孜不倦。不僅如此，他還主動經常出入朝閣和東宮，在華蓋殿中為太子和皇太孫講解子集百家的學問。朱棣簡直又看到了當年在北平時那個雄心勃勃的影子，他滿意地點點頭：「人同此心哪，朕猜想得果然不錯！」

不過自文淵閣中再度熱鬧起來，曠古大書要重新修訂的那一天起，解縉便覺察出了潛伏在四周的危機。

儘管自己還是編寫新書的總裁官，但明眼人一看就知道，皇上已經對他的才能不大信任了，現在倚重的是另一個同樣擔著總裁官頭銜的少師，道衍和尚。對於這種連自己也心知肚明的情形，解縉滿腹憤懣卻又奈何不得。

「道衍算什麼東西，不過一個讀了幾卷雜書，善於琢磨心計裝神弄鬼罷了，怎麼也好往這種大雅之堂來湊！」解縉幾乎在夢裡也這樣不平，但白天卻必須笑臉相迎地見到這個和尚。這讓他感到既壓抑又痛苦。他想也許應該再想辦法讓皇上注意自己了。

才人自古便狂放，這也許是博得名聲的一條終南快捷方式。對此解縉自然再清楚不過，李白醉酒戲貴妃，何等的千古風流。他開始想，自己為何不狂放他一番？既痛快了，也好引得眾人矚目，最後皇上不重用自己都不行，況且自己原本就有著狂放不羈的名聲。或許狂放得還不夠？

奔了這個念頭以後，解縉在朝堂中的行為隨意了許多，時常私下隨便貶低這個，議論那個，要麼就和人聯句打賭，每每喝得爛醉。有次剛剛散朝之際，禮部尚書李至剛無話找話調侃地說：「解學士，人家都說學士不但才學高，而且敢作敢為，我還真不相信確有其事。聽說學士常和人打賭作東，不知有其事否？」

解縉翻一下白眼珠：「那是自然，怎麼，李大人要和解某來對上兩聯？」

「不敢，不敢，」李至剛裝作害怕似的慌忙搖手，「不過解學士若敢將丹墀下兩側的玉桶打碎一個，李某人倒甘願請學士到家痛飲一番。」

「這……」解縉不料他說出這樣的話來，正猶豫間他看見李至剛和眾大臣擠眉弄眼地暗使眼色，分明是在合夥捉弄自己。狂傲的心思頓時佔了上風。「一言為定，」解縉幾乎沒怎麼猶豫，上前順手抄起階下一把椅子，那是特意給道衍準備的。「哐啷」一陣脆響，半人高的玉桶變成了一堆碎片。

值日太監當時還沒走開，見此情形，嚇得立刻面如土色，這簡直就是造反，比起造反來更顯大逆不道。他來不及說話，匆匆跑進內宮稟奏皇上去了。

朱棣聽了也頗覺意外，急忙折身回到前殿，一看果然如此，面露慍色地說：「解縉，你是何用心，竟然故意打破朝堂上的玉桶，你眼中還有朝廷麼?!左右……」

「陛下且慢，」此刻解縉倒心平氣和，成竹在胸地說，「陛下，臣方才突發奇想，這丹墀下同時擺放兩隻玉桶，實在不大符合禮數。陛下試想，人人都說一統江山，哪裡就能同時兩統呢？故此臣氣憤不過，就一時衝動著將其打碎了一隻，雖說鹵莽了些，但赤誠之心卻無半點瑕疵，還望陛下恕罪！」

朱棣本來就聽說解縉近來鬧騰得四鄰不安，狂放之態比以前更顯露了許多，不過當下正張口閉口重用文人之際，也不好因為瑣碎小事將他怎樣。況且讓道衍直接插手掌管編寫大書的事情出來後，自古文人相輕，他心裡不舒服，也是自然情理。不想他現在卻鬧騰到朝堂上，當著眾人的面對自己耍開了無賴相。朱棣心頭一陣厭惡，卻滿臉堆笑地「噢」了聲，「是麼，朕知道解愛卿機智過人，不過一片忠心是確鑿無疑的。好啦，既然現在已成了一統江山，朕也就不追究什麼了，眾卿歇息去吧！」說著先拂袖轉身而去。

「怎麼樣，」解縉看看尚驚得目瞪口呆的眾人，不無得意地搖搖頭，「李尚書，快回去置辦酒菜，我隨後就到。」

「慢些，」戶部尚書夏原吉搶上一步，「方才那是一時湊巧，膽識固然過人，但情形尚不十分奇險。若大學士還敢將另一隻玉桶打破的話，夏某願接著續請一桌。」眾人也回過神來，意猶未盡地湊過來，紛紛附和著想看更大的熱鬧。

看著眾人半是戲謔半是期待的眼神，解縉心頭著實有些犯難，可若不應承下來，又覺得枉擔狂才的名位，橫豎自己有的是隨機應變，解縉眨眨眼睛，一掌擊在夏原吉手上：「好，說話算數，咱一言為定！」

說罷他毫不猶豫地搶步上前，掄起椅子又將另一側的玉桶也敲得粉碎。值日太監陪著朱棣剛轉回內廷，聞聽外邊嘩啦一片脆響，緊接著有人大呼小叫。朱棣一皺眉頭，值日太監卻倒吸一口冷氣，他聽出來，聲音和剛才的一樣，今兒怎麼了，淨出些不大不小的亂子？

剛在心裡嘀咕一句，朱棣站住腳步：「朝堂是什麼地方，容得喧嘩嬉鬧，太不像話！引朕回去看看！」

值日太監不敢多說，低了頭折身往回走。大殿上人們正圍著解縉紛紛翹拇指讚歎，這個說：

「學士果然是李白在世，什麼事情都做得出來，我們今天算開了眼啦！」那個說：「當初李白狂放也不過是仗著朝廷正急等用人之機，而今解學士卻能平地掀起波瀾，著實要高明過李白許多倍！」

解縉則滿臉得意地嘴裡胡亂謙讓著，拉住李至剛和夏原吉叫嚷著趕緊備席。他們只顧吵嚷起哄，卻沒看見朱棣已站在偏門一側，陰著臉朝這邊盯著一言不發。「哼，你解縉自詡為李白，可惜朕卻不是唐玄宗！」朱棣心內冷笑一聲，再向前邁上兩步，值日太監趕忙吆喝道：「眾臣不得無禮，聖上駕到！」

尖利略顯沙啞的嗓音如同一把鉗子，嘎地鉗住眾人脖頸，大殿上頓時一片寂靜，少頃不知誰先帶頭，黑鴉鴉跪倒一片。

朱棣看看丹墀下兩個玉桶凌亂地碎了一地，怒不可遏地故意問道：「這次是誰做的，方才解縉要朕一統江山，是誰膽大妄為，連朕的一統江山也給打破了?!」

窒息般地沉默片刻，解縉跪在地上向前挪動兩步，直立了上半身拱手奏道：「啟稟陛下，這回仍然是罪臣做的。」

「噢?」朱棣裝作驚訝地一瞪眼睛，「解縉，朕知道你才學滿腹，方才還敬佩你的機智呢，這會兒怎麼喪心病狂起來了?!凡事有一不可有再二，你知道這是什麼地方，是你隨便戲耍的?!」

雖然自從登基之後，處置罷那些建文逆臣，朱棣脾性忽然格外溫和，但當時血淋淋的場面，眾人仍然記憶猶新，聽朱棣語氣漸漸加重，都不約而同地想到，解縉這回總算狂到頭了。

不料解縉膽子反而更大起來，索性站起身子說：「陛下，臣正是為了我大明江山社稷考慮，才斗膽將另一隻也給打破了。方才臣敲打那隻玉桶時，就想原來所謂玉桶如此容易破碎，也太不禁打了，為子孫萬代計，臣以為應該將玉桶撤去，換成鐵鑄的，這樣才稱得上鐵打的江山萬萬年。臣素來情急心切，故而未加思慮，便貿然行事，望陛下恕臣一片赤誠之罪！」

朱棣簡直有些苦笑，解縉是在當眾連續將朕當作木偶啦，既然一片赤誠，那還用恕什麼罪?!但是朱棣能穩住神面不改色，甚或還微笑了一下：「好了，朕自登基之後，便力求重文知禮，但凡有小能小技者，朕無不委以妥當職位。眾卿還要體諒朕之苦心，朕送於眾愛卿一句至理的話，抱樸守拙，才是涉世之道。好啦，都下去吧，李至剛，朝堂上百般器物的擺放，都是禮部職責，你可命人鑄兩隻大鐵缸來……就用銅的吧，替換下原先玉桶！」

說著朱棣再次拂袖轉回身去，等走過偏殿的二門，他忽然惡狠狠地將手中絲絹手帕甩到地上，咬著牙哼出一聲，臉色灰黑，眼珠瞪得溜圓，隨行太監們縮起脖子不敢出聲粗氣。「可惜道衍沒來上朝，否則定能逼死這個狂徒！」他自顧自地說著，朝坤寧宮徐皇后的臥房那邊而去。

儘管自己已不是文淵閣中最說話算數的人，但解縉仍然喜歡著自己目下所做的事情，畢竟和書本打了半生的交道，能每天守著這些筆墨過日子，解縉心裡多少平和些。況且自己敢在朝堂上任意作為，就連皇上也無可奈何，自此名聲一下大振，不但鄉間百姓對自己的才華和膽大津津樂道，就連眼前這個少師，道衍和尚好像也對自己刮目相看了，動輒過來商議修訂的具體細節，這很讓解縉得意，他覺得自己算狂對了。

文淵閣緊貼宮城，就在文華殿的後邊，雖然比文華殿要低矮出許多，也沒有文華殿的氣勢，但比起皇城中的其他宮殿，還算相當氣派的，並且它面積相當大，簡直要抵得上別的兩座大殿了。

文淵閣正廳內用許多屏風隔起來，道衍和解縉，還有隨後從朝中抽調來的許多當世文豪如楊士奇、楊榮弟兄兩個，還有胡廣、金幼孜等時文大家，他們會同其他翰林院官員，埋首於座座堆起來的書山中間，似乎每天都在艱難地跋涉。

平常時候，往往是個人翻檢個人身邊的書籍，有可選入大書的便做個記號，以備謄抄。偶爾遇到拿不準的地方，也繞過屏風幾個人頭碰頭地商議一通，如果參與商議的人多了，就乾脆把屏風推到一旁，等合計畢了，重新拉過來，既互不干擾，又方便參考，大家都挺滿意，連稱這樣擺設好。

翻閱謄抄繁瑣而匆忙，時光悄無聲息波瀾不驚地流水一般逝過。天氣不覺中漸漸由炎熱變得涼爽，一年中最好的時節來到了。正是在這樣一個秋日和風的天氣中，聖上親臨文淵閣，來視察那部能證明他不僅武功而且文治的大書編寫情況了。

道衍和解縉兩個總裁官陪同在最跟前，對聖上的話有問必答。當朱棣看到滿滿當當的書架上盡是大大小小的書籍後，甚是滿意。不過他仔細看了看上面的具體書目，卻微微皺起了眉頭，扭臉衝解縉問：「朕再三交代過修書的意圖，愛卿既然聰明過人，卻怎麼始終不解朕意呢？」

解縉一愣，沒立刻明白過來聖上為何忽然責備起自己。「愛卿你看，這書架上固然書的數量不少，卻仍舊大多是儒家的經史之類，子、集等書呢？流傳於民間百姓手中的雜家書籍呢？都可曾收集了?!」

這時解縉才明白一點，皇上是說自己仍舊走的《文獻大成》的老路。但他不大服氣，自古做學問便是罷黜百家，獨尊儒術，皇上要編寫大書，不以儒家的經典和史書來做根本，那還像讀書人麼？

但沒容他多想，道衍在一旁接過話頭：「稟聖上，老僧根據以前遊歷時的印象，已派人搜求了一批書籍，像《山海》、《道德心經》、《韻府》乃至三墳五典或民間私出的戲文小曲等，都有不少，正在運送途中，還有更多的尚在搜求中。」

朱棣這才滿意地點頭緩下語氣：「好，還是少師能體諒朕的心意，若按朕與少師的意圖編寫出此書，那才真正叫前無古人，後無來者呢！朕不是說過麼，秦皇焚書，直到如今仍然遭人唾罵，朕雖然馬上得來的天下，卻要叫後人知道，朕文武並舉，並未損耗社稷黎民半分！唉，朕常想，生於天地之間，無過便是有功，不落埋怨便是有德，難啊！」

說著抬手拍拍道衍乾枯的肩膀，卻忽然繃緊了面皮轉過臉對矮了半截的解縉說：「便是民間百姓，家道略好一些的，都要省出些餘錢來買書叫孩子家人們看了長見識，朕掛了名的富有四海，倒花不起錢買書了？是見識太淺呢還是確實沒錢，朕倒不願意百姓去如此猜測朕。」

硬梆梆的一字一句砸在解縉頭上，也不等解縉再伶牙俐齒地分辯，轉回身對跟來的李至剛吩咐：「就依少師說的，禮部立刻選派一些通曉典史的差員，深入到各州府，各郡縣，乃至鄉間民宅中，但凡能搜求到的，一併買來放在文淵閣中，讓少師帶人斟酌使用。不要怕花銀子，務必求全求大！」

看李至剛唯唯諾諾地連聲答應，解縉渾身發冷，他現在終於親眼看到了，皇上和道衍這個不起眼的和尚走得是多麼近，而自己，不過是個叫拋在一邊的擺設。他縱然一千個不情願，卻只能自艾自憐。他想起皇上不止一次地說過要求大求全的話，可他始終是以為儒家經典的大和全，他未曾料到皇上會和這個有點邪門的和尚一樣，內心裡實際比自己狂放不羈得多。

皇上走後，解縉一連幾日怏怏地打不起精神。道衍卻彷彿年輕了十歲，這個古稀之年的老者，帶著滿臉風霜和滄桑，頻頻出入文華殿和文淵閣，在皇上和翰林院學士們中間穿針引線，馬不停蹄地商討大書的編寫情況。

「聖上說了，」一次聚眾商討時，道衍當仁不讓地坐在正位，看著下面緋衣紫袍的朝堂學士們說，「聖上說此次編寫書籍，要以此為契機，多置辦書籍，將來傳之子孫，也給萬代後人留個好文知禮的榜樣。」

說到這裡，端坐一旁的解縉忽然憑了自己聰明悟出點道道，原來聖上還是心虛呀，他不想給後人留個憑藉兵力篡奪皇位的惡名，要用一本大書來遮掩自己！難怪他如此看重這幫曾經要打要殺的書生。「神龍蒼茫雲海間，天心難測呀！」從來都是高傲的解縉，此刻忽然感覺出了自己的淺薄。

就在解縉神思飛揚的當兒，道衍接著提名了一連串的副總裁官，而這些人基本都是平時解縉不屑一顧的。像太醫院的御用名醫趙友同，還有精於陰陽八卦三墳五典的金忠，都任命起來了。這幫人的加入，文淵閣立刻熱鬧了許多，而解縉卻始終認為，這樣固然熱鬧，文雅氣息卻減弱了不少。

逐一安排妥當，各地書籍或新丁丁的，或破爛得發黃黴爛，一車一車運送進來，差員們汗流滿面，好容易擺放妥當。這樣忙活著，不覺涼爽漸漸變得刺骨，回過神才知道，冬天已經到來了。

金陵的初冬陰冷陰冷，潮濕的氣息順著每個毛孔直鑽到骨縫中。聖上格外體諒道衍年老，氣血暖不過身子，老早就叫人從宮城內搬來紅泥小爐，生著了放在腳下，同時也給了每人一個，一排排的小爐輕吐熱氣，大廳內頓時暖意洋洋。辦差的人都開玩笑地說，今年能這麼享福，是沾了少師大人的光。

說者無意，但解縉卻敏感地想到去年這個時候，大廳裡陰冷潮濕的情形，心裡酸溜溜地簡直想投筆而去。「說到底，比起道衍這個和尚來，我還是狂放不羈得不夠呀！」他暗自慨歎。

道衍還別出心裁地提出：「咱們編寫的這部書稿雖然要等完工後再由聖上欽定書名，但總稱大書大書的不好，不妨咱們先稱其為大典，如何？」

自然人人稱好。伴著冬季的漸深，大典的編纂正式熱火朝天地展開。道衍和禮部挑選出來的各類官員，還有從民間挑選來的宿學老生，都聚集到一處，更有許多深山高僧，古剎名道，地方名醫，林林總總，總數算下來就有千餘人。

隨著人數的日益增多，文淵閣的寬大就變得狹隘。於是道衍又與金忠商議出個主意，讓國子監還有各地州府學堂中供養的學子秀才，將謄寫這個最費時間和人力的活計給承擔下來。粗略統計，選拔來謄寫的人約有三千之多，他們被從家鄉召集而來，在國子監中住宿，飲食費用由光祿寺提供。這樣一來，不但進度明顯增快，而且皇上要編修大典，要給天下讀書人辦一件大好事的消息不脛而走，頓時聲勢大振，朝野上下吵得沸沸揚揚。

其實朱棣要的正是這個效果，現在沒等自己特意吩咐便達到了，他自然格外高興。但這種高興又不能表現得太露骨，他就在永樂四年春天，借著到文淵閣再度查看大典編纂情形的機會，賞賜給道衍、金忠，還有楊士奇、楊榮兄弟羅紗衣物。另外的參與人員，或多或少，金銀玉器，人人有分。

被賞賜者歡天喜地，叩頭膜拜地稱頌皇恩浩蕩。而唯獨解縉心頭更覺不是滋味，看著比自己資歷和官階都淺出許多的人都領取了賞賜，可站立在人堆中等到最後，賞賜名單中竟然沒有自己的名字！他無論如何也難以置信，但宣讀賞賜名單和賞賜數量的太監收起詔書，轉身就要離開文淵閣了，還是沒自己的名字出現。此時解縉終於明白，皇上其實上次召他進宮，要他講什麼戲弄縣太爺的故事時，就已經對他失去了興趣。

但解縉仍然不甘心，他想，皇上不是口口聲聲要尊重天下讀書人麼？自己不管怎麼講，都當之無愧讀書人的楷模，皇上也許暫時因為編寫大典不對胃口而生自己的氣，但像自己這樣才華橫溢名滿天下的人，他肯定不會不顧及影響，遲早要重用自己的。

而且解縉還不斷地想出以前的種種事情來安慰自己，譬如皇上發愁要誰當太子，始終猶豫不定時，是自己一句話就定了乾坤。這足以說明皇上還是看重自己的。但解縉仍然怏怏地打不起精神，他時常坐在寬大的桌面後邊癡癡發呆，翻檢起書籍來也是無精打采。

好像眾人也都很識趣，看解縉這副模樣，索性不來打擾，有什麼需要請示的就去找道衍和金忠。漸漸地，他的桌邊就空前冷清下來，而道衍身旁卻熱鬧非凡，送上書稿的，請教問題的，幾乎絡繹不絕，這也叫解縉更加空落。他想不通，皇上一再聲明重文，為何卻將自己這樣的大才子給晾了起來。

想不通的解縉便容易回憶起以前的輝煌，他特別神往於將自己竟然當著皇上的面連打破兩隻玉桶而皇上卻無可奈何的情形反覆回想。最終，解縉得出個結論，皇上沒能重用自己，不為別的，還是自己恃才狂放的不夠，還要多顯露，多引起他的注意。

此後解縉終於又打起精神，他常常在閒暇時間出入於各家同僚府中，飲酒作詩，登高而歌，不但心情放鬆了許多，解大才子的名聲果然又有了些振作。但解縉卻怎麼也沒料到，正是自己的起勁折騰，雖然贏得了皇上的注意，卻也促成了自己的速死。

轉眼冬季勢頭漸弱，不覺間到了新年。爆竹一聲舊歲除，桃符萬戶新擺就，一派喜氣洋洋中，時間就過得分外快。初一的履瑞剛過，初七的人日就來。轉瞬之際，火樹銀花的元宵佳節也匆匆閃過。金陵城又開始蕩漾起春意，暖烘烘的叫人沉醉。

大好天氣裡，解縉更在文淵閣的冷板凳上坐不住了，他趁了個機會，到街上去溜達。無意間路過一戶高門大宅，抬眼一看，巍峨的門樓正中央懸塊字體揚灑的匾額，上書「國賓府」三個大字。不禁一愣神，這不是駙馬的府上麼，這金字匾額還是我題寫的呢。當時駙馬本意是要皇上欽筆御書的，正好解縉在後宮給三個皇子們講解《論語》，皇上便淡淡地一笑說，朕馬上操持戈矛，許久不練習，有些手生，還是解愛卿不但文才好，而且練就一筆好字，就叫他來代朕題寫吧。

想起當時，解縉覺得自己何等風光，爾今卻倍感冷落。這樣回想著過去的一幕幕，不知不覺抬腳邁了進去。好在解縉曾來過許多次，當時新府邸落成，懸匾額的時候，解縉還被請為座上賓，門人都認識這個看上去隨意瀟灑的大才子，也沒問什麼，任由他進去。

本來是想傾訴一下近來苦悶，或者若談論得很投機的話，就叫駙馬在皇上耳旁吹吹風，叫皇上把自己給調到文華殿中去，那裡離道衍遠些，或許能重新找回過去的感覺。解縉也是臨機突然這樣想的，他清楚自己無論在皇上心中，還是在眾人看來，都很難爭過道衍這個古怪的老和尚了。

可惜駙馬卻應了別人邀請去石頭山上踏青了。解縉在客廳中枯坐片刻，便想著向過來奉茶的丫頭說聲，起身告退。就在此時，解縉眼尖地看客廳內側屏風後邊簾幕撩起，有人影恍惚一閃，佩環玉器的撞擊聲隱約傳來。傾耳細聽，還有人笑著低語：「那個就是大名鼎鼎的才子解學士，公主看清了吧。」一個丫頭的聲音這樣說。

另一個滿含笑意地輕軟著聲音說：「看了，確實是個風流才子呢，那氣象就不俗……快些走開，叫人家知道了，成什麼體統?!」說著步履輕輕如微風掠過地遠去了。

解縉頓時猜出幾分，公主一定是久聞我解學士大名，早仰慕不已，想偷眼看看到底是個什麼樣人物。連深閨中的公主都知道才人的名聲，解縉胸中頓時蕩漾起自豪，多日的不快也忘在了腦後，他忽然靈機一動，何不在此再顯示一下自己，也好叫公主見識一下我解縉才名可不是浪得的！

想著他向奉了茶欲退下的丫頭說：「拿紙筆過來，我要寫詩一首，叫你家主人看看。」丫頭自然不敢多問，慌忙找出文房四寶，端到八仙桌上。解縉抬手磨兩下墨，略加思索，提筆在紙上寫下四句詩：「錦衣公子未還家，紅粉佳人叫賜茶。內院深沉人不見，隔簾閒卻一團花。」寫罷了也不細看，遞給丫頭說：「去呈給你家公主，就說解學士告辭了。」說著也不待回答，飄然而去。臨出了府門，臉上仍掛著笑意。

丫頭不知道他寫的什麼，但既然人家是駙馬府上的座上賓，連公主也驚動了，還溜到屏風外邊偷看，情知這個人物定非一般，就趕忙將詩稿送過去。

公主卻是在後宮讀過幾年詩書的，大致意思還能看得懂。當即拉下臉對貼身丫頭說：「你看看，這叫什麼詩，駙馬不在家，公主叫端茶，駙馬府這麼大，生人誰也進不去，如花似玉的公主在家該是多麼寂寞。這叫什麼話！分明是在調戲堂堂朝廷郡主了，這哪是什麼才子，簡直就是無賴一個！不行，我非得稟告父皇去，這樣的才子留在朝廷，太有傷風化！」

在解縉看來，自己不過隨意調侃幾句，藉以顯示賣弄一下胸中才學。豈料公主卻煞有介事地乘了輦車，來到宮裡，將詩稿呈給朱棣，說那個什麼狗屁才子閒極無聊地竟然跑到駙馬府中，還寫詩來侮辱女兒，請父皇給做主。

朱棣除了那三個叫他左右都不全順心的兒子外，就這麼一個嬌弱閨女養在深閣中，雖不是徐皇后親生，但無論朱棣還是徐后，都對其格外疼愛有加。聽女兒添油加醋地一說，低頭沉吟一下哈哈笑道：「你也讀過些詩文，難道不知道自古才多便狂麼？解縉是出了名的風流才子，他在同你開玩笑呢，又何必當真？若同這樣的人當真，早就氣死一大片了！」說得公主拉長的臉噗哧一笑，事情自然也就完結，她扔下詩稿，到坤寧宮裡去找母后敘談去了。

看公主走遠了，朱棣捏著詩稿，忽然變了臉色，恨恨地低語一句：「真是太狂妄，你難道以為朕就如此投鼠忌器麼?!」

雞聲人跡踐霜橋

略微有些發洩的解縉終於能打點精神投入到編寫大典中去了，可正當編寫大典熱火朝天時，鄭和卻突然捧著一卷詔書，來到文淵閣宣讀，詔令解縉火速準備，調任到江西擔任布政司參議。

聽罷詔書，解縉半晌不知該怎麼說話，僵持地保持著直起上身跪立的姿勢，直到鄭和過來，把詔書塞到他手中時，解縉才艱難地吐出話來：「鄭公公，皇上為何要解縉到如此邊遠地方去?」

鄭和作出關心的樣子說：「解大人，皇上雖然詔書上沒明說，但私下裡卻談到，說解大人才高望重，熟悉儒家禮數，若只圈在這文淵閣中著書立說，未免大材小用，還是學以致用的更好。江西那邊百姓各族雜居，荒蠻不知禮儀，正需要解大人去教化。孔夫子不是說了麼，既來之，則安之嘛！這安之的重任，皇上可就交給解大人了，還望不負聖恩哪！」

洪武爺早就定過規矩，宮中太監是不許讀書識字的，即便偷學幾個字，也沒什麼學問，解縉不知道鄭和怎麼說起來就一套一套的，莫非有人教過？但此刻，他卻顧不上仔細琢磨這些，他被突然而至的變故擊蒙了，那些瀟灑飄逸再找不見蹤影。當年讀《三國志》時有段記憶頗為深刻的楊修之死的事情不知怎的忽地湧上腦際，他好像明白了幾分。

然而似乎明白過來的解縉，仍然沒有估計到朱棣善於窮打猛追的性格，也沒想到牆快要倒時難免會有人去推的道理。離開了原本有些失落和厭倦的文淵閣，解縉才真正感到了什麼是失落。他再聞不見那追隨了半生的書香氣，至於子曰詩云的吟詠，在那如鄭和說的荒蠻之地，更是一種奢望。

但厄運並未就此而完結。在解縉到達江西沒多久，朱棣又接到李至剛的奏摺，說當初丘福曾在皇上跟前替二皇子漢王講過好話，想叫皇上立現在的漢王為太子。解縉那時經常出入宮門，多少聽到些風聲，便在外邊大肆宣揚，洩露禁中事情的罪狀，顯而易見。

朱棣看過奏摺，當即恨得咬牙切齒，因為他現在正為立了長子朱高熾為太子後，造成的後患而憂心忡忡。二皇子朱高煦因為在靖難之戰中戰功卓著，本來滿懷希望地預備當太子，沒承想，太子沒當成，卻被封為了漢王，要離開京師萬里之遙。

「什麼封王，簡直是發配！」在受封大典上恭敬有加的朱高煦和朱高燧，等到按規矩要到封地的時候，卻突然變了臉，暴跳如雷地大吵大叫。特別是朱高煦，拉長那張在疆場上曬黑的臉，忿忿不平地說，「兒不敢說有功，但究竟犯了何罪，竟要發配到如此邊遠的地方去！小河流水遇到不平的地方尚且要嘩啦地響，兒為何就不能替自己說句話?!我就是想不通，想不通我就是不去那個鬼地方！」

對此朱棣無言以對，他深知自己理虧，但也沒法可解釋清楚。況且這事情也解釋不清。事情就這樣不了了之地擱置下來，三個皇子仍住在京城，將來的摩擦乃至火拼是顯然的，朱棣英雄半世，卻在兒女問題上一籌莫展，他深感悲哀，自然對這個話題也分外敏感。

而李至剛的奏摺正觸動了這心底的隱痛，朱棣毫不猶豫地將以前對解縉的厭惡不滿化作了痛恨，立刻下詔，革去解縉江西布政司參議的官職，調任化州督糧。化州遠在交趾，真正的化外之地，再往前走幾步就出了國門。

就在以天下讀書人楷模自居的解縉顛沛流離的過程中，在道衍和金忠等人的主持下，大典的編寫終於基本結束。正如朱棣所要求的那樣，這部書真正成了曠古大作。當乾清殿中御案上和御道上都擺滿了謄抄得整整齊齊的書卷時，連朱棣也感到了超出想像的吃驚。

這部大典總共一萬餘冊，書中輯錄了自先秦到明初洪武三十年間的各類典籍近八千種，不但包羅了經史子集等百家的著述，更有天文、地理、地方史志、陰陽、醫學、八卦、僧道經文乃至民間流傳的小曲和說書藝人的底本，內容寬泛得幾乎無以復加。大致算來，共分成兩萬兩千八百七十七卷，其中單書目就有九百卷之多，總字數竟達三萬萬！

面對如山的書卷，朱棣此刻更感到當初決策的英明，有了這部前無古人的大書，即便子孫萬代之後，誰能不欽佩地說，這是個文武雙全的英君呢！這樣想著，他信筆在一張大紙上濃墨凝重地寫下了早就縈繞在腦海中的書名《永樂大典》，就以永樂為名，要叫他們知道，永樂曾是個何等輝煌的朝代！

看朱棣豪情滿懷，意氣風發的樣子，道衍最能理解他此刻的心情，他上前一步，語氣有些打顫，但仍洪亮如初地奏道：「聖上，永樂大典之前，也曾有過相仿的典籍，像北齊的《修文殿御覽》，總共三百六十卷，大唐時候的《文思博要》，共一千二百卷，而頗為著名的《藝文類聚》，才僅僅一百卷，就連宋時文人競相引以自豪的《太平御覽》，也只有一千卷。總之，我大明的《永樂大典》絕對是空前，亙古未有啊！聖上文治的功績，綜觀歷代帝王，實在無人堪比！」

道衍的話如錦上添花一般，朱棣心頭難以抹去的灰塵終於輕鬆地抖落許多。他長長地舒口氣：「這還不算完，朕還要叫世人明白，朕到底是何等樣的人君！」聲音雖小，道衍還是聽在了耳中，這個七旬的老僧，眼不花耳不聾，但他覺得自己真的不應該聽見，因為這句話讓自己猛地打個冷戰，熱乎乎的心頓時冷了下去。

而乾清殿沸騰的場景，解縉卻再無法看到了，朱棣並沒有因為大典編寫完的喜悅而放棄他所厭惡的人和事。在一次紀綱照例上朝稟奏民間關於朝廷的議論和一些逃匿的建文舊臣下落時，朱棣似乎並不十分上心地說了句：「朕雖然最尊崇文治，但有些有才無德的文人卻是多餘的，朕並不因為失去這幫人而痛惜，譬如人人稱讚的甚麼才子解縉之流。」

也許朱棣並沒什麼想法，不過隨口說出，但紀綱已忠實萬端地記在心上。這個錦衣衛的頭目知道，既為皇上鷹犬，那麼皇上的每句話都是聖旨，必須領會其中的意思而不折不扣地圓滿完成。

紀綱告退出宮後，立刻不辭勞苦地派人將解縉從遙遠的西南邊境帶回，又送到遠在已被聖上改名為北京的北平，一個大雪滿天的夜裡，紀綱親自出馬，和顏悅色地邀解縉飲酒。許多日子不聞酒味的解縉當然樂得開懷痛飲。待半罈下肚後，他醉沉沉地被人拉到院中，剝光了身上的棉衣，片刻工夫，這個名噪一時的才子就僵硬得如同他身下的大地。

了結了聖上的心思又不動聲色，不至於給陛下招來禍害文人的非議，紀綱很是得意。他想立刻進京去稟奏，以便邀得許多稱讚和賞賜。車馬剛走到半路上，看看尚未過淮河，卻突然被三個灰土灰臉的和尚攔住，其中一個閃過衛士的阻擋，一直撲到紀綱跟前，用嚇紀綱一跳的既驚喜又夾雜希望的嘶啞嗓音叫道：「哎呀，師兄，真叫小弟好找！」

紀綱正在興頭上，忽然被三個破衣爛衫的人突上來打攪，頓時怒氣沖沖，剛要張口喝斥，仔細看一眼近到跟前的大和尚，卻是那個不爭氣的師弟修善，拉長了臉不悅地說：「你來這裡幹什麼，不是說了麼，等你修身養性得差不多了，我自然會去找你來任用。」

見紀綱如今行在路上，車馬如雲，前後衛士盔甲鮮亮，旌旗飄飄地揮舞到半空，真比自己想像中的還要威風，修善暗暗嚥口唾沫，喘著粗氣作出受了委屈的樣子說：「師兄」，見紀綱扭了臉看旁邊的扈從，忙乖巧地改了口，「指揮，其實小弟明白指揮的苦心，無非叫小弟歷練成熟後委以重用。不過小弟也不是為了這個而來，小弟有重要下情稟報！」

「你鑽在荒草窩中，能有什麼下情?!」紀綱知道這個師弟的稟性，曉得他是耐不住寂寞，來混個差使做做，怕自己又像以前那樣回絕，故意找個由頭，也就不以為然地笑笑，滿副的不耐煩。

修善卻很認真：「指揮，話可不能這麼說，向來都是荒草裡邊出毒蛇，無人深潭有蛟龍，小弟在寺院修身之餘，四出走動時，發現了一家建文舊臣，看那氣派，不像個小官。他經常到集市上用些玉器金錠之類的換散碎銀兩，那些玉器精致異常，怕是宮裡的器物，所以小弟想，此人怕來頭不小。」說著上前一步，爬在紀綱耳旁又低語道：「這還不算，單看他家那個娘子，一個京城裡也難找的絕妙美人，還有兩個如花似玉的小姐，就不是普通人家。」

「噢?」紀綱聞言一愣，他知道以目下自己的身分，修善斷然不敢隨口亂說，更不會拿了建文舊臣這樣的大事來誑騙自己。

「指揮想想，建文舊臣竟然出現在指揮家鄉，若叫皇上知道了，那些嫉妒指揮的人再奏上一本，說指揮有意包庇，那……」看紀綱相信了，修善趕忙加把火，搖頭晃腦地說著，瞇縫兩眼不住打量紀綱神情。

「那好，」紀綱略一沉吟，「那你就留在身邊好了，叫幾個班頭多帶人馬，由你那兩個小徒弟引路，將他們不聲不響地抓過來細細審問，若真是建文舊臣，功勞自然少不了你的。」

修善本來以為師兄會叫自己帶幾個人去捉拿他們，這樣自己就可以順手將那個美娘子甚或她的兩個閨女弄到手，好好消遣一番。現在聽紀綱這樣說，也不好辯駁，退一步想，反正出口惡氣的目的已經達到，留在這樣威風的人身邊，總勝似回山野孤寺中。將來到了京城，撈他個一官半職，好娘們還不多的是？

紀綱也不待修善回答，招手叫過幾個隨從，仔細吩咐過幾句，眾人聞命立刻跨馬橫刀地匆忙去了。紀綱送下一口氣，叫修善騎到後邊馬上，喝一聲：「好了，起程！」

當人們紛紛議論修善和尚不知怎的光了身子在路上亂跑，接著又和他兩個徒弟悄悄溜走了的消息時，大家莫名其妙，猜測著怎麼也理不出頭緒。史鐵走在街上，使勁繃住臉憋住心底裡的笑，裝做什麼也不知道的樣子，也跟著議論猜測。只是湊了個陰天下雨的閒暇，悄悄叫來那幾個窮弟兄，大家痛痛快快地喝了一整天。

秀英和秀蓮自然不知道什麼除去惡僧大害的事情，鐵夫人只好有樂埋在心裡，若無其事地照舊洗衣做飯，靜悄悄地來往於田間地頭。雖然還是熱氣不減，但鐵夫人心頭卻浸透了無比愜意。多少時候了，自己從未像如今感到這麼揚眉吐氣，難怪鐵鉉曾說過，壞人好比披了狼皮的山羊，你若一味退讓，他便步步進逼，你若上去將他的外皮揭下來，他便原形畢露，倉皇而逃。

「等見了他，把這個事說與他聽，他還不定樂成什麼樣呢！只是像這樣的事情，怎麼好在他跟前啟口呢？」鐵夫人半喜半憂，又忽然感覺心底升起細縷縷的羞辱，不過看到滿街的人笑逐顏開，連稱這下大害一走，村莊終於可以安寧了，她仍然還是感到自己確實做了件漂亮事。

可是這種喜悅而祥和的氣氛並沒維持多久，隨著一陣急促紛亂的馬蹄騰起滾滾煙塵，村莊頓時遭了兵災似的大亂。但這幫人並沒像以前燕兵和官兵混戰時那樣四處搶掠，他們在兩個光頭僧兵的帶領下，直奔史鐵家門。師父告訴過他們自己遭戲弄的大概方位，並且特別指出門前有棵大柳樹。

那日時候尚早，史鐵還在地裡勞作，秀英和秀蓮姊妹兩個正在史鐵屋裡忙活著生火做飯。猛聽見外邊人聲嚷嚷，群馬嘶鳴，接著通通地將門搗得山響。兩人愣怔一下，面面相覷，不知該如何應付。

見門從裡邊閂住，知道必然有人，外面便擂得更起勁，末了索性一腳揣開。兩個小和尚率先搶進來，抬頭第一眼便看見二門前站了兩個妙齡女子，雖然衣飾略顯粗糙，但娉婷身段依然清晰可見，再仔細看去，白皙瓜子臉龐眉眼無比俊俏。兩人咂咂口水，暗想怪不得師父被勾了魂去，鄉間哪裡見過這等絕妙的尤物！看她們年歲，想來定是師父說的那兩個女兒了，便厲聲喝道：

「你們的爹娘呢?!」

說話間眾人也跟著湧進院子。本來寬綽的院子頓時狹隘許多，殺氣騰騰地令人不寒而慄。

「你們……」秀英大著膽子說了半句，聲音嚶嚶的被淹沒在嘈雜中，秀蓮則緊張得變了臉色，拽住姐姐的衣袖直想往一邊躲，但她知道，姐姐也像她一般柔弱，保護不了她多少，為此她更加緊張。

一牆之隔，鐵夫人早聽見了這邊的喧鬧，她憑知覺便預感到絕非鐵鉉派人來接她們了，或許更大的災禍就要來臨。但她寧可相信自己的直覺是錯的，若不是鐵鉉派人來接她們，這幫人哪會無緣無故地直接找到門上？她想皂隸們蠻橫無理慣了，保不準鐵鉉沒跟了來，他們見窮家破院的，有小瞧的心思，話語就難免衝撞。

這樣一想，鐵夫人忽地血湧腦門，多少委屈山洪爆發般歷歷從眼前閃過，「真的是他來接我們來了麼，怎麼從沒聽史鐵說過？」可是不容她細想，隔壁叫嚷得更凶，鐵夫人急忙整整衣服，開門走出來，站到史鐵那扇被揣倒在一邊的門旁，使勁抬高了聲音說：「眾位差役辛苦了，莫非是鐵大人叫你們來接我娘們的？」

話一出口，鐵夫人忽然覺得自己過於激動，說的太鹵莽些，倘若他們找錯了人，豈不是不打自招，平空惹出許多麻煩。不過再想想，史鐵說了，鐵鉉現在朝中當官，叫他們知道了，正好能透個風聲，或許鐵鉉也正急著找她們呢！

鐵夫人尖聲細氣的話語忽然從背後傳來，令眾人一驚，忙轉過身來，領頭的一個上下打量她幾眼，不溫不火地冷聲問：「鐵大人，哪個鐵大人？對了，你是不是說的鐵鉉?!」

看來朝中鷹犬一旦來到民間，簡直就是猛虎惡狼，連長官的名諱也不顧及了。鐵夫人這樣想一下，點點頭：「正是鐵大人，是他叫你們來接我娘們的？」

說話聲音不是很高，卻叫在場的人都吃一驚，他們竟張口結舌地半天沒答對上來。秀英和秀蓮聽娘和他們一對一答，又見他們這般表情，以為他們是被爹的威名給嚇住了，秀蓮先是拍手跳起來叫著說：「好嘍，好嘍，這下可好嘍，咱們要去京城見爹爹啦！」

此刻班首也回過神來，再走近幾步仔細看看鐵夫人，擰起眉毛歪了嘴角：「這麼說來，你們就是鐵鉉的家眷了?!」

鐵夫人不知道他何以露出這副模樣，但話已經說到這個地步，也只好點點頭：「正是。鐵大人他，他在朝中，身子還好麼？」

時間凝滯般地沉默片刻，忽然眾人爆發出一片惡狠狠地大笑，有個口齒伶俐的接過話頭說：「好，好，當然好了，他都讓皇爺給炸成焦黃色了，比京城的鹹水鴨還油，能不好麼?!」

「什麼，你們……你們怎麼能如此放肆！難道不怕將來我告訴鐵大人?!」鐵夫人預感到真的不妙，一陣頭暈，險些站立不穩，但她還存了一絲希望，希望這是他們粗魯的誤會。但緊接著，兩個光頭從人群中冒了出來，手指鐵夫人叫喊道：「是她，就是她戲弄了我家師父，她的男人就是建文舊臣！」

一看見兩個和尚，又聽他們說什麼師父不師父，鐵夫人頓時明白剛才全是癡人做夢，哪裡是鐵鉉來接她們，分明是那個修善找上門尋仇了！不過這些還不讓鐵夫人特別上心，她最關心的是剛才那個人的話語，便不管不顧地衝他們問：「你們方才說什麼，鐵大人他……他……」

「甭鐵大人鐵大人了，這話叫皇上聽見就得罪加一等。他是狗屁大人，不過一個頑固的建文逆臣而已，早叫皇上給扔進油鑊，炸成黑碳扔進秦淮河裡了。不過這樣也好，反正像他這樣的逆臣，即便落個全屍，到閻羅殿中也少不了下油鍋，早受了罪晚不受！」見自己的話叫如此漂亮的女人花容失色，那人很是得意，一五一十地認真說。

鐵夫人身體劇烈搖晃一下：「此話當真?」雖然這樣問，但從情形上看，必然確鑿無疑了，否則他們也不敢這麼放肆地說長道短。勉強問過一句，還沒等那人回答，鐵夫人覺得天旋地轉，踉蹌兩步，依靠在半斜的門板上，又從門板上滾落到地下。

秀蓮和秀英見狀衝過來「娘，娘」地大喊，鐵夫人能聽見她們的聲音，卻怎麼也睜不開眼看她們，更張不開嘴說話。耳畔嘈雜聲陡然增高，吆五喝六地有人說：「看他們來路真不簡單，先別囉嗦了，都捆起來，等見了紀大人再說！」另有人接過來叫嚷：「還有個男的，也去把他找回來，休叫走脫了一個！」

事情正如自己最壞的預料一樣，鐵夫人更加著急，但她越著急越說不上話，本來眼前還白花花的一片亮光，忽然昏黑如漆，她只覺得身子沉重地墮進無邊深淵，金星四濺著什麼也不知道了。

也不知旋轉著落了有多深，忽然重重地著了地。四周依舊黑得不見五指，她顧不得身子骨亂痛，掙扎著爬動想找到出口。終於眼前慢慢有了些亮光，再往前爬動，一個黑影矗立在光亮的中央。鐵夫人抬臉一看，黑糊糊的半截鐵塔般似人形卻又不像。正疑惑間，那個黑影說話了：「是夫人麼，我是鐵鉉哪！」

「啊?」鐵夫人一驚，「真是你，你怎麼變作這般模樣?這裡是什麼地方?!」

「夫人，」聲調淒涼滄桑，穿透骨髓的陰冷，「這裡是萬劫不復的陰曹，我被燕王那篡位的賊子捉住後，他將我扔進油鑊中炸成了這樣，半根焦木似的沒了人形，連轉世投胎都不能夠。夫人，你我相見，不要說今生，就是來世，也不能夠啦。夫人，燕王賊子何等心黑手辣，是他害得你我自此天各一涯，永世再不能相遇了！」

「不，不！」鐵夫人感到了從未有過的恐怖，她不顧一切的上前抱住那根焦黑的木樁，「我要陪著你，我不會叫你受這樣的委屈！」

可是那根木樁還沒來得及說話，便在她懷中發出一陣碎裂的聲音，隨即轟然坍塌成一堆。鐵夫人撕心裂肺地喊道：「你別走，我跟孩子們離不開你呀！」叫喊著雙手在坍成一堆的碎渣中亂扒，結果除了滿手的黑灰，再無任何聲息。

「啊！」絕望中鐵夫人捶胸大嚎，聲音在空曠中盪起迴響，迴響傳到耳中，如狼嗥一樣，但她已不顧了一切。

「娘，娘！」另一個聲音同樣淒厲地響起，振聾發聵，劇烈的震盪使身子來回搖晃。鐵夫人悠然睜開眼睛，刺目的光亮直讓人心痛。恐怖的場景頓時消散，兩張水汪汪的臉龐正注視著自己。

鐵夫人頓時明白方才不過是南柯一夢，她掙扎著坐起身，看看四周，亮堂堂的房屋中絳帳長長地直垂地面，陽光透過來，發出曖昧地紅暈，淡淡地胭脂香氣瀰漫蕩漾。

「這是什麼地方？」她仍能記起方才的混亂場景，一時弄不明白那幫人怎麼突然消失，她們又怎麼來到這樣官家臥房一樣的屋裡。莫非方才真的是誤會，那幫不知天高地厚的下人和自己開玩笑，鐵鉉真的將她們接來了麼？可那兩個光頭和尚卻明明在跟前，還「師父，師父」地說話，分明和修善有關聯了。這到底是怎麼回事，她沒能立刻反應過來。

聽娘這樣問起，秀英和秀蓮頓時水汪汪的臉上一紅，不知該如何回答。有個嘶啞的男人聲音傳過來，似乎和這滿屋脂粉氣味很不協調：「夫人，你昏睡這麼多天，謝天謝地，終於醒過來了。來，快叫夫人喝口糖水，潤潤喉嚨。」

秀蓮答應著連忙端過一個細瓷茶盞來。鐵夫人留意一下，那茶盞晶瑩剔透，繪著仕女圖的彩釉光亮閃閃，精致得斷非普通人家的器物。她這時才看見史鐵也站在一旁，但口渴得厲害，大口吞嚥下水，才忙不迭地繼續問：「這是什麼地方，鐵大人他……他到底怎麼了?!」

史鐵卻沒立刻回答她，看一眼垂目而立的秀英和秀蓮，低沉地說：「好了，你娘總算沒事了，幾天了，你倆也累得夠嗆，先到一邊歇息片刻吧。」

鐵夫人見兩個女兒答應著撩起帳幕進了別室，覺得她們神情很有些怪異，更急不可耐：「史鐵，你快說，鐵大人，他，他到底怎麼樣了?!」

在鐵夫人眼裡，史鐵田間勞作風吹日曬下，臉膛比起剛見到他時，紅黑了許多，身材也更壯實，但此刻，他卻哆嗦得如同風雨飄搖中的枯黃樹葉，瑟瑟地似乎隨時都會零落。

「夫人，」史鐵悶著頭終於開口了，「夫人，其實……其實鐵大人他被現今新皇爺捉去後，怎麼也不肯委曲求全，實在是千古難得的……忠臣，」說著話，史鐵小心翼翼地向窗外看了看，「鐵大人他不但不肯當那沒一點氣節的貳臣，還當著新皇爺的面罵他是篡奪皇位，結果惹得人家大怒，就把鐵大人給……給害了。」

等史鐵吞吞吐吐地說出來，鐵夫人倒並沒他想像中那樣哭嚎，她彷彿早有準備似的，神情出奇的平靜：「那麼，他們說的將鐵大人扔進油鑊中的事情也是真的了？」

「倒沒那麼厲害，」史鐵穩穩神，見鐵夫人心平氣和，說話也就流暢了許多，「現如今錢越捎越少，話越傳越多，有幾個大臣倒是受了酷刑，像方孝孺等人，底下百姓根據傳聞隨心猜測，自然也會拉扯到鐵大人身上，夫人不必相信。」

「哦，」鐵夫人面無表情地點點頭，隨即望望輕風拂擺的絳帳問，「這是什麼地方？既然鐵大人得罪了這樣的新皇帝，按說我們這些作家眷的，當然也是死罪了，怎麼反倒給供養起來？」

史鐵身子不經意地抖動一下：「夫人，說來也是命，本想在鄉下平平安安地這麼過下去，等日子久了再跟夫人慢慢提及這事。誰承想無意當中得罪了修善那個天殺的和尚，他知道受了我們的捉弄，氣不過跑去找了他那個什麼叫紀綱的師兄，人家是錦衣衛北鎮撫司提督，皇上跟前的紅人，專門替朝廷拿人。紀綱聽修善說過起，就派人來捉拿夫人小姐，我在地裡也被他們帶了來。他們知道夫人就是鐵大人的家眷後，曉得鐵大人在皇上眼裡可不是一般人物，便趕忙派人騎了快馬去請示紀綱，紀綱聽後更不敢怠慢，立刻寫了奏摺八百里快遞交到朝廷手裡。」

史鐵頓了頓，見鐵夫人半倚在床榻上，神態比方才更安詳，暗鬆口氣，傾耳聽聽四周動靜接著說：「新皇爺現在怒氣已消，回想起當初戕害忠良臣子，也頗有幾分內疚，正好趕上這個茬口，就特意頒詔，下令赦免建文舊臣家眷的死罪，只是……發配到各青樓中……這裡便是濟南大明湖畔的胭脂街，紀綱奉皇上聖旨，命令押解咱們的人到濟南時就地安置……夫人，我自稱是鐵大人的一個老家員，自小受了……閹割，照顧夫人小姐的，他們就讓我也跟了來……夫人！」

聽史鐵遮遮掩掩地吃吃說著，臉色似乎害羞地泛紅，鐵夫人卻面皮更加煞白，但她沒有哭喊，甚至連眼睛也沒眨一下，「史鐵，難為你如此費心費力地照顧我們娘仨，可惜天算人算死，我們終究沒能逃過這一劫。不過也難怪，俗話說，家中百事興，全靠主人命。主人的命都沒了，這家能有個好結果麼？唉，史鐵，你過去叫秀英和秀蓮她們過來，我想跟她們說句話。」

「哎，」史鐵長出點精神，「難得夫人這麼通達情理，凡事都得想開些，人不是常說麼，百般東西當中，就數人變化最快，要想不變，除非三尺白布蓋住臉。誰還能沒個有災有殃的時候，只要想開些，慢慢自然會變好。」絮絮叨叨地說著，見鐵夫人有點心不在焉，好像在想別的什麼事情，史鐵忙知趣地繞過帳幕，去叫秀英和秀蓮了。

秀英和秀蓮其實並沒走遠，況且這裡也沒地方可去。她們被那幫凶巴巴的錦衣衛扯來拽去，早已嚇得六神無主，本指望娘能給壯點膽，但娘一直昏睡著，躺在木輪車上吱吱扭扭如泣如訴，更叫她們驚慌。幸虧有史鐵哥在一旁招呼著，又向錦衣衛們講好話，又暗中給這個那個的塞零碎銀子。

在秀英和秀蓮印像中，史鐵總是老實巴交的，沒想到如今他這麼靈活有眼色，叫她們多少有點吃驚。但不管怎麼說，總算沒人再惡狠狠地吆喝或色迷迷地盯住自己不放了。當她們最終被送到這裡時，有許多花枝招展的娘們圍攏上來指指點點小聲議論，不時爆發出一陣浪笑。錦衣衛則放開她們身上枷鎖，急不可待地扯拽著那幫娘們調笑著走到各個房中。

秀英和秀蓮從小受了爹的感染，素來舉止灑脫，見這副情形，不禁皺了皺眉頭。一個半老婆子過來，扭動水桶一樣的腰，將她們從上到下打量幾遍，目光錐子似的讓姐倆很不舒服，她們感覺自己好像牲口一樣被人瞧來瞧去，索性「哼」一聲背過臉去。

「呦呵，模樣倒是挺俊，一個賽過一個地俏，脾氣也不小，」那婆子也不生氣，拿腔拿調地說出一個字來能拐幾個彎。錦衣衛班首見狀將那婆娘拉到一旁，兩人嘀咕半晌，婆娘忽然鴨子般呷呷大笑，邊笑邊往她們姐妹身上看。

「姐，這是幹什麼嘛，一幫騷娘們！」秀蓮氣嘟嘟地說，秀英卻感到了什麼，緊張著臉沒顧上回答。還是史鐵乖巧，他將姐倆趕緊領進躺著鐵夫人的房裡，就聽婆娘在窗外喊了聲：「都是官宦人家小姐，走到這一步挺不容易，為娘的我能想通。這樣，既然進了這個門，往後就成了一家人，老娘我也不為難你們，先照顧兩天病人，等歇息過來了，再梳頭接客也行。」

「接客?接什麼客?!」秀蓮沒聽明白，扭頭問姐姐，秀英依舊悶不作聲，眼圈紅紅的想說話，可看看雙目緊閉的娘，又忍住了。「姐，你說，咱爹當真不在世了?!」秀蓮想起姐姐在路上偷偷哭過幾回，可她自己總不能相信錦衣衛們的話。

秀英還是沒回答，但這次長長歎了口氣，這一聲歎氣，使她在史鐵和秀蓮眼裡頓時長大許多。娘在這裡又昏睡了一天，直到現在，已是來這裡的第二天了，娘終於睜開眼睛，這讓三人都放下懸著的心。

聽說娘叫自己過去，秀英和秀蓮慌忙撩開帳幃走上前。她們剛撩開帷幕時，眼尖的秀英分明看見娘往嘴裡塞進了什麼東西，伸長了脖子硬嚥下去，嚥得很艱難，眼睛都費力地突起老高，一直等她們走到跟前時，才恢復點平靜。

「娘，你好些了麼？」秀蓮走過去，俯身貼在鐵夫人臉上，歡喜地問。

鐵夫人輕微點點頭，忽然神情肅穆地說：「秀英，秀蓮，叫你們走到這一步，為娘的實在對不住你們，可……這也是天意，娘實在沒辦法挺過去。但不管怎樣，你們若叫人……娘就是在陰曹裡見了你爹，也沒臉跟他說。秀英，你年齡大些，要照顧好妹妹，她自小生長在高牆大院中，什麼也不知道，倒是你跟你爹出門轉悠過幾回，凡事多照應。為娘實在不想拋下你倆，可事情到了這一地步，娘真挺不住了……不過有你史鐵哥在，娘也放心些。」

聽她說話的口氣不對，秀英警覺地說：「娘，你胡說些什麼，上回你跳湖，引來大禍，差點兒叫人家抓走，這回可千萬別幹傻事了。」

鐵夫人淒然一笑：「唉，其實這次還是娘惹來的禍。人都說捉賊不如放賊，娘是一時糊塗，得罪了小人。現在說什麼都晚了，只是剛才娘的話，你倆一定得記住。再有，娘還有一句最重要的話，你倆千萬別忘了，」說著她緩口氣，加重了語氣，「寧可玉碎，不能瓦全！」說罷怔怔地看著她們。

秀蓮尚懵懂間，不知娘忽然鄭重其事地說出這樣的話來是什麼意思，但秀英當即就聽明白了，她一改這幾天平靜的神色，叫聲「娘！」哭跪在床榻前，「眼下孩兒好比游魚撞到網上，不上人家的套，又有什麼辦法?!娘，我其實早就打算好了，等見過你一面，我就……」

「不許胡說！」鐵夫人忽然怒睜了眼睛，但隨即又暗淡下來，「孩子，人家都說，富貴定要安本分，貧窮不必枉思量。話雖這樣講，咱現在是最貧最窮的時候，但為娘還是胡亂思量出個主意來，保住你倆也保住你爹的清白。總之天該塌時誰也攔不住，災禍來了也別怕。你倆千萬記住為娘的話，聽你史鐵哥安排。你倆先出去，叫你史鐵哥過來。」

看鐵夫人越來越煞白的臉，兩人雖然滿肚子話，卻也不敢違背，忐忑地蹭進帳後。史鐵匆忙走出去，就聽兩人低聲說了許久，史鐵「哎，哎」地連聲答應著，忽然驚叫一聲：「夫人，你的嘴……血，夫人，你……」

鐵夫人低聲又說了句什麼，史鐵接著就帶出了哭腔：「夫人，你不該這樣呀，夫人，我這就去找先生，我……」

秀英和秀蓮聽那口氣忽然覺得不對，急忙衝出帳幕，面前的景象令她倆目瞪口呆，床榻上剛才還面色平靜的母親，不知怎的口角血絲游移，瞬間又鮮血奔湧著大口噴出，血花濺在白色被面上，朵朵如梅花綻開。

翠微端緒忽心驚

「娘！」姐妹兩人同時撲上去，「你這是咋啦，娘?!」

史鐵面色灰黑，略微扭過臉：「你娘不想讓你們看到她這副模樣，她太累了，想去找你爹，她……吞了藏在身上的金子，你們別攔著了，叫她靜悄悄地放心去吧……唉，除了死就再沒大災，你娘終於解脫啦……」

姐妹兩人泣聲哀哀，跪在床頭不知該如何是好。鐵夫人勉強微睜開眼，張著被血糊住的嘴緩緩說：「記住娘的話，凡事聽史鐵哥的安排！」

伴著話聲，一股鮮血噴薄而出，直濺滿兩人全身血花點點。

姐妹二人被眼前情景驚呆了，瞪大了雙目眼睜睜地看著娘側臥在血泊中，疲憊已極地鬆弛下蒼白的面色，閉上了曾經在她們心目中美麗異常的眼睛。

沉悶片刻，秀英似乎忽然明白過來怎麼回事，撲上床榻，呼天搶地搖晃著鐵夫人的身體，變了腔調的呼號聽上去令人周身發冷，不但驚動了整座小樓，就連秀蓮也被嚇得跪在床前不知所措，滿眼含淚卻哭不出來。

史鐵忙著在一旁勸說，老鴇急匆匆趕上來，正要張口怒罵，待看見滿床滿地都是血跡，吃驚地呆愣片刻，忽然見鬼似的用手帕捂住嘴，緩緩向門口退，砰地撞到門框上時才醒悟過來，扯嗓子喊一聲：「快來人哪，這裡殺人啦！」一邊連滾帶爬地跌下樓去。

隨著喊聲，這座「含苞樓」頓時亂成一團，不大工夫，整條「胭脂巷」都給驚動了，那些從未見過如此淒慘景象的男女或處於好奇，或極度無聊，紛紛湧過來，人頭攢動，議論聲一浪高過一浪。史鐵站在窗邊看見院中景象，心中暗暗說：「夫人放心好了，你快看，情形正如你料想的一樣。」

不大工夫，正在各閨房取樂的錦衣衛和官府人馬幾乎同時趕到。他們驅散人群，上樓來查看情形。結果自然十分簡單，這個官家夫人受不了倒楣後的窘境，自行了斷了。對於這種事情，官家差役和錦衣衛們都不陌生。前兩年，皇爺剛登基時，建文舊臣的家眷被發配到邊地充當奴役的，簡直數以十多萬計，其中不乏受不了折磨，一頭撞死在路旁石碑上，或趁人不注意栓根繩子上了吊的。但死在青樓中的，倒還是第一回。

不過這也不算什麼奇怪，眾差役在樓上沒停留多大片刻，便罵咧咧地下來，領頭一個濟南府都頭轉身吩咐抖作一團的老鴇：「當心些，聽說皇上仁慈異常，已經開始赦免原先建文舊臣的罪責，所有家眷都可能以原先官爵來對待，倘若真是那樣，將來她們就不難在朝廷中尋個親舊，到時人家一句話，你這小店就開不成，別太為難她們……」看看眾人走遠些了，便壓低嗓音，「這可都是上邊暗傳的消息，我知道老娘仗義，先給你透個風，怎麼樣，那邊新來的什麼青青姑娘……」

老鴇忙拱手作揖地打哈哈：「官爺這麼上心，那還有的說？明兒官爺早些過來就是。」兩人說著走下樓去。少頃有幾個下人過來收拾屍體，史鐵和秀英、秀蓮見狀圍住床榻哀哭不止，怎麼也不讓他們搬走。

下人們不敢自作主張，忙去請示老鴇。老鴇得了都頭準信，態度果然有些變化，語氣和悅了許多。等她聽史鐵含淚訴說，夫人死時有過交代，她最不放心的就是這兩個閨女，她死後，一定得埋在正對著這間房子的樓後邊，「夫人說了，她注意過，樓後有一大片荒地，她要時刻看護著兩個小姐，如若不答應，她和鐵大人的陰魂也不得安寧，每夜都會光顧這裡。」史鐵一把鼻涕一把淚，說的有板有眼，聽得老鴇心驚肉跳。

老鴇身在濟南，自然知道鐵鉉，鐵鉉是如何慘死的，她也聽說過。眼前這個鐵鉉夫人又渾身血糊糊，叫她不敢細瞧。老鴇早就聽人說過，慘烈而死的人都會變作惡鬼，隨意會到什麼地方去撒撒怨氣。

十個生意人，九個信鬼神。老鴇本來就指望和氣調笑吃飯，連人都不敢得罪，自然對鬼神作祟不敢掉以輕心。但若將屍身埋在樓後邊，這生意還怎麼做，守著個死人，哪個客人還有心思尋歡？老鴇著實有些為難。

秀英見狀，拉妹妹一起跪下，眼淚和著臉上迸濺的血跡蜿蜒流下：「這是母親最後一點心願，若不答應，我姐妹反正也沒什麼可掛戀的，倒不如一頭撞死在這欄杆上省事。」說著眼光朝門外走廊的紅漆柱子上掃。

死一個就已經鬧得沸反盈天，聽她倆也要尋死覓活，老鴇更加驚慌，忙壯了膽子說：「好講，好講……你們聽我老婆子說，大家既然走到這裡，也算緣分，誰也甭使勁為難誰……這樣，你們趕緊收拾俐落了，等半夜時分，我叫兩個人來，偷偷給埋在後邊，可有一樣，別叫客人們知道了。」

史鐵聞言鬆下一口氣，當他聽到老鴇下樓時嘟嘟囔囔地說：「這幫天殺的官人，還說什麼一下來了三個絕色的，白花花的銀子水般地往進流。結果剛來就死一個，剩下兩個小丫頭片子倒是模樣不錯，可還得提心吊膽不能硬來，唉，可惜叫他們先糊弄走幾十兩銀錠子！」史鐵當即心裡萬分慨歎，夫人用心太良苦啦！

鐵夫人匆忙下葬，靜悄悄掩埋在樓後的荒草叢中，黑褐色泥土堆起一個不起眼的土包，寂寞而冷清，守望她的，只有夜夜女兒窗外隱約的孤燈，還有大明湖中夜闌時傳來陣陣波濤。大明湖畔是鐵夫人幾年來最熟悉的地方，有多少次，她帶著兩個女兒徜徉於明媚春水旁。而今物是人非，一切都化作了雲煙。但能讓母親停留在大明湖旁的如煙往事中，秀英和秀蓮還是略微安心些。

秀英還特意留神聽過，來這座「含苞樓」中取樂的客人大都在前邊，他們的猥瑣淫笑被重重簾幕和牆壁隔斷，這裡根本聽不到。她就更放心了，能在這樣的污濁地方給母親尋一片安身處，實在太不容易。

無論哀傷與震撼有多大，時光流水沖刷下，一切都漸漸變得淡漠。許久以後，老鴇終於忍不住地上樓來，先將秀英拉到一旁，和風細雨般地循循教導地說：「鐵小姐呀，你看，雖說你是官宦人家的小姐，可如今情勢變了不是？皇上既然開恩赦免了你一家的死罪，只讓你們來這裡……其實這也沒什麼，女人嘛，跟誰不是跟的，客人給了銀子，自己也快活，何樂不為呢？小姐，我聽說你自小書畫彈琴樣樣都通，這可是取悅客人的好本錢，若小姐有意，我包管給小姐尋一個風流倜儻的客人來梳攏，不叫小姐掉了身分，小姐只要能開了頭，肯定叫你有這一回，還想下一回，只要小姐帶了頭，小姐那位妹妹自然……」

話沒說完，秀英已經通紅了臉，放聲悲戚戚地哭叫起來：「娘呀，你丟下女兒也不管了，留我姊妹孤零零的可怎麼辦哪！」越哭越傷心，聲音也越來越高，老鴇立刻想起當時血淋淋的場面，況且屍身就在窗外埋著，她若將這事情吵嚷得人人都知道，那這生意還怎麼做下去？連忙心驚肉跳地起了身，一邊說著：「好小姐，你再想想，」一邊慌不迭地走出去。

如此幾回反覆，卻始終和秀英說不成一句話。想對秀蓮講吧，看她身材瘦小，滿臉稚氣的，更說不出個所以然來。老鴇就真有點急了，想想自己召她們來，是花了很大本錢的，現在放著銀子賺不到手，況且又得每天飯菜照應，沒利還要倒貼，這樣的事情她何曾做過！更叫她為難的，有都頭的話在先，還不能來硬的。老鴇整日在江湖中混，深知世情變幻，保不準真有一天皇上下道聖旨，原先處罰的舊臣一律免罪，這鐵鉉可是朝中不小的官，親舊定然不少，倘若那時這兩個丫頭告上一狀，自己大半輩子苦心積攢可就真成流水了。

思來想去，老鴇忽然想起史鐵。這個自己說被閹割了的男人，看樣子還老成持重些，眉眼也頗靈活，看情形兩個小姐最聽他的勸告了，對，就找他說說，叫他來勸兩人接客。

拿定這個主意，老鴇趁了一個機會，將住在隔壁的史鐵叫到樓下，好酒好菜地擺上一桌，使出當年纏人的手段，硬扳住史鐵坐了，連勸酒帶敬菜，末了總算將意圖給說出來。

史鐵知道眼下處境，含含糊糊地答應著，好歹脫身回到房裡。有點醉意的史鐵輾轉反側，想起這些年的變遷，許多原本生動而現在已成往昔的人影交替出現在眼前。他除了感慨，接下來便是無路的悲哀。「總這樣下去，即便到底不接客，可又有什麼出路呢？」

整個晚上，史鐵都在想這樣的問題，他翻來覆去，始終理不出個頭緒。忽然他想起了以前在家裡時，聽人家說書人講起過的故事，說有小姐落難，被迫進了青樓，後來遇見了又有才又好心的公子，最終公子將小姐贖出，成就了一段美滿因緣。

那些故事在他這幾年滄桑的心中已經模糊不清，但大致情節還是能回想出來。史鐵心頭一動，「樹挪死人挪活，挪騰挪騰，總比死守下去強。」

面對秀英，史鐵感到很多話實在難開口，看事到如今，不說也不行。瞅出個秀蓮不在身邊的機會，史鐵咬咬牙，破例地擺出一副長輩的架子，語重心長地對秀英說出了自己的打算。秀英身在此地，也不再十分羞澀，低頭仔細想想，也覺得是這個理。爹娘都不在了，凡事還得自己拿主意，一味地羞答也不是辦法。

「史鐵哥，你說的也是，只怕一旦上了那婆娘的套，到時候就身不由己了。」秀英滿臉通紅，語氣卻很沉穩。

「不礙事，」史鐵滿有把握，「有你娘在呢，若有人強逼，小姐只管哭泣，給他說出真相，墳堆跟前，任他誰也沒那心思。」說過後，史鐵覺得自己臉上也發燒，可不說出來，又有什麼辦法？世道啊，什麼尷尬事都能讓你做出來。史鐵忽然想起，當初澤生不是親眼看著自家媳婦跟了建文皇上的麼？

不出兩日，史鐵就找到老鴇，說在自己苦心勸說下，秀英終於答應下來。老鴇聞言，歡喜得雙眉亂顫，搖錢樹終於能搖下錢來了！看她合不攏嘴的神情，史鐵不動聲色地接著說，小姐雖然答應接客，但有幾個條件，若不應允，便寧死不從。第一，給客人彈琴可以，但不開口唱，更不學什麼淫詞小曲；第二，有她接客，就不能再逼秀蓮；第三，所接之客，要由自己挑選，不中意的，不能逼迫，不管什麼客人，絕不留宿過夜；第四，若遇到中意之人，可以由人家贖出從良，不能漫天要價。

老鴇聽著暗自冷笑，只要你開一點口子，老娘我就有辦法，天長日久，石頭縫還越裂越大呢，還怕你不走了別人的老路？常言說的好，樹起招兵旗，就有吃糧人，有這樣一個臉蛋，用不了多久，就能等著收利錢啦！

「好說，好說，就依小姐，老身一輩子生意場上打混，凡答應了的事情，絕不反悔。」她信誓旦旦地連聲答應。

當年鎮守山東的最高長官鐵鉉閨女要接客了，消息一傳開，滿濟南城中的少年公子，富豪商賈，甚或包括一些衙門官吏，出於好奇的心理，爭相專來「含苞樓」，點了名叫秀英小姐陪坐彈琴。秀英既然走到這一步，也只好無奈地出來作陪。但不管對方身分如何，臉上總冷若冰霜，從未有誰見過她一絲笑意。時間一長，「含苞樓」出了個冷美人的消息就越傳越廣，但客人非但沒有因此減少，反而有更多人來光顧，爭相一睹風采。老鴇整日望著手中雪白銀兩，樂得不知如何是好，慶幸當初打對了主意。

光陰荏苒，秀英就在這樣熱熱鬧鬧的寂寞中捱過一天又一天。好在有史鐵不時勸她耐心等待時機，又有秀蓮無憂無慮地隨意生活，秀英才感到些許安慰，她每天都會情不自禁地想到母親，正是她在如此惡劣的景況下，拼了一死才保住兩姐妹的清白。可憐天下父母心啊！一想起這些，秀英便有了更多求生的欲望，她不能讓母親失望，要尋找機會，更好地活下去。

終於有一天將近傍晚時分，「含苞樓」忽然來了一位俊俏公子，長長的白綾灑花錦袍，直垂到腳跟，踏雙粉底的烏靴，腰間束條五色絲縧，隨意而灑脫。青巾下方正的臉龐更顯白皙，濃眉大眼，雙目流光四顧，不用問，肯定是有錢人家見多識廣的貴公子。

那公子在幾個家人前呼後擁下，輕搖竹扇，象牙雕刻而成的扇柄分外顯眼，更增添一番富貴氣派。甫進大門，公子便旁若無人地大聲吆喝：「這不就是含苞樓麼，冷美人呢，叫過來讓本公子瞧瞧！」

老鴇何等眼神，一看就知道財神爺臨門，慌忙邁開碎步迎上前：「哎喲，這位公子，今兒有工夫來坐坐啦？公子且到樓下歇息片刻，有上好的龍井解渴，老身這就上去通報！」

秀英正臨窗而坐著想心事，聽到外邊院中咋咋呼呼喊叫，知道又是哪家俗不可耐的公子哥兒來無聊，厭煩地「哼」一聲，起身要往內室裡走。

老鴇已經通通地三步兩步奔上樓來，一把扯住秀英的袖子：「小姐，小姐，你看看是誰來啦，那公子，要模樣有模樣，那氣派，只怕是濟南哪家頂頂有錢的莊戶呢！」

對於老鴇的話，秀英早聽得不耐煩了，在這個老婆子眼裡，有錢便是好人兒，她的話半點都不能信。況且剛才那氣勢，分明就是個浪蕩公子，於是不耐煩地抖抖衣袖：「我累了，精神也不大爽利，不想見他！」

老鴇見狀有點為難，僵立在原地不知該怎麼勸說。正巧史鐵提了大茶壺沿樓梯上來，自從秀英開始接客後，史鐵就充當了原先自己向錦衣衛們說的家人角色，提壺燒水地幹些零碎活。不用問，一看情形就知道了怎麼回事。史鐵放下手中茶壺，衝秀英使個眼色，一邊卻對老鴇說：「小姐我自能勸說想通，還是將樓下客人先應承好了要緊。」

老鴇聞言一顆心放回肚中，連聲答應著笑嘻嘻走下樓去。見老鴇走遠了，史鐵一本正經地說：「小姐，剛才那個公子我看到了，雖然表面上咋咋呼呼的，可看他骨子裡卻不像那種紈袴子弟。小姐，不知怎麼回事，我覺得那人好生奇怪，好像在哪裡見過似的，可一時又想不起來……」史鐵想說自己印象當中是在皇宮裡當太監時見過些影像，但想想又沒說出口，話語一轉，「不管怎麼說，機緣是撞的，俗話不是說尋親不如撞親，即便是機緣，不撞也會當面錯過……」

秀英自然相信史鐵，咬了嘴唇點點頭。就聽樓下那公子又叫喊起來：「怎麼回事，這鐵小姐架子鑾大嘛，半天也不見動靜?!」

就聽老鴇忙不迭地回答：「小姐知道公子不比旁人，自然要精心打扮一番，公子莫急，待小姐梳洗後自然相邀。老身這就上去看看。」

說著話，通通地腳步聲響走上樓梯。史鐵代秀英迎面說：「小姐答應見見他，屋裡也收拾好了，叫他上來吧。」

「哎，好，好，」老鴇大赦似的笑瞇了眼睛，走到樓梯半截揮動手帕招呼一個丫頭，「快些，小姐有請公子上樓！」

話音剛落，樓下的公子已經聽到，也不用招呼，大模大樣地走上來。老鴇趕緊在一旁侍侯，那人卻擺擺手：「忙你的去罷，本公子和小姐單獨待一會兒，也不吃也不喝。謝呈銀子小廝自然會多算給你。」

看老鴇扭動著肥腰走下去，公子扭過臉緩步踱到秀英閨房門口，抬頭迎面看見後壁屏風上掛了一幅卷軸，淡淡的水墨山水上一行字特別醒目，不由得輕聲念出口：「自古傷心唯一死。」隨即又搖搖頭歎息道：「可欽佩倒是可欽佩，不過普天之下，傷心者又何止一人哪！」

聲音雖然不高，卻鏗鏘有力，叫站在門口的秀英頓吃一驚，來過這麼多的客人，除了個個一副色迷迷的模樣外，幾乎都沒什麼別的表情，倒是這位剛開始印象不太好的公子，反而顯得與眾不同。

隨著自言自語般的歎息，那公子抬腳跨進屋門。秀英著意地向他打量一下，暗吃一驚，果然正如史鐵說的，自己也好像在哪裡見過他，但情急之下又想不起。那公子卻老熟人似的晃晃手中扇子，大搖大擺地沿雕花書桌旁坐下：「小姐果然如傳說中一般，好字好畫！」

見他這樣，秀英也不再拘束，在桌子另一邊坐下：「啊，這位公子尊姓大名？」

那公子看看窗外，又對了秀英仔細看一眼，嘴角流露出幾分神秘地微笑，不緊不慢地說出一句：「唉，待月西廂下，月圓人未圓。」

「啊?!」秀英悚然一驚，簡直要跳起來，那熟悉的詞句，那熟悉的聲音，一下子將她帶回了很久以前。

那時她才剛十歲出頭，父親還在朝中為官。當時她家住在存義街附近，和時任東宮侍講的方孝孺是鄰居。方孝孺的最小兒子方志翔，比自己大兩歲。由於鐵鉉向來將兒子閨女一同看待，也讓秀英去家門附近的私塾讀書。當時她就和方志翔在同一個學堂裡，兩人經常一起上下學，相談得特別投機，真可謂青梅竹馬，兩小無猜。

但過了一年多，鐵鉉奉命調往山東任職。接到聖旨後，鐵鉉便忙活著收拾東西，秀英則抽空到學堂中辭別先生。不巧的是先生有事出去了，秀英便在先生屋中翻看他的存書。見先生案頭擺放著一部《西廂記》，秀英早就聽人說起過這本書，卻從沒機會見過，便好奇地翻開來看。正好隨手翻到第三章第二折上，禁不住吟詠起裡面的一句：「待月西廂下，」話音未落，門外有人走進來對出下句：「月圓人未圓。」

秀英以為先生回來了，嚇一大跳，慌亂中一看，原來卻是方志翔，半是驚喜半是嗔怪地捶他一拳：「好你，這等禁書也偷看過，看我不向先生告你狀！」說罷又感覺到自己的失態，紅了臉扭捏著站在那裡。

方志翔卻毫不介意：「什麼禁書，你沒聽先生說麼，秦始皇焚書而書存，如此說來，《西廂記》禁書而我偷看，不是很自然麼？秀英，聽說你要走了，同學一年多，滿堂同學，總覺得和你說話最知己，還真有些捨不得。我這裡有兩把玉柄的竹扇，是父親十分喜愛之物，我要了好幾回才給的，現在咱倆一人一把，等有機會再見時，要是咱們都長大了認不出來，這扇子就是物證。」

當時儘管還小，但彼此心底那點愛慕親切之心卻特別深刻，以致秀英時時會在夢中隱約記起，成了最甜蜜的回味。

見秀英陷於沉思中，那公子似乎有意識地再晃了晃手中那柄竹扇，手柄處象牙一樣潔白光亮地劃過一條弧線，閃電般令秀英完全明白過來，她驚喜交加地上前一傾身：「啊？真的是你？你不是……」

那公子再看看窗外，低低的嗓音說：「小姐莫張揚，快坐穩了，家父和全族受難那日，我正好趁學堂放假時機到一個遠房舅家去玩，半路上聽了人報信，就趕忙逃脫，故此倖存。」

秀英流露出難以抑制的喜悅，冰冷得幾乎已經忘記了笑容的臉上忽然笑靨如花，隨即著急地問：「那，這幾年……」

方志翔忽然啪地收了扇子，抬高聲音說：「千金難買美人笑，本以為是古人故作誇張，今日看來，果然如此呀！」

秀英見他忽然變了話題，正疑惑間，門簾一挑，老鴇笑瞇瞇地進來，手捧一個托盤，上面幾樣小茶點和一個紅泥小茶壺。「來，今日貴客上門，老身親手伺候，」說著一一擺上。

「不用這個，煩勞老娘吩咐一聲，叫我帶的下人弄幾樣菜來，本公子興致所至，要與小姐飲上兩杯。」方志翔老練地擺擺手，大聲說道。

老鴇一愣：「酒菜不勞公子費心，咱這樓中就有現成的，只是……」她看看秀英，這個鐵面小姐來含苞樓中三、四年了，雖說勉強可以陪客人坐坐，偶爾也飲幾杯茶，但陪酒卻從沒答應過，這叫她有點為難。

秀英自然明白她的意思，作出大度的樣子說：「既然公子熱心，秀英奉陪便是。」

「那好，那好，」老鴇簡直大喜過望，不相信似的答應了，快步下樓去張羅。沒等走到樓下，她就想通了，「幹咱這一行的，自古都是老鴇愛錢鈔，小姐愛俊俏。什麼冷面美人，看來也不是鐵板一塊。這下好了，有第一次就有第二回，用不了幾回，她就能答應和客人那個，嘿，那銀子可就……」

老鴇如同過年般歡天喜地，又不大放心這位是什麼來頭，便忙裡偷閒地湊到公子帶來的下人跟前，陪了個小心問：「各位辛苦，老身特意安排點酒菜在廚下，不成敬意。敢問你家公子高姓？」

幾個下人你一言我一語地回答說，公子姓徐，是四川巡撫徐大人的公子，來濟南辦事，聽了含苞樓什麼鐵面小姐的大名，特意來會。這下老鴇心中更有了底，面對如此來頭，暗暗叫佛，「怪道以前時不時兩眼皮就跳，這幾天卻再不跳了。人都說兩眼梭梭跳，必定晦氣到，看來老身我晦氣終於過去，財神爺來了！」

見老鴇退出屋去，樓下一片忙碌地喧鬧，秀英舒口氣，急急問道：「果真是方年兄，那這幾年你漂泊到了何處，如何能這樣闊綽地來到這裡？」

方志翔卻並不急於回答，仍舊看看窗外，拉長聲調說：「聽說小姐工於詩畫，我雖讀書不精，卻也對吟詩做對頗感興趣，我這裡有小詩一首，請小姐指點。」說著遞過一卷軟綿綿的宣紙。

秀英展開來，見上面寫道：

暗香浮動倚雲栽，
中有花心吐蕊來。
行看遙天雪飛舞，
事同滄海苦徘徊。

秀英何等心纖，大眼一看，便明白其中詩頭藏著「暗中行事」四個字。知道方志翔的意思是說，這裡說話不大方便，並且秀英看他那副表情，似乎還有更大的打算，便默契地點一點頭，不再提起這個話題，只是心不在焉地談論起詩詞之類。為了叫老鴇不看出什麼異樣，秀英還操起古箏，輕奏一曲《醉花陰》，清雅悠揚的曲調傳遍樓上樓下。

熱騰騰的酒菜一一端上來，二人緩酌慢飲，閒聊著打發時光。待飯飽酒足時，看外邊天色，暮氣靄靄中，夜色悄無聲息地降臨下來。大門內外的燈籠都點亮了，暈紅的光更顯出靜謐。屋裡紅燭高燒，朦朧中似乎霧氣裊裊，分外沉靜。

仔細聽聽，外面逐漸安靜許多，尋歡客人大多都在前院，調笑聲若有若無。老鴇在樓下招呼丫頭：「快去鐵小姐房中，將碟子碗盤的收拾整齊了端下來！」秀英急於知道方志翔的情況，忙邁步到闌干旁，對了下面說：「不用上來了，這裡有人收拾。」

老鴇知道秀英說的是史鐵，也就不再說什麼，急忙跑到前院招呼逐漸而來的客人。方志翔放下手中酒盞：「這裡既是小姐妝樓，想來左右都無人了？」

秀英點點頭：「就是隔壁有個家人，是救過我和母親性命的，不必嫌疑。方大哥，這幾年你都去了哪裡，我看你派頭不小，是怎麼回事？」秀英終於憋不住，再次問道。

知道周圍再沒人打擾，方志翔放下心來，簡單地說：「秀英妹，這幾年，自從家中遭了大禍，我無處可逃，鑽來躲去，一路北上，不知怎的沿途逃到山西，那裡有個方山縣，縣中大小山脈眾多，交通閉塞，地處偏遠，錦衣衛的蹤跡幾乎沒有。我聽說那地方叫方山，心想恰好我姓方，莫非這裡可以避身？便只在那裡打轉。後來知道縣境中有座大山，人稱北武當，山上有個武藝高強師父，行俠仗義，身手不凡，就趕去投奔。這位師父同情我的遭遇，收留我為徒弟。我於是就棄文從武，刻苦練習，雖不敢說十分精通，但以一敵十擋百的不在話下。前些日子，才打聽到你在濟南的消息。這次來的那幾個家人，其實都是我的師兄弟，我們這趟南下，除了想將你贖出去，還準備到南京，尋找機會，殺掉朱棣，為你我父親和死難忠臣報仇雪恨！」

「啊?!」秀英雖然一直將朱棣想像成魔鬼一般的帝王，但要刺殺他，卻從來未曾想過，聞言吃了一驚，隨即不無憂慮地說，「方兄，雖然你在北武當練過武功，但朱棣現如今已不同於在北平當燕王的時候，他居住於紫禁城中，皇宮禁地，警衛森嚴，只怕你們得不了手，反會受害。方兄，不是我膽小怕事，也不是不願報仇，但這些年的經歷，我略微懂得，貪他一斗米，失掉半年糧；爭了一塊肉，反丟一隻羊，凡事還要小心為好。」

方志翔頗為自信地一笑：「其實這話原不該對你說的，女孩子家，說了叫你擔驚受怕。不過不講出來，一看見你，肚裡總瞞不住，還是說了痛快。實話告訴你，我之所以被師父收留，還有個原因，我師父有個弟弟曾在北平兵營中當軍官，後來朱棣造反，混戰當中，被燕兵所殺。為此我師父也對朱棣痛恨不已。他答應協同我們誅殺朱棣，師父武藝高強，堪稱天下第一，他要做的事情，必定能夠成功，倘無一定把握，他就不會答應。」

看秀英瞪大了眼睛盯住自己，方志翔自豪地一笑：「我師父已經先行去了南京，他在那裡租賃好了房屋，隨便找了個營生遮人耳目，一面打探宮裡的消息，尋找機會，一面聯絡各地英雄豪傑作為幫手，單等我們過去接應。師父因為一個人在那裡，又沒親屬女眷，怕時間長了引起人懷疑，就讓我來接你出去，我二人假作夫妻，這樣更像平民百姓的家樣……」

聽他說到最後，秀英忽然臉色一紅，抬手捂了嘴似是害羞，又好像偷笑，扭捏一下忽然輕歎口氣：「唉，方兄也知道這是什麼地方，只怕要出去不大容易呀！」

方志翔又不以為然地對她一笑：「秀英妹當了幾年籠中鳥，外邊的什麼事情都不知曉。你沒聽說吧，朱棣這幾年已經坐穩了皇帝的寶座，他為了收買人心，平息當年人們對他殘忍行徑的憤恨，現在大肆發放赦免告示，凡當初所說的建文舊臣，一律免罪。他們家眷有發配到邊地的，即刻召回，聽其自便，有被賣入青樓的，可以由其親屬以原價贖出，所以我才如此胸有成竹地趕來。秀英妹，我還聽說，朱棣已經擬好了聖旨，要在濟南大明湖畔給鐵年伯建立祠堂呢！」

「真的?!」秀英鳳目灼灼閃亮，驚喜地反問一聲，忽又喜極而泣地對著窗外說，「娘，你聽到沒有，我爹終於熬到這一天了，他死得雖慘，卻能從此名垂青史，也算值得了！」

「秀英妹，我這次來，是冒了四川兵備道徐典雄的公子，並偽造了他的親筆信，是投寄給現今山東巡撫的，叫那龜婆看了，不由她不相信。況且有聖旨明文規定，諒她不敢反覆。明日一早，我就找她，將你贖出。」

面對突然而至的喜訊，秀英簡直不能相信，幾次她都懷疑自己是否在夢裡。但眼前真切的情形，又不容她不信這是真的。四目對視良久，秀英才喃喃地說一句：「那……那苦日子真的到頭了?!」

方志翔尚未回答，人卻蹭地一下後退幾步，穩穩當當在桌旁坐下，端起茶盞湊到嘴邊做出細斟慢酌的樣子。就在此時，有人將門輕輕拍響：「這位公子，恕老身多句嘴，眼看著夜色已深了，鐵小姐可還是……您看……」

二人心裡都明白，老鴇見秀英終於有留人過夜的意思了，存了心思來大敲一把。秀英頓時滿面通紅，緊咬了嘴唇，恨恨地低罵一聲：「這死不要臉的烏龜婆娘！」

方志翔卻不在意，隔著門扇大聲說：「老娘，我是誰你想必也知道了，本公子一見這位鐵小姐，便愛不釋手，鐵小姐也心儀於本公子，我有心要贖她出去，得多少銀兩，你合計個價！」

「這……」老鴇沒曾想他倆竟廝磨得這般快，一時張口結舌不知該如何回答。

「老娘，我是官宦人家子弟，這朝中的動向自然再清楚不過，皇上發過旨意，至於如何處置以前建文舊臣家眷的條款，想來你也清楚了?好，最近朝中透出風聲，說山東巡撫即將調往北京，家父來補缺的希望最大，將來我可是老主顧喲，你想好了再說，明日一早我來聽你回話！」

說著方志翔衝秀英使個眼色，秀英暗暗點點頭。然後方志翔高聲又說：「好，鐵小姐，自古有情人終成眷屬，本公子既然誠心，定然不會叫小姐失望。那就先告辭！」

說著通通邁大步走出，老鴇連忙半攙住討好地說：「公子，我這老婆子眼老昏花，額頭上白頂了兩個氣泡，連公子這麼大的來頭都看不出。唉，恕罪，恕罪。公子明日儘管來就是，價錢麼，好商量，好商量！」

方志翔也就大模大樣地做出不理不睬的神情，胡亂應付幾句帶一幫人走出門去。

是夜秀英輾轉難眠，驚喜交加。忽而想到明日便有望逃離這羞死人的苦海，歡喜得如小鹿在懷中亂撞；忽而又想起方志翔說的要刺殺朱棣，不知能否像他說的那樣順利，倘若失敗了，他們就會重新落入無底深淵中，那可就沒多少出頭的希望了。思來想去，忽然又想到方志翔瀟灑翩翩，文武兼備，自己和他從小廝混在一起，多少回憶仍歷歷在目，出去後還能和他扮成夫妻，說不定……心裡甜絲絲地按捺不住。

終於忍不住，秀英悄悄下床，聽聽住在隔壁的秀蓮屋裡靜無聲息，恐怕早睡著了。這丫頭倒美，有姐姐的庇護，雖然一天天地長大，卻什麼心思也不用費！秀英幾分愛憐地在心裡嘀咕一句，也不點燈，摸索著走到廊外，輕輕拍拍史鐵的房門：「大哥，睡下了罷？」

自從經歷過種種意料之中和意料之外的磨難後，史鐵睡覺一向都很警醒，聞聲他立刻一骨碌坐起，警覺地問：「秀英，怎麼回事?!」

秀英看看夜色濃重的四周，笙歌曼舞從前邊樓內傳出，飄渺若同虛無，黑暗中並沒人注意這裡，就大了膽子輕聲說：「史鐵哥，你出來一下，我有話想說。」

半夜敲門，史鐵自然知道不是等閒事情，慌忙穿戴了衣服，拉開門，見秀英神情怪異地站在門口，詫異地問：「怎麼啦，莫非……」

秀英不及說話，就勢閃進史鐵屋中，閉了門，喘息片刻，方將方志翔找到這裡來的事情說了一遍。史鐵聽罷也是驚喜不已，但他到底經歷多些，尚能穩住神仔細想想：「秀英，能不能刺殺朱棣，到時候再說，眼下這一步是先將你贖出去。只要能走出這個樓，有什麼事情再從容商量。記住，凡事到了最後，往往愈容易做壞。千萬小心，別跟別人提起，就是對秀蓮，也先別說，她還小些。」

得了這些話，秀英心底更加踏實，彼此囑咐幾句，匆忙回到房中。更鼓聲聲傳來，如同幽暗海中起伏的濤聲，不疾不徐地擾動人心底最深處泥沙塵封的往事。秀英睜大雙眼，徹夜難眠。

第四章

寒煙碎萍

寒煙碎萍

歸燕來鴻去匆匆

同樣難以入眠的除了秀英和史鐵，老鴇也費了很大心思犯合計。皇上頒布的詔旨她自然聽說過，不過想想冷美人的名聲曾招來多少銀子，如今她終於懂得了風情，倘若能像其他姑娘一樣徹夜接客，那銀子不知還有多少。若以詔旨上說的，按原價給賣了，她真委實捨不得。

不過老鴇知道事情的緩急輕重，她想起那富貴公子說的，倘若萬一他父親真的來這裡做父母官，自己此刻得罪了他，將來必定有自己小鞋穿的。弄不好，含苞樓就得關門。萬不可因小失大呀！老鴇前思後想，終於在黑暗中一咬牙：「吃虧就是福，反正這個喪門星也給賺了不少銀子了，索性就送個人情！」

第二天，方志翔果然如約而來，見了老鴇也不問價，揮手一擺，下人立刻奉上一個紅托盤，揭開了上面蓋的紅綢，一封封成色十足的銀錠白花花直耀人眼，粗略看看就有千兩之多。老鴇本來只打算得個百八十兩的本錢，此時眼睛都顧不上眨，滿身肥肉抖動著不知該怎麼好。

方志翔不屑地一笑：「我還有急事，立刻就得動身，快叫鐵小姐下樓，帶了她的家人，這就走！」

「那怎麼成，那怎麼成？」老鴇終於緩過神來，眼睛瞇成一條縫，慌忙說，「好歹我們母女一場，這說走就走了，還真難受呢！我去找兩件像樣的衣服，好歹也熱鬧一下。」

「不必了，車轎都在門外等著呢！」方志翔不管不問，連聲催促，秀英也早有準備，自己帶了秀蓮，史鐵扛一包行囊，已經走下樓來。老鴇樂得順水推船，也就不再多說，拉住秀英的衣袖，還擠出幾滴老淚。

一行人迤邐南下，路上倍加小心，不幾日就進了熙熙攘攘的金陵南京。事先已經派人聯絡過，他們直奔師父在成賢街租賃下的寓所。

眾人團聚相見，自然喜氣洋洋。可是當方志翔著急地問起如何刺殺朱棣的事情時，他那白髮蒼蒼的師父按劍長歎一聲說：「唉，可惜我等在山西消息閉塞，錯過了他剛開始戕害忠臣，天怒人怨的大好時機。現在他皇位早就坐穩，又採納了許多懷柔寬恕的仁政。譬如對朱元璋曾殺害的功臣李善長，將他家屬免罪，三代人封官。還對百姓恩威並用，人心基本穩固。並且此人生性多疑，更加上有遷都北京的意圖，皇宮內外防備空前森嚴，我幾次夜中到皇城和宮城中打探，都尋不到刺殺的機會。唉，報仇的機會恐怕不多了，或許這也是天運所歸吧，非人力能抗拒呀！」

方志翔有些沉不住氣地大聲說：「那，那，殺父之仇就這樣平白算了不成?!」

「唉，朱棣與我亦不共戴天，誰能不想盡興一番，」方志翔師父抖動著白鬍鬚搖頭歎口氣，「可惜今非昔比，昔日若刺殺燕賊，那是伸張正義於天下，而如今卻是他成正統，我等倒成了逆天行事了。志翔呀，你既文武貫通，當然知道逆天行事，事必不成的道理，勉為其難呀！」

眾人聞言個個垂下頭，方志翔也自覺無話可駁，焦急著臉不知如何是好。

「不過也不必如此洩氣，」師父見氣氛沉悶，寬慰著語氣說，「天理昭昭，是非恩怨總得有個了的時候。古往今來，常常暗中算計別人者，其實算計的全是自家兒孫，平空生出事端者，積攢起來全是自身的罪孽。朱棣不惜大動干戈，罪孽已經造成，我聽人說他的三個兒子都非良善之輩，以後有好戲瞧。眼下江湖中紛紛傳聞建文皇帝並未殯天，他趁亂逃出皇宮，現今隱居在雲南一帶，我們不妨前去尋他，徐圖後舉。」

既然師父如此說，想來定有道理，方志翔默默地點了點頭。

史鐵站在一旁，心中忽然感到無比的平靜，他一下子悟出了老者的意圖。建文皇帝沒死，他趁亂逃離了皇宮，這消息他也聽人說起過，但史鐵又想，天高地遠，就算建文帝真的活著，又哪兒能尋得到？老人不過想借了這個由頭，到邊遠的雲南一帶，遠離了京師，也遠離了朱棣，眼不見心不煩地頤養天年罷了。

這其實正趁了史鐵的心思，他再清楚不過，建文也罷，朱棣也罷，說到底還不就那麼回事？唉，恩怨正像這頭頂漂浮的雲煙，扯也扯不斷，捉又捉不住，只好聽其自然啦。能找個安身立命的地方，平淡地活他幾年，也就知足了，經歷百般劫難尚留餘生的史鐵，忽然覺得疲憊不堪。

見眾人並無異議，師父綻開滿是皺痕滄桑的臉，打量秀英和方志翔一番，忽然笑道：「志翔呀，難得你把鐵小姐救了出來，依老夫看，鐵方兩家本是世交，你兩人自幼便熟識，可謂青梅竹馬，又逢落難之際，不如就此結下良緣，日後流落異鄉，也好有個照應。」

這話正中了兩個年輕人的心思，方志翔久經磨難，早已褪卻了讀書小生的扭捏氣，微笑了看秀英一眼，大大方方地說：「恩師之命，安敢不遵？」

秀英卻紅了臉頰，嗔怒地瞪一眼方志翔，又抿嘴含笑看看史鐵。史鐵明白，此刻秀英和秀蓮姐妹雖稱自己大哥，但其實已當做長輩來依賴了。對於這門婚事，史鐵前一日連想都不敢想，現在既然有人主動提了出來，他自然一塊石頭落地，長舒口氣，在心底念叨一聲：「鐵夫人，她們姐妹終於有了著落，你也可以放心了。」

就這樣，在方志翔師父和史鐵的主持下，二人在自小長大留戀而痛恨的金陵南京，匆忙締結了一段良緣。新婚之後，他們不敢久留，一同奔赴雲南。果然正如史鐵所料想的，山川河岳，莽莽蒼蒼，萬物皆如浮萍，哪裡去找一個人的影子？

無奈之下，眾人只好暫時落戶當地。幸好所帶金銀頗豐，足以維持日常開支，生活還算不錯。緊接著又有消息自北邊傳來，朱棣採取了一系列仁政措施，不但在濟南修建了鐵公祠，以紀念鐵鉉，還為方孝孺全家平反昭雪，在南京建立祠堂，世代祭祀，並下旨恩蔭方家和鐵家的三代。

如此一來，方志翔和秀英對朱棣的仇恨自然在心底緩解不少，報仇的心思也日漸一日地削弱下去。不過他們始終不願受朱棣的所謂恩蔭，隱名埋姓地流落民間，專心供養師父。秀蓮也在當地找到如意郎君，世代流傳，遂成當地望族，連綿不絕。

朱棣確實頒詔實行了許多仁政。朱棣急於要大明江山祥和一片，他還有許多重要的事情要做。

繼《永樂大典》完成後，正如朱棣所期盼的那樣，武功文治的皇帝威望的確樹立了起來，至少在金殿上他千百次地聽臣工們不時稱讚不已，這讓他多少安心些。但他仍深感不足，一部大書的完成，固然輝煌，但他心中清楚，這並不是有多難辦到的事情，倘若漢武帝唐太宗存了這樣的心思，也能謄抄出一部比《永樂大典》更大更厚的書來。僅以此來炫耀皇權和國威，難免還會有很多人不服。他要做出更大的業績，來箝住眾人的口，更封住他們的心。

這個在朱棣看來更顯得前無古人後無來者的功績，便是建造一支龐大的艦隊，下西洋播揚國威。念頭的產生，還是在一次退朝後，與鄭和閒聊中無意中提起。當時朱棣懶洋洋地斜倚在軟榻上散散地問：「當年父皇將蒙古韃子趕回漠北，聽說漠北再往北，就是冰天雪地，惡狼遍地，越往北行，還有一個什麼大海，海中黑浪渾濁，周圍淒寒而海中滾熱，黑水中毒氣蒸騰，時常幻化出各種奇異景觀，實在不是人存活的地方，卻又引人無限遐思，若能親眼看看，也就好了。」

鄭和乖巧地侍立一旁，小心翼翼地回答：「皇爺說的何嘗不是，不過北地苦寒，乃惡魔居住之地，連蒙古韃子這樣野蠻之邦都存活不住，不顧命地要往南邊跑，艱險可想而知。但北邊再險再奇，怕也比不得南邊大海之上。」

「噢?」朱棣天生好事，聞言略微欠欠身子，乜斜著鄭和，「南邊不過是一望無際的海水罷了，能有什麼好凶險的?!」

「皇爺，」鄭和見朱棣來了興趣，忙彎了腰回稟，「奴婢自小就聽家鄉出海打魚的鄉民說過，大海更遠處別有一番景象，那裡不但氣象萬千，變化詭異，還有許多化外百姓，千奇百怪的樣子，簡直想也想不出。奴婢聽人說，南海之中有個婆羅國，是東洋和西洋分界之處，西洋中許多島嶼零落分布，每個島就是一個王國，國中居民人人凶悍不懂禮節，更不知道中原還有咱這樣一個禮儀之邦。並且那裡遍地散落的都是珍珠瑪瑙，寶石如泥土一樣習以為常，小孩拿了玩耍，玩完了隨手扔掉，真是別有洞天，比起蒙古韃子的漠北來，不知要奇異多少倍……」

鄭和賣力地嘮叨著，朱棣卻心頭一動，想到了許多早就隱埋在心底的東西。

自從那次閒聊後，朱棣便拿定了另一個在他看來比修撰《永樂大典》更宏偉的計劃。西洋上不是有許多化外之民麼？化外之民也是人，既然是人，就應當匍匐在大明天子的腳下，唯有如此，普天之下，莫非王土的千年古訓才能得到印證。並且更重要的是，自古以來，包括秦皇漢武，也只在漠北一帶和匈奴爭奪地盤，而教化西洋這些域外之民的，卻幾乎沒聽說過。更何況鄭和講述的，西洋島嶼中珍寶遍地，倘若運回國中，豈不一下子國庫空前充實？一個曠古未有太平盛世也就唾手可得，許多年以後，大明子孫還不將自己像神靈一樣供著?!

這樣的想法令朱棣格外振奮，他決計以這種亙古未有的方式來填補心中隱約的缺憾。

但是朱棣同時也知道，要到西洋播揚國威，必須得有一支既強大又威風的艦隊，既然是彰顯皇威，炫耀國力，就應當先聲奪人，作出樣子來給他們這蠻夷們看，以氣勢壓倒他們。不過要建造這樣一支艦隊，得花費多少錢糧，他卻沒譜。

儘管沒經驗可遵循，朱棣還是在勃勃雄心下頒詔準備下西洋的計劃。雖然道衍並沒如鄭和所期望的在朱棣面前美言，但朱棣仍然爽利直截地任命鄭和為征西大元帥，統領下西洋艦隊的總管，艦隊監造總督官。

受命後的鄭和情緒格外高漲，他接連上奏，拉扯上一批親信，太監王景弘為副元帥，另有大小太監奉旨領取了左右大先鋒、五營大都督、四哨副都督等印信。接著，朱棣向南方各地頒發詔書，招募三萬水性極好精練忠勇的士兵，令戶部動用國庫錢糧，徵發各地健壯男丁，令工部徵集各地木材，採辦建造船隻的材料。經過一番轟轟烈烈的準備，朝廷上下一片忙碌，總共動員起八百多戶木匠、鐵匠以及船夫，還有三萬多民夫做下手打雜。這還不算正在大明各個角落運送材料的百姓。

鄭和經過多方巡查，最後將建造曠古大船的地點選在濱臨金川門的三叉河有處叫龍江的地方，將這裡徵地挖坑整治成一個龐大的造船廠，並命名為龍江船廠。

波瀾壯闊的長江水日夜滔滔，洶湧得讓人神馳。龍江船廠則熱鬧喧闐，宛如一個沸騰的大鍋。冰涼的江水和沸騰的人潮只隔了一塊黑鴉鴉露出水面一人多高的鐵閘，鐵閘兩側有隊隊衛兵嚴陣把守，倔強地抵擋著長江之水的衝擊。

造船廠的大門就在長江的背面，眾多馬匹和民夫匆忙地在大門內外穿梭，不斷有大小車輛吱吱扭扭地將木材、鐵器和布匹送到，專司搬運的民夫就紛湧上前，將這些貨物搬運到庫房中。指揮將校站在用圓木搭建而成的高臺上，每次貨物運到，就敲著銅鑼吆喝眾人按庫房上寫的字分門別類的堆放。

大船正建造得如火如荼之時，朱棣滿懷興致地趕來查看。未進大門，鄭和便衣冠不整地小跑著迎駕。看著鄭和通紅的雙眼，臉上黑一道黃一道地滿是灰塵，衣服也撕扯成條條縷縷的顧不上更換，朱棣點點頭，拈拈髮鬚面含微笑地說：「龍江船廠，這名字叫得好，有氣勢，單憑這名字，就能體現出朕的良苦用心。鄭愛卿連日操勞，實在多有辛苦了！」說著很隨意地當眾拉住鄭和的手，「帶朕到裡邊去看看。」

跟隨朱棣這麼多年，頭一次聽朱棣稱自己為愛卿，鄭和有些受寵若驚，又見皇爺當眾拉了自己的手，那更是太監人叢中從未有過的事情。鄭和簡直不知該如何說話和謝恩，只是將頭垂得很低，更加恭順地在前頭領路。其餘工部和戶部大臣亦步亦趨地跟在身後，帶刀侍衛緊貼左右，目光如電，警惕地觀察著四周，整個船廠頓時肅穆許多。

造船廠大門口，空曠的一片場院中，數百隻大鐵缸整齊排開，每個鐵缸都有近十人合圍大小，缸下大塊木柴蓬蓬地噴著火苗，缸內熱氣騰騰，白煙縈繞。三兩個民夫守住一隻缸，使勁地攪動。朱棣走近了探身向裡略略一看，缸中有黏稠的液體上下翻滾，發出刺鼻氣味。

「皇爺，這是在煮桐油，」鄭和還沉浸在剛才驚喜和激動中，湊到跟前不厭其煩地解釋說，「桐油黏稠而堅固，將煮開的桐油塗於船體，晾乾後不但能使船身更加結實，也可以隔水，防止木頭被腐蝕，確保巨船航行萬里而堅固如初。」

朱棣滿眼讚許地點點頭，剛要說話，忽聽不遠處另一場院中傳出陣陣沉悶的吆喝聲，便信步過去，眾人連忙緊緊跟上。

這裡和煮製桐油的情景大不相同。偌大的空地上，數十座大鐵爐聳天挺立，彷彿鋼鐵巨人般圍成一圈。被鐵爐圍成圓圈的地下，挖出許多土坑，土坑周圍鋪有細沙，一群打著赤膊，頭上紮了布巾的壯漢，快速地傳遞著木柴，每個鐵爐內碳火熊熊，老遠就能感到熾熱撲面而來。另有一些壯漢大聲吆喝著，將巨大的鐵爐欠起，從鐵爐正前方噴出一股紅色液體，四下飛濺著，如火龍般順著挖好的凹槽，蜿蜒流進土坑，熱氣蒸騰中夾雜了劈劈啪啪的爆裂聲。灼熱和霧氣纏繞，民夫的吆喝聲此起彼伏，喧鬧不已。

朱棣受了感染似的，遠遠地看著連連讚歎，熊熊火光映在臉上，他彷彿覺得自己又重新回到心馳神往的戰場之上。

鄭和悄悄注視朱棣神色，看皇爺還滿意，他放下心來，上前一步說：「皇爺，這是在製作鐵錨。」

朱棣顯然沒意識到區區鐵錨也要費這麼大勁，頗有興致地問：「朕以為鐵錨不過是個鐵塊石塊而已，不承想也要花費如此氣力。」

「皇爺，大船製成後，高達數層樓高，長短可比大戶人家的宅院，上面不但要站立千百人，還有火炮等兵器以及日常吃喝用品，承受重量十萬斤不止，況遠海風高浪大，氣象變化不可預測，沒有大分量的鐵錨，便不足以使船體穩定停泊。」鄭和正要顯示一下，連忙不住口地說。

朱棣若有所思地點點頭，放眼再看去，一旁有已經成形的鐵錨被民夫喊著號子，吃力地從土坑中拖出來。巨大的鐵錨已經褪去了紅色，幽暗發青，橫窩在地上，猶如一條僵死的大魚，身下的沙土瞬間被灼烤成黑色。滿臉是汗的民夫盡量靠近些，用鐵鉤將鐵錨鉤住，扯拽到一旁，用土沙掩埋起來，堆成一個個一人多高的土丘。

見朱棣正要扭頭，鄭和連忙不等發問地解釋道：「皇爺，鐵錨剛鍛鑄出來，不能吃風，不然就會崩口發脆，只有埋放在土中讓其自己慢慢涼下來，才能渾然一體，將來不致斷裂。」

「朕知道建造大船不易，倒沒料想會如此驚天動地，更沒想過其中還有這麼多學問，好，好，大明民夫也自有了不起之處啊！」朱棣抿著鬍鬚感慨不已，汗水順著額頭緩緩淌下，他卻渾然不覺。

但鄭和看在了眼裡，他附和著抬手指指更遠處的西邊說：「皇爺，此處烏煙瘴氣，悶熱渾濁不堪，還是到那邊看看，也好透透氣。」

這邊果然清淨許多，空落落的場院中橫七豎八地矗立著許多木架，木架上橫跨著手腕粗細的竹筒，一根竹筒和一根竹筒中間交接處用鐵片箍住。長長的竹筒上懸掛著巨大邊幅的粗布，江風徐徐吹過，大布抖動著，像天幕般橫亙眼前，又如瀑布樣流淌不止。從江浙一帶徵調而來的女工們正一字排開，用手指粗的銅針，穿了紅絲線，仔細地將這些大布縫在一起。隨著穿針引線地飛舞，一張張大帆漸漸看出形狀。

「鄭愛卿，好大的帆啊！」朱棣此刻彷彿沒見過世面的毛頭小子，搖搖頭嘖嘖感歎。

「皇爺聖明，正是巨船上的大帆。因為船體巨大，帆自然會承受巨猛風力，如果不縫製牢固，一旦破裂，後果不堪設想。」鄭和長了這麼大，幾乎頭一次這麼受人重視，格外激動之餘，使勁拿穩了架子，以免說錯了話。

或許走下金殿的緣故，在眾人眼裡，朱棣今日顯得很隨和，並不計較鄭和緊張兮兮的神情，面含笑意地眼光四掃，忽然看見木架旁還有許多用竹片製成的小籃子，精巧別致，頗有興趣地走上前仔細看看：「鄭愛卿，難得江南女工如此好興致，大忙之際也不忘了用剩餘的竹片編成籃子，好拿回家去用。」

鄭和弄不清朱棣是在開玩笑，還是責怪她們不用心，慌忙彎腰作個揖：「回稟皇爺，這並非她們出私心，而是特意製作的太平籃，江浙一帶民俗，出海遠航時，將太平籃掛於船尾，若是在海上遇到風浪，就將船上有些分量的東西放進籃內，投擲到水中，可使船隻不致傾斜顛覆。雖說西洋巨船不需小籃兒來維護，不過奴婢喜歡其太平籃的名字，還是讓做了幾個，取吉祥的意思。」

「唔，太平籃，果然好名字，朕一聽也覺得既吉祥易懂又不俗氣，」朱棣忽然呵呵笑出聲來，揮揮衣袖，「朕也帶兩個回去，掛在後宮寢殿內，以保我大明永世太平。」話音未落，有兩個小太監趕忙上前，拿起幾個拎在手中。

再慢慢遊逛到船廠正中央，也就是製作船體的大船塢內。走進高大的船塢中，人頓時顯得渺小許多，上上下下的工匠正螞蟻似的布滿巨大船骨架，匆忙而有序地勞作。朱棣盡量走近些，瞇了眼睛仔細看去，艦船的龍骨是以鐵筋捆束樟木而成，為了將樟木捆束得更緊，數十人圍著一根巨木敲打不停。還有近半數的人手持斧頭鑿子，順著杉木的紋理，叮叮噹噹地削製出根根巨大精美的船櫓。

在船塢另一頭，數百個木匠正吃力地將敲打好的龍骨擺放在一個平臺上，在領班指揮下，眾人沿龍骨依次排列上厚厚的木板，然後再用彎刀和斧頭將突出來的地方削去。使木板完全緊貼龍骨。檢查無誤後，領班一聲招呼，大小斧錘立刻敲響，叮噹聲如急雨般落下，大鐵釘很快將木板固定在龍骨上，轉瞬之間，大得有些眩目的船殼矗立在船塢中。剛才還顯得空曠的船塢，立刻就感覺小了許多。

躺在平臺上的巨大船體如冉冉出水的蛟龍，閃亮奪目，動人心魄，恍然間似乎要搖頭擺尾游歸大海。朱棣看得兩眼有些發呆，一聲不吭地直盯著前方。

皇上親自來作坊中巡視，工匠們做得更加賣力，也更細微謹慎，唯恐在這個節骨眼上弄出什麼亂子，得不到賞賜不說，還立刻會招惹來殺身大禍。看船體基本就緒，緊接著有人上來，將身子伏在船幫上，拿了尺子仔細測量，算準了位置後，用毛筆在龍骨處劃個大圓圈，然後半是吆喝半是賣弄地說：「快，在這裡立上一根主桅！」

打下手的人趕忙應和一聲，幾十個人抬著一根約有十餘丈長的杉木桅杆，先將它平放在龍骨旁邊，手忙腳亂地在一端綁上繩索，等領班的舉手一揮，眾人合力拉住繩索，「嗨」地一聲齊喝，筆直的杉木桅杆騰空站起，高聳於船體之上。早等在一邊的鐵匠們蹭地躥上去，用鐵環和鐵釘將桅杆牢牢固定住。

如此這般，一陣匆忙後，樹立起排排桅杆的船體就更有幾分像大海船。另一側安置好了桅杆的大船旁，畫工們不遠便站立一個，在塗了白漆底面上，精心描繪出各種濃豔鮮麗的圖案，有龍鳳花紋，鳥獸魚蟲，還有日月星辰圖等，五彩斑斕，精致可愛。單憑這些，就能夠想像出將來這些大船破浪時的壯觀了。

朱棣滿意地伸伸懶腰，衝鄭和微笑著說：「鄭愛卿果然精幹得體，待一切就緒船隊出海時，朕要率百官來給愛卿送行。」

鄭和一邊慌不迭地拜謝，一邊見縫插針似的命人在船塢的空地處擺上香案，拈起一炷冒著青煙的香，當著朱棣的面跪下祈禱道：「列位神靈在上，聖上親臨船塢，足見天恩浩蕩，望神靈護佑我大船如期建造完工，航行海上平安無恙，播揚我大明國威於四方。」

朱棣看他虔誠的模樣，似乎大受感染，等鄭和爬起身，很隨意地拉住鄭和的袖子說：「難得鄭愛卿如此盡心，待將來遠航回歸之日，船上各等差官，朕都會加官進爵，這就叫善用力者就用力，善用智者就用智，善用財者就用財，各盡其力，各得其所嘛！」

「臣就替他們先拜謝皇爺了！」鄭和頭一次沒自稱奴婢，連叩拜也覺得特別痛快，他忽然感到自己真正是個人了。

感覺到自己仍還是個人的鄭和從此更加賣力，他雖然不能真正理解皇上下決心耗費如此人力物力來下西洋到底是何用意，但他清楚這對自己而言是千載難逢的機會，是自己將宦官形象從人們心頭徹底抹去的最好時機。

彼此心照不宣地忙碌中，船隊漸漸完成了各項繁瑣工序。永樂三年在朱棣心中是個很愜意的時刻，而在鄭和記憶裡，則刻骨銘心。

那天清晨，一向肅穆有序的龍江船廠忽然喧鬧連天，到處是各種嗓音的吆喝和嘈雜。鄭和身穿一襲銀亮鎖子鎧甲，金盔在半銜東山的陽光下分外奪目，大紅披風上下飄擺，威風凜凜，不怒自威，昔日唯唯諾諾的奴婢形象再見不到絲毫影子。而這些，也正是鄭和夢寐以求的效果。

迎著通紅的朝陽，鄭和奮力舉臂一揮，沿江排列的大鼓一起敲響，振聾發聵。伴著震天的鼓聲，船廠正對著長江一側的鐵閘被人撬起，鐵閘兩側磨盤大小的齒輪越轉越快，吱吱呷呷地似乎要脆裂，在各種嘈雜交織中，鐵閘緩緩上升。

隨著鐵閘開啟，長江之水猶如萬馬奔騰，擁擠著洶湧灌入，直奔巍峨聳立的船塢中。站在旁邊高大觀望臺上的指揮使，看江水漸漸漫平了船塢凹槽，雙手揮動紅旗。下邊民夫見狀，連忙解開栓在船上的鐵鏈，一艘艘建造好的巨輪，依次沿船塢中挖好的凹槽緩緩駛進長江口。頃刻檣桅如林，萬帆遮天蔽日，隔岸不辨牛馬的汪洋水面，立刻顯得有些擁擠。

聲勢浩大的船隊順著長江流水，由南京踱進江海交接處，同其他應召趕來的小船，匯集於蘇州的劉家口。因為劉家口這段水域，水路平順，相當廣闊，非常適合停泊舟船，尤其是像朝廷特意建造的前所未有的巨大船艦。從這裡出發，再順暢不過，鄭和早就巡查過幾次，相當滿意。

浩浩蕩蕩的船隊在劉家口集結後，總共有三百多艘，排列成十列，整齊地按照旗號次序沿江岸拉開。由於船隊太過於長，首尾無法相望，每艘船上的人員覺得和在陸地上沒什麼區別，金鼓鉦鉦中，感到彷彿久違的陣戰又突然降臨了。

鄭和坐的正中大船處於船隊中心，船體描畫了一條乘風而行的蛟龍，龍鱗在日光和水面中熒熒閃光，風行靈動。船的正中央豎起高約十丈的主桅杆，「帥」字大旗呼啦啦飄舞招展。船頭上並立著三塊紅底金字的銅牌，中間最大的一塊寫著「大明統兵征西大元帥」，左邊的寫著「迴避」，右邊的寫著「肅靜」。每塊銅牌上方，畫著張牙舞爪的猛獅怪獸，更顯得莊嚴威武。

岸上密密麻麻站滿圍觀的人群，指指點點地議論著，嘖嘖稱讚，千百雙好奇的眼睛在巨大船隊上掃來掃去，萬古不遇的情景令他們瞠目結舌。

坐在船中的鄭和能感受到這種萬人矚目的榮耀，他從沒想到整日在宮內捶背捧茶的奴婢，能有今日。他知道，為了這次下西洋，建造的船隻總共有三百二十艘，按大小和用途分作「糧船」、「水船」、「馬船」和「福船」等。而自己腳下的這艘最大船隻，則被稱作「寶船」。

「寶船」長有四十丈，寬十八丈，共樹立著九根巨木桅杆，比起唐時出了名的大海船能長到二十丈，真是不可同日而語。其餘船隻，像「糧船」，長約二十八丈，寬十二丈，七根桅杆，負責載運糧食和各種器材；「水船」長十八丈，寬近七丈，有五根桅杆，供應船隊人員的清水飲用；「福船」長約十八九丈，當作戰船來使用，水兵基本集中在這裡，負責保護船隊的安全。

不僅在船隻的數量上前無古人，船隻所搭載的人員之多，也足以讓圍觀者咋舌。這次隨行的人員，有朝廷欽派官員，有各級指揮，還有大量的士兵、水手，考慮到前路所遇情形的莫測，還專門備有翻譯官、陰陽家、道士等駁雜人眾，總人數竟達到了將近三萬人。

為了應付不測的凶險，每艘船中還配備有各種海上作戰的兵器。每船基本情形是裝備大炮十門、鳥嘴槍一百把、噴火槍六百把、硝煙罐一千餘、強弩四千，火箭一百，另外還有零散火藥四千斤，隨時可以彌補武器的不足。有這樣的艦隊出行在海上，足以令海盜們聞風失色，可謂戰無不克。

有了這樣的保衛，寶船上也就放心地裝載許多絲綢、陶瓷、玉器、漆器、茶葉等天朝特有物產，還有大量的書畫、古董等蠻夷之邦罕見的玩意。用這些東西拿出去炫耀，既能抬高大明朝廷的威望，又能趁機做些交易，將傳說裡蠻夷國度滿地亂滾的寶石換回來。

在萬人攢動的浪潮正中心，被錦衣衛們圍成的人牆隔開一片大空地。雖然喧鬧聲排空從頭頂滾過，但端坐在空地正中央的朱棣依舊威嚴如同金殿之上。沙灘上龍椅閃爍著暗紅色幽光，大小官員東西站立，人人神情嚴肅，唯恐在大典之時禮數有不周之處。

匆匆趕來的鄭和直走到御座近旁，半跪了身子大聲稟奏道：「陛下，船隊一切準備就緒，吉時已到，恭請皇爺祭江禱告，以保我大明船隊順水順風！」

看著精神抖擻地鄭和，朱棣滿意地點點頭，沉了沉臉，緩步朝早就在江岸擺放妥當的祭案走去。身後幾個太監慌忙過來攙扶。

香案上滿滿當當地堆放著牛、豬和羊所謂的三牲，還有各種水果和金銀製錢。香案正中間供奉著天妃，這是百姓出海打魚時必拜的海中天神。在天妃的身後，還有四尊略小的神像。靠東邊的一尊四肢裸露，披頭散髮，衣衫不整，握柄鋼叉，一手放在額頭上，作手搭涼棚狀，兩隻銅鈴樣的眼睛瞪得溜圓，此神被稱為「千里眼」，但凡茫茫海中暗藏的風浪，他都能洞悉，有此神護佑，可保災來早防。西邊一尊神像也是袒胸露肚，衣冠更加不整齊，簡直是渾身赤裸，他左手緊握一條赤色練蛇，蛇身格外長，從左邊手臂纏繞著延伸到右肩膀上，他右手抬起，放在耳畔好像在聽什麼動靜。他的雙耳出奇地大，如同兩片蒲扇，此神名為「招風耳」，極遠處的海浪洶湧嘯響，都瞞不過他。

另兩尊神像則面目整齊些，頭盔鎧甲地儼然武士模樣，其一個名為「加惡」，另一個名為「加善」。四尊神像並稱天妃手下四大海神，出海遠航，有了他們的護佑，人們心中就會踏實許多。

萬人矚目下，朱棣端莊地站在香案前，拈香禱告：「祈禱海神天妃娘娘，今日良辰吉日，青龍下海永保無災。謙恭奉上香醪，伏望聖恩常呵護，東西南北自然通。弟子再以三杯美酒滿金鍾，扯起風帆遇順風。海道平安，往回大吉，珍珠財寶滿船盈盈……」

接著便是鄭和捧香祈禱，隆重的儀式終於一一進行完畢，讚禮官高喝見狀道：「所有出海人眾，聖恩眷顧，備御宴犒勞，入席！」話音剛落，喧鬧聲四起，船上各級人員和文武百官簇擁著朱棣，走向搭設在海岸不遠出的帳篷中。

特備的御宴自然美不勝收，數百太監使女走馬燈般傳盞換碟，忙活了兩個多時辰，盛大宴會才告結束。在喧闐鑼鼓聲裡，三百餘艘巨輪組成的艦隊，緩緩移動，離開了長江口，走向期待已久的海面。

波浪不驚，和風薰薰，描畫著五彩斑紋的船體在漸漸遠去的海水中，異常的璀璨亮麗，彷彿漂浮的蓬萊仙閣，伴著漸遠漸小的身影，很快又像隨意撒在湛藍碧波中的顆顆明珠，交錯閃耀，在櫓槳蕩起的漣漪水波中，更顯得如夢如幻，讓岸上眾人看得有些發癡。

朱棣也飲了幾杯，面色泛紅，望著眼前海旗飄飄風帆招搖，像遮天大幕般淩空垂下，浩瀚大國的氣象不言而喻，他深深地激動陶醉其中，彷彿正站在雲端中傲視海岸上萬頭攢動的人群。「朕所言不虛吧，朕乃萬古第一君王，《永樂大典》且不必說，單是這樣宏大的場面，無論秦皇還是漢武，有誰遇到過？」他情不自禁地衝左右近臣脫口而出，可惜人聲太過嘈雜，他們卻沒聽清楚。

有些醉意醺醺的朱棣待群臣告退後，乘輦車回到宮中。沿著宮院御道行走至乾清殿大門口時，朱棣忽然心血來潮地喝令停下，「自古明君不可荒廢一日，朕雖稱不上明，卻也不敢疏於國事，看看，有沒有奏摺送上來。」他說著，在一片太監的讚頌聲中，被攙扶下御輦。

不上朝的乾清殿中，冷冷清清，威武莊嚴都打了些折扣。御案上堆放了許多已批閱和未來得及看的奏章。

朱棣信步上了臺階，在寬大的龍椅上沉沉坐下去，順手拿過一紙奏摺來，眯起眼睛看看，卻是戶部送上的這次下西洋所耗費的銀錢報章。他立刻來了興趣，認真地看下去。然而越看他的臉色越發陰沉，醉意頃刻如水氣般消散。

戶部在奏摺中提到，此次下西洋，每艘艦船的費用平攤下來大約為四百兩白銀，單建造船隻一項，支出白銀將近十三萬兩。若再加上所有人員吃用、路途搬運的消耗，國庫就拿出了三十五萬兩白銀之多。若加上地方官員的賦稅支出，怕要超過百萬兩。另外，戶部書吏還提到，在建造遠洋大船中，各級官員和太監趁機強取豪奪，大肆搜刮民脂民膏，更有打著為皇上採辦為幌子，賤買貴賣，中飽私囊，一根上好的杉木桅杆，在山中十餘兩銀子就可買到，運到龍江船廠，國庫卻要支出上千兩上好白銀。百姓怨言四起不說，國庫歷年積攢也因此而空虛。

奏摺寫的委婉而沉痛，朱棣卻已經不願再猜測這是出於誰的手筆，他重重地靠在椅背上，哀哀乞告的百姓和輝煌的艦隊交錯在眼前閃過，永樂盛世，到底是誰在樂呢？他閃過這樣一個念頭，但隨即將它泯滅下去，他不願意因此而敗壞了自己的心情，更不願由此而動搖心底的某些東西，他寧願拋開奏摺，而相信自己。

但不管怎樣，他分明看到，龐大的艦隊浩浩蕩蕩開赴不知何處的遠方，去播揚國威的同時，大明百姓卻在這樣的輝煌光環下，付出了許多他們看不到結果的沉重代價。

前塵後事影重重

「皇爺，皇爺，」一個太監從偏門跑進來，氣喘吁吁，連叩頭似乎也忘了，呆愣愣地看著面色忽黑忽紅的朱棣，結結巴巴地說，「皇爺，娘娘她……」

朱棣這才有些醒悟過來，認出了這個坤寧宮的貼身太監，猛地挺直了身子喝問道：「皇后她怎麼了？不是傳御醫去診治了麼?!」

「皇爺聖明，」小太監這才緩過一口氣，「御醫已經給娘娘診治過了，看他樣子，愁眉苦臉的很難看，還說要覲見皇爺，奴婢知道皇爺去海邊了，等跑去，卻正趕上人散，忙追隨了御輦……」

朱棣暗吃一驚，徐妃本來身強體壯，還曾在北平城頭親手指揮殺敵，巾幗之風常令自己欣慰。可不知怎麼回事，自從她來南京作了皇后，便突然虛弱下去，昔日紅潤的臉色如同秋風中的黃葉，蕭瑟地枯萎下去。剛開始朱棣還不大留意，自如願以償進入金陵城中，並沒像以前所設想的那樣一勞永逸，反而百事纏身，每日心煩意亂。直到有天，徐妃突然臥倒在坤寧宮中的內室，再不能嫋嫋身姿地走動，他才意識到事情的嚴重。

來不及細想，朱棣輕喝一聲：「快，前邊領路！」不等左右侍臣過來扶持，人已通通地大步走下臺階。

坤寧宮內外擠滿了宮女，忙著捧藥送水。朱棣也不召宣正守侯在偏殿的太醫，直接走進臥內。眾宮女見皇上駕臨，本來就緊張的神色更顯惶恐，急忙要跪下去請安。朱棣輕輕擺了擺手，意思不要叫她們出聲，以免吵醒了皇后。

然而徐妃並沒睡著，她面朝幛帷斜躺著，突如而來的氣氛讓她覺察出什麼，連忙轉過頭，目光溫順地看看站在榻側的朱棣，叫聲「陛下」，掙扎著要坐起來。朱棣抬手按住她肩膀，忽然感覺那以前柔若無骨的身軀，現在隔著薄被就能摸到嶙峋的肩胛骨，一陣心酸湧上胸際，掩飾著說：「原來皇后還沒睡著……不要動，躺著就好。」

「陛下，」徐妃今日的臉色卻有了些紅潤，她喘兩口粗氣，靜靜神，「陛下，臣妾恐怕來日不多了，高熾他們年輕，不大懂得道理，陛下還要多擔待些。」

朱棣不敢直視她的眼神，忙將話題叉開來，語氣柔和地安慰道：「人食五穀，怎會不得百病？皇后不必胡思亂想，太醫說了，靜養幾日，自然就會慢慢康復。不要性急，病這東西，來如泰山，去如抽絲，還要安心將養才是。」

徐妃卻無聲地長歎口氣：「臣妾何嘗不是這樣想，不過自家有病自家知，臣妾不知何時，胸上就生出一個癰瘡，起初不過豆瓣大小，也沒在意。可後來越長越大，潰爛化膿，不但表皮疼痛，心內也隱隱難受，人都說好醫不治腫，治腫飯碗動，只怕治來治去，太醫丟了飯碗，臣妾一命不保。陛下聖明，自然知道人生都是命，半點不由人，是好是壞，都有臣妾擔當好了，將來切莫責怪太醫。唉，從北平到金陵，這多年風風雨雨，好事做過不少，造孽怕也在所難免，全當贖罪吧！」

聽徐妃說得意味深長，朱棣也低了頭輕歎口氣：「這個朕自然曉得。不過也不要想得過多，皇后是天下之母，向來慈善為懷，總會有神靈護佑的。」

「人壽有時也不在長短，其實能活到今天，臣妾已經知足了，」徐妃話語悠悠地說，「臣妾只希望陛下能安康萬年，大明江山穩如磐石。當年母后馬皇后臨終之際曾對洪武聖上說，要他親賢納諫，慎終如始。言猶在耳，確是治國良方，臣妾說不出什麼高論來，只望陛下能記住母后的話。」

朱棣點點頭，一時找不出話來，彼此沉默片刻，徐妃忽然眼光無限神往地說：「想起在北平的那些日子，雖然苦點累點，心裡卻踏實。唉，真想回到北平去看看。」

「皇后莫急，等病體好些了，朕陪你一道去北平，哦，現如今那裡已叫朕改名叫北京了。其實朕也一直想故地重遊，說來那是朕的龍興之地，地勢和氣候都和朕的脾性相合，朕總在想，若能將都城……」徐妃的話勾起朱棣滿腹心思，他沉吟著說，忽然看見有太監和宮女站在不遠處，就打住話頭。

然而徐妃已聽明白其中的意思，眸中亮光一跳，幾分興奮地欠了欠身子：「陛下當真有這樣打算？」

見朱棣肯定地點點頭，徐妃卻忽然又想起什麼，無力地躺下去，恢復了黯然神色說：「能回北平固然好，可這事情又得耗費大量人力財力，唉，百姓苦啊！」

朱棣並不想在這時仔細討論，便伸手替她掖了掖被角：「皇后儘管放心，你的話朕都記下了，安心頤養就是。他們三個呢？」

徐妃知道朱棣說的是朱高熾弟兄三人，臉色更陰暗了幾分，擺手叫宮女太監們退下去，振起精神說：「自從高熾被立為太子後，高煦便整日怒氣沖沖，高燧精靈鬼模樣，跟在高煦後邊嘀嘀咕咕，不知合計些什麼歪主意。後來陛下要他們到各自封地去，他倆又說身子不適，又說雙親難捨，廝混在後宮不肯離開，因為他們躲在後宮，吏部的人也拿他們沒辦法，只好聽之任之……」

見朱棣聽得很認真，臉神凝重，徐妃抖著嘴唇有氣無力地接著說：「陛下，臣妾雖然沒讀過幾天書，卻也明白，世態炎涼的程度，富貴人家比貧賤百姓更厲害，嫉妒刻薄，骨肉兄弟比外人更慘烈。若將來他們兄弟為了皇位火拼，那比外族入侵更叫人揪心啊！」

連日的忙亂，沉浸在天朝明君喜悅中的朱棣幾乎將這些家事拋在了腦後，現在徐妃提起來，他立刻意識到，所謂的家醜，其實已經擺在了桌面上。

「方才他們三個來給臣妾問安，臣妾忍不住說了他們幾句，尤其是高煦和高燧，臣妾勸他倆趕緊到封地去，免得外人大臣們說三道四，等著看笑話。結果惹得他倆滿臉不痛快，應付幾句便告退走了，高熾見情形頗尷尬，也沒話可說，早早回殿了。陛下，高煦他素來莽撞，高燧雖然心眼多，但也沒什麼大奸大惡的念頭，臣妾若不在了，陛下千萬擔待他們些，再不可骨肉相殘……」

徐妃絮絮叨叨地說個不住，但朱棣卻立刻想到了自己從北平到南京的這幾年，有多少人罵自己是篡位，是骨肉相殘。莫非風水輪廻，同樣的事情又會在自己身上發生麼？他雖然知道徐妃的話除了對三個兒子擔憂外，並沒什麼深意，但心底隱隱作痛的傷疤卻讓他不想聽下去，他忽然站直了身子，隨口說一句：「朕知道了，皇后安心睡會兒吧，朕還有點事情要和大臣們商議。」說著人已轉出了雕花屏風。背後傳來徐妃一陣嬌柔的咳嗽，他頓一頓腳步，仍頭也不回地走出去。

朱棣只是沒想到，他這一去，卻成了和徐妃的永訣。他還沒走過狹長的宮院，身後有幾個腳步雜沓的宮女失聲叫道：「皇上，皇上，皇后她，她吐血了！」

朱棣一驚，顧不上說話，折身就往回走。剛進寢殿，濃濃的血腥味瀰漫進鼻孔中，他渾身一激靈，繞過屏風，見幾個宮女和太監正手忙腳亂地收拾什麼。他一眼看見地下迸濺著殷紅的血，像綻開的牡丹花般鮮豔濃麗，而在朱棣眼中，卻無比奪人心魄。

透過人堆，朱棣大喝一聲：「皇后，皇后！」聲音有些變調，如晴天霹靂震得眾人慌忙就地跪倒，朱棣顧不得理會，抬腳從眾人頭頂邁過去，跨到床榻前。

徐妃黃蠟蠟的面色現在慘白如紙，雙目緊緊閉著，彷彿困倦得再忍耐不住。朱棣慌不迭地抓起她空落落的衣袖，使勁搖晃著，卻不見任何動靜。「還愣著幹什麼，快去傳太醫！」朱棣黑了臉怒吼道，炸雷一樣地將宮女太監震醒，他們來不及答應，四散開跑出門去。

太醫就在偏殿值差，聞聲立刻趕到。為首的一個小心翼翼地挪步上前，只略微觀察一下，黃了滿是皺紋的老臉，撲通跪倒：「陛下，娘娘她，她……」因為驚慌，嘴角哆嗦著卻沒能說完。但朱棣立刻就明白了，他手拍額頭大叫一聲：「皇后，苦命的皇后！」驚得眾人一時間忘記了哀哭，空氣窒息般停滯了片刻，不知是誰起的頭，嚎啕聲響徹大殿。

皇后駕崩的消息立刻傳遍大江南北，不等皇上吩咐，司禮太監已經按照慣例傳下令去，輟朝三日，紫禁城再沒了往日鐘鼓齊鳴的肅穆，淒涼哀傷越過深紅色宮牆，瀰散在整個金陵城中。以禮部安排，像徐皇后這樣於國於家功苦莫大的國母，皇上要改換了素服，在偏殿召見群臣。文武百官和四品以上的誥命夫人，都奉旨聚集到思善門前哭祭。全城百姓停止一切嫁娶喜慶，禁止屠殺牲口。從外域來的高僧名道雲集天禧寺和朝天宮，鐘磬悠揚地念誦起追魂度生的經文。

忙碌了足有半載，徐皇后的喪事總算漸漸趨於尾聲。

鄭和此刻正在茫茫大洋中遨遊到不知何處，但不管怎樣，輝煌的一筆總算能寫在青史之上，朱棣要達到的，正是這個效果，他很滿足於自己的果敢，至於戶部所說的代價，他沒親眼看到，也就很快將其忘在腦後。當然，按照鄭和所說的，也許不久，那巨大的寶船就能滿載玉石珠寶回來，到那時，普天下的百姓就會欽佩自己不愧為帝王的英明。

但不管怎麼說，平靜下來的朝廷總有些寂寞，朱棣覺得生活中似乎缺少了些什麼。因為徐妃在整個永樂王朝中的影響，朱棣覺得未必比父皇的馬皇后差，所以他也明確宣布要像父皇一樣，終身再不立皇后。不僅如此，他還頒詔，將徐皇后的靈柩擺放起來暫不下葬，等自己百年以後，一起擇陵而處。

這是歷代皇后難得的殊遇，也顯示出皇上的重情重義，司禮官員沒有任何異議。但哀傷漸漸淡漠的朱棣越來越強烈地感到生活缺少了一種不可缺少的東西。他無精打采的落寞神情被身邊大小太監看得再清楚不過，而這些人精立刻便能猜測出皇上的心思。

「皇爺，」瞅準一個機會，侍臣黃儼小心地看著朱棣的臉色說，自從鄭和離開內宮，黃儼便成為最得力的心腹，「皇爺，朝鮮國的王子就要辭別天朝了，奴婢想，他們每年一回的進貢也該兌現了吧。前兩年，皇爺寬厚為懷，沒提出來，這次得叫他們進貢的物品重些，至少叫皇爺稱心才是。」

斜躺在軟榻上似睡似醒的朱棣漫不經心地瞟一眼白白胖胖的黃儼：「是麼，你不說，朕倒還忘記了。那個王子……」說到這裡，朱棣忽然明白過來黃儼的意思，朝鮮自古便是中原屬國，幾乎每年要向天朝進貢良馬和美女，到了父皇洪武時候，更是成了慣例。父皇宮中就有不少朝鮮進貢而來的嬪妃，譬如自己的生母貢妃，不就是從朝鮮來的麼？如此說來，自己倒還有一半朝鮮血統呢！朱棣幾分自嘲地想，怪不得自己每每見到朝鮮妃子，便感覺特殊些。定是黃儼這傢伙瞧出來了，偏不明瞭地說，比起鄭和來，更是鬼精！

於是第二天，朱棣就在乾清殿中召見了朝鮮國的王子。當時百官肅然站立兩班，場面極為隆重。或許攝於大國的威嚴，這位年輕王子顯得身材單薄，神情緊張。當朱棣從高高的臺階上聲若洪鐘地問道：「愛卿來天朝許多天來，寢食可還滿意？看卿正當年少，有多大了？」

眾人注視下，這個少年漲紅了臉，期期艾艾地不知該如何回答。這倒讓朱棣很滿意，畢竟這印證了蠻夷之邦對天朝大國的敬畏。見場面有些難堪，王子的侍從官連忙上前一步替主人答道：「啟奏陛下，承蒙上國精心款待，萬事皆無比遂心，我王殿下今年剛滿一十四歲，有禮數不周之處，還望上國明君海涵。」

「唔，」朱棣點點頭，陰沉多日的臉上，露出難得的微笑。寥寥幾語的覲見之後，朱棣隨即下詔，賜予王子五彩絲衣十套，各種器玩若干。就是他的隨行官員，也依照官階，各有賞賜。並令戶部準備《通鑒綱目》和《大學衍義》一部，法帖三本，上好狼毫二百支，宣州油墨二百五十盒，金銀十錠，至於桂圓、荔枝等時鮮東西，則裝了滿滿二十多擔，由王子代為押送，算作上國的賜品。

就在王子拜謝就要退出時，朱棣似乎無意中補上一句：「王子既然年幼，路上山水迢迢，多有不便，朕一向體諒各屬國殷殷情義，就派內臣黃儼護送你們同行。到朝鮮之後，黃儼可從速返回。」

侍立在寶座一側的黃儼似乎早有準備，立刻撩袍襬走下臺階，叩拜領命。臨退下大殿的那一刻，黃儼抬起頭，眼光正碰撞到朱棣投來的目光上，悄無聲息中彼此會意，黃儼白胖的臉上掠過一絲不易覺察的輕笑。

有黃儼這樣一個皇帝身邊的心腹太監作為扈從，頗讓還是少年的王子感激。其實他們不知道，黃儼不遠萬里，跟隨他們翻越白山黑水，還有另一項更為重要的職責。朱棣早就聽黃儼提到過，以往朝鮮等屬國進貢秀女，都是由屬國派使臣送來，只要人數湊夠，容貌卻無法預先規定，等送來後發現不合心意，也不好再退回去。因此黃儼主動提議，這回派自己親自去挑揀，肯定讓皇爺個個滿意。

朱棣知道黃儼，這個年過半百的太監，固然沒有鄭和那種勇猛衝撞的勁頭，辦這事情卻遠高出鄭和，讓他去，保不定會有什麼樣姿色的異族女子照亮整個後宮。他當即就答應下來。正要嘉勉幾句黃儼為君不辭勞苦的忠心，黃儼卻已經迫不及待地跪地叩頭：「奴婢謝皇爺對奴婢的信任！」

迫不及待地謝恩，立刻讓朱棣品味出黃儼內心深處的一點東西，不過他並沒在意，總不能又讓馬兒快些跑，又不讓它啃幾口青草吧。彼此心照不宣地相視一笑，黃儼屁顛屁顛地退下去準備了。

去朝鮮國的路途果然迂迴漫長，但有了皇家特意安排的快馬輕車，尚不至於特別受累。黃儼奉旨將王子送回國內，拜見一畢，黃儼便鼓起如簧巧舌，講到大明如何強大，對待屬國如何寬厚。王子則在旁邊印證了這次去天朝受到的隆重禮遇。

朝鮮國王李遠芳半是敬畏半是感動地聽完後，當即感激萬分地遙遙向西方拱手拜謝，將黃儼召到寶座旁側坐下，執住他滑膩肥厚的手掌說：「到底是大邦風采，我兒此去增了見識，又蒙聖上賞賜，實在不知該如何感激才好。我想大邦地大物博，什麼也不稀罕，供奉哪些東西能稱了聖上的心意呢？還望公公賜教。」

黃儼也不客氣，翻翻眼皮似乎漫不經心地回話說：「其實國王說的一點不差，我天朝上國，歷來寶藏遍地，百姓人人穿著綾羅綢緞，米粟沒地方存放，都堆在了露天地裡。說來確實沒什麼可稀罕的。不過呢，君臣禮節總還是要有的，國王你可知道，我家聖上新近喪了皇后，後宮雖然佳麗三千，卻無一中皇爺的意，因此深感寂寞無聊。若……」

話未說完，李遠芳已猜度出了其中意思，忙接過來連聲說：「那是自然，那是自然，連小王都知道中原有句俗話，叫家有賢妻，逢凶化吉，更何況是英明皇后，難怪聖上要引以為憾。若能傾我小國全力，替上國君主排遣鬱悶，當然求之不得。」

說著便當即叫站在殿下的官員傳下令去，命舉國臣民，無論官職大小，即刻停止嫁娶，各級縣道官府專派人員搜集姿色上等的妙齡女子，召集到宮中，請上國使者親自挑選。

詔令一下，朝鮮舉國立刻沸反盈天，吵吵鬧鬧，哭哭涕涕，雞飛狗跳，簡直要將小島翻騰個底朝天。黃儼在驛館中駐紮下，每日有國王派來的禮部官員陪著，早晚小席，中午大宴，各種見所未見，嘗所未嘗的海鮮珍品全吃了個飽。黃儼暗自得意，若不是自己聰明絕頂，一閃念間領了這麼個美差，哪會有如此福氣？來逍遙一圈，比在宮裡整日小心翼翼地要強出不知多少，咱也嘗嘗作大爺的滋味！當然，這還不算什麼，更實惠的還在後頭呢！

朝鮮國上下折騰了一個多月，各地總算如期將秀女送上。齊齊整整地站滿了大殿，又從大殿一直排到院外。李遠芳打發人請了黃儼來過目挑選。正如朱棣想的那樣，黃儼在宮中王府混跡大半生，別的本事沒有，於此道卻最精通。他眼睛半眯縫著，好像無精打采漫不經心，沿香氣撲鼻花枝招展的秀女隊伍來回走動一遍，冷笑兩聲，向正盯住自己的李遠芳說：「怎麼，就這些?!」

李遠芳慌忙陪著笑笑：「上國使節也知道，朝鮮地小國微，加上近兩年旱災不斷，人口急劇減少，能搜集到且看過眼去的，也就這些了。」

「哎呀，老烏龜煮不爛，倒怨起柴火不好燒，」黃儼就近在一個矮墩上坐下，雙手撩動袍襬，翹起二郎腿，這幾日接連大醉，白胖臉上現出幾許紅暈，兩條短眉略微一擰，讓人捉摸不透什麼表情，「國小怎麼啦，人少又怎麼啦，豈不聞古人說得好，百步之內，必有芳草。國王統治下的江山好歹也有三千里，我就不信找不出個絕妙尤物來。拿這些破爛交差，你敢糊弄，我可不敢，將來皇上怪罪下來，後果如何，你想必也清楚。」

黃儼那副目中無物的樣子和盛氣凌人的口氣，令李遠芳很是尷尬，好歹自己也是堂堂一國之王，在文武百官面前作威作大慣了的，還沒有人這般對待過自己，他頓時紅了臉，不知如何回答。好在眾官員都不在跟前，但心裡仍不大好受。

曾跟隨王子出訪大明的侍從，在大殿上替王子回朱棣問話的右軍同知總制李玄恰好在旁邊，見狀忙將國王拉到一邊，悄聲說：「陛下，上國人一向傲慢，況且此人是他們皇上跟前的紅人，切莫因小失大，還是忍耐三分的好。」

李遠芳恨恨地壓低嗓門說：「什麼天朝，全是仗勢欺人。若不是我國連年水旱不斷，生民凋敝，實在沒力量與之對抗，本王早將這個半人半鬼的怪物拉下去砍頭了！」

「陛下聖明，自古都是窮不與富鬥，弱不和強爭，我們暫時忍耐一下，將他打發走了事，一忍敵百災，陛下還是好言與之周旋為妙。」

李遠芳皺皺眉頭：「本王也是這麼想的，可舉國秀女都選送上來，他還不滿意，如之奈何？」

李玄不慌不忙地看一眼遠處的黃儼：「陛下，臣這次陪王子去大明，多少也知道那裡的一點風情。大明朝廷中的官員，大半是愛財如命。這個老頭子放著宮裡的清福不享，費盡力氣跑來，口裡說是為了聖上，其實心裡還不是想趁機撈上一把。陛下成全了他，不出三刻，他保管什麼話都好說。」

李遠芳醒悟地點點頭：「千里亂蹿，為點銀錢，本王早有預料，都準備好了，本想等他選過秀女後再拿出來，誰想他已經耐不住了。還什麼天朝使節，狗屁！」

說著話，臉上卻擠出樂呵呵的笑容，走過來衝黃儼說：「上國使節果然眼力如錐，不勝佩服！這樣，我再令人下去尋訪，看是否更有秀色可餐者，使節稍待一兩日。」說著揮揮手，命眾人都退下，又接過話頭：「上國使節遠來敝邦，招待不周，還望多多見諒。本國雖然貧敝不堪，但還略備薄禮，請使節笑納。」

一邊說著，一邊衝殿外喊道：「還不快送上來請上國大使過目！」

佩環叮咚碰響著，一群宮女手捧托盤走上，李遠芳親手揭開每個托盤，指指點點地說：「這是敝國海中千年老蚌產下的珍珠，如此大個，舉世罕見。這是小島最北端千年積雪的山上特有的山參，比黃金更貴重十倍。這是一戶世家珍藏祖傳的玉鐲，相傳價值連城……」

聽他一一講述，黃儼眼珠越瞪越大，至於像金錠銀錠，彷彿已成了最不值一提的東西。他簡直不敢相信，這些東西立刻就會為自己所有。「難怪人人搶著作官，有道是為官一天，強似當百姓千年，確實如此喲！」黃儼嘴裡默念著，一時都不知道該怎麼回答。

「難得國王如此誠懇，忠義之心我一定向聖上仔細稟報。貴國不是剛遭了災荒麼，我回去就稟奏聖上，多撥錢糧過來，反正我們錢糧多的是，用也用不完，」呆愣片刻，黃儼才恢復常態，忙不迭地說，「其實這些東西咱也不稀罕，不過千里送鵝毛，人情重過泰山，咱也只好收下了。至於選秀女的事麼，咱今日有些昏沉，這樣，明日還將這些女子帶過來，咱重新挑一番，保不準有寶在內呢！」

話一出口，李遠芳立刻放下心，他暗暗後悔自己應該先將這些東西拿出來，那樣今天就可以了事，儘早將這個燙手的山芋給打發走。

正如李遠芳預料的，第二天挑選秀女格外順利。黃儼還是垂著眼皮沿這群花蝴蝶般女子走動兩遍，忽然大呼小叫地說：「果然有天姿國色隱藏在裡頭，若不仔細查看，險些埋沒了她們！」

說著點出二十多個走出隊列，再三盯了半晌，指指內室：「都進去，待咱審查仔細了！」

依平日在國內選秀的規矩，黃儼命人將她們衣衫全剝去，細細觀賞了每寸肌膚，從中篩選出五個，又將這五個再三從髮梢到腳跟仔細研究，直看得五人面紅到脖子跟，簡直無處可鑽，黃儼才淫淫地笑聲：「好了，就她們五個！」

該辦的差事辦完，該了結的心願也心滿意足，黃儼這才搖頭晃腦地辭行回朝。選中為秀女的家人免不了抱頭痛哭，彼此戀戀不捨地直送到鴨綠江畔。悲歡離合的呼天搶地，令許多隨從為之動容，有心軟些的還陪著掉幾滴眼淚。但黃儼無暇顧及，他只盤算著這趟差事不但能更使自己得寵，後半輩子的家私也積攢下了，憑這些珠寶，在金陵城裡蓋座上好宅院，再認個乾兒子，後半生也就有著落了。

當五名秀女輾轉來到上國的京都金陵時，沉寂許久的坤寧宮立刻熱鬧起來。宮女們在黃儼指揮下，精心替她們梳妝打扮，匆忙地調教宮裡的規矩和面君時該如何說話。五人還沉浸在離別親人故國的傷心中，面對如此盛大的場景，情知事已至此，再挽回不得了，也只好壓抑住滿心愁怨，作出言不由衷的笑態。

隔日，朱棣特意在乾清宮中召見遠方來的美人。當她們齊唰唰站在階下略顯生疏地拱腰拜見時，朱棣覺得眼前閃過一道亮光般身心突地震顫，連日來沉鬱在心頭的陰霾霍然煙消雲散，多少時候沒澎湃的熱血忽然洶湧起來。

但他還能掩飾住自己，穩坐在龍榻上朝黃儼點點頭：「幾位愛妃，朕這裡可是大邦之國，能進朕後宮者，不但容貌，才德也當絕佳。你們有什麼技藝，不妨展示出來，叫朕開開眼。」

幾個人驚懼和羞澀交加，誰也不敢開口先說話。黃儼生怕冷了場，忙上前一步，想拉出一個開個頭。朱棣卻看準了正中間的那個，她不但容貌豔麗，身材比起另外四個來更特別，體態豐腴，從脖頸直到露出若隱若現的胸部，白嫩細膩，確實如凝脂美玉。這讓朱棣不知怎的想起了楊貴妃，當年楊貴妃也就是如此吧。沒想到，將近千年以後，朕也能品味一下唐玄宗的滋味了，而且還是從異域而來，自然更別有情趣。

這樣想著，朱棣抬手一招：「就中間那位愛妃吧，你且過來，姓什麼？給朕看看有何取樂的技藝？」

昨日便聽宮女們說過，王法大如天，皇上看上去寬厚，其實舌頭一轉，就能立刻叫你死不得活不成，弄不好還會連累家人。因此她們今天來到這裡，如同站在閻羅殿前聽候發落，誰都戰戰兢兢，不敢有絲毫馬虎。聽皇上點了自己的名，當中那女子連忙穩穩神，邁前兩步，抖著聲音說：「回陛下，臣妾是朝鮮國工曹權氏之女，自幼讀書不多，家母從小教臣妾吹過簫，勉強獻醜了。」

說著從腰間錦囊中抽出一支尺餘長的玉簫，蔥根般的纖纖十指捧到朱唇邊，略一醞釀，好似有股清風漸漸盤旋而起，裊裊簫音頃刻瀰漫在大殿，死氣沉沉的雕樑畫棟一下子靈動起來，平日莊嚴肅穆的殿堂此刻突然如此溫柔多情。朱棣情不自禁地在龍椅上晃動著粗壯的身軀，兩手無處放似的不住拈動長鬚。

好容易一曲終了，權氏秀女和朱棣都長長鬆了口氣。朱棣忘形地連連鼓掌道：「好，真所謂餘音裊裊，繞樑三日不絕。朕還以為那都是古人胡謅的，聽愛妃一曲，果然有此感觸！好，愛妃既然姓權，那就權且封為權妃，若真德才並佳，再行封賞！」

權妃連忙謝過了，退回原處。朱棣卻興猶未已，看見御案上擺放好的筆墨，抓起來略作沉思，揮筆寫下一首宮體詩。自入金陵登上帝座，朱棣忽然感覺身為帝王，馬上殺伐的天子固然可敬，頗有些文氣的，則更容易青史留下好名聲。所幸宮中大臣會作詩的不在少數，楊榮、楊士奇等人所寫詩歌雍容華貴，且容易學到手，朱棣便慢慢養成逢事作詩的習慣。今天在幾個如玉美人跟前，賣弄一下上國天子的風采，他尤其願意。

片刻工夫，一首絕句寫成，黃儼忙上前捧過來，對了眾人高聲朗誦道：「忽聞天外玉簫聲，花下聽來獨自行。三十六宮秋一色，不知何處月偏明。」讀完了，不等別人說話，自己先嘖嘖讚歎：「哎呀，皇爺近來作詩越發老道了，這詩若叫楊士奇他們看了去，不嫉妒才怪呢！」

朱棣微微一笑，沒接話頭，眼光依舊落在權妃身上：「權愛妃，怎麼樣，朕誇你吹簫吹得好，不妨也應和一首？」

權妃並不知道朱棣朝中的規矩，凡聖上帶頭作了詩，臣工自然要紛紛應和，誰對得最工整，聖上也就越喜歡，也就越親近幾分。大學士楊士奇、楊榮和金幼孜等人，便是這樣得到聖恩眷寵的，就是與詩文毫不相干的職位，像戶部大臣夏原吉等人，也挖空了腦筋要寫出讓皇帝首肯的詩。

既然不知道，也就沒準備，況且權妃本來就沒作過詩，乍被問起，紅了臉搖搖頭，意思是不會。

朱棣「哦」了一聲，臉上顯出失望的神色，不會作詩哪能稱得上才女呢？場面頓時又有點冷清。

「皇爺問話呢，你們當中誰會作詩，可從速獻上來。」黃儼唯恐皇上將失望遷延到自己頭上，忙伸長了脖子，急急叫道。

這時朱棣看見權妃旁邊一個略瘦的秀女抬臉張了張嘴，似乎想說話，卻又有點猶豫。仔細看去，她雖不及權妃豐韻，但體態婀娜，站著不動也如玉樹臨風般姿態萬千，婷婷娉娉，宛如弱柳扶風，別有一番韻味。

「怎麼，這位愛妃會作詩？不妨將姓氏報上來。」朱棣微笑了，意味深長地盯住她。

權妃旁邊的那個秀女見皇上正直視著自己，驚慌中面如桃花，好容易沉穩住神，邁前兩步道個萬福答道：「啟奏陛下，臣妾乃朝鮮國護軍呂家之女，自幼在書堂讀過幾天書，曾寫過幾首，卻不敢在陛下跟前獻醜。」

朱棣如同看著自家兒女一般，笑容中有幾分慈祥，話語更是從未有過的寬厚：「聽愛妃說話，便是讀過書的人，自古詩如其人，愛妃的詩定然別有情趣了，不妨吟一首叫朕聽聽。」

姓呂的秀女聽皇上這般說，也就不再推辭，站在原地沉吟一下，放開鶯啼鳥語的嗓音朗誦道：「瓊花移入大明宮，旖旎濃香韻晚風。贏得君王留步輦，玉簫嘹亮月明中。」

「好，好，沒想到偏僻小國中，也有如此絕世才女！」朱棣有些誇張地拍著御案大聲叫嚷，「那朕就封你為才人，呂才人，黃儼，聽到沒有，將朕口諭在內宮傳下去！」

黃儼連忙答應著，長舒口氣，這趟一舉兩得的美差總算圓滿完成了。

「遠來乍到，朕也就先不一一見識了，先下去歇息，待有機會再賞識不遲。只是逢了才女，沒酒怎麼能成?!」朱棣興致勃勃地大聲說。

黃儼趴在金磚上還沒起來，聽聖上這樣說，立刻明白他的意思，忙再點一下頭，答應著站起身，衝幾個秀女使個眼神，她們會意，知道皇上沒留戀的意思，忙識趣地告退出殿。等朱棣折回坤寧宮偏殿時，黃儼早已安排下酒宴，偌大的桌旁，就呂才人一個忐忑地侍立一側。

朱棣暗中笑了一下，黃儼果然乖巧，朕沒說出口，他便知道朕要的是誰。這樣想著，朱棣心情格外地好，重重坐下來，舉起手中金樽：「呂愛妃，朕賜你一杯御酒，品嘗一下中原大國的佳釀，這可是讓李白寫出千古名篇的蘭陵美酒，過來嘗嘗。」

呂才人站著不知如何是好，旁邊的內侍推她一把才醒悟過來，上前謝恩接過。有意無意中，兩人的手接觸一下，軟嫩滑膩的感覺倏地傳遍朱棣全身，他感覺有什麼地方猛地一動，但臉上不動聲色地哈哈一笑，看著呂才人仰脖一飲而盡，白皙的臉龐頃刻如綻開了桃花，連脖頸也變作撩人的粉紅，他再按捺不住，狠狠地衝兩旁使個眼色，兩旁內侍會意，悄無聲息地退出帳外。

一瞬間，周圍寂靜下來，面對無邊春色嬌豔如花的女子，婀娜中別有一番異樣風情，她預感到將要發生什麼時的羞澀，更撩撥起朱棣蓬勃的激情。他不顧一切地將她攬在懷中，甚至顧不上仔細咂摸一下她俏麗的笑靨，手忙腳亂地扯拽著她的衣衫，而她恐慌卻不敢推卻的嬌態，更讓朱棣受了鼓舞似的，翻身將她壓倒在絳帳內。

一浪湧過一浪的雲雨，朱棣能感覺出她漸漸主動地和自己攪纏在一起，而她嬌柔的呻吟，就如一首首絕美的詩，使自己身心立刻通泰無比，他忽然什麼也不想了，一陣緊似一陣的快意令他喘不過氣。

春懷一似滿池萍

以後的日子裡，朱棣又臨幸了那位善於吹簫的權妃。權妃和呂妃兩人各有風味，每個晚上都讓朱棣流連忘返，自從徐妃過世後，他感到自己身上重新又煥發了盎然生機的春天。輪流侍寢幾個月後，從朝鮮遠道而來的秀女們逐漸適應了宮中生活，她們終於明白，來到這裡，就沒了再回去的希望，能如何在美女如雲的宮中站住腳跟，如何得到這個面色黑中透紅，雖已年近五十卻體魄健壯的皇上寵愛，是她們一生中最重要的事情。

朱棣在呂妃和權妃兩人中間輪流咂摸一番後，漸漸地，人們看出來，皇上其實和呂才人似乎更親近些。他們不但晚上享盡床笫之歡，白天還攜了手在御花園中觀景吟詩，有時也坐在涼亭下對弈，玩到高興處，一個豪爽地呵呵大笑，一個嬌柔地哼哼唧唧，儼然一對恩愛夫妻，不知羨慕死了多少嬪妃。

心中最不痛快的，首當其衝地要數權妃。本來以為自己一曲如仙樂般的簫音，就此可以籠絡住君王的心，不料皇上在馬背上爭來天下，卻偏喜歡作出文謅謅的氣象，這樣倒好，讓呂妃佔盡了無數風光。

已經適應了宮中生活的權妃，也領略了得到皇上寵愛的妙處。若像其他三個同來夥伴一樣，根本就沒入皇上的眼，她也就死心了，安靜地守她的活寡。可權妃覺得自己畢竟是受了皇上寵愛的，皇上第一次召見自己時就被打動了，寵愛得而復失，她就不大甘心了。但萬事卻不由她，皇上還是得空就往呂妃房中去，雖然偶爾也來自己屋裡光顧一下，卻次數日漸明顯減少，她不能不暗自焦慮，空落落的無可奈何。

百般無奈中，權妃與宮中那些嬪妃們走動得頻繁許多。她們在一起拉拉家常，聽那些不知何年何月便進到宮裡來的娘們說些宮中奇聞瑣事，自己也給她們講講朝鮮國中的各樣習俗，彼此打發無聊的時光。

偶爾有一天，權妃發現圍坐著閒聊的娘們中，有個頭髮已經現出點花白，看樣子歲數已經不小，憔悴的面容也不像曾經得過寵，心中不禁暗暗慨歎，自己如花的容貌春去秋來，遲早會凋零如她呀！難道萬里迢迢辭別雙親，來到這異國他鄉，就是要圈在金絲籠中這樣老去麼?!

這樣想著，神情就有些掩飾不住地黯然，本來興致勃勃的談論忽然低沉下去。眾宮女見狀，也不曉得她想些什麼，忙知趣地告辭相繼回各自房中。看看人走盡了，那個頭上銀絲點綴的老宮女眨著眼卻磨蹭到最後，輕輕扯一把權妃的衣袖：「妹妹，想起心事來了吧？」

權妃一驚，她知道這是什麼地方，一句胡言亂語便會招來彌天大災，急忙擺手紅著臉說：

「沒……沒什麼心事，只不過忽然有點不大爽快。」

那宮女幾分詭秘地一笑：「妹妹沒聽相面算卦的說麼，入門不用問喜憂，一看臉色就有數。妹妹的喜憂，其實姐姐早就瞧出來了。唉，這年頭，當女人難，圈在這宮院裡的女人更是難上加難哪！」

權妃更是吃驚，摸不清她的意圖，警惕地看看窗外，一時語塞。老宮女又詭秘地一笑：「唉，一入宮院裡，是親也戒三分，妹妹年紀輕輕，倒如此心細，真是難得了。其實今兒也不必那麼提心吊膽的，皇上去鳳凰臺兜風了，完了還要在清涼山登高望遠，略微體面些的太監都跟隨了去，呂妃娘娘依偎在皇上身邊，不定要作出幾首好詩呢！」

這話正勾起權妃的心思，情不自禁地在肚裡暗歎一聲，見那宮女遮遮掩掩地似乎有話欲說不說，反正那幫充作耳目的太監們不在，權妃也大了膽子，平穩了臉色問：「姐姐看樣子年紀不小了吧？」

低弱的聲音讓老宮女渾身一震，收斂了笑容垂下頭去：「是呀，年紀不小啦，唉，枉活一世呦！妹妹沒聽以前有人寫詩說，白頭宮女在，閒坐說玄宗。像唐玄宗那樣多情的天子，還讓多少宮女白白老去，更何況是如今！想當年，姐姐我也是如花似玉的美人，在鄉多少富貴公子見了我眼饞，可惜流落在宮裡，就這麼悄無聲息地老成這樣，如今再讓我回鄉去，人家看我這副模樣，誰會相信！他們以為我在宮裡不定享什麼福呢！唉，自己的苦楚只有自己才真知道呀！」

見她說得語重心長，不像是裝出來的，權妃戒心放鬆許多。聯想到自己眼下的處境，會不會多少年以後，又是一個她呢？權妃不敢認真想下去，附和著歎出一口氣。

「妹妹，你雖說來了這麼長時間，還不一定知道這宮裡的瑣碎規矩，其實道道多著呢！按說，像姐姐這樣上了歲數的人，又沒得過皇上寵幸，沒生過一男半女的，用不了多久，就該離開這裡，到那邊冷宮去混日子。聽人講，那冷宮簡直就如人間的閻羅殿，總之都是再沒用了的廢人，也就沒人顧得上操心，吃喝都供應不及，有病有災的更沒人過問，整日盡往外抬死人，若到了那種地方，唉！」老宮女心有餘悸地不忍仔細說下去，半低下頭，幾根白髮特別顯眼。

「那自己若是就這樣混下去，將來豈不也……」權妃面色一凜，差點叫出聲來。但細微的變化已被老宮女看在眼裡，她恢復了剛才略顯詭秘的笑意，「妹妹，你比我強，能受到皇上的恩寵，將來再生個小王爺，這輩子福分也就定下啦！像咱們這種女人哪，好歹就在這幾年工夫裡頭，錯過這個村，就再找不下這個店啦！」

「可惜姐姐只看到表面，卻不知道其實皇上他更偏向呂妃……呂妃她詩寫得好，皇上不知怎麼愛不釋手，近來夜夜臨幸，我幾乎不怎麼沾邊了……」滿腹心事被攪動得洶湧起來，權妃吞吞吐吐地講出自己不敢告人的心思。

老宮女終於舒展了臉色，話語和悅了許多，挪動身子湊近些，看看窗外婆娑的花影，神秘兮兮地說：「妹妹能給姐姐說出這種心底的話，那什麼都好說了。其實妹妹說的，不光姐姐，凡有眼的宮女太監都能看出來。依姐姐說，妹妹論長相，比呂妃還要強些，論才藝，更應該能打動皇上的心。妹妹之所以讓呂妃搶了鋒頭，一大半是當今皇上想給人留個文武全才的念想，恰好呂妃是個才女，吟詩弄詞的，當然合了皇上的意啦。再一小半麼，還在妹妹你身上。」

權妃聽她這樣一說，覺得確實有點道理，無奈地搖搖頭：「皇上喜歡吟詩弄詞，可我偏偏不會，這也不是一時半刻能學得會的，看來只好認命了。」

「命是什麼，命還不是人想出來的？」老宮女眼睛一眨，盯住權妃臉色，「妹妹，人活在世上，三分靠命，七分靠爭，不爭不搶的，福分哪能平白落到自己身上？若妹妹有奪回皇上寵愛的心思，姐姐我倒有好主意，保管你壓倒呂妃，叫她再抬不起頭！」

「噢？」權妃看看被歲月和憂傷枯皺了面皮的老宮女，「姐姐有什麼好主意，不妨說說看，倘若管用，定不忘了姐姐的指點。」

老宮女見權妃相信了自己，得意似的笑了笑：「妹妹先不用許願，姐姐我姓劉，平日裡宮中姐妹知道我腦子活絡心眼多，都叫我劉諸葛，唉，在這裡邊，就是真諸葛來了，也是乾瞪眼呦！不過妹妹放心，只要你能記住劉諸葛，將來妹妹得寵後，統領六宮時，給姐姐找個打雜的活計，別打發到那邊冷宮裡去，姐姐也就知足了。」

見她這樣說，權妃也就越發信服，忙肅整了臉色一本正經地說：「若能真像姐姐說的那樣，我重新得了皇上寵幸，不但我將來不用到那鬼地方去，就是姐姐，我自然會供養一輩子，姐姐放心就是。」

「我看妹妹是那種講信義的人，這才真心幫你，」劉諸葛放了心，說話痛快起來，「其實像妹妹這樣色藝雙絕的人，又是從朝鮮過來的，要得到皇上歡心，並不是件難事。姐姐我早就替你想過了，只要你按姐姐的辦法去做，肯定沒問題。眼下還不到秋天，保你到不了年底，皇上就把妹妹捧得跟玉人似的。」

權妃見她說得斬釘截鐵，不由不相信，伸長了脖子問：「那，依姐姐看，我眼下該怎麼辦？學寫詩橫豎是來不及了，要不，我等皇上回來時，在他路過的地方吹簫，好引起他的留意？」

劉諸葛意味深長地笑笑：「妹妹這就差了，這樣一來，非但得不到皇上歡心，恐怕不出幾天妹妹就要和姐姐我一塊兒進冷宮了。男人哪，心思不好猜測呦，你越在他跟前騷首弄姿的，越就如同將鳥兒往別的林子裡趕，弄巧成拙呀！」

「那，姐姐看來，我該如何？」權妃不曾想其中還有這麼多道理，皺著眉頭有些著急地說。

「別急，好事不從忙中起，有道是不施萬丈深潭計，難釣千年大鯉魚，」劉諸葛下意識地看看窗外，白花花的陽光正燦爛地透過窗紙，整個院裡寂靜風闌，「姐姐已經替你想好了，自今以後，你見到皇上就躲得遠遠的，即便皇上翻牌子或傳口諭要臨幸你，你也推說身體不適，請皇上到呂妃房中去歇息好了。」

權妃聽得莫名其妙，不大樂意地說：「姐姐這回差了，我從呂妃手裡搶皇上還搶不到手呢，哪有皇上來了再推出去的道理？」

劉諸葛似乎故弄玄虛地笑了：「看看，妹妹這就過分著急了不是？我剛說了嗎，不施萬丈深潭計，難釣千年大鯉魚，像這樣的大事，不耐著性子怎麼能行？妹妹，世事如同天上的雲彩變化莫測，遠非你在家中繡樓上想的那麼簡單，姐姐在這人鬼交雜的地方，見的也比你想到的多，聽姐姐安排，有你歡喜的日子。」

「好……好吧！」權妃將信將疑，猶猶豫豫點了點頭。

自此以後的近一個月中，權妃好像忽然從宮中消失了一般，再不見她來往於前宮後殿的身影。朱棣和呂妃吟詩唱和的時候，偶然想起那個風韻如同楊貴妃吹簫好似仙樂一樣的權妃，便讓黃儼到後宮傳下口諭，令她過來侍奉。但每次黃儼都面露難色地回來稟奏說：「皇爺，權妃她，她說身子不大爽利，說還是讓皇爺和呂才人在一處的好，還說皇爺和呂才人吟詩作詞，譜了曲子後，宮人們都喜歡唱。」

「唔，」朱棣點點頭，礙著呂妃就在跟前，也不便多說，揮揮手叫黃儼退下去了。如此三番，接連個把月竟沒見過權妃一面，朱棣心中便覺得若有所失，權妃俊俏的面容豐腴的體態，還有裊裊如縷的婉轉簫音，反而愈發清晰地閃現出來。

秋風漸漸蕭瑟，褪了色的花瓣飄滿殿前階下的青石庭院，江南的秋日蕭條哀婉，湛湛藍天中少了雲絮的點綴，空曠而遼遠。然而秋日的江南又是陰晴不定的時節，倏忽間湧過一團陰暗，稀疏的雨點便順風飄灑下來。權妃的心正如頭頂的天際一樣，陰晴不定，無風瑟瑟，不雨蕭蕭。她忽然感到劉諸葛的話未必可信，聽她計策的結果，皇上不僅沒來到自己身邊，反而似乎漸漸消逝在她的生活中。倘若皇上真的將自己忘記，那自己將來豈不就成了劉諸葛一樣的下場？

一想到劉諸葛所說的宮女年老色衰後的歸宿，權妃就不寒而慄，片刻坐臥不寧。終於忍耐不住，她瞅了個皇上出宮秋遊的空子，到後宮偏殿裡，悄悄將劉諸葛叫了出來。

聽權妃頗含怨氣地講完了這些日子的難熬，劉諸葛卻笑逐顏開地拍手叫道：「好，難得妹妹能辦得這麼好！」

「那又能怎樣?!」權妃不耐煩地說，「本指望聽了你的話，能讓皇上回心轉意，誰承想倒給姓呂的做成好事，現在人家可是將皇上獨佔了，即便我有心思去侍奉，拒絕了人家這麼多回，還有什麼臉面！」

「傻妹妹，你又錯了不是?」劉諸葛不慌不忙，「我們這裡有句話，要求生富貴，須下死工夫。妹妹要得到一夜兩夜的歡喜，原不是什麼難事，也不須叫姐姐出謀劃策。可一夜兩夜的頂什麼用，宮裡三千美女，有多少叫皇上整治了一兩回，就扔在一邊任她們慢慢老去?!妹妹要救自己和姐姐，還得從長計議才對。一個月的寂寞都耐不住，那將來沒邊沒際的日子你怎麼熬?!」

見權妃不吭聲了，劉諸葛放緩了聲調，上下打量權妃一番，點點頭：「妹妹這身裝扮還是太花俏了，看上去就和我們這些下賤宮女不是一個身分。這樣，今兒皇上不是秋遊去了麼，妹妹就趁他回宮時，在後宮西角門那兒裝作閒走，叫皇上看上你一眼。」

「哎，」權妃痛快地答應一聲，「那我這就換身上好的衣服，姐姐你再替我好好裝扮一番，叫皇上看見了我，就能撇下那個姓呂的。」

劉諸葛不以為然地笑道：「妹妹又差啦。我是說，妹妹就是現在這身裝扮就太好些，還用什麼裝扮?來，姐姐的衣裙都褪色了，借給你穿上，再把髮髻上的首飾都摘下來，這樣看去更顯落魄些。」

權妃睜大了眼睛，一時沒聽明白她說些什麼：「姐姐，你瘋了不成?!這副模樣叫皇上看了，他討厭都來不及，還能有那心思？」

「妹妹，你說的那心思是什麼心思？」劉諸葛故意調侃地問，滿臉的笑容似乎如房外枯皺的花瓣，又被人踩過一腳慢慢地重新舒展。

權妃此刻也來不及害羞：「那還能有什麼心思？姐姐，我既然相信了你，你可別坑害我！」

「一聽妹妹說這話，就還嫩些，」劉諸葛說著已經將外邊的衣裙解下來，「如今姐姐就指望你將來好過了，拉姐姐一把，說得不好聽，咱就是栓在一根繩上的螞蚱了，姐姐難道還能故意坑害自己不成？哎呀，這話原不該說的，將來妹妹富貴了，可要光想著姐姐的好處，這情急之下的胡言亂語，千萬別往心裡記。快點，皇上待會兒就要回宮了！」

說著，劉諸葛已經替權妃摘下了滿頭的鳳釵玉環，頭髮耷拉下來，遮住了半個臉，她卻歡喜地說：「嘿，這樣倒正好，更顯得狼狽！來，快把衣裙換上。」

權妃聽她說得振振有辭，一時弄不清其中有何玄機，但事已至此，也只好隨她擺布。片刻工夫，熠熠生輝的權妃失去了光澤，灰土灰臉地像灑掃庭院的使女太監。從鏡子中照見自己這個樣子，權妃險些掉下眼淚。看她眼圈發紅，劉諸葛卻哈哈笑道：「好，好，這才叫表裡如一呢，就這樣去，叫皇上看見，保準有效！」

權妃有幾分明白地問：「莫非姐姐叫我打扮這麼寒酸，是要皇上可憐心疼麼？」

「唉，傻妹妹，」正在興頭上的劉諸葛忽然歎口氣，「皇上要是能這麼心軟，懂得體貼下人的苦處，這宮中三千宮女也不至於沒日沒夜地煎熬了。世間這麼大，命苦人這麼多，誰可憐誰去？妹妹，叫人可憐，不如叫人喜歡，姐姐可沒那意思，反正也別問那麼多，到時候你就知道了。」

權妃將信將疑，生怕別人看見了發笑，躲躲閃閃地來到西角門旁，裝作散步的樣子，心中忐忑不安，想著皇上若是見自己這副樣子，怪罪下來，從而更加疏遠自己，那以後的日子可就難打發了。

正胡思亂想著，聽見有太監扯嗓子吆喝：「聖駕回宮了！」緊接著腳步雜沓，一行人抬了大肩輿，由皇城西安門那邊斜穿御道，從西角門拐進宮城中。權妃心中一緊，趕忙躲閃到路旁。遠遠望見皇上和呂妃並排坐在高高的肩輿上，有說有笑，看情形遊玩得格外高興。看看花枝招展的呂妃，再低頭瞧一眼自己破衣爛衫，本來就滿腹委屈，此時更覺心酸，悄悄抬袖子抹把眼睛。

以為是灑掃的宮女，太監們誰也沒注意。但朱棣卻高高在上地看見這個女人身形很熟悉，似乎在哪兒見過，特意欠起身盯她一眼，心頭咯噔一愣：「這不是權妃麼？怎麼弄成這副模樣？莫非因為她是從朝鮮來的，眾人都欺負她？」

朱棣這樣想著，忽然記起已經差不多有兩個月沒見過權妃了，她那豐腴細膩的肌膚，裊裊如同仙樂的簫曲，想來比挖空心思吟些不鹹不淡的詩句更有詩意。再仔細一想，朱棣記得自己曾召幸過她的，可她卻推說身子不爽快，叫黃儼領自己去了呂妃房中。莫非她見自己喜歡和呂妃在一處，有意成全？若這樣，那就不僅色藝雙絕，德行簡直可以和徐妃相媲美了。真沒想到，朝鮮國中也有這等奇女子，唉，朕倒辜負她了。

胡亂猜測著，一行人已經轟隆隆地走過去。朱棣強扭頭再看一眼，越發覺得這個權妃淒楚動人，連她那身不合時宜的衣衫也似乎很叫人心動。

彆扭地站在路邊的權妃並不知道皇上仔細看過自己，她只覺得自己如同這滿地的殘花敗葉般，零落得沒人願意正視一眼。她看著耀武揚威的隊伍從身邊招搖而過，似乎還飄來幾聲呂妃的嬉笑，終於她忍不住捂著臉抽噎起來。

快快地回到房中，劉諸葛正坐在床沿旁等著。見她那副表情，早有預料似的並不在意：「妹妹，皇上從你身邊走過了沒有？」

見權妃苦著臉沒答話，劉諸葛笑嘻嘻地湊上來：「哎呀，別心急嘛！一輩子的福氣，還能說來就來的？」

「可是皇上連正眼都沒看我一下，哪還有什麼福氣？哼，呂妃憑了幾句歪詩，竟然將皇上黏在了自己身上，真是老天瞎了眼！」權妃沒好氣地嘟囔道，順手扯下凌亂的衣裙，扔在地上。

「難得妹妹有這麼不服人的氣魄，這樣事情就更好辦了，」劉諸葛響亮地一拍巴掌，歡喜地說，「妹妹，忍耐了兩個月，總算沒落空，姐姐這就叫你苦盡甜來。咱們可說過的，妹妹大富大貴後，別忘了將姐姐留在宮裡頭。」

說著劉諸葛從床上包袱裡抖出幾件衣服來：「妹妹，快穿上，裝扮起來，若是姐姐料想不錯的話，皇上今天肯定要召幸妹妹了。快穿戴上，叫姐姐看看。」

七手八腳地，嶄新的大紅宮袍穿在身上，再梳妝一番，朝鏡子裡一看，權妃驚訝地簡直都不敢認識自己了。大紅宮袍內罩件沉香色水緯羅對襟小衫，緊壓著雙乳半隱在領口，似現不現地叫人浮想聯翩，鑲了五色綉紗的褶子裙，更顯得裙擺似乎隨風飄動，恰倒好處地露出纖纖三寸金蓮，不用走動，也裊娜生姿。散亂的髮髻經過劉諸葛精心梳理，明晃晃油光發亮，高高的髮端，斜簪上幾根翠花金鈿，簡單而高雅，嫵媚卻不俗氣，映襯得臉龐白皙粉嫩，紅馥馥的朱唇直挑逗人心。仔細端詳半晌，權妃好像第一次發現自己原來如此迷人，久久站在鏡前不肯離開。

剛收拾妥當，黃儼邁了碎步走到房門口，老遠就吆喝道：「權妃在麼，聖上有口諭，詔權妃到坤寧宮面君陪侍！」說著踏進門來，慌得劉諸葛連忙躲到屏風後邊。黃儼肥嘟嘟的臉上擠滿笑意，見權妃光彩照人地站在房中，驚訝地呆了一呆：「哎呀，權妃原來如此天姿國色，難怪聖上念念不忘呢！恭喜娘娘，賀喜娘娘，娘娘日後富貴了，可別忘了咱周全的好處。」

權妃隨口應付兩句，看他點頭作揖地走遠了，劉諸葛才從屏風後鑽出來，壓住滿心的歡喜說：「妹妹，成敗可就看這一回了，千萬別性急，耐住性子，最後得寵的才算真得寵。等見了皇上，別叫他看出你心裡的高興，作出滿副無奈的神情，若他要親你，你先推搡兩下，若他要那個，你就說身上來紅了，叫他到呂妃房裡行事去。」

權妃本來滿心喜悅，聽了後羞澀地皺皺眉說：「姐姐，這樣怕不妥當吧，惹惱了皇上可不是鬧著玩的，再說，有這麼好的機會……」

「傻妹妹，都到這一步了，你還不相信姐姐麼，等有空了姐姐自然會給你好好解釋，你呢，只管照姐姐說的做便是。」劉諸葛俏皮地一笑，恍然間權妃似乎看到了她以前的影子，想到她以前也是光豔照人的美貌，可巍峨堂皇的宮院，將她變成了這個樣子，可惜呀！權妃閃過一個念頭，卻來不及多說，肩輿已經停放在門口了。

兩個月不見，朱棣簡直想不起權妃是什麼模樣了，印象中她和呂妃不相上下，各有千秋。雖然屢次召見，權妃都婉言拒絕，朱棣倒並未特別在意，反正自己已經品嘗過了，眼下又有呂才人依偎著，他也不必十分強求。

只是今日看權妃蓬頭垢面的樣子，朱棣心頭一震，他忽然激起特別想見這個朝鮮秀女一面的欲望。好容易天近黃昏，草草用過晚膳，朱棣便迫不及待地叫黃儼去傳旨，他要仔細揣摩一下，再體味一回當初唐玄宗戲弄楊貴妃的滋味。

等肩輿來到內室門外，權妃悄然走進來時，朱棣還沉浸在遐想中，他並沒特別在意。一聲「拜見陛下」的鶯聲鳥語婉轉響起，朱棣下意識地扭過頭，這時他立刻驚呆了，這是權妃麼，兩個月不見，此刻一瞧，原來她竟然比自己印象中美得多，以前怎麼就沒發現呢？他暗中責怪自己一句。

「啊，愛妃，你……身子可好些了？」朱棣口乾舌燥，在千軍萬馬中衝殺過來的他，此刻卻壓抑不住狂跳的心。

權妃半低著頭，不知是害羞還是大紅宮袍映襯的，粉面如桃花搖曳，新畫的彎眉下雙眸左右流盼，宛如一池秋水，波光動人心魄。

看看隨侍太監退下去了，朱棣再忍耐不住地上前一把將她攬在懷中，喃喃說著：「美人受委屈了，」一將扎歪歪的髭鬚湊上來。

權妃聽他這樣說，滿腹的哀怨都被勾了起來，身子一軟險些倒在寬大厚實的懷裡，可她立刻想起劉諸葛的話，警覺地別過臉去，讓朱棣撲了個空。

「哈哈，美人果然受了委屈，要耍脾氣了，」朱棣呵呵笑著，將她摟得更緊，用嘴在她臉上胡亂蹭著，向一旁床榻上擁去。

「啊？聖上，別，」權妃見事事如劉諸葛說的那樣，更硬了心依她的話去做，「臣妾今天正好……正好身上來那個了，還是請聖上到呂才人房中……」權妃使勁推搡著要從他懷中出來，羞澀地漲紅了臉說。

朱棣在權妃面前，好像頭一次見到她，火急火燎地忍耐不住，聽權妃這樣說，滿腔的欲望頓時冰涼半截，卻仍愛不釋手地說：「好，好，美人既然身體不適，朕自然不強求。那朕就陪愛妃吹簫取樂，共度良宵！」

「陛下還是到呂才人那邊去吧，臣妾不忍耽誤陛下。」權妃一臉懵懂的樣子，似乎羞不自勝。朱棣聞言擺擺手：「朕就喜歡與愛妃在一起，今夜哪兒也不去，快，給朕吹上一曲，朕好久沒聽到愛妃的仙樂了。」

權妃卻遲疑地不肯將簫取出來：「陛下，臣妾身子不大爽利，簫聲也就滯澀不夠婉轉，所謂真正吹簫者，聲音發於外，其實形成在心，就是這個道理。此刻臣妾吹出簫來，只怕不但不能叫陛下歡心，反而惹得陛下壞了好心性，那臣妾可就吃罪不起了。陛下還是到呂才人那裡去的好。」

朱棣看著如同天仙一般的權妃，忽然覺得呂妃要灰暗許多，她那些叫自己稱讚不已的什麼詩句，在光豔照人的權妃面前，多麼蒼白。權妃愈是百般推脫，朱棣心裡愈是奇癢，砰砰地壓抑不住心跳，這是他臨幸任何一個嬪妃時所感覺不到的，就是當初頭一次讓權妃侍寢的時候，自己也沒如此熱切過。這樣的感覺，連他自己也奇怪。

越是熱切，朱棣就越發珍惜地不願破壞了這樣的好心情，處處遷就起權妃，他笑吟吟地說：「不妨，不妨，既然愛妃不願，朕也就不強求了。如此，朕就命人將奏摺送過來，朕要在愛妃房中批閱文書，以伴愛妃度過這漫漫長夜。好些日子冷落了愛妃，朕要補償回來。」說著也不等權妃再推辭，衝門外當值的太監大聲喝道：「去，傳朕口諭，叫黃儼將大殿內的奏章抱過來，朕要徹夜理政！」

權妃本來還想再推辭幾句，但又覺得一味擺出不依不饒的架勢，弄得過了反而不美，便換了笑臉捧過一杯熱騰騰的香茗：「陛下日理萬機，還是早些歇息的好。」

朱棣臉上現出在后妃面前少有的寬厚大度：「朕能同愛妃共坐一處，就已經是歇息了。愛妃不必陪著，只管自己歇息去，朕年剛屆五十，正是身體精壯的時候，不礙事。」

說著話黃儼已經將厚厚的一疊文書送到，招呼著剔亮了燭臺，陰影中見權妃盛裝端坐在一旁，弄不清兩人這是玩的哪一齣，但也不能亂問，見朱棣揮揮手，忙識趣地瞥一眼權妃，訕訕地退下。

夜色漸漸沉靜下來，秋風夾著些許枯葉在窗外打著旋，颯颯有聲，更顯整個宮城靜謐安詳。朱棣開始尚漫不經意地翻著一頁頁疏奏，眼角時不時瞟上權妃一眼。但當翻看到一封長長的奏摺，奏摺上角還用濃墨重重地點了兩個圓圈，他的眼光忽然被吸引過去，直直地盯住匆匆讀罷，扔在桌上長歎口氣。

「陛下有何不痛快的？莫非臣妾惹陛下不高興了？陛下還是到呂才人房中去吧，人家說不定都等急了。」權妃不明就裡，小心翼翼地說。

朱棣陰沉了臉，凝望著窗紙上暈黃的光亮和濃重的漆黑交接處，出了會兒神才猛然醒悟過來似的：「愛妃想到哪兒去了？朕以前沒仔細審視過愛妃，喜歡還來不及呢，哪有不痛快之理？朕是看了奏摺，心有感慨而已。」頓一頓又似乎自言自語地說，「內憂尚在萌芽中，發與不發模稜兩可，外患又起，永樂盛世，不料卻總有憂患呀！」

聽朱棣這般話語沉重，權妃不由動了好奇心，雖然剛進宮時，司禮太監就告誡過她們這些剛打朝鮮來的秀女，後宮嬪妃不得過問政事。但她畢竟在宮中待的時日少，不知道這個告誡的分量，印象就很模糊。此刻見朱棣鎖眉沉悶，湊近些問：「陛下有何煩心事，可否給臣妾說說，臣妾雖然不文不武，但說出來總比悶著強。」

朱棣見權妃臉色活泛了，不似剛才拘謹，滿面陰雲淡漠了些，趁機拉住權妃的手和她並肩坐下：「愛妃說的有理，人都說作了皇帝就萬事大吉，其實他們不知道，當家就是戴枷，煩心事多著呢。所謂內憂麼，暫且不提也罷，外患卻逼近眼前，就與愛妃說說也無妨。」

他目光中有幾分貪婪地盯權妃一眼，慢慢講起外患的原委。

留與月冷吟魂中

當年，洪武時候，元朝最後一個帝王脫古思帖木兒被洪武手下大將藍玉打得大敗，逃回百年前的老窩喀喇和林。衰敗時節，一衰俱衰，脫古思帖木兒大敗之際，殘兵敗將人心惶惶，分崩離析，逃竄到土拉河附近時，起了內訌，混戰中，脫古思帖木兒被其長子也速迭兒殺死。

但也速迭兒根基不深，部下根本不信服，一時間，強大無比的蒙古鐵騎分成許多小股，四散奔逃，再成不了氣候。那時蒙古族的另一個部落，首領叫帖木兒的，率大軍剛平定了西域一帶，統轄了西域許多國家，連印度和埃及等遙遠的大國也被他打得焦頭爛額，窮於應付。聲勢浩大之下，帖木兒聞聽統治中原的同族遭遇巨變，立刻雄心勃勃，整頓軍馬，準備回兵東征，要如同百年前的祖先那樣恢復中原。

帖木兒大軍兵臨疆界的消息傳來時，朱棣已經當政，他立即下詔，命西寧守將宋晟，統帥陝西和甘肅一帶的兵將嚴加防禦。頓時舉國上下群議洶洶，彷彿大敵將臨，大明似乎又面臨了洪武初期的風雨飄搖。

幸運的是，帖木兒雄心勃勃，卻天不假年，在東征途中得了風寒，一病不起嗚呼而死。他的眾多兒孫因為爭權奪利，互相仇殺，再無暇顧及遙遠的大明朝廷。殺來殺去，最終被一個叫鬼立赤的坐收漁翁之利，恢復原來蒙古部落的名稱，叫做韃靼。可韃靼這樣一個鬆散的部落群體，沒過多久，便接連發生變亂，知院阿魯台殺掉鬼立赤，為了名正言順起見，將喪失國家的元朝皇室後裔本雅里失，立為可汗，阿魯台自任太師，實際上掌握實權，號召蒙古四方，韃靼部落又逐漸強盛。

不過，在韃靼正趨於強盛的時期，它的西部出現了個瓦剌部落，首領是原先元朝大臣猛可帖木兒的後裔，酋長叫馬哈木。出於爭奪地盤相互搶佔牧場等原因，本來同根同宗的兩個部落一直以來幾乎未和睦過，互相征戰連年不斷。

就在前幾年朱棣從北平起兵討伐南京建文時，為了防備馬哈木趁機南下使其腹背受敵，便特意派遣使者到瓦剌部落表示友好。馬哈木也正好急於聯合一個頗有實力的同盟，樂得答應。

後來朱棣登基南京，不忘舊好，千里迢迢頒下詔旨，封馬哈木為寧順王。有了大明朝廷的強大支持，馬哈木更覺理直氣壯，底氣十足更加強硬地和韃靼為難。韃靼卻不吃這一套，奮起反擊，但最終勢力不敵，被馬哈木打得大敗。

韃靼吃了大敗仗的消息傳到朝廷，朱棣向來對元朝皇室後裔心懷忌憚，覺得正好借這個機會徹底收復韃靼，使其成為朝廷的臣子。本著這個想法，朱棣派使者帶上蓋了玉璽的詔書，還有些金銀珍珠等中原寶物，前往韃靼招撫本雅里失。不料本雅里失因為大明朝廷素來偏向瓦剌，心存不滿，對大明使者根本不加理睬，連親自召見一回都沒有，不冷不淡地應付一下便打發回來。

向來自以為威服四夷的大明朝，何曾受過這等窩囊氣，真是有失大明皇帝的尊嚴。不過因為路途遙遠，朱棣還是謹慎起見，抬高了使臣的級別，派給事中郭驥前往韃靼，再行說服，表明大明招撫的心跡。更料不到的是，由於朱棣的兩次議和，本雅里失反而覺得南京相距蒙古大漠天南地北，諒他也拿自己也沒辦法，更加囂張，一刀將郭驥斬為兩段，讓副使將人頭帶回南京。

這樣一來，不但有失大明朝的尊嚴，簡直就是向大明的挑釁，若再不作出反應，朱棣覺得在臣子面前說不起話了。就在副使返回南京的第二天，朱棣便宣旨任命淇國公丘福為征虜大將軍，武城侯王聰為左副將軍，同安侯火真為右副將軍，安平侯李遠為右參將，率領大軍十萬，浩浩蕩蕩前去征討韃靼。

當時二王子朱高煦曾上書父皇，說自己曾於戰陣中廝殺多年，這次朝廷如此大規模地出兵，他願意為先鋒，再替國效力。朱棣接到他的奏摺，剛開始心頭一喜，想起為了爭奪太子之位，父子鬧騰得不歡而散，後來又因為將他分封到邊遠的雲南，朱高煦萬分不樂意，始終賴在南京王爺府中不肯就藩。朱棣深知朱高煦在四年靖難之戰中確實立了大功，也不便苦苦相逼，任由他去。

現在朱高煦主動請纓，是否想通氣順了，若是那樣，所謂的內患，自然也就消失大半。三子朱高燧雖然極力攛掇二哥爭奪太子之位，一副唯恐天下不亂的樣子，但只要朱高煦這個手下兵將眾多，又親臨戰陣的兒子沒了這份野心，文弱的朱高燧就不足為慮。有道是秀才造反，三年不成嘛！朱棣輕鬆地想著，抓起御筆來就要在奏摺是批示，可不知怎的，他忽然又覺得朱高煦轉變得也有些太快了，前不久，紀綱還偷偷來到內宮，向自己稟報說，錦衣衛安插在二皇子府中的人傳出信來，朱高煦每日焦躁不安，動不動踢凳拍案，隨便因了個小事鞭笞下人，更是家常便飯，還口口聲聲叫嚷什麼「世道如此不公，肥豬養在深宮大院，駿馬卻站在外邊，真他娘的府庫裡的老鼠有餘糧，耕地的黃牛要餓死，不服，就是不服！」

當時紀綱原原本本地向自己稟奏時，朱棣倒沒生多大的氣，他知道這個兒子的秉性，況且這樣的情形也不是紀綱頭一回向自己稟報了，只要不鬧出什麼丟人現眼的亂子，他還能容忍過去。也就只是聽聽而已，沒往心裡去。

想在面對朱高煦信誓旦旦自告奮勇的請纓奏摺，朱棣卻忽然想起紀綱的話，他遲疑了一下，嘴角撇出一絲冷笑，放下朱筆，看了看侍立一旁的黃儼：「去到漢王府，傳朕口諭，大軍盡數出征，南京防務較平日也就更為重要，漢王有統帥三軍的經驗，還是留在京師，以備不時之需。」

黃儼答應一聲退下去，朱棣搖搖頭，嘴角的苦笑完全流露出來：「難怪人都說雁飛不到處，人被名利牽。勾心鬥角，無處不在，即便父兒也難以免俗呀！」

匆忙準備幾日，大軍開出京城。無外乎旌旗蔽日，煙塵沖天，趕來相送的百姓哭聲哀哀，彼此呼兒叫娘的亂喊。朱棣對此早有預料，無論在北平還是在南京，哪次出征時不是這番景象呢！他並未出城親自去送，只派了禮部尚書李至剛和戶部尚書夏原吉代自己送到城郊十里長亭之外。

臨行之際，朱棣將主帥丘福召進宮裡，這是靖難之戰中的老將，朱棣頗能信得過，拉住他手殷殷致意地說：「丘愛卿本來該坐享天倫之樂的，可現在北邊不太平，朕看滿朝文武，以前宿將非病即亡，除了愛卿再沒合適人選，勉為其難吧。愛卿凱旋之日，朕自會重重賞賜。」

丘福雖然年紀見長，火暴脾氣卻沒改變多少，霍地站起身，身上鎧甲撞擊著一陣亂響，他抱拳施禮說：「陛下放心，當年蒙古韃子佔領了整個中原，洪武爺尚且一鼓作氣，將他們趕回了老家，可見他們也不是渾身長刺。再說臣在北平也和蒙古韃子接過幾仗，多少了解些，這回定然馬到成功！」

朱棣仰頭看看他滿面豪氣，頗不以為意：「愛卿勇猛固然可嘉，不過將驕兵惰，自古便是兵家大忌。愛卿還是慎重為妙，自從朕在南京登基後，北平向來疏於防範，蒙古人的勢力逐漸南移。聽前方戰報上說，過了開平，便有韃靼游騎蹤跡，他們素來在馬背上過日子，游走不定，來去無蹤，千萬不可大意。愛卿到了北地後，即便一時遇不到敵兵，也莫鬆懈，說不定他們就躲在附近荒草叢中，務必放慢速度，搜索前行。再者，多向沿途百姓打問，他們熟悉地形，也深知韃子活動習性。這就叫欲知山上路，須問下山人嘛！」

丘福豪氣凌雲地聽著，本想再辯解，不過想了想還是閉住嘴，深深一拜，辭行而去。朱棣當時還沒想到，這一拜，卻是和丘福的生死離別。

轉眼已經過去兩個月，前方戰事毫無消息。不過據朱棣想來，丘福這樣久戰沙場的老將，雖然冒失些，但對付剛被瓦剌打敗的一個蒙古部落，應該不成問題。

沒想到，今夜在權妃房中，卻意外地看到了駐紮陝甘一帶的宋晟加急奏報，將丘福近兩個月來的戰況仔細奏明。

原來，丘福率領大軍開赴前線，暫時駐紮於開平城中，自己率領萬餘人的前鋒，和眾將領先行去搜索韃靼主力騎兵的行蹤。他們來到蘆溝河附近時，確實遇到韃靼少許散兵。猝不及防的相遇，令這些胡人潰不成軍，沒怎麼戰，已經四下逃竄，還活捉了幾個俘虜。

審訊中，有俘虜供出，韃靼首領本雅里失聽說明朝大軍前來征討，驚慌失措，倉皇向北逃走，現如今大概已經跑出了有三十餘里。

聽說韃靼首領竟然就在前邊，丘福興奮異常，也顧不得回開平召集主力，帶了前鋒就去追趕。當時正是中午時分，無邊無際的沙漠在秋陽下抹了層金黃，隱約可見的霧氣翻滾蒸騰，神秘而誘人，而它無邊的寂寞更讓人感覺神秘莫測。

「擒賊先擒王，只要把本雅里失這個韃子頭領擒住了，韃子便蛇無頭不行，不用苦戰自然來投降。沒想到這麼輕鬆，將來回朝給陛下說起，陛下恐怕未必肯相信！」丘福揮舞著手大喊大叫，一邊催動馬韁，踏進茫茫沙海中。

「將軍且慢，」參軍李遠從後面趕上，扯住丘福戰袍，「大漠空曠無際，即便萬人踏進去，也不過滄海一粟。我等就這樣去搜尋，無異於浮萍歸海，大海撈針，這樣盲目前行，倘若碰上敵軍埋伏，左右照應不上，那可如何是好？」

萬馬奔騰中，李遠的聲音幾乎被淹沒，但丘福還是聽清了，被曬成黑紅的臉色惱怒地狠狠瞪他一眼：「李將軍，你剛才沒聽那小卒說麼，本雅里失剛剛逃走，據此地不過三十里，倘若再回去調動大軍，至少得大半晌工夫，等咱們來時，本雅里失早逃得沒影蹤了，豈不白白錯過了大好時機?!」

「可是，」李遠仍抓住戰袍不放，「元帥，末將記得聖上頒詔時，特意囑咐過，漠北地勢兇險，若無十分把握，萬不可冒進。用兵要小心謹慎，必須慢慢推移搜尋才可保不中敵軍之計，元帥還是等後軍趕來，一起推進的好。」

看隊前的戰馬嘶鳴著躍躍欲試，丘福更惱怒地大喝道：「李將軍，老夫打了一輩子的仗，就連聖上也深信不疑，何用你來指手畫腳再教老夫如何用兵?!敵酋就在眼前，豈能坐失良機？你若再不識相，老夫馬鞭就甩過去了！」

眾人都知道丘福的火暴脾氣，且他是朝中宿將，皇上跟前的老人手，自然無人上來勸阻，李遠也無奈地鬆了手，跟在後邊踏進滾滾沙漠。

一進入廣闊的沙漠，如同小船搖進了大海，漫無邊際地任由馳騁。千餘騎兵在丘福率領下走得飛快，不一刻就將幾千步兵遠遠落在後面。疾馳出有將近三十里，果然碰到了小股韃靼騎兵，但人數甚少，未曾接戰他們便四散逃開。丘福更相信這是撞見本雅里失的前兆，連連催促眾人快走。

翻過一道高高的沙丘，戰馬和將士都覺得有些吃力，呼呼地直喘粗氣。大沙丘的背面仍是望不到盡頭的廣漠，金色的秋陽和沙礫在眼前晃動，簡直辨不清方向。正彳亍著四下查看，忽然耳畔一陣淒厲的哨音，哨音響起處，四下應和，淒厲聲連成一片。

「糟了！」許多人不約而同地一驚，沒等回過神來，喊殺聲從沙丘的各個角落傳出，瞬間就來到眼前。韃靼兵將鋪天蓋地蜂擁而來，將丘福等已經疲憊不堪的騎兵團團圍住，不由分說，刀光劍影撲面而來。戰況可想而知，丘福等將領固然勇猛，但畢竟人數相差懸殊，勉強激戰了一個多時辰，左突右闖，最終沒能倖免。丘福和火真等當年聞名中原的大將當即戰死。李遠雖然拼了性命闖出包圍，卻踉踉蹌蹌地沒走多遠，又被韃靼兵將追上，刀槍並舉，砍得血肉模糊。

只有少數兵卒趁亂脫掉鎧甲僥倖混了出來，等他們回到開平報信，大隊人馬匆忙趕到時，沙丘旁邊只剩下一堆堆扭曲的屍體，殷殷鮮血染紅了大片沙礫，情景慘不忍睹，而韃靼人早已不知去向，無影無蹤，消失在大漠深處。

或許由於害怕牽連上自己的緣故，宋晟在奏摺中描寫得十分詳細，面對奏摺，朱棣能想出那幅悲慘圖景。「唉，真正是一將無能，累死千軍，一帥無能，萬人折損啊！朕用人不當，不該叫這個火霹靂去當什麼統帥呀！」

手撫奏摺，朱棣挑揀著將整個事情說個大概，看權妃聽得入迷，他暗自慶幸，虧了沒叫朱高煦去，他那急脾氣，若和丘福混在一起，說不定損失更慘。

「陛下，打仗原來這麼慘烈，臣妾別說看見了，單聽陛下一說，渾身就起了許多雞皮疙瘩。」權妃心有餘悸地顫聲說。

「噢？是麼，那讓朕看看，愛妃身上的雞皮疙瘩什麼樣？」朱棣看著因為害怕而面色別樣嬌豔的權妃，心頭突地一動，忍不住將她攬在懷中。征服的欲望溢滿他不再年輕的胸中，他忽然決定，自己要御駕親征，不僅為了征服頑固不化的韃靼，也為了征服宮中的美人和普天之下的百姓。

權妃卻不動聲色地扭動一下柔軟的身軀，從他寬闊的胸膛前滑出，臉色更加紅潤，處子般羞羞怯怯，更加令朱棣心頭癢癢。

當權妃迫不及待地找到那個劉諸葛，將昨夜和皇上的情形向她說過後，劉諸葛拍手連連叫好：「難得妹妹有這樣的定力，姐姐這番苦心總算沒白費。噢，對了，以後咱們就不能姐姐妹妹地胡亂稱呼了，我應該叫你娘娘才好。娘娘，這次大功告成，呂妃就再奪不走皇上對娘娘的寵愛了。娘娘還是仔細打扮一下，今夜皇上必定還來娘娘房中，娘娘大可放開手腳，品嘗那欲仙欲死的滋味了。」劉諸葛話語中流露著無限的羨慕，臉上卻一本正經。

「不一定吧，昨夜皇上什麼也沒……他怕熬不住，又要到呂妃那裡去了。」權妃將信將疑。

「娘娘瞧好就是，事情到了這地步，姐……不，是奴婢擔保娘娘不會落空，」劉諸葛忽然低眉順眼了許多，腔調也不那麼響亮，「娘娘春風得意後，可千萬別忘了以前的許諾，奴婢這命就全靠娘娘搭救了。」

權妃見她忽然這副樣子，有些過意不去地拉住她衣袖：「看姐姐說到那裡去了，怎麼說著說著就生分起來？姐姐幫了我這麼大忙，我若得志，先把姐姐調到我這房裡來，誰也奈何不了姐姐。」

「那樣就好，那樣就好，」劉諸葛仍一反常態，誠惶誠恐地趴下去竟叩了個響頭。

誠如劉諸葛說的，甫近黃昏，黃儼就傳過皇上的口諭，今夜仍要權妃侍寢。幸好權妃早有準備，收拾得整整齊齊，也不顯得很慌張。夜幕剛剛降臨，朱棣就風風火火地如期趕到。權妃仍是羞怯萬分地拜見接駕，昏黃宮燈下，權妃細膩豐韻，大紅宮袍合體飄逸，宛如月中嫦娥。朱棣直勾勾地看住她，白皙的脖頸下雙峰微聳，在宮紗內若隱若現地撩人心癢。他嚥口唾沫，終於不顧一切地撲上來，嘴裡喃喃自語道：「愛妃，朕一定要得到你！」

一夜春雨纏綿，朱棣彷彿覺得自己作了新郎倌，懷中嬌柔的女子令他神往，他不知道自己為什麼會有這種在三千后妃中從未有過感覺。自此以後，朱棣著了魔般，只要下朝，便逕直來到權妃房中，或聽她吹奏一曲，或相互調笑，簡直推也推不走。至於擅長寫詩的呂才人，朱棣則早忘在了腦後。

權妃終於如願以償，而劉諸葛也調進權妃殿中當差，經常說些家常話，很是隨便。終於權妃憋不住問：「姐姐果然好手段，真不愧叫諸葛。但我只能照著樣子做，卻弄不明白其中有什麼奧妙，姐姐給我詳細解釋一下如何？」

劉諸葛自從進了權妃偏殿中，或許心中安穩的緣故，幾天便明顯見胖，氣色也好了許多，聽權妃這樣說，堆起笑意作了個揖：「娘娘以後再別姐姐長姐姐短了，現如今娘娘是貴人，將來前途無量，奴婢是什麼東西，這樣叫下去豈不折殺了奴婢？再者叫別人聽去也不大好，還是叫奴婢本名劉巧的好。」

「也好，果然名如其人，真是巧人，」權妃也笑了，拉她在自己身邊坐下，「劉巧，那你就解釋一下其中的奧妙，比如說，當初你叫我故意躲著皇上，偏讓他一直去呂妃房中，是什麼意思？」

劉巧眨眨眼，不慌不忙地說：「其實也沒什麼，不過是順著男人的性子來罷了。男人都是喜新厭舊，越難得到的偏越想得到，越容易到手的，反而不大在乎了。鄉裡普通男人都這樣，更何況是皇上？娘娘試想，娘娘容貌並不在呂妃之下，皇上之所以貪戀呂妃，不過因為她會作詩寫詞，新鮮一時而已。娘娘若明裡爭風吃醋，大吵大鬧的，反會叫皇上厭惡娘娘小氣。娘娘若偏放縱他，讓他使勁往呂妃房裡去，就好比叫一個人大魚大肉的使勁吃，再好吃也有夠的時候，時間一長，皇上覺得呂妃也不過如此，自然就會想起娘娘來了。」

權妃聽著連連點頭：「那後來你叫我先破衣爛衫地在皇上跟前露一下面，隨後又打扮整齊，有什麼說頭麼？」

「這也是奴婢揣摩了皇上的心思想出來的，」劉巧頗有幾分得意地回答，「皇上在宮中，整日見的嬪妃個個光豔照人，早就見得習慣，引不起注意來了。娘娘偏偏灰頭土腦地出現在他面前，自然令他耳目一亮，能從人叢中認出娘娘來。等皇上認出娘娘，恍然間就會覺得好像許久沒見過，自然要著急地召見了。後來娘娘盛裝而出，皇上一看，原來娘娘如此美色，簡直就如同新郎乍見新娘一樣。這就好比窮苦的人忽然見了大魚大肉，從前的飯食自然就索然無味了。」

「那，那皇上既然召見，你為何還特意囑咐我不與他……」權妃咬一下嘴唇，含笑溜一眼劉巧，沒說下去。

劉巧已經會意，捂住嘴笑道：「娘娘何等聰明的人，這下倒裝起糊塗來了。奴婢剛才不是說過麼，男人越不容易得到的他就越發珍惜，娘娘躲三躲四的，直吊皇上胃口，這樣一來，呂妃就成了舊人，娘娘卻成了新人，呂妃容易到手，娘娘千金難買一笑，誰能最終得到寵愛，那不明擺著麼？」

「你呀，真是鬼諸葛，」權妃笑著用指頭點一下劉巧額頭，「我們朝鮮有句俗話，鴨綠江邊也能長出芳草，三家村中都有能人。看來真叫說準了，想不到皇宮中還有你這樣的才子，真是比那什麼大元帥丘福要強多少倍！」說到丘福，權妃忽然想起什麼，神情一愣。

「奴婢哪有娘娘說的那麼厲害，不過是哈巴狗咬跳蚤，也有咬得著時，也有咬不著時，偶然碰巧了，」劉巧被誇得心裡甜滋滋，等覺察出權妃臉色有些異樣，忙打住話頭問，「娘娘怎麼了，不舒服麼？」

「唉，」權妃輕歎口氣，打起精神快快地說，「人算不如天算啊，剛得了皇上的恩寵，北邊就打了敗仗，聽皇上說，這兩天上朝時，正商議御駕親征的事情。若皇上真的要御駕親征，你說我跟著去呢還是不跟。若不跟著去，只怕皇上親征一趟，來回大半年，回來時不知會從哪兒帶來個漂亮娘們，那時人家是新人，咱又成了舊人，半年的心血白白浪費了不說，往後怕就再沒了出頭日子。若跟著去吧，聽人說北邊大漠一帶氣候凶險，乍寒乍熱的，只怕吃不消，怎麼也拿不定主意，唉！」

劉巧聽得很認真，皺眉仔細想了想，慢慢說道：「娘娘，依奴婢來看，這也不是什麼難事。若皇上真要御駕親征，娘娘一定得想辦法跟上，娘娘不跟著從軍，呂妃就會鑽了空子，即便呂妃不鑽空子，皇上單身在外，不是一天兩天，怎能耐得住寂寞？況且地方官員討好巴結看眼色行事的手段，哪個不練就得爐火純青？皇上不用發話，大隊美女就會獻上，難保皇上不動心。至於娘娘說的漠北氣候如何怕人，這倒是多慮了，娘娘跟在皇上身邊，能受了多大的苦？冷了有暖轎，熱了有撐傘的，有打扇的，比宮裡差不到哪兒去。娘娘千萬別錯了主意。」

聽她這麼說，本來就有此打算的權妃立刻點頭稱是：「劉巧果然頭頭是道，可惜皇上不知道宮裡藏了這麼個能人，若讓你從軍當軍師，保準沒打敗仗的時候。」

劉巧長歎口氣，垂了頭說：「這宮院高牆內，不知埋了多少含恨的人吶，劉巧又怎能提到話下？娘娘可別小看了宮裡的娘們，別看這各個殿裡脂粉香柔柔的，其實殺氣也同樣的濃，切不可掉以輕心。」說著劉巧走到門口，四下看看，折回身來壓低了聲音，「娘娘，奴婢常在各殿中走動，聽說呂妃失了寵後，心裡頭窩著火，四處揚言要報復娘娘呢！」

「啊?!」權妃一驚，「那，那如何是好？」

「娘娘放心，只要抓住皇上的心，她就奈何娘娘不得。」劉巧說著忽然幽幽地黯淡下神色，顯露出以前的蒼老。

正如劉巧所說的，呂妃對自己正春風得意時忽然失寵，既莫名其妙又惱火萬分，這個女才子飽讀詩書，憑了這點贏得皇上的喜愛，卻也在讀詩書時，不覺沾染上許多狂傲氣息。她認定權妃要手段搶走了皇上，也就口無遮攔地四下訴說自己對權妃的不滿。說出來心中當然痛快些，但她卻不知道，自己因此會付出多大代價，會牽連上多少如同自己一樣圈養起來的無辜姐妹。

第五章 隔岸風景

隔岸風景

水光晚色靜年芳

朱棣和權妃恩愛如火如荼之時，也正是朝廷決定一件大事的時刻。幾經朝堂上激烈爭論，雖然反對的不在少數，朱棣仍然決定要御駕親征了。

等做出決定時，永樂七年已經走到了嚴冬，是個不宜用兵的季節。但朱棣決心已下，朝廷上下立刻忙碌起來，緊張的氣氛籠罩了金陵城內外，迅疾傳遍大江南北，舉國都做起了北征的準備。

為了在來年春天之前做好準備，朱棣頒發了一連串詔旨，命令戶部尚書夏原吉派戶部官員到各地徵糧，所徵集的糧餉全部運送到北京，將那裡作為大本營。工部為了迎合皇上心意，特意召各地年老富於經驗的匠戶進京，合計著造出了三萬多輛叫作「武剛車」的大型馬車，專門運送糧草輜重。

夏原吉在徵集糧餉的同時，也考慮到北京距江南太遠，大批物資運輸起來，必定要耗費想像不出的人力物力。苦思冥想，最終決定在從北到南的沿路上，每隔八十里建一座糧城，專用來儲存糧草，由糧城所屬的當地官吏組織百姓，負責將本地糧食運送到下一座糧城。如此一來，雖然耗費的人力並未減少，但各地平攤開來，尚不至於鬧得某一地方民怨沸騰。

將北征的大本營放在北京，朱棣感慨良多。北京是自己興盛發達起來的地方，那裡留有自己太多的陳跡，想來便流連不已。在南京城中，他總有種客居的感覺，這兒有太多建文的氣息，令他想來就不大舒服，因為他知道，提到建文，人們自然會不由自主地聯想起自己是如何登上金殿龍榻的，他們心中一定會蹦出兩個字「篡位」，這是連紀綱統領下的錦衣衛也無可奈何的事情。

況且，朱棣覺得南京這個地方氣候也不大適宜他。雖然自己自小在南京長大，但自己最有作為的時候卻是在北平，那裡山巒聳峙，登高望遠，莽莽蒼蒼，如巨龍上下飛舞，強勁的西北風呼啦啦地吹過，宛如武士的利劍橫空劃過，凌厲而豪放，不由你不神清氣爽。而南京卻溫溫柔柔，山山水水那麼軟綿綿地匍匐著，半陰不晴的天空整日潮濕如霧，在朱棣眼裡，就像宮裡走動的太監一樣，被閹割了絲毫沒有陽剛氣息。

就連自己最鍾愛的患難妻子徐妃也說過，想回到北平去，這與自己多麼默契地不謀而合，由此也看出自己的感覺不錯，是應該回到北平去了。

再從蒙古韃子方面來說，朱棣也認為長期留在北京更好些。他深知蒙古韃子在大漠草原經營了數百上千年，絕非一戰能根除掉隱患的。若想將他們完全遮罩在漠北一帶，最好的辦法，還是將國都建在北京，有了這樣一道攻不破的屏障，中原才能保證安寧。

「若有機會，當立即遷都北京！」朱棣暗暗對自己說，事實上，他早就有意無意地做了準備，將北平改名為北京，就是一個絕好的鋪墊。

金陵蕭瑟寒風，掃除了幾許殘枝敗葉，長江的波濤沉寂，又換了一次寥落人間。轉眼之際，永樂八年的春天悄然而至。

正月剛過，朝廷上下頓時熱鬧起來，正月十五雖然也還是如往年那樣，萬家元宵夜，一街太平歌，但氣氛卻明顯冷淡了許多，多少莊戶人家想著開春一過，就要離別家人，走向那生死不明的茫茫大漠，新年的喜慶氣象也就一掃而空。

朱棣也沒有愜意地度過這個春天的開端。元宵節剛結束，朱棣便下詔明確宣布了自己御駕親征的消息，令太子朱高熾在南京負責監國。在親征詔書中，朱棣斥責韃靼部落身為蠻夷，不識時務，殺我百姓，侵我邊地，屢次教化仍無效果後，他才決定御駕親征，務必滌蕩隱患，掃清大漠。並且他還詔令三軍將士，要人人奮勇向前，建功邊關者，自然有高官厚祿等著封賞。

匆忙準備中，已經到了二月中旬。朱棣在金陵城內歌吹喧闐，隆重威武的親征儀式激動著許多人的心。他脫下龍袍，換上十年前經常穿著的武弁緊袖戰服，跨在一匹披了錦緞的棗紅戰馬上，意氣風發，鬥志昂揚地拱手向群臣和圍觀的百姓告別，在旌旗簇擁下，統帥六軍，浩浩蕩蕩邁出德勝門，踏上北征的遙遙路途。

因為是御駕親征，氣象自然就遠非當年以燕王身分南下征戰時所能比擬。軍容空前壯大，各類戰將林林總總，不下千員。除此之外，朱棣還沒忘記自己要作文武兼備之帝王的心思，特意帶了楊榮、金幼孜和胡廣等文臣。楊榮善寫宮體詩，詩作雍容華麗，頗能顯示出帝王氣象，金幼孜則擅長寫賦，讓他來記錄邊關風情，講述皇上親征的壯觀，真是再恰當不過，胡廣則書法最拿手，筆力遒勁，在邊關大漠中勒石寫碑，必能留下千古佳話。

雄壯的征討大軍中，權妃乘坐車輦緊隨朱棣馬後，粉紅色頂棚在殺氣蒸騰中成了一幅別樣的風景。本來朱棣並未打算攜帶後宮妃子，女子在軍中，軍氣恐怕會懈怠，再者，依金忠等懂風水的大臣說，征戰是至剛至陽的事情，而女子卻是陰柔之物，胡亂參與進去，恐怕不大吉利。

但權妃一反若即若離的神態，扭捏在朱棣身邊，撅起粉嘟嘟的小嘴，叫嚷著非要參軍不可。「陛下，誰說女子不能從征，臣妾不過害怕陛下路途寂寞，又不是上戰場上和蒙古人拼殺。況且即便和他們打上一場，又有什麼了不起，中原自古就有花木蘭代父從軍，臣妾雖比不上人家，侍奉在陛下身邊，總還可以嘛！」

朱棣看著梨花帶雨般的權妃，心情格外地好。自從徐妃離開自己後，朱棣曾有段時間寂寥無比，隨著權妃的到來，他心底堅硬的東西忽然柔軟起來，眼前這個尚不滿二十歲的女子，既是自己的愛妃，也有幾分如同自己的女兒一般，她的話，不管有沒有道理，自己都應該聽從。

經不住權妃的軟磨硬泡，朱棣終於答應下來，但他不忍自己的愛妃孤單，便下詔書給內宮，既然權妃願意從軍陪朕，其餘嬪妃難道就無動於衷麼?!詔書雖然說的籠統，但無異給了滿宮妃子一記棒喝，眾人紛紛效仿，爭先要追隨皇上親征。結果朱棣挑選了幾個可意的，半是陪自己，半是陪權妃，這些人當中，也有善於作詩的呂才人。她們的車輦跟隨在大軍後邊，再有眾多太監侍奉著，拉拉扯扯地使大軍長出十餘里。

越往北走，隨著時間的推移，天氣漸漸轉暖，沿途的山山水水也就越發熟悉，朱棣的心情如同頭頂上萬里無雲的天空一般晴朗起來。雖然已經五十出頭，但朱棣仍感覺自己還年輕，特別是跨在戰馬上時，他彷彿又找回了從前的豪情，手握馬鞭笑吟吟地對一旁的楊榮說：「愛卿，朕在北京時就聽人常講，說月過中秋光明少，人到中年萬事休，其實這話差了，朕早過中年，卻不但萬事沒休，倒覺得許多大事還要從頭開始呢！朕此次北征，定要寫幾首邊塞詩來，還要讓愛卿指正。」

楊榮和胡廣一身朝服，並駕齊驅在朱棣左右，聞言忙拱手說：「百姓俗話，不過是對常人所言，陛下乃真龍天子，如何可以同日而語？陛下文韜武略蓋過秦皇漢武，仰止彌高，臣等私下想起來，無不欽佩之至，此番能隨陛下征討，定會學不少東西，叩恩還來不及呢，何敢談指教二字？」

這種早說過多少遍的話，朱棣似乎百聽不厭，仰頭哈哈大笑，揮動馬鞭指著前方說：「看看，前邊就是北京城了，朕離別數載，常常魂牽夢繞，爾今終於回來了！」眾人順他手指的方向看去，果然看見一座高大城牆，北京城真的在眼前了。

到達北京城後，朱棣先是故地重遊，在城內四角轉看著走走，指指點點地敘說著當年的情形，深有感觸地長歎道：「朕記得有古人重回故地，見當年親手栽植的小樹已經枝葉繁茂，有一抱多粗，不禁撫摩著樹皮流下了眼淚，感慨良多地說，樹猶如此，人何以堪！朕此番回來，竟忽然大悟了古人之心，故園不改，人已滄桑，歲月如逝呀！」說著眼圈泛紅，所有跟隨近臣也慌忙低了頭。

出了北京再往北走，就要真正進入漠北了，真正的親征也就要展開。為了慎重起見，朱棣下令，所有跟隨而來的嬪妃暫時留在北京行宮中，只帶權妃一人深入大漠。如此一來，軍隊立刻輕巧了許多，行軍速度明顯加快。不多久的工夫，大軍已經來到蘆溝河附近。

這裡正是去年明軍遭遇韃靼埋伏的地方。狼藉的戰場半掩在黃沙之下，當時的慘狀隱約可見。成堆成片的將士屍體早被豺狼和禿鷹啃啄乾淨，只剩下森森白骨，交錯在昏黃天際間，訴說著無言的恐懼和哀怨。

朱棣跳下馬來，圍著漫無邊際的白骨默默走動幾步，忽然扭了臉衝跟在身後的楊榮說：「愛卿是頭一次見這樣情形，可有何感想啊？」

楊榮偷看一眼朱棣，略想一想彎腰回稟道：「陛下，臣想起了兩句詩，虜塞兵氣連雲屯，戰場白骨繞草根。起初臣以為這是誇張，親眼一看，更有甚於詩，臣心中不勝感歎。」

「唔，」朱棣面無表情地點點頭，「一將功成萬骨枯，凡用兵者，不可不謹慎從事，切莫再重蹈丘福覆轍！」

眾將領知道這是在教訓自己，忙異口同聲地拱手答應，身上鎧甲鐵葉子撞擊著叮噹亂響，給寂寥的荒原增添一點生氣。朱棣臉色繃緊，望著滔滔蘆溝河，忽然想起什麼，沉吟一下，抬手指指河中：「朕曾聽金忠講過一些陰陽五行之類的道理，人事興衰，一命二運三風水，四積陰功五讀書。可見風水之說也須在乎，蘆溝河這個名字首先不吉利，蘆和虜同音，蘆溝分明就是胡虜挖下的一條溝，丘福豈有不栽跟頭的道理？朕要將此河更名為飲馬河，以壯我聲氣，以滅敵之靈氣！」

司禮官站在一旁，聽後忙跪倒奏道：「陛下聖明，臣已記下。」

盤桓片刻，大軍重新踏上北去征程。沒走出多遠，前方騎哨便傳來消息，發現韃靼少量游騎。「既有韃靼兵將現身，說明韃靼營寨就在此地附近，可迅速出擊，俘獲一兩個來仔細審問！」

朱棣直立在馬背上，舒活一下筋骨，大聲命令道。

閒散游騎在如山大軍下不堪一擊，立刻逃竄，被生擒的則痛快說出本雅里失就駐紮在不太遠的兀古兒河畔。為了不像上回丘福那樣受矇騙，朱棣特意吩咐將幾個俘虜隔離開來單獨審訊，結果所供地點都一致，看樣子是真的。

「好！」朱棣髭鬚抖動，脖子上青筋根根暴起，跳下馬來，看著等待聽命的眾將領，大聲叫道，「朕與眾愛卿不遠萬里，等的就是這一日，現如今強敵在前，須小心大膽，務求一舉全殲，以雪我大明去年之恥！傳朕旨意，全軍立刻向前，直奔兀古兒河！」

眾人答應一聲，分頭去準備。朱棣卻換了一副臉色，來到身後不遠處的粉紅頂棚車輦前，輕輕掀開車簾，柔聲說：「愛妃，大戰在即，朕要狠狠教訓一下這幫韃子才解氣。愛妃權且在此等候，待朕凱旋時再帶愛妃欣賞大漠風光！」

權妃在車輦中欠起身，笑顏如花地嬌了聲調：「陛下真是響噹噹的鐵男兒，剛才指揮大軍的話語臣妾都聽見了，心裡著實欽佩，真想跟隨在陛下身邊，看著陛下將韃靼盡數滅掉。不過軍機大事，臣妾卻不敢馬虎，既然陛下有旨，臣妾就在這裡恭候大軍凱旋便了。」

聽著權妃輕柔如風的話語，朱棣心中萬分滿足，他滿足於自己不僅征服了千軍萬馬，更征服了這個不容易得到的佳人的心。「好，好，愛妃就在此聽候佳音便是，朕多派兵將守護，愛妃不必害怕。」他輕聲慢語地說著，若不是礙著眾人在跟前，真想將她摟在懷中咂摸兩下。

雄心勃勃煥發了生機的朱棣，親率精銳騎兵為先鋒，帶上十餘天的乾糧，迅疾向兀古兒河撲去。然而當他們日夜兼程地趕到兀古而河邊時，本雅裡失卻不見蹤影，僅留下一片丟棄的破氈和帳篷，還有處處埋鍋造飯的煙薰火燎痕跡。好容易捉住兩個本地百姓來審問，據稱本雅里失確實在這裡駐紮過些時日，人馬數量也不少，後來不知聽了什麼風聲，匆匆開拔向北遷移走了。

本來攢足了勁要打一場惡戰的人們面面相覷，目光集中在朱棣身上，這位馬上天子是就此覺得挽回了面子而回去呢，還是不顧一切的窮追猛打？

朱棣能看出眾人的心思，他其實也正猶豫不定。久居北京，他自然知道再往北走，就深入了大漠深處，那裡自己從未涉足過，手下將領對漠北深處什麼情形更知之甚少，況且在敵人老巢附近作戰，有把握嗎？

「陛下，」一片僵硬的沉悶中，金幼孜站在馬下，小心翼翼地說，「臣雖不懂得多少行軍打仗，但也明白窮寇勿追，歸師勿掩的道理，既然本雅里失聽說陛下親征，嚇得望風逃竄，還是見機回軍的好。」

本來猶豫不定的朱棣，聽了這話反而立刻有了主張，他大聲對金幼孜說，也讓眾人都能聽到：「本雅里失既然知道朕是真命天子，就應該來臣服叩拜才是，焉能一走了之?!倘若天下叛逆之輩只要躲著朕走就算沒事，豈不亂了天倫?!傳朕旨意，立即越過兀古兒河，直向大漠深處挺進，不擊潰韃靼絕不罷休！」

凌厲的話語打破沉悶，鎧甲聲立刻響起，戰馬嘶鳴，騰起陣陣黃塵，沙土飛揚裡，明軍逼近漠北神秘莫測的最深處。

此時朱棣還不知道，就在前不久，韃靼內部發生了一次較大的分裂。酋長本雅里失和手握兵權的重臣阿魯台矛盾激化。本雅里失不甘心作傀儡首領，他要奪回一切權利。結果韃靼一分為二，阿魯台率領他手下的眾多親兵離開韃靼，向大漠東部遷移，對付前來征討大軍的，只剩下本雅里失的一小部分人馬。

沒了必勝把握底氣不足的本雅里失見明軍緊逼而來，便希望乘明軍疲憊不堪之際突然發起進攻，來個先發制人。因此決戰前的窒息氣氛沒持續太長時間，韃靼兵營中淒厲的號角吹響，剽悍的游牧騎兵狼嗥般吼叫著，捲起漫天黃沙，惡狠狠衝殺過來。

然而朱棣並不是性急冒進的丘福，他早做好了遭遇突襲的準備，大軍一直都是齊頭並進，如同巍峨的山峰一樣，絲毫沒有被打亂陣腳。戰鬥激烈而短暫，實力大不如前的本雅里失很快就看清了最終的結果，他為了保存僅有的力量，呼哨一聲，騎兵紛紛掉頭，裹在黃沙中逃向更北的北方，慌亂中丟下大批糧草輜重。檢點一下人數，明軍幾乎沒受什麼損失，比預料當中的殘酷要輕鬆許多，全軍上下人人都鬆口氣。

載滿大車小車戰利品的明軍笑逐顏開，迤邐回到飲馬河畔的大營中。權妃像隻草原上罕有的小鳥般撲稜著翅膀，一下子鑽進朱棣寬大的胸膛。飲馬河畔軍營中的一夜，朱棣似乎又回到了年輕時光，他恣意地享受著勝利的喜悅和征服的收穫。權妃從來沒有過地對他百依百順，令他感到從未有過的如此溫存。他深深陶醉了。

第二天大早，將士們匆忙地收拾行裝，等待班師的命令下達後，就立刻趕回去，趕回昨宵夢裡魂歸的家中。然而皇上卻遲遲沒從他的行營大帳中出來，沒人敢上前打擾，他們知道，那裡有個眼下皇上最喜愛的妃子，裡面的動靜，他們能想像得出，儘管這更激起他們對自己的家更強烈的渴望，但他們不敢上前弄出聲響，只能雙目噴火般遠遠注視。

日上三竿，沙漠和荒原沐浴下的陽光由黃變白，刺得人睜不開眼，朱棣終於從大帳中走了出來。「陛下，」大將何福上前一步，「是否立刻班師南下？」

「班師？」朱棣沒聽清似的一愣，「班什麼師？你難道不知道韃靼已經分裂為兩部，朕既然興兵遠征，豈能不斬草除根？速傳下令去，即刻做好準備，朕要一鼓作氣，揮兵向東，直搗另一賊酋阿魯台的老窩！」

「這？」站在旁邊的另一員大將柳升略一沉吟，「陛下，連日來奔走不息，已經是人困馬乏，將士多有思家回鄉的意思……」

朱棣忽然黑了臉，狠狠瞪他一眼，柳升立刻像被針刺了一下，垂了頭低矮半截。「人困馬乏？你等年紀輕輕，走這幾步路就乏了麼？那朕如此歲數，難道就不乏了?!難道朕是那煮不爛的老烏龜，就你們是人？」

話語尖刻凌厲，二人呆立著不知如何回答，木樁似的靜聽訓斥。看他們沒了話，朱棣腔調緩和一些：「朕並非不知道將士們的苦楚，但你們為將的也懂得，大軍出征一日，後方百姓就得供應糧草上萬石，倘若就這樣輕描淡寫地驅趕韃靼一下，留下半邊隱患等將來再跑一趟?!勞民傷財之事，朕是萬萬不忍做的。好了，快下去吩咐，立刻出發，向東直取阿魯台！」說著一拂長袖，轉身進帳中換衣服去了。

「勞民傷財的事不做，這又是幹什麼？」柳升挨了訓斥，面紅耳赤地在心裡嘀咕一下，偷看四周，好在近處並沒人，他訕訕地衝何福一笑，快步走回去。

雖然回家的夢被輕易打破，倒也沒人再說什麼，大軍略微準備一下，仍舊將權妃留在飲馬河畔，朱棣跨上戰馬，開始了另一次讓他滿懷期望的征服。他感覺只有這樣，才能顯示自己一代帝王的風采，能傾倒權妃，足以證實自己的雄壯，他一定要盡興才返。

往東行軍的路崎嶇不平，小塊沙漠接連著片片荒山，時而乾燥得口渴難忍，時而在荒草叢中跌跌絆絆。就這樣艱難地行走了四五天，四五天來，連個飛鳥的影子也看不見，每個人盲目地邁動僵硬的腿，似乎已經走到了天邊。

終於有探馬來稟報，在前方不遠處的飛雲壑附近有韃靼騎兵出沒。這消息使許多人為之一振，連日無休止的行軍，真讓人有些求生不得求死不能的感覺，他們盼望的就是痛痛快快決戰一場，爾後命大的早日返回家鄉，繼續自己原本平靜的日子。

朱棣聞報也欣喜異常，他立刻命令大軍列成方隊前進，以免遇到突襲而措手不及。他自己則率領幾員將領和親兵，登到飛雲壑的最高處，向下望去，果然有韃靼騎兵往復巡邏，樣子似乎很是謹慎，好像並沒進攻明軍的意思。

其實朱棣苦苦追逼的阿魯台也很窘迫，自從和本雅里失決裂後，手中兵力減少了將近一半，若在大漠草原中和許多小部落爭奪地盤混日子，還勉強可以支撐，可遇到明軍這樣強大的對手，他著實有些膽怯。但現在明軍卻不遠萬里地追來了，他無路可走，只好拼死一搏。只是他不清楚，朱棣為何不惜跑這麼遠的咬住自己不放？

正當阿魯台猶豫不決時，明軍已經發起衝擊，韃靼騎兵被迫迎戰。雙方交織在一處，廝殺得難分難解時，柳升統轄的神機營將笨重的火炮抬到了高處，對準阿魯台大營噴出道道火舌。霎時間，阿魯台大營中的座座帳篷變成巨大火球，刺鼻的硝煙瀰漫中，婦女孩子的呼喊哭叫扯心撕肺。

聞聽聲音的阿魯台兵將登時大亂，紛紛掉轉馬頭，衝進煙火中尋找各自的妻子兒女。朱棣見狀將手中令旗使勁揮舞，明軍騎兵乘勢衝殺，阿魯台再維持不住局面，丟掉所有的家產，帶了少數兵將和家眷突圍逃竄。

這一戰也說不上險惡，但朱棣仍然痛快淋漓，他看到整個山坡上到處都是韃靼士兵的屍體，有的睜大眼睛望著同族們突圍而去的方向，有的將手臂伸向半空，企圖抓住什麼。種種奇形怪狀的姿勢令朱棣想起去年韃靼對朝廷蔑視的情形，「哼，誰若對朕無禮，這便是下場！」他掩飾不住得意地對將士們說。

回師的速度明顯緩慢了許多，但朱棣心情格外地好，經過漠北擒狐山時，胡廣在一塊巨石上寫下銘文：「翰海為鐔，天山為鍔，一掃胡塵，永靖沙漠」。在清流泉旁邊，又刻了另一碑文：「於勵六師，禁暴止侮。山高水清，永彰我武。」隨行的楊榮和金幼孜也不甘遜色，爭相獻上雍容華貴的詩篇，樂得朱棣不斷拈動髭鬚，黑紅臉膛上笑意洋溢。

當然最令朱棣神往的還是夜夜與權妃的歡娛，那玉簫和玉體同樣讓他消魂，他明白，這是征戰的結果，他雄壯的氣概，征討了走投無路的韃靼，更是向後宮妃子們的炫耀。直到回到北京城中許久，他仍沉浸在自豪中。

或許為了保持這樣的心情，朱棣在北京逗留了許多日子。他不知道，此刻太子監國的京師南京，雖然沒有刀光劍影的廝殺，沒有硝煙瀰漫的刺鼻，緊張氣息卻遠比他御駕親征來的更激烈。

沒能登上太子寶座的朱高煦雖然暫時留在了京城，免去調往荒遠邊關之苦，但他一直耿耿於懷，他不服氣，不甘心。他自信自己從哪方面都強過大哥，況且這是在四年靖難之戰中檢驗過的，父皇親眼見過，他不明白為什麼父皇還是立了笨拙臃腫的大哥作了太子。單憑他比自己長兩歲麼，那上天也實在不公平！這樣的念頭時不時像火苗般竄出腦際，他無處撒氣，動不動便在家奴身上舞刀弄槍，王府上下一片惶惶，人人在這個少王爺面前心驚膽戰。

三弟朱高燧早將這一切看在眼中，他忽然和二哥走得格外熱火，幾乎成了每日必來的常客。兄弟倆懷了同樣的心思，也不必相互遮掩，再明白不過地商議起如何對付大哥，這個將來的皇上，而且是他坐了寶座，自己便永與帝座無緣的皇上。

就在去年，丘福領兵出征時，朱高燧就給二哥出謀劃策，要二哥主動請纓，到邊塞征戰立功。「二哥，小弟知道二哥的本事在戰馬上，」朱高燧眨巴著眼睛看住朱高煦臉色說，「要不是前幾年和建文征戰不休，父皇如何能知道二哥有這麼高的本事。只是這幾年風平浪靜的，二哥沒了顯示威風的機會，父皇便把二哥給忘了。現在可好，邊關又要動槍動刀了，正是二哥顯身手的好機會，二哥應該立刻請求父皇，將兵權攬在自己手上。」

朱高煦粗糙的大臉上濃眉緊鎖，托著下巴在太師椅上搖搖晃晃：「打仗殺人當然痛快解氣，可殺來殺去的有什麼意思，還不是替別人打天下，我可不願意再幹傻事了，真他娘的背著兒媳婦上山，出力不討好，哪如待在金陵城中逍遙自在?!」

朱高燧噗哧一笑：「二哥說話越來越巧了，一下點中要害。不過這回不同，有句話叫做不破不立，不塞不流，不止不行，二哥可別錯過時機呀！」

「看你說得文謅謅，到底什麼意思?」朱高煦不大耐煩起來。

「很簡單，」朱高燧端正了神色，「不滄海橫流，顯不出英雄本色，人人都要找準位子才行，否則再折騰也沒什麼結果。二哥的本事在領兵打仗上，若能夠領兵出朝，在北平獨霸一方，到時候誰還敢不在乎你，就連父皇，也得仔細考慮三分呢！」

朱高煦一愣，似乎明白過來：「你是說……」

「還是二哥見多識廣，一點就明白了，」朱高燧搖頭晃腦地得意不已，「小弟的意思，就是叫二哥先把兵權抓在手裡，屯兵於北平，就像當年父皇那樣。至於韃靼，又沒搶咱王府的錢財，也沒殺咱王府的家人，何苦和他爭鬥，不過打個幌子罷了。不但不和他們爭鬥，還得故意留著，要是把他們都殺光了，二哥也就沒理由再在北平駐紮下去不是?這就叫長線放風箏，叫父皇和大臣們看得見卻搆不著，小弟我在朝中趁機活動，裡應外和，太子之位不愁換不了人！」

一席話說得朱高煦眉開眼笑，衝朱高燧直翹大拇指：「三弟果然機智聰敏，這個招數高，天衣無縫，誰也說不上個不是來。好，咱就這樣辦，我立即寫奏摺，替下那丘福，威風凜凜地去當征討大元帥！」

可是他們本以為定然成功的計謀卻在父皇那裡輕巧地落了空。這令朱高煦很是惴惴，他不清楚父皇是否看出了他心底的鬼胎，但他明白，父皇對自己是起戒心了。若是父皇對自己起了疑心而戒備，那太子之位不就更無望了麼？

這樣的結果讓朱高煦更加心煩意亂，他要麼換了便服溜出去，到秦淮河附近的煙花巷內胡亂尋歡，藉以打發心頭的不滿，要麼在府中拿使女出氣，一頓皮鞭下來，往往將她們打個半死。

日子一天天過去，不久傳來丘福戰敗身死的消息，朱高煦聞聽後精神一振，他覺得這是天不滅己，好機會又來了。可是沒等他再次上書請纓，父皇就頒下詔書，要御駕親征，並且在詔書中明確地說到，要自己和三弟都留在京城。這無異於又一瓢涼水兜頭潑來，他很有些絕望地想，要作太子接承大位，看來必須得另外想法子了。

若另外想法子，朱高煦心裡也清楚，指望自己王府裡的酒肉師爺，除了打探一下哪座青樓裡新添了小妞，怎麼不露聲色地收拾一下不明自己來歷，敢於和自己爭風吃醋的嫖客外，這等大事，他們是萬萬靠不住的。要籌劃出妙策，還得請自己那個精明的三弟來。

三弟果然機靈，不僅機靈，還是個有心人。派貼身侍衛將他悄悄叫到王府後，不等自己開口，朱高燧便神秘兮兮地笑道：「怎麼，父皇親征，二哥看來是沒指望啦！唉，皇天專負苦心人哪！」

聽他的口氣，當然知道自己將他叫來的目的，朱高煦哭喪著臉氣急敗壞地拍打著桌案：「那叫你說，我們就坐以待斃了不成?!須知道，現如今的太子明白我們和他爭過權奪過位，倘若他將來當了皇上，別說我們在這京城裡住不下去，就怕脖子上的肉球也得滾下來，不行，三弟還得給哥哥拿主意，如此結果，實在叫人不甘心！」

朱高燧好像知道他會這樣說似的，不動聲色地笑眯眯看著他，沉吟片刻才說：「二哥果然是將軍出身，有膽識，有氣魄。既然這樣，小弟倒忽然想出個險中求勝的法子，只是這法子一施行起來，保不準會鬧出大動靜，不知二哥有沒有這個膽量？」

「什麼法子？」朱高煦眼瞪得溜圓，粗聲大氣地又一拍面前大案，「你哥我殺人都不眨眼，還有什麼不敢的?!三弟有妙計說出來便是，只要妥當，我立刻去辦！」

朱高燧微微笑著，看看寂靜的房外，欲言又止。朱高煦這時機靈起來，不在意地擺擺手：「三弟放心，只要到了我王府中，保證放個屁臭氣都飄不出去。你不看看他們長了幾個腦袋，敢私下裡說一句閒話?!況且這裡也沒什麼人，就咱弟兄倆，好歹話儘管說！」

「二哥，」朱高燧還是壓低了聲音，挪動身子靠近些，「聽說沒有，父皇在邊關打了大勝仗，已經開始駐紮在北平，那裡是他興盛的地方，他當然要留戀地多住些日子。東宮那邊為了討好，派使臣趕去北平問安了，你猜派的使臣是誰？」

「誰？」朱高煦對此並不特別關心，耐住性子懶洋洋地問一句。

「就是那個當初父皇左膀右臂之一的金忠，」朱高燧卻興趣盎然，甚至幾分激動地說，「金忠入東宮作了太子侍讀，整日和東宮混在一起，好得跟一個人似的，我看太子能坐穩位子，金忠的功勞倒佔了七成。」

「這老東西，不是成天和道衍說什麼功成之後就隱退山林，怎麼還沒退的意思，反倒越發攙和進來了？」朱高煦擰著眉頭，心不在焉。

「二哥這就不明白了，你沒聽人說麼，都說無官一身輕，相逢林泉有幾人？他們誰不知道吃香喝辣比嚼野菜強許多倍，只不過說說做個樣子罷了。不過道衍卻有點怪，自從編修完《永樂大典》後，真的悄然隱退，漫遊五湖去了，看情形似乎還是個得道的高僧。」朱高燧也不看二哥，自顧自地說得津津有味。

朱高煦卻忍耐不住了，直起身虎視眈眈地說：「哎呀，三弟，我派人找你來，不是為了拉家常，你說這些烏七八糟的有什麼用?!到底有沒有妙計，痛痛快快地說出來，二哥我都快頭上冒火了！」

「莫急，小弟的妙計就在這個金忠身上，」朱高燧不緊不慌，依舊慢條斯理地說，「二哥，金忠現在正準備去北平，你知道父皇臨行時帶了大批的妃子，父皇現在除了江山外，就在乎這個，咱們動不了他的江山，只有從這裡下手作文章，保管一下戳中要害，平地掀起丈把高的風浪。」

這才略微符合朱高煦的心思，他耐心地聽著，點點頭：「那具體怎麼掀風浪，三弟快講清楚，你哥都叫你給憋死了！」

朱高燧面帶微笑：「二哥，據小弟所知，這回跟隨金忠一同去的侍衛裡面，有個眼角帶點刀疤叫什麼楊勝的，曾在二哥手下當過差，聽說二哥對他還不錯？父皇眼下最寵愛的是權妃，權妃手下有個貼身丫頭叫翠翠的，和小弟有那麼一腿……」

「翠翠是宮裡的人，三弟怎麼能……怕是吹牛皮吧？」朱高煦不相信地瞪大眼睛。

朱高燧嘻嘻一笑：「說這話就顯得二哥沒見識了，父皇再怎麼說也是個大半截入土的人了，在宮院中豢養了三四千年輕美貌的女子，能照顧過來幾個？她們誰不是春心蠢蠢，小弟我借了入宮的機會，弄幾個相好的，原本不算什麼。不過這翠翠就有些不同，小女子看上去柔柔弱弱的，一旦黏上了小弟，簡直就是鐵了心，你就是立刻叫她去死，她似乎也心甘情願，唉，可憐天下女兒心哪！」

「那……三弟說哥哥的心腹，又提到什麼翠翠，和咱這妙計有什麼相干？」朱高煦聽得入迷，忽然想起正事，連忙扭轉了話題。

「咱這妙計就要成功在這兩個不起眼的人身上，」朱高燧忽然冷了臉色，陰陰地一笑，「二哥多送些金銀給你那個眼角有刀疤的心腹，小弟我這裡有包粉末，是從南京城郊一個漁民那兒買來的，這粉末用深海裡的一種怪魚內臟曬乾碾碎而成，撒在水裡放在飯中，無色無味，只要吃上一口，立刻就面色青腫，鼻口黑血亂流，症狀極其像吞金而死。二哥讓你那個心腹將這藥趁機會給了翠翠，要她撒在權妃的茶中，再讓她這麼說……」朱高燧附在朱高煦耳旁，嘀咕一陣，「這樣一來，大亂立刻就會起來，二哥從中漁利的時機豈不就到了，只是到時候，別忘了小弟就成。」

朱高煦聽得有些發愣：「這……能成麼？那個翠翠就如此聽話?!」

朱高燧見狀從懷裡解下一塊錢幣大小的玉佩，遞了過去：「讓他帶上這個，這是我們定情時交換的信物，翠翠一見，定然不顧一切，二哥放心！」

「可是，」朱高煦仍不放心，「金忠在父皇身邊這多年，父皇對他信任有加，況且他又是得道的高人，父皇會相信他做出這樣的事情麼？」

「當然會了，」朱高燧自信地笑了，「原本父皇是不會信的，不過那金忠是有過前科的，若要人不知，除非己莫為，若要人不聞，除非己莫說。金忠以前自己造過孽，此刻不由父皇不信。二哥還記得不，當初在北平時，二哥郊外打獵時從惡漢手中救過一個女子，後來養在燕王府中。有次我在屏風後邊，無意中聽父皇對母后說，真沒想到金忠這傢伙能做出此等事情來，仔細一聽才知道，那女子原先落難時養在金忠的外宅裡，女子丈夫被金忠打發到了南京建文宮裡，金忠卻見色起心，想和人家那個，結果女子被逼無奈，落荒而逃，叫二哥救下。可見金忠在父皇心中也是個好色之徒，將來事情發生了，父皇一定會想起以前的情形，不由他不相信。」

但朱高煦還有些猶豫：「將來事情真的出來了，父皇自然也會左右想想，就算金忠有那個膽子，也有那個心思，可他如何能靠近了父皇的妃子？」

「嗨，二哥難道忘了金忠是何等身分，早在北平時，金忠就穿梭於王府，即便在南京，前殿後宮，他哪裡去不得？這回在北平，肯定還是老樣子，舊日宮殿，父皇駐蹕行營，他照樣往來，見見父皇妃子，還不是常有的事?!」

見朱高煦無話，朱高燧更得意了：「二哥聽說了麼，鄭和的艦隊從西洋回來了，帶回大批金銀珠寶，還有許多見所未見的稀罕物品，父皇不在，他就獻給了東宮，東宮可能將最好的留下，隨便挑揀些次品叫金忠給送到北平去，既有了孝心，又撈了實惠，咱們卻乾瞧！看來手中有權就是好呀，二哥還是得抓緊時機喲！」

一席話正說到朱高煦心坎上，他氣哼哼地將大腿拍得砰砰作響：「他奶奶的，當一天皇帝，強似作千年王爺！」

西風已去昨夜涼

正如朱高燧所說的，《永樂大典》編修完成後，道衍便決意離開南京了，臨行之際，金忠苦苦相送，走出三山門巍峨的城樓，步出江東橋，一直來到寬闊的長江岸邊。江水正碧，水天一色，江風陣陣湧來，吹起道衍過於寬大的僧袍，衣袂招搖，似乎要飄飄欲仙。

「師兄真的要走麼？」金忠面帶幾許依依，還有些赧然，「可惜小弟不知為什麼，忽然厭倦了漂泊，想來想去，還是留在朝廷頤養天年，橫豎現在天下太平，也不至於再幫著出主意塗炭生靈。師兄年事已高，江湖之苦還是少吃些的好，留下來吧。」

道衍確實更顯蒼老了，雖然禿著頭不見白髮，但眉宇間透著滄桑，他望了望金忠笑道：「師弟臉紅什麼，老僧並未責怪你違背前言，為人最好的結局，無過於能做到，提得起，放得下，算得到，做得完，看得破，撇得下。如今看來，你我二人，可以無愧了。師兄要走，是因為該做的已做，師弟不走，是因為該做的還未做，並無對錯可分，又何必自責？也不必阻攔。」

金忠見道衍看出了自己心底隱藏的東西，臉色更紅，吃吃地說：「師兄此去，要往何方？」道衍看看似乎從天際而來，又似乎要流到天際而去的滔滔江水，揮揮風中的衣袖：「事有機緣，不先不後，剛剛湊巧；命若蹭蹬，走來走去，步步踏空。萬事自有定數，預先思慮，不過徒費精神，師弟就不必過問了。」

「那……」金忠還要再說什麼，一葉扁舟飛快地靠近，船夫雙手持槳叫道：「是兩位師父雇的船麼？現在正是順風，快些走吧！」

道衍若有所思地看金忠一眼，轉身向船上走去：「不是兩位，是一位，該渡的渡，不該渡的勉強不得。」

金忠似乎聽出了話中有點意思，他來不及細想，小船已經悠然蕩開，隨著波浪忽高忽低，宛如飄搖在浮雲中，倏忽間化作一個黑點，漸漸隱沒在碧濤裡。金忠癡癡地站立良久，激盪如雪的浪花飛濺上岸，打濕了衣襟，他渾然不覺。

自從住進比起王府更威風森嚴的東宮後，朱高熾一直就不大安穩，總覺得一顆心高高懸起，總有什麼東西讓他放不下而提心吊膽。沉靜的不眠深夜裡，他常常會想到朱高煦孔武驕橫的面孔，也偶爾在眼前閃現出朱高燧嘴角撇出詭秘微笑的神情，他知道自己這個太子位置招惹了兩個弟弟，兩個性格迥異合起來卻相得益彰的弟弟，他們聯起手來，自己從哪一方面都比不過他們，為此他惴惴不安，總預感到他們不可能善罷甘休，意料不到的事情隨時都會發生。

可是到底要發生什麼事情，他自己根本無法想像，這就更讓他窒息般地心悸。好在有金忠這樣一個久經風浪的謀士在身邊，彼此雖然沒明說過眼下的情形，但金忠似乎有意無意地多次提到要本著一顆正心，以不變來應萬變，大概算是最好的主意了。

父皇親征，自己監國，說是監國，其實也沒什麼事情要做，瑣屑小事有各部主持，略微大些的要稟奏父皇行在，由他決斷，監國不過掛了個名聲而已。不過朱高熾樂得自在，覺得這樣反而更好，省得招惹是非上身。

前兩天，鄭和帶著滿身的海腥味趕回南京，得知皇上遠在邊關，便依照舊例，向監國的太子稟報沿路情形，一個說得繪聲繪色，使沉悶的大殿活潑許多，一個聽得津津有味，聊以打發心頭的鬱悶。

鄭和率領的巨大船隊，在顛簸不平的海面上連續航行了數十個晝夜，終於迎來了一塊陸地，上岸打聽，原來是占城。占城對於鄭和來說並不陌生，也不神秘，早在洪武時候，占城國的國王就派遣使者來到這個中原大國，向洪武爺進貢了大象和獅子以及他們的特產。洪武爺也以禮相待，賞賜了大量綢緞和瓷器，並頒發詔書，封占城為中原屬國。

雖然早就聽說過，但親眼看到這個風俗奇異的國度，鄭和還是耳目一新。當時的國王叫占巴，他戴一頂出奇高的帽子，帽子上綴滿各色鮮花，披件大紅披風，雙臂上十餘個玉鐲互相碰撞著叮噹作響，半男不女的樣子既可笑又莊重。

國王乘坐一頭同樣花枝招展的大象，走在迎接隊伍的最前邊，左右簇擁著數百侍衛，個個裸著上身，臉上用油彩描畫得五光十色，敲起皮鼓，吹響椰殼笛，分外熱鬧。跟在後邊的大臣裝束也相差無幾，怪模怪樣卻神色嚴肅。

一行人來到寶船前，國王抬手輕輕一拍，大象溫順地屈膝跪倒，讓主人輕巧地走下地面。國王占巴率領百官跪地叩首，迎接上國遠來的使節。鄭和也拱手答禮，讓通事用占城方言宣講了大明天子的殷殷厚意。然後他們在使館中受到隆重的招待，宴席非常豐盛，滿是異國風情的菜餚，占巴還獻上三百根象牙和一百根犀牛的角，權且作為供品。

在占城逗留數日，艦隊又劈風斬浪，繼續向西航行。過了占城後，沿海岸分布的大小島國漸漸稠密許多，歷經有蘇門答剌、滿剌加、錫蘭和阿魯等國家，最遠一直到伸出海岸很遠的一個大島尖端的國家，叫古里，因為距離遙遠，鄭和從未聽說過這個國名。為了表示紀念，鄭和特意命人在岸邊建造一座涼亭，裡面樹起一塊石碑，刻下銘文說：「爾王去中國十萬餘里，民物咸苦，然篤樸同風，刻石於茲，永垂萬世。」

雖然國度眾多，但風俗習慣卻同占城大同小異，島中民眾大多還是破衣爛衫，茹毛飲血，一副不開化的情形，彷彿叫人又回到史書上記載的幾千年以前。島上的國王和臣民見鄭和他們身穿鮮亮的綢緞繡袍，舉止文雅，如同從天而降的仙人一般，羨慕得雙眼冒火，當即就有許多國王派遣大臣登上寶船，要來參拜上國的國君，還巴結討好地獻上各種寶石和珊瑚之類的珍奇寶物，至於金銀珍珠，就更多的數不清楚。

「公公如此風光，足見我上國的威力，不過既然他們民風荒蠻剽悍，就沒遇到什麼凶險麼？」朱高熾聽得入神，暫時忘了煩憂，忍不住插嘴說。

「殿下英明，怎麼會沒有，常言說出門一里，不如屋裡，凶險倒是凶險，只不過有驚無險罷了。」鄭和連忙作出誇張的神情，娓娓講來。

那是在爪哇國附近的舊港，這個地方很的特殊，雖遠在大洋，首領卻是流亡海中的中原人，叫陳祖義。他糾集一群漁民，佔據此地，不去做正經營生，專門攔截海上往來船隻，殺人越貨，不折不扣的一幫海盜。

鄭和聽爪哇人講起這種情形，深感有損中原大國的面子，便答應替當地百姓除去這一大害。本著先禮後兵，未到舊港時，鄭和先行派人乘小船前去，以大明皇帝的名義叱責陳祖義，要其束手繳械，收拾行裝跟隨艦隊返回中原。陳祖義倒也乖巧，見對方來勢洶洶，深知不好對付，便聽從身邊人的建議，來個詐降。並隨同使者帶來酒肉等精美食物，送到大船上，其實是要暗中探看整個艦隊的裝備，以便伺機偷襲。

聽陳祖義如此識相，鄭和頗為滿意，正要命令大船靠岸，接受陳祖義投誠時，陳祖義部下有個叫施進卿的同鄉，平素在陳祖義面前陽奉陰違，總想找機會取而代之。眼下見鄭和大軍來到，覺得機會再好不過，於是就悄悄潛入船隊中，將陳祖義的陰謀報告給鄭和。

鄭和初來乍到，人地生疏，也分不清誰真誰假，但此等關乎性命的大事，他還是寧可信其有，指揮艦隊上的兵馬，一部分埋伏在岸上，一部分在船上戒備。

當日夜中漆黑一團，加之陰雨時不時地飄灑，陰風陣陣，雖然人多勢眾，但眾人還是提心吊膽，睜大眼睛望著什麼也看不見的遠處。

半夜時分，果然有點點火把閃爍，悄無聲息地向岸邊摸來。陳祖義率領手下精兵勁卒約三千餘人，自以為神不知鬼不覺地闖進鄭和設下的埋伏圈中。正當他們要登上大船放火燒殺搶掠時，周圍號炮接連響起，燈火通明照亮遠遠近近的海灘，待陳祖義回過神來，才發覺他們已被數萬明軍團團圍住。

鄭和鎧甲整齊，在燈光下熠熠閃亮，大紅斗篷高高招搖，如同天神突降，神情威嚴地大喝道：「陳祖義，你這中原敗類，將大明朝的臉面丟在西洋各國，還不快快投降，否則定將你剁為肉醬！」

話語鏗鏘，不怒自威，令陳祖義和手下兵眾不由不為之折服，再看周圍刀林槍叢，要闖出去已萬萬難能，只好紛紛扔掉刀槍，匍匐在地，叩頭求饒，乖乖地被捆綁起來，扔進各船的艙底。

「那，施進卿賣主求榮，自然也非善類，難道就成全了他不成？」朱高熾聽著又忍不住插嘴說。

「殿下英明，他們狗咬狗，按說都不是什麼好東西，」鄭和施一禮，趕忙回答，「可惜他們在那裡經營許多年，已經根深蒂固，我們遠道而來，要徹底清除他們，也殊非易事，想來想去，只好就此打住，算是對施進卿恩威並用，叫他從此有所收斂。施進卿感恩戴德，再三表示臣服大明，並叫他的女婿隨船隊來覲見陛下，奉上貢品。」

直著身子坐了半日，朱高熾挪動一下肥胖的身軀，讚許地看著鄭和微笑道：「鄭公公風雨飄搖了這多時日，播揚國威於萬里之遙的海外，真是難能，尤為可貴呀！正好金忠要到北京去代本宮遙迎父皇，順便帶上些奇特的貢品，叫父皇提前高興一番。公公可好生歇息幾日，待父皇回京後再覲見稟報。」

鄭和見朱高熾面色疲倦，額頭上明晃晃的竟似乎有些冒汗，趕忙答應著告退下殿。朱高熾長舒口氣，他驚喜地想，正不知如何去迎接父皇呢，可巧鄭和來了，多帶些寶物，或許自己的位置就會更穩固。想著召過一個小太監：「快去請金忠，趕赴北京的日子要提前幾日才好。」

故地重遊，金忠確實別有一番感慨，當初自己孑然一身，千里迢迢到北平來謀求一番事業。似乎就在一晃間，秋月春風轉換了幾輪，當年的雄心壯志已經隨風不知飄散到哪裡。爾今在眾人眼裡，自己算是功成名就了，可怎麼就找不到當年神往的那種感覺呢，反而空蕩蕩的叫人覺得如此不踏實。還是師兄道衍看得開呀，怪不得他說，功名事業這事，往往來如風雨，去如微塵，不可不看，又不可看得太重。

那自己是否應該跟著師兄離開了？金忠不止一次地這樣問自己，也很多次地這樣想過，但最終他還是留了下來，留在了喧囂的塵世中，他總覺得這裡還有些東西很留戀，功名？官位？抑或飄渺如風的所謂事業？他自己也說不清，但他的確留了下來。

「大人，前邊的城牆便是北京了。」有個聲音響起，讓馬鈴叮咚聲中昏昏欲睡的金忠激靈醒來。他從車內探出頭，是跟隨的侍衛楊勝騎在馬上拱手向自己說話。

「唔，」金忠含糊地答應一聲，看看寬闊驛道盡頭處的高大城牆，比起南京城來，它越發冷峭，孤零零地聳峙在荒蕪四野上。這座飽含威嚴的城池，當初是自己人生經歷的起點，現如今，經過多少人的熱血沐浴，它仍無動於衷的靜默無語，彷彿全然不知自己的名字已經改稱了北京。依了皇上的意思，也許不久，它就會成為名副其實的京城。幾年來北京一直大大小小地建著宮殿，到時候裡裡外外必然會重新修建，北平或者北京耳目一新時，到底是自己還有師兄還有皇上的功德呢，還是罪過？

金忠默默地想了片刻，楊勝和另外幾名護衛揚鞭打馬，趕在馬車前，氣勢頓時威嚴許多，朝廷重臣的派頭顯現出來，稀稀落落的百姓驚慌地四下躲閃。

朱棣的行營仍在昔日燕王府中，斑駁陸離的宮牆被趕搶著粉刷一新，空氣中還瀰漫著濃濃的油漆味。早就得到消息的朱棣很是欣慰，戰場上重展雄風的喜悅還未退去，鄭和從西洋返回，並且還征服了許多海外小國，更讓他激動不已。大明朝的國威，在自己手裡，已經遠遠超出父皇洪武帝的影響，這足以說明，自己是帝王的材料，在天下人眼中，應該名正言順了。

春風得意中，金忠將鄭和帶來的寶物一一獻上，朱棣愛不釋手地逐個仔細摩挲，一邊漫不經意地問訊著南京的情形，金忠倒不特別緊張，詳略得體地奏對過，朱棣滿意地連連點頭。

「好，太子能將國事料理得如此有條不紊，朕也就放心了，不過這裡面愛卿的功勞當屬第一呀！」朱棣眼光不離那些珠寶玉器，彷彿根本沒費什麼心思。

但金忠卻敏銳地聽出了朱棣心底的聲音，看來他對自己反覆斟酌才猶猶豫豫立下的太子，仍不十分可意，只不過木已成舟，不便再明說罷了。金忠雖然揣測出來，可皇上沒直接說，自己就不能捕風捉影。本來他是想在皇上跟前讚美幾句太子的，現在趕忙收回，以免叫皇上聽出自己的什麼弦外之音來。多少年的交往，金忠深知，朱棣自己常常要玩弄些不大不小的聰明，卻深惡痛絕別人在自己跟前賣弄心計，他得小心在意。

見金忠唯唯諾諾，朱棣愈發高興起來，捧起一個碧玉雕刻成的龍狀手鐲，在光亮中瞇起眼睛仔細看看：「這種玉溫潤細膩，最能滋潤肌膚，讓權妃佩上，實在天然一色，雙美絕倫，好，金忠，你一路風塵勞頓，先下去歇息吧，有什麼事情明日再商議。」

陪侍的近臣知道朱棣心思，忙知趣地拜辭退下，未等他們走出大殿，朱棣已經風風火火地轉到後殿，找權妃去了。

金忠一行的到來，原本也是成為常例的臣子禮節，朝廷上下都沒人覺出什麼。北京昔日的燕王府現在成了皇上的駐蹕行營，以前徐妃曾居住過的隆福宮，此刻主人則換成了權妃，其餘跟隨來的嬪妃如呂妃等人則合住於隆福宮北邊的興聖宮。太液池正是綠水蕩漾的時節，波光掩映下，兩座宮殿紅綠女子進出往來，嫻靜美妙。

但隆福宮旁側的偏殿中，使女翠翠卻無意流連這些，她內心正掀起陣陣狂瀾。就在金忠他們進城的第二日，一個人忽然闖進自己房中，他身穿太監衣衫，卻面色沉毅凶猛，兩眼閃爍著刀錐般的目光，眼角旁還有不大顯眼的一塊刀疤。

「你……」翠翠不由地抬高聲音，她下意識地覺察出這個從未見過的太監絕非正經太監，心中撲通直跳。

那人卻上前一步，輕噓著示意她不要聲張，晃晃手中玉佩，並緊接著壓低嗓門說：「翠翠姑娘，切莫驚慌，在下是奉了皇三子之命，特意拜見。」

聽說是奉了皇三子之命，又見到那個熟悉的信物，翠翠果然立刻鎮靜許多。滿臉關切，迫不及待地問：「皇子他，他叫你來做什麼，莫非他惹到了什麼麻煩?!」

那人見狀放下心來，不動聲色地一笑，機警地看看四周，大正午時分，夏日的太陽雪亮地照著院落，既無人聲，更無人影，這才放緩了語氣：「姑娘，皇三子眼下正有大難降臨，要姑娘從中周旋，或許可以保住性命。」

「啊?!」翠翠差點又失聲叫出來，俊俏的臉龐有幾分扭曲，「皇子他，他貴為皇子，能有什麼大難，我，我一個弱女子，怎麼周旋?!」她緊張得喘氣急促，簡直說不上話來。

「姑娘不必著急，聽在下仔細交代清楚，」那人傾耳聽聽外邊，確無動靜，「正因為他是皇子，才大難臨身。姑娘自然知道，當今太子既無才能，更無功勞，只因為早出生一兩年，結果成了東宮太子。當時二皇子仗著自己曾立過大功，心裡不服氣，在人前人後說過些不滿的話，於是和當今太子結下了冤仇。皇三子當時出於公心，也幫著二皇子說過幾句，結果太子便遷怒於他，將他們都看成心腹大患。現在皇上遠在北京，朝廷裡由太子監國，他便趁勢為所欲為，想將兩個弟弟隨便按個罪名，胡亂處死……」

「啊?!」翠翠又是吃驚地掩口喊叫一聲，「那他，他已經……」

那人冷冷暗笑一下，旋即端正了面色說：「姑娘先不必擔心，皇三子他暫時還沒事。不過太子在南京監國，權勢如同帝王，君叫臣死，臣不得不死，這個道理想必姑娘也知道。太子他正指使手下四處網羅罪名，再過幾日，待罪名的帽子扣到他們頭上後，恐怕人頭立刻就得落地了。為此皇三子日夜憂慮不安，思來想去，平生最要好，最信得過的，莫過於翠翠姑娘了……」

翠翠聞言臉上不由自主地一紅，但此刻也顧不得害羞，鎮靜一下神色，匆忙地說：「可是我，我住在深宮大院裡，不但不能隨意走動，王公大臣慢說一個沒見過，即便見過，有誰在乎我們這群奴婢，皇子的忙……」

「姑娘莫著急，聽在下說下去，」那人恐怕時間一長，要有人來，忙打斷她的話，「皇三子說了，此事王公大臣誰也幫不上忙，唯有姑娘可救他一命。他要姑娘將這包粉末悄悄倒進權妃茶中，」說著掏出一個小包遞過去，看翠翠抖手接住了，「這粉末無色無味，誰也不會察覺，待權妃喝下後，不出三刻就口鼻出血，彷彿吞金而死的情形……」

「啊?!」翠翠又是一聲驚叫，險些將手中的紙包掉在地下。

「姑娘勿驚，聽在下把話說完，」那人也匆忙起來，「權妃突然橫死，皇上必然追問她身邊的人，姑娘就可趁機向皇上供說，就說親眼看見金忠來北京覲見皇上，卻瞅大正午宮院無人走動之際，溜進權妃房中，悄悄對權妃說，太子與她分別這多長時間，十分想念，盼著她早日回去，共敘舊日之歡，還說皇上這邊暫時得罪不得，繼續作出親熱的樣子虛與周旋，等將來他想辦法早日繼承了皇位後，一定立她為後宮之首。」

見翠翠聽得很認真，那人嚥口唾沫，「姑娘就說當時你正站在屏風後邊，聞聽二人說話，便站住沒敢動，只是偷著眼向外張望，見金忠盯住權妃臉龐，眼光越來越色迷迷，忽然抑制不住地上前抱住權妃。權妃驚慌失色地說『你怎麼能這樣，叫皇上知道了……』就聽金忠說：『娘娘和太子這多時間了，皇上怎麼就不知道?我金忠眼看就入土的人了，還沒真正嘗過女人是什麼滋味，娘娘可憐我，就讓我咂摸咂摸，也不枉在人世走了一遭，反正娘娘既見識過皇上的，也見識過太子的，再多一個也不打緊嘛！』權妃不管不顧地拼命掙扎，金忠見權妃執意不從，惱羞成怒地狠狠說道：『你這賤人，不從我不要緊，反正我知道你私下裡的勾當，一下子佔住人家父子兩個，等我給皇上說了，看你死得有多難看！』說完恨恨地走了。後來娘娘經了這場驚嚇，神情恍惚了一陣子，長歎一聲說：『這可怎麼辦，金忠要真給老頭子說了，還不如現在痛痛快快地自己了結了的好。』姑娘你就說當時因為害怕，沒敢露面，悄悄地溜出了房，誰知沒幾天，她竟然真就……」

翠翠聽得目瞪口呆，彷彿眼前真的出現了這番情景，兩腿軟軟地打著哆嗦，顫聲說：「這，這豈不是造孽?即便這樣，就能救下皇三子了麼?」

「那是自然，姑娘你想，如此一來，皇上必然大怒，先處罰金忠，再收拾太子，到時候太子連自己都保不住，皇三子豈不就會安然無恙?」那人神情得意地說，忽聽外邊隱隱約約有說話聲，似乎中午歇息的宮女有起來到院中走動的，便急急囑咐道，「姑娘，皇三子說了，世間女子中，你是他最癡情的，現如今唯有你能不顧一切地向著他，他還說只要能將信傳到，姑娘你絕對信得過，救命之恩將來一定要圓滿報答，等你們這批宮女發放出宮時，就是有情人成眷屬之日。姑娘只要小心一些，絕對萬無一失！」

說著他甩衣袖拱拱手，飄然走出房門，沿太液池彎曲的湖岸三轉兩轉，很快消失在花草叢中。

翠翠站在門旁，看著他走遠了，忽然感覺像是做了一場夢。她下意識地捏捏手中輕飄飄的紙包，是真的，飄渺的話語剛才確實在耳邊說起過。她想起皇三子，那個飄逸俊秀如同書生一樣的王爺。他是在一次給父皇請安時，偶然遇到自己，當時自己正匆匆走在後宮碎石小徑上，聽見動靜，猛然抬頭，正與他的目光相撞。不知怎的，他目光中有如火一樣的東西，令自己心頭突地一動，竟有些不能自持地面紅耳赤，垂下頭去，胸中揣了隻兔子般砰砰亂跳，簡直邁不開腳。

當時自己還不知道他就是皇三子，不過能走進後宮深院來的，肯定是非同一般的人物。翠翠這樣想著，那俊逸公子卻主動開口說話了，話語格外的溫柔和氣：「這位姑娘，急匆匆的幹什麼去，眼下大伏天氣，南京又是出了名的火爐，在外邊亂跑，小心別曬壞了身子。」

本以為差點衝撞了人家，不招斥責也就是萬幸了，沒料到他竟說出這樣的話來，翠翠忽然想起，進宮兩三年了，那幫頤指氣使的王公誰曾正眼瞧過自己，皇上就更不必說了，即便是資格老些的太監和嬪妃，還不除了怒罵就是斥責?!可眼前這位公子卻如此和藹，倒讓自己有點受不住，低了頭一陣委屈湧上胸間，幾乎要掉下幾滴淚來。

那公子見自己沉默不語，看看四周無人，更加和顏悅色地彎了身子，仔細瞧自己一眼，笑笑說：「喲，看樣子還真受委屈了，來，到這邊涼快一會兒，有誰欺負了你，只管跟我說。」說著竟伸手拉住自己衣袖。

翠翠驚慌間恍惚想到，像我們這樣的下人，哪個不是成天地受委屈？卻也忘記了羞澀，身不由己跟了他，來到宮牆拐角處的一間小屋，那是太監臨時更換衣服的地方，和高大宮殿比起來，一點不顯眼，若不仔細看，根本沒人注意。

那公子拉著自己進了屋，並排在床沿上坐下，用和風細雨般地腔調詢問了自己的家世，又若有同感地慨歎宮女生活的清苦，話語如此體貼，句句落到自己心中最柔弱的地方。慢慢地，翠翠也就不再惴惴，彷彿遇見了大哥哥，將滿腹苦水傾倒出來。那公子隨聲附和，越談越覺得投機。再到後來，他將自己拉得更近些，在自己身上輕柔地摩挲，一種異樣的感覺倏地傳遍全身，令自己不能自持。

但翠翠還是警覺地躲閃開，滿面通紅地要走。那公子這才亮出自己身分，原來他竟然是皇上的兒子朱高燧！見翠翠又羞又驚，呆立著沒動，皇三子才說：「姑娘，我雖然貴為皇子，其實心裡也有說不出的苦悶，我周圍的人待我倒確實不錯，但他們哪個不是衝著我皇家的富貴而來，人情如紙，何曾尋到半點真情實意?!進宮這麼多回，我早就注意到姑娘了，一看面相，我就知道姑娘是個好人，不知怎麼總也忘不掉，每夜夢裡都會與姑娘相會，我突然感覺到，這才是真正的情意。今日相見，一下子情不能自禁，還望姑娘體諒。好了，既然姑娘生氣，那我就更不好受了，我這就離開。」

說著他站起來真的要走。翠翠仔細咂摸著他的話，沒想到像自己這等低賤的人，竟惹得皇子日思夜想，她忽然在冰冷中體驗到做人的溫暖，看他身影就要閃出房門，來不及細想地上前拉住他：「你……等等……」

就這樣，自己溫順而心甘情願地倒在他懷中，他讓自己體驗到了千百宮女姐妹從沒體驗過的感覺，妙不可言的東西令她久久回味不已。皇三子還告訴自己，他已經聽父皇說過，再過兩年，等他大辦壽誕的時候，要放出一批宮女回鄉，到那時，他要抬了大轎，吹吹打打地將自己明媒正娶，抬回王府中，兩人真心真意地廝守一輩子。

翠翠被他的話深深打動，既然他有這份真心，自己還有什麼可說的，況且自己已經將什麼都給了他，她也當面發誓要真心待他，寧死都是他的人。能得到皇子的真情，那是多少姐妹夢中都不敢想的事情，翠翠陶醉了，她日日守著甜甜蜜蜜的心事，原本壓抑沉悶的生活，在她的眼裡，立刻變得春光燦爛。

後來隔三差五，朱高燧總要來宮中給父皇請安，也總有辦法找到自己，他們在那間不起眼的小屋裡盡情享受人世間難得的歡樂。翠翠無意中感覺皇子本事就是大，他們躲在裡面的時候，不管多久，始終沒太監撞進來打攪，彷彿他預先安排好了似的。但不管怎樣，能擁有這份情意，翠翠覺得這輩子真算值得了，她唯一盼望的，就是皇上盡早下詔書，放宮女還鄉，到時候她就可以堂堂正正地和他在一起了。

就在他們如火如荼的時候，皇上要北征了，她侍奉了權妃來到北京，在北京的這段日子，她始終癡癡地想，說不定今夜皇三子又要在夢裡夢見自己了。她還想到，或許皇上御駕親征，打敗了韃靼，回南京後，說不準就格外開恩，提早放宮女還鄉了。她便又開始不斷浮現出自己當新娘時是何種情形。

可是好夢還沒完全醒過來，來去匆匆的報信人卻迎頭潑過一瓢冷水，將所有熱切的願望擊打得粉碎。皇三子立刻就有性命之虞，唯有自己才能救他，他最相信的人莫過自己了！翠翠反覆給自己說，說著說著，心亂如麻。手中的紙包被汗水浸濕，沉甸甸的有些拿捏不住。

這藥喝下去，不出三刻就會口鼻流血而死，那該是多麼可怕的景象！翠翠只要一往這裡想，渾身就起滿雞皮疙瘩。可若不這樣做，皇三子就得掉腦袋，自己不但失去了一生的幸福，也辜負了人家的重託。「這年頭，人情薄如紙，只有我和姑娘才有真情意呀！」皇三子搖頭歎息的話語又轟響在耳邊，她不由一震。

雖然不知道同是一個父母所生的親兄弟，何來這麼大仇氣，非得拼個你死我活的才成，但翠翠卻清楚皇上有多大權利。滿宮幾千太監宮女，哪個在皇上眼裡還不跟個螞蟻似的，說殺說剮只是一句話的事，就是滿朝文武大臣，平素在小百姓面前氣赳赳的彷彿比天爺還大，可到了皇上跟前，立刻成了孫子輩，叩頭的模樣恨不得能鑽到地底下。皇上就是厲害啊，難怪他們個個要搶破腦袋地去爭。

翠翠還知道，眼下在南京監國的太子雖說還不是皇上，但既然叫監國，看來也就是臨時的皇上，臨時的皇上也是皇上，權威大概也差不了多少，他說要皇三子死，皇三子肯定逃不了。憑著皇三子的聰明勁，他大概已經覺察出了萬分的危險，否則也不會大老遠地差人到北京來，求救到自己跟前，憑了皇三子的和藹善良，若不是萬不得已，他也不會指使自己去殺人。

思來想去，翠翠咬破了嘴唇，還是決定，無論如何要對得住他的這份真情，哪怕自己去死，也要叫皇三子知道，翠翠不是那種負心的女子。她終於別無選擇地要下手了。

下定決心以後，翠翠反倒安心許多，她覺得自己忽然堅強起來，膽子出乎意料的大。彷彿有種力量在暗中支撐著自己，但這是什麼力量，自己卻說不清。

人歸暮雨零亂舞

趁了一個同樣日頭白花花暴曬的正午，看看院中悄無一人，翠翠沏好涼茶，將紙包中黑色的粉末倒進杯中，從小路來到大殿後門，蹩進權妃臥房。見權妃午睡剛起，慵懶地披散著頭髮，雪白的酥胸半露在透明絲紗內，忙壓抑住慌亂，強作鎮靜地說：「娘娘，大熱天的，我準備了上好的涼茶，娘娘快喝了吧，一會兒若皇上要來，娘娘精神就會好出許多。」

權妃噗哧一笑：「這死妮子，越來越會說話了。」一邊接過來，大概確實口渴，三口兩口，喝了個精光。翠翠見狀，連忙搭訕著退出去，走到殿後的小門旁，看看沒人影，邁開碎步跑回自己房中。

屏住心跳等候片刻，忽然聽見大殿那邊哐啷一聲響亮的碰撞聲，好像有什麼東西被摔在地下。翠翠明白，該發生的事情終於發生了，此刻，不管自己願不願意，都要順著皇三子的吩咐走下去了。她多了個心眼，連忙半倚在床榻上，裝出睡著的樣子。

再過一會兒，就聽見有慌亂的腳步聲，還有人大呼小叫地吆喝：「快來人哪，娘娘她……」

翠翠還沒想好此刻該不該出去，房門被通地撞開，兩個宮女披頭散髮踉蹌進來，眉眼都變了形：「翠翠，你倒睡得怪熟，娘娘出事了，快去看看！」

翠翠裝作懵懂的樣子，不明就裡地問一句：「大正午的，娘娘正在歇息呢，能出什麼事？」人卻忽地站起來，跟著她們走向大殿。

正如翠翠所料想的那樣，權妃還是那身睡裝，半歪著身子倒在床邊，嘴裡和鼻孔中湧出股股鮮血，先流出來的已經發黑，大睜的眼睛透著莫名恐懼，卻已失去了光澤，顯然沒救了。

權妃暴死的消息立刻傳遍行宮的各個角落，人聲鼎沸，平靜的太液池也要被攪起波瀾。有太監匆匆去稟報了在前殿的皇上。朱棣乍聽消息，簡直不能相信，等他乘著肩輿趕來，眼前的情景令他目瞪口呆，片刻工夫竟沒能說出話來。

「怎麼回事？早晨不是還好好的麼?!」他終於吼叫出來，「什麼病如此急促，快，都愣著幹什麼，朕的愛妃若有個三長兩短，先拿你們這群廢物殉了葬，還不快去叫太醫！」

他目光凶惡，掃視過在場的每一個宮女太監，大家被針刺了般渾身打顫，有伶俐些的，三腳並作兩步去傳喚太醫了。

宮中突然出了這麼大的事情，少頃太醫便匆忙趕來好幾個。其中有個首席太醫，瞥了端坐在旁邊的朱棣一眼，拈著雪白的鬍鬚，小心翼翼地走上前，權妃已經被人抬到了床榻上，他也就只看了一眼，神色突然大變，返回身撲通拜倒在朱棣面前，顫巍巍地說：「啟奏陛下，娘娘她，她已經升天了！」

儘管在意料中，在場的所有人都隨著話音猛地一抖。朱棣面色灰黑，話語中幾乎沒什麼表情：「得的是什麼病？」

「這個……」老太醫猶豫一下，扭臉看看四周垂手而立的人群，似乎有難言之隱，欲言又止。

朱棣不耐煩起來，騰地跳下椅子，踱向一側的內室，老太醫趕緊跟過去。眾人不知發生了什麼，紛紛閃開。內室裡寂靜得好像嗡嗡有聲，大熱天裡，陰氣直襲心底。「權妃到底怎麼回事，這下可以說了吧？」

老太醫忙翻身跪倒：「啟奏陛下，因為事關重大，方才眾人面前，微臣不敢胡言，怕被人傳出去，望陛下見諒。臣方才一看娘娘神情，便立刻明白，娘娘肯定是吞食了金子……」

「吞食了金子，那不是自殺麼？朕正與她交好之時，彼此又沒言語突忤，宮裡太監宮女誰敢欺侮朕的愛妃？好好的她自殺幹什麼，你可看仔細了?!」朱棣掩飾不住地吃驚，忽然聲色俱厲地喝道。

老太醫慌忙再叩兩下頭：「陛下聖明，臣雖然醫術不敢說精，但從洪武爺時就在宮中當差，這種吞金而死的情形所見不止三十五十，斷然不會有差池！」情急之下，他忽然覺得自己說的有點不大妥當，但話已出口，也只好如此了。

朱棣倒沒心思糾纏這些，黑著臉放緩語氣：「難道再沒別的死法與此相類似了麼？」

「這……有倒是有，那便是服了一中深海魚的內臟，」老太醫仔細想想，慢慢說，「這種魚表面平常，只是內臟有奇毒，若是將它的內臟曬乾碾成碎末，人服用下去，頃刻就會喪命，所表現症狀與吞金而死極其相像……只是深宮中，根本不會有此種東西，所以臣以為還是娘娘吞金自殺……」

朱棣揮揮衣袖，叫他不要再說下去：「好了，你先退下去，記住，此話對誰也不要說！」

皇上愛妃在宮中暴斃的消息如同順風飄散的樹葉，紛紛揚揚傳遍整個北京。茶餘飯後，商鋪內室，田間地頭，人們無不議論紛紛，猜測著其中的情由。自然，處在風頭浪尖的還是皇上本人。

朱棣聽太醫如此一說，將自己和權妃近幾日所言所行細細回味一遍，覺得沒什麼異常，她根本沒吞金自殺的理由。那麼她是否如太醫講的那樣，服用了別人暗中放進的那種毒藥？這樣一想，朱棣便打個冷戰，誰能如此大膽，又如此神通廣大，竟能在防備森嚴的宮中將權妃毒死?!他覺得必須將事情查個水落石出，不然自己睡覺都不得踏實。

查尋的根由當然要從權妃身旁的使女開始。當朱棣將那些使女一一傳喚，恩威並用地審問時，有個叫翠翠的貼身使女似乎經不住恐嚇，哆嗦著說她知道些原由。朱棣進一步追問時，那使女說出來的話讓他大吃一驚，他沒想到，這事情竟然會和金忠有關係，還牽連到太子！

儘管吃驚，但那個叫翠翠的使女卻說的滴水不漏，況且是她親眼在屏風後邊看到了，自然確鑿無疑。朱棣再仔細想想，忽然覺得這事情乍聽奇怪，其實也不是沒可能。太子因為住在東宮，彼此宮牆上有小門連通，和嬪妃勾搭起來倒是極為方便，再者說，這事情也不是沒有先例，翻看歷朝歷代的野史，太子和嬪妃有一腿的事情簡直見怪不怪。朱棣只是想不明白，若是被冷落的嬪妃，耐不住寂寞，也還可以理解，而權妃卻完全不必，自己幾乎和她夜夜相伴，她該不會感到寂寞呀！但再想一想，朱棣立刻也明白了，自己畢竟是個老頭子了，權妃尚不滿二十，春心正熾的時候，只怕自己已經不能讓她滿意，這才和太子勾搭到一處。

「這個賤人！」朱棣想通以後，惡狠狠地在肚裡罵一聲，滿腔的惜香憐玉化作歹毒地詛咒，甚至還有幾分幸災樂禍。

至於金忠會當著權妃動手動腳，朱棣也能想像得出。他想起當年還是燕王的時候，金忠不也有過遏制不住衝動的時候麼？權妃比起當時那個女子來，姿色又嬌豔許多，他也憋悶了這多年，舊病復發也是有的。

一切都想通之後，朱棣心情平靜了許多。權妃令人費解的死亡真相大白，接下來的懲處，就顯得很是容易了。

「哼，沒想到金忠也和朕一樣，年歲愈長，色心倒愈重了，」朱棣暗自思忖著，冷冷一笑，「不過金忠自然不能和朕比，即便他當年功勞再大，對著朕的妃子做出這等事情來，無論如何也饒恕不得！」

這樣想著，朱棣看一眼站立在身邊的紀綱，他剛從南京趕來，向皇上稟報近來京城中的動靜。聽他說南京一切照舊，太子和兩個皇子都還安分，大臣們也沒什麼異動，他放心一些，冷竣地吩咐：「去，將金忠叫來，到前殿見朕！」

久在朱棣跟前，也自認為算得上絕頂心腹，對於紀綱親自來傳喚，金忠多少感到有點意外，他也聽說了權妃突然死去的消息，想著皇上肯定是就如何處理後事來找自己商議的，紀綱恰好就在皇上跟前，順便差他前來傳信，也不算什麼太異常，便心地平和地直奔皇城金殿中。

「金忠，」待他參拜完畢後，朱棣面無表情地說，「朕聽說道衍師父已經隱退江湖，飄搖四海去了，你怎麼不跟著呢？」

金忠一愣，按說道衍的出走，皇上早就知道了，況且道衍年過七旬，開始頗有耳聾眼花的跡象，皇上其實是默許了的，怎麼此刻忽然問起這個來，聽他的口氣，好像話外有音，甚至有責怪的意思，怎麼回事呢？這樣想來，金忠頓時有點口吃，期期艾艾地回答不上來：「陛下，臣……臣……」

朱棣立刻抓住把柄似的搶著說：「那朕就替你說出來吧，你是否要說，還有想做的事沒做，對不對？」

話語更加刻薄，金忠不知他是什麼心思，竟紅了臉說不出一句話來，半拱著腰站在空蕩蕩的大殿中央，單薄而尷尬。

金忠的這副神色，似乎更印證了翠翠的話，朱棣壓抑住心頭亂竄的火苗，嘿嘿地兩聲冷笑，迴盪在空曠的殿中，令人毛骨悚然。「金忠，朋友衣服可以穿，朋友之妻不可欺，難道你連這個也不知道?!更何況是君臣之分，如同父子一般，你所作所為，簡直就是……」朱棣說著忽然想起權妃和太子的事情更加嚴重，金忠不過當面調戲了一下，太子卻不知何時和權妃已經勾搭成姦了，既然金忠能替太子傳信，當初未嘗不是他挑唆的，這樣想下去，他突然加重了語氣，惡狠狠地吼一嗓子，「簡直就是畜生！」

「陛下，臣……」金忠更加如墜霧裡，平常伶俐的嘴怎麼也派不上用場，囁嚅著說不出一句完整的話。當著紀綱的面，朱棣卻不想再糾纏下去，他只不過要當面印證一下，而金忠的表現足以說明，那個叫翠翠的使女說的千真萬確，這就夠了。

「好了，朕今日不想與你周旋，你下去好好考慮去吧，將該說的都堆放在嘴邊，朕還要再找你要話，關於你在作太子侍讀時都做了些什麼的話！」朱棣厭惡地扭過頭，「紀綱，將他暫時放在詔獄內，看管好了，再有，將那幾個權妃身邊的使女也都看押起來，記住，一個也別叫死掉！」

紀綱自然明白，皇上害怕他們會自殺，再大的罪名，一自殺就一了百了，這未免有些太便宜了。他連忙心領神會地答應一聲，面色如朱棣般冷竣地說：「金大人，那就請吧！」

金忠似乎還想再辯白什麼，但急切間他不知從何處說起，朱棣也不等他說話，拂袖折回內殿。黃儼正站在過道的門旁，等著侍侯皇上更衣，朱棣卻對他擺擺手：「不必了，你帶幾個人速回南京，傳朕旨意，立即停止太子監國，所有事項，不論鉅細，等朕回宮後再做決斷。另外，凡是以前太子處置過的事情，全部廢止，若有執行者，以違旨謀反罪名論處！」

黃儼垂手聽著，眨巴兩下眼睛卻沒動，朱棣奇怪一下，忽然拍拍腦門：「朕都氣糊塗了，好，朕即刻擬旨！」

南京城中正熱浪洶湧，長江和秦淮河上也似乎漂浮著一層蒸氣，看上去叫人更加燥熱鬱悶。在這樣一個盛夏季節裡，朱高熾的心情壞到了極點。他原本就隱約覺察出父皇對自己或多或少的猜忌，但自從父皇讓自己監國後，這種不安多少得以寬解。可是此刻，黃儼風塵僕僕從北京趕回來，當著文武大臣們宣讀的一紙詔書，叫自己簡直無地自容，他叩拜了接過聖旨後，不敢看任何人一眼，逃竄似的鑽進東宮深殿中。

其實不看他也能感覺出來，眾人的眼神既有驚訝，更多的則是幸災樂禍，雖然他們也同自己一樣，不知道在什麼地方得罪了父皇，但他們父子間的不和已經擺在了桌面上，卻是不爭的事實。

「為什麼，這究竟是為什麼?!」朱高熾對著灰濛濛的天空發問，回答他的卻是死水般的寂靜。若不是有太監守在跟前，他真想像狼一樣地仰天長嘯，他覺得自己快要爆裂了。金忠不是去北京請安了麼?莫非他言語不周，得罪了父皇，可憑著他與父皇出生入死的交情，不可能呀！

「該死的金忠，到底發生了什麼，也不派人給捎個信來！」他在心裡詛咒著，看看滿臉盡是木然的太監們，恨不得在每個臉上抽幾巴掌來解解氣，但他不能，也不敢，他們當中，說不定就有父皇安插的內線，舉動再稍有不慎，太子之位倒不說，恐怕連命也要丟掉。他只能將氣憋在胸中，趁沒人的時候，對著雕花的楠木桌椅連踢帶打，但桌椅無言，倔強地挺立著，令他更感到無奈。

極度煩悶裡，朱高熾找來幾個從小玩到大的太監，擺開簡單的酒宴，將一碗一碗清洌的東西熱辣辣地灌進肚中。即便這樣，他也不敢多說什麼，他怕這些人也未必都靠得住，他只能一遍一遍地說：「來，快喝，三杯通大道，一醉解千愁，快喝呀！」話未說完，自己先軟軟地跌躺在椅子上，幽幽中人事不醒，真的躲開了憂愁。

同樣的天氣裡，漢王府的主人朱高煦卻格外鬆爽，他黑紅的大臉膛煥發著油光，一杯接一杯地和三弟朱高燧對酌。他們的酒宴擺在王府最深處的密室中，陰暗暗的，很是涼爽。太監使女們都退到了外邊，安靜得纖塵不動。

「怎麼樣，二哥，小弟這條妙計不錯吧？」朱高燧乜斜著眼睛，得意揚揚地說。

「唔，不錯，不錯，」朱高煦已經有幾分醺然，嘴角滴著殘酒，連聲稱讚，「神不知鬼不覺的，就叫他倒了楣，臨死都不知是誰捅的刀子，好，再好不過了。三弟這麼機敏，將來哥一定封你為國師，專給哥出主意。」

朱高燧把玩著酒杯，忽然歎口氣：「唉，只可惜翠翠姑娘了。你知道，父皇現在脾氣越來越暴躁，權妃一死，他還有不遷怒於那幫使女的，她恐怕在劫難逃了！」

「那又有什麼，」朱高煦滿不在乎地撲稜著碩大的腦袋，「古人說的好，若是花不破損，蜜就不能釀成。她死了，哥再給你找個更好的就是。」

朱高燧噗哧笑道：「二哥還沒當上太子呢，就如此文雅起來了，還學會說古人的話了，真是難得。可惜呀，容貌比翠翠好的，自然不難找到，若論起品性來，恐怕世間唯她一個了，唉，真是難得了她對小弟一片癡心，若不是為了二哥的正事，小弟實在萬萬捨不得將她拋出去！」

朱高煦還是一臉的不屑：「在哥跟前，甭充什麼斯文，裝什麼多情。總之女人麼，就似那小猴子摘鮮桃，吃一個丟一個就是了，哪來那麼多情呀意呀的。哥不是聽你說過，寧可你負別人，不可別人負你，這不就對了麼?!」

「話倒是這樣講，不過想想，還是有些捨不得，她那身段，二哥是沒見過……不說了，喝酒！」朱高燧舉起杯子，仰脖倒進口中。

「好，喝酒，橫豎東宮那邊是不行了，父皇的聖旨都下來了，怕他等不到父皇回來，就要上吊啦！不管怎麼說，咱這太子位子是坐定了，將來咱兄弟倆，富貴一人一半！」朱高煦噴著酒氣，說得有些含糊不清，也一飲而盡。

紀綱雖然為人凶狠，只要關進詔獄，就沒有不破皮傷骨的，但對金忠，他還不敢立刻造次。他深知金忠在皇上跟前的分量，他也不知道金忠怎麼就得罪了皇上，不過皇上既然放話說還要召見他，那人家就還有翻身的機會。由了這個緣故，金忠在陰森森的詔獄中倒沒吃什麼苦頭，獨居一間小室裡，三餐酒肉齊全。只是突然而來的變故，令他寢食不安，他希望盡快得到皇上的召見，至少將事情的原委弄清楚，就這樣不明不白地變作了鬼魂，他委實不甘。

金忠在詔獄的幾日裡，朱棣也反覆將事情重新考慮一番，思來想去，他覺得處死金忠，廢掉太子，這畢竟是朝廷的大事，弄不好就會貽害無窮。隨著怒氣漸漸消退，慎重的念頭逐步佔了上風。經歷了大半生的風雨，他已不再那麼虎虎生風。終於，他決定悄悄將金忠叫到內廷，把事情的大概說明白了，看他如何反應，若是真的話，橫豎他是要死的人了，也不怕他將宮內醜聞傳出去。

得了旨意後，紀綱趁沒人注意，親自領金忠乘頂青布小轎，來到宮城深處，朱棣正在那裡等著他。

這場君臣單獨談話進行得很艱難，下了很大決心，朱棣才咬著牙將事情說個大概，說話的時候，眼睛始終不離金忠不斷變化的神色。

聽朱棣隱約不定地講述完了，金忠冷汗已經濕透了前胸後襟，他深吸一口氣，心說好險，這樣的罪名按上，砍頭就已經太輕，依朱棣的脾氣，最次也是個腰斬，死不得活不成地折騰半晌，那情形想來就叫人心悸。

也是急中生智，金忠忽然眼前一亮，翻身匍匐在地上，叩拜連連，震得金磚通通直響：「陛下，臣罪該萬死，臣一死倒無所謂，只是連累了太子殿下，弄得國家根基動搖，若是那樣，臣粉身碎骨，也罪在不赦了！」

「噢?!這麼說來，是朕冤枉你了?」朱棣見他沒了先前的恐慌，更感到自己謹慎的有理，語氣緩和幾分。

「陛下，自古都是三人成虎，有些事情一旦沾染在身上，即便滿身是口也說不清。臣還記得當年陛下在北平時，建文聽信大臣之言，無緣無故怪罪於陛下，陛下不是也深感難以辯駁麼?!」

聽他這樣說，朱棣知道金忠這話雖然是拉個先例給自己開脫，其中也未嘗沒有提醒他別忘了當年的功勞的意思，便冷冷一笑：「金忠，話雖如此，朕也能想得開，但事關重大，你空口無憑，朕也沒法子相信你。」

說這話的時候，金忠其實已經有了打算，他不慌不忙地跪直了身子，拱手奏道：「陛下，臣雖然空口無憑，可那個使女也沒什麼證據，只是憑了一張嘴而已，臣願意與她當堂對質！」

「那好，朕正求之不得呢！」朱棣呵呵一笑，提高聲音衝外邊喊道，「來人，快去詔獄中提取翠翠來這裡！」

「慢著，陛下，臣不能這樣和她對質！」金忠也提高了嗓門。

朱棣有些莫名其妙，臉色復又陰冷下來：「看看，果真是做賊心虛，一來真格的就先自膽怯了，分明是她說的是真！」

這時紀綱聞聲已經走進來聽命，金忠看看站在門口的紀綱，也顧不上禮節，索性爬起來，走到朱棣跟前，低聲說了一通，朱棣聽著點幾下頭，末了擺手說：「快去，提取那個叫翠翠的使女，就說朕要她和金忠當面對質，至於緣何對質，她自然明白！」

在詔獄的這麼長時間裡，因為是和皇上有關聯的案子，翠翠除了萬分恐慌外，也沒受多少苦楚。當她哆哆嗦嗦跪在殿中，面對朱棣時，氣色還如從前一樣，朱棣斜眼看著她，心頭突地一動，沒想到權妃身邊的使女也如此有姿色，朕以前倒沒發覺。不過他顧不上仔細審視，厲聲喝道：「你說你親眼看見的事情，是真的還是信口亂編？須知這是朝廷重地，容不得你半點僥倖，現在有話要說，朕還給你機會！」

翠翠明知事情弄到這種地步，只有狠著心一條路走到底了，便鎮靜了精神朗聲回道：「陛下，奴婢不敢胡言亂語，確實是親眼所見！」

「那好，既然親眼所見，朕就將金忠叫來，你和他當著朕的面對質，敢不敢?!」朱棣嘴角流露出一絲冷笑，天大的謎底就要揭開了。

翠翠猶豫片刻，若說不敢，那顯然是承認了心虛，若露了馬腳，皇三子的苦心就算白費，他仍然有性命之憂。即便對質又能怎樣，反正彼此都沒什麼把柄，大不了爭執一番，自己一個女人家，死纏活纏的，料他也說不過自己。想到這裡，她趕忙大聲說：「陛下，奴婢願意。」

朱棣也不多說，衝門外叫道：「快將金忠帶上來！」

少頃有兩個太監推搡進一個道士，緊走幾步撲通跪下，連聲說：「陛下，臣並沒做什麼，全是她瞎編了來誣陷臣！」

翠翠看那人一眼，暗想人都說金忠和他的師兄一個和尚一個道士，看這人，果然是大名鼎鼎的金忠了，她知道關鍵時刻來到，忙不假思索地說：「分明是你，奴婢親眼在屏風後邊看見的，你休要耍賴！」

那道士苦著臉面朝翠翠：「人命關天的大事，你可瞧仔細了，別認錯了人！我確實沒做什麼！」

翠翠看他恐懼的神情，心裡一陣發酸，但此刻不容她猶豫，她深知此時若口氣弱一下，自己的皇三子就會性命不保，於是她狠狠心咬著牙說：「奴婢沒認錯，當時奴婢就站在屏風背後，離得很近，清清楚楚看見的，模樣記得再清楚不過，就是你調戲我家娘娘！」

「你再仔細看看，當真沒認錯人?!」朱棣忽然插上一句。

翠翠忙端正了身子：「陛下，當真沒認錯，就是他！」

話音未落，朱棣忽然哈哈大笑：「林子大了，什麼鳥都有，天下之大，真是奇怪不斷啊！你這賤人，看你容貌端莊，不像個惡人，怎麼扯起慌來連眼睛都不眨，朕倒開了眼界！」

翠翠聽話音不對，卻不知道自己什麼地方出了差錯，一時愣住。「你口口聲聲說金忠調戲你家娘娘，還說什麼模樣記得再清楚不過，那朕來問你，你眼前的道士其實不過是剛從南京來的一個錦衣衛，莫非他有什麼通天法術，一日之內飛來北京，調戲罷娘娘之後，又飛回了南京?!你這賤人，抬頭看看，朕身後是誰?!」

翠翠慌亂地抬起頭，從御座後邊的帳帷內閃出一個道士，身高乃至面貌和眼前這個與自己對質的人相去甚遠。她情知上當，頭嗡地一聲巨響，差點癱軟在地上。

「事已至此，分明是有人指使你毒死娘娘，然後再嫁禍於人，其用心何其歹毒，快說，此人是誰?!」朱棣怒氣沖沖地喝問，翠翠能聽見他牙根咬得咯吱直響。恐懼連著絕望，她支撐不住地躺倒在地，神志模糊飄揚著，一句話也說不出。

「哼，此刻不說也不要緊，朕自然有法子叫你招供！」模糊中，翠翠聽朱棣陰冷地說，「紀綱，這賤人就交給你了，三日之內，務必叫她招認出元凶來！」

接下來的情形便立刻不同。紀綱終於明白聖上為何要收捕朝廷重臣金忠，原來緣故全在這個螞蟻一樣低賤的使女身上。有皇上口諭，紀綱不敢怠慢，但他並不擔心，像這樣柔弱似朵花蕾一樣的女子，他對付起來綽綽有餘。「要知道，有多少金剛般大漢在咱手裡變作了麵團呢！」紀綱漫不經意地想。

當翠翠被拖進詔獄內側陰暗的審訊衙門時，翠翠已經被公人們如狼似虎的吆喝驚嚇得有些昏沉。紀綱高高在上看她這副模樣，更是不屑一顧，滿臉陰陰地冷笑：「刑罰多的是，她不是個弱女子麼，咱也先禮後兵，進咱的門，先換上雙紅繡鞋再說。」

旁邊侍立的衙役聞聲點頭答應著，下去準備了。「這位姑娘，好歹也是侍侯過娘妃的人，咱也不為難你，快交代出來，是誰指使你下毒藥害死權妃的?!」紀綱語氣不輕不重，似乎並不急於得到回答。

翠翠雖然昏沉，但心裡卻什麼都清楚，她知道決定皇三子命運的時候來到了，而他的命運，就掌握在自己手裡。「皇三子是宮裡第一個對我真心好的男人，我絕不能辜負了他，就是拼了一死，也不能亂說。」翠翠暗暗告誡自己，她做好了受苦的準備。

大堂上下一陣沉默，翠翠彷佛叫這陣勢嚇傻了，軟綿綿地斜倚在門框上，披散下來的頭髮遮住大半個臉，更顯得低眉順眼。

「好，我知道姑娘是不會輕易吐口的，畢竟，宰相家奴七品官，更何況在皇宮裡待過，當然也是貴人了，貴人可不能輕易開口喲！來呀，伺候周到些，先請姑娘穿上咱這裡的紅繡鞋進來說話！」紀綱說這話時，甚至有幾分和藹了。

「或許我是皇宮裡的人，他們不敢拿我怎樣，若是如此，皇三子就更有希望了。」翠翠精神一振，就聽腳步聲響起，有兩個人各用鐵鉗夾著一個火疙瘩走過來，仔細看去，那噴著熱氣的火疙瘩卻是一隻用鐵打製的繡鞋，被燒得通紅，離老遠便能感覺到灼氣逼來。

翠翠忽然意識到什麼，紅繡鞋，啊?!這就是紅繡鞋！她驚呆了，剛放下的心立刻被恐懼包裹起來。沒等多想，兩人已經走到跟前，將那火疙瘩並排放在翠翠面前，不由分說，一人架住一個胳膊，輕輕將她提起，順手脫下她腳上的鞋摔到一邊，看準了，「嗨」一聲將她的雙腳按進冒著火焰的鐵鞋中。

「啊！」翠翠立刻感覺掉進火海地獄中，那滋味已經不再是疼痛，簡直如同小鬼將自己放在磨盤中細細地碾，狠狠地磨，她不堪忍受，卻無處掙扎，又像溺水的人一般，她頃刻憋在無邊苦海中，急於透出一口氣，而這口氣卻怎麼也透不出來。

迷迷糊糊中，有鬼似的怪叫傳進耳中：「快說，誰指使你幹的?!說不說，穿鞋進門只不過是見面禮，大爺還有更妙的東西等著你玩耍！」

「別，別，我說，我說，」翠翠幾乎要尖叫出聲，但傳入耳中的，卻只有夢魘般的呻吟。

「那好，快說！快說！」威逼的聲音似乎不是一個人的，好像海嘯般排空而來，翠翠已經看不清什麼，她只覺得自己掙扎在暗無邊際難以言說的苦痛中。

「皇三子，我實在受不了，受不了啦！我沒他們那麼鬼靈，也不知道他們這麼狠，皇三子，我該怎麼辦?!我，我還是說出來吧！」翠翠囈語著問自己，但立刻，她眼前閃現出皇三子朱高燧輕柔地愛撫著自己的情形，「翠翠，現當今人情如紙，你是我平生真心實意珍愛的第一個人。」那聲音溫柔得像旋在院中的春風，她如醉如癡，羞澀地低聲說一句：「我也是。」

「既然這樣，我怎麼能……」難以忍受的滋味令翠翠無法斟酌下去，威逼聲又湧過來，她感覺自己要被淹沒了，要粉身碎骨在這裡。她雖然早就做好了去死的準備，但他們卻讓她細細體會著比死更煎熬的滋味。忽然間，近乎狂亂中，翠翠不知怎麼想起了呂妃，那個和自己主子曾隔壁居住的美人，翠翠忽然想起呂妃在皇上疏遠了她之後，不斷當眾發牢騷，說皇上忠奸不分之類的話，為此權妃還和她嘔過氣，自己也和她房中使女爭執過。

這樣想著，幾乎是無意識下，翠翠忽然抬高了聲音：「快放了我，我……說，是，是呂妃指使的！」

紀綱正津津有味地欣賞著她扭曲成蛇狀的痛苦情形，聞聲輕鬆地笑了：「這話要是早些說了，不是連門都不用進了嘛！」隨即他意猶未盡地命人將翠翠從鐵鞋中提出來，扔到大堂中央，「既然是呂妃指使你做的，不妨說清楚些，左右，筆墨記著。」

翠翠如同忽然從火海中跳躍出來，一陣說不出的清爽，她略微清醒，想起了剛才自己說的話，「呂妃娘娘，休怪奴婢無情了，為了珍愛我的皇三子，奴婢只好將錯就錯了。」她愧疚地禱告著，隨口說道：「呂妃嫉恨娘娘受皇上寵愛，就讓我把藥撒進娘娘茶中……」

「那毒藥從何而來?!」紀綱看一眼正記錄的衙役，想也沒想地問一句。

「是……是呂妃抽空親手交給我的……」翠翠聲音越來越微弱，終於說完了最後一句，撲在地上疲憊地睡了過去。

「唔，是了，呂妃也來自朝鮮，帶些海中產的毒藥，也是頗為可信，把這條也記下來。」看他們寫完了，紀綱下巴一動，記錄官忙走上前，抓住翠翠的手指，醮了墨汁在紙上重重一按，呈給紀綱。

紀綱滿意地點點頭：「天大的案子這不就結了麼?你們把這女子帶下去，等皇上有了賞賜，自然人人有分！」

隔岸風景駐帳望

就在紀綱進到行宮中覲見皇上不久，行營皇宮中傳出一個震驚人心的消息，呂妃為了爭寵，竟指使宮女毒死了權妃！消息傳出後，行宮上下，人人猜測議論，一邊說著呂妃雖然的確有點狂放不羈，言語不大檢點，但她還不至於有這麼大膽，真看不出來。一邊猜測著，案子既然起來，只怕呂妃不知該怎麼將種種不是人受的罪受一遍後才能死去。人人心頭壓抑著一團烏雲，行宮陷入一片沉寂的恐慌。

對於權妃之死和呂妃有關，朱棣聽後倒沒十分吃驚，他似乎早有預料，只是惡狠狠地吐出一句：「這個賤人，朕看她讀過幾卷書的分上，已經夠寬厚了，她倒得寸進尺，哼！」—話似乎沒說完，但紀綱已經明白了他的意思。紀綱知道，失去權妃後，皇爺對其餘的宮女已經有了戒心，他要肅宮了。

就在這沒有言語的旨意下，紀綱賣力地出動錦衣衛，在行宮中大肆搜捕，將呂妃和她宮中所有的從人，以及經常來往的太監等全收進詔獄中，幾輪拷打恐嚇，又牽連出其餘嬪妃和宮女，牽連者再信口亂招，彼此互相扯拽，最後當朱棣離開北京南下時，受牽連而死的人已經超過千數，而且還在繼續有大批人被拉到城外砍頭，北京上空瀰漫著濃濃的血腥。

而翠翠，早在穿了紅繡鞋的第二天，就帶著恐懼和愧疚還有期待太久卻未滿足的幸福離開了人世。

失去了愛妃的車駕變得異常沉重而緩慢，夏天的炎熱已經只能望見個背影，黃燦燦的金秋中，晨霜古道上，朱棣忽然感覺自己衰老了許多。

南京城中的太子朱高熾卻早在夏日時分，有聖旨取消他監國資格後沒幾日，就臥病在床了。慵懶地躺在東宮偏殿床榻上的那段日子裡，朱高熾時常會想起當年自己的伯父懿文太子，他是自己爺爺洪武皇帝的長子，身子骨也和自己般時好時壞。他曾聽人講起過，當初懿文太子在洪武爺跟前，每日也是小心翼翼如履薄冰。有一次，為了什麼小事爭吵，洪武爺竟然抽出腰刀要捅了自己的太子，這情形一想起來，朱高熾就不寒而慄。

但如今他已經真實地體會到了當年懿文太子的感覺。他覺得自己父皇從脾性上和祖父沒什麼區別，而自己恰又極似當初的伯父，莫非歷史總是要這樣輪迴不已？朱高熾知道，取消了監國資格，其實也就是廢去太子之位的前奏，而一旦要廢去自己，父皇總要找點罪過，他會找什麼罪名按在自己頭上呢？這個罪名是否要置自己於死地呢？

退一步想，即便父皇留下自己一條命，太子之位必然會換成漢王朱高煦去坐，這個弟弟向來凶狠，他能放過自己，放過曾和他爭權奪位的哥哥嗎？自己遲早難免死在刀刃之下，這就是人人羨慕的生長在皇家的下場嗎？

胡思亂想中，朱高熾覺得自己病情越來越嚴重了，雖然太醫們並診斷不出自己到底是得了什麼症，但他希望還是這樣病死了更好些。

就這樣艱難地一日捱過一日，直到有天，黃儼忽然興沖沖地跑進內室來，顧不上施禮，一把扯住朱高熾的衣袖：「殿下，殿下，快起來，皇上已經御駕南下了！」

朱高熾打個冷戰，他眼前金星四濺地立刻想到，自己沒能病死，但末日還是來到了。只是他不明白，黃儼何以這樣神情興奮，莫非人情如此淺薄，自己還住在東宮，他已不將自己當回事情了？

看朱高熾奇怪的神色，黃儼繼續興奮地說：「殿下，皇上已經知道冤枉了殿下和金忠，殺害權妃娘娘的，查來查去，竟然是呂妃！她們同來自朝鮮，卻彼此戕害，真是人心唯危喲！殿下，皇上南下時頒下詔書，要恢復殿下的監國資格，命眾臣有事先行稟報殿下即可。宣詔官正等在殿外呢！」

「噢，真的?!」朱高熾翻身爬起來，臉色立刻紅潤許多，他分明看見窗外陽光燦爛，心裡也生機勃勃地展現出無限春意。

朱棣順利地回到南京，迎駕盛典一連舉行了好幾日，但朱棣沒了心思觀賞旌旗蔽空的威嚴陣勢。一場宮案令他身心疲憊，他心有餘悸地想，幸虧呂妃怨恨的只是權妃，若是將怨氣撒在自己身上，那……他簡直不敢想像。

由此朱棣意識到，貌似威嚴無比的皇宮並非絕對森嚴，或許一點小小的疏忽，就會釀成大禍。在這樣的考慮下，他特意著手，組建一個由太監做提督，類似錦衣衛一樣的隊伍，專門負責刺探皇室人員乃至文武大臣的活動情況。這個組織後來被稱為「東廠」，成了較錦衣衛更駭人一等的活閻王。但不管怎樣，有這樣的人日夜護衛著，他心裡踏實許多。

浩浩蕩蕩跟隨聖駕南下的隊伍中，卻少了金忠的身影。站在夕陽斜照的北京城外，一切都彷彿鍍了層金子，黃澄澄的恢弘大氣。他仰視著熟悉而此刻又有幾分陌生的城牆，眼前閃現出往昔的很多東西，但那畢竟已經成了過去，永遠不會再來的過去。金忠無奈地搖搖頭，自己衝著自己的影子笑笑：「也許你早就該走了，何苦留戀，到底留戀什麼，留戀著繼續害人或是被人所害?!」他對著它說。

但影子厚重沉默，擺出一副千年不變的姿勢，金忠就這樣拖著它，悄然轉過身去，一步一步地走向遍地金黃的遠方。「也許，在某個不知名的地方，我會忽然遇到師兄，」金忠剛閃過這個念頭，忽然又將其否定了，「遇見不遇見有什麼關係呢？師兄不是早就說過麼，世路千萬條，條條都同歸，即便不用尋找，相遇只在遲早間。」這樣一想，金忠的腳步加快了許多。

遠方有車馬轟響的聲音，塵土騰上半空，那是皇上南下的雄壯隊伍。但此刻，金忠忽然覺得自己渾身輕飄飄的，那嘈雜的聲音，早飄搖著遠離自己，以致充耳不聞。

轉眼之間，回到南京已經好長時間，一切似乎煙消雲散，萬事都趨於往常。但朱棣內心的陰影，卻怎麼也驅之不散。鄭和從遙遠得不可想像的茫茫西洋深處，給他帶來的數不清的珍寶，還有大批隨船隊而來的番國使臣，大明朝的國威已經遠播到國人聞所未聞的地方。但內宮謀殺案沖淡了朱棣的喜悅，不過國威的遠播也多少抵消了失去權妃的苦惱。

鄭和為了讓皇上更高興些，在覲見時，不僅講述了曾給太子講過的種種奇聞，還著意描繪了大明朝兵將的強大。

「陛下，臣在遠航途中，不但憑藉陛下威嚴使諸多小國不戰而服，還倚仗陛下安排的兵將痛擊了膽敢無視朝廷的狂妄番人，」見朱棣臉色不大好看，鄭和小心翼翼地說，「臣在經過爪哇國時，本來並沒將其放在心上。早在洪武爺年間，爪哇分裂成東國和西國，兩個番國爭相與大明和好，搶著供奉珠寶和胡椒等特產。臣以為此次他們還要競相獻媚，誰知臣的船隊靠岸時，正逢著東國和西國為了什麼小事交戰，西國軍將見臣大批艦隊到來，還以為是幫助東國的，便不問來由，手執長矛藤盾地漫過海灘衝殺上來。臣見狀大怒，命令船上火炮一起發射，霎時間巨響連天，騰起滾滾黑煙，番人從未見過這等情形，還以為是天神下凡，再看同伴被擊中的，屍體立刻四分五裂，驚懼地哇哇怪叫著向回跑，臣當時想，怪不得他們叫爪哇國，原來從這裡得出的國名……」

朱棣聽他說得有趣，緊繃的臉略微放鬆，禁不住莞爾一笑。

鄭和見皇上被打動，說得更來勁：「臣見他們軍心動搖，當機立斷，命令船上的兵將乘勢掩殺，一路窮追不捨，直殺到西爪哇國老巢，國王見天兵如此厲害，再抵抗下去，只能身首異處，便乖乖投降。臣將東國國王叫來，命他暫時統治整個東西兩國，東國國王連連下拜著說『我兩國交戰數年，結果誰也不能取勝，沒想到上國僅派一支船隊來，片刻工夫強敵就灰飛煙滅，實在太了不得！』臣點著他的鼻子說『這算什麼強敵，真是夜郎自大，你記住他的教訓便是！』那國王叩頭如啄米，不住地說『我不但自己記住，還要寫在石頭上，叫子孫也不敢忘了大國的威嚴。』」

聽鄭和說的這麼熱鬧，朱棣覺得頗解氣，心裡舒暢許多，他終於用事實證明了自己文韜武略的高明，這就足夠了，比那金銀珠寶更叫他看重。

「那好，愛卿辦差得力，朕甚是高興，」朱棣慢條斯理的說，「朕命你再去龍江船廠督造艦船，彌補不足，擇日起錠開拔，再下西洋！」

「啊?!」鄭和一愣，他感覺大海中上下顛簸的暈乎勁頭還沒完全散去，走路時還總有些軟綿綿，本以為就此功成名就了，卻不料朝廷這麼快就又將自己再推向大海深處。但他不能說什麼，只能默默接受。

自從朱棣回到南京，鄭和停留了不到十天，便又率領比上一次規模更大的艦隊匆匆出發，他劈風斬浪，比上回走得更遠。鄭和沒想到，自己一個被閹割過的男人，卻從此征服起如同天空一般廣闊的大海，他的生命，戲劇性地和大海融為了一體。

隨著永樂內宮謀殺案謎底的揭開，朱高煦對太子寶座的渴望迅速變成絕望。他奇怪這等事情怎麼會牽扯到呂妃身上，他不知道翠翠心中埋藏著的那個淒婉殉情故事，他怎麼也琢磨不透。但不管怎樣，太子澄清了自己，眼看就要到手的太子寶座再次擦肩而過。

這回朱高燧也有些傻眼，他本以為天衣無縫的計謀，卻得出個如此陰差陽錯的結果。但他還是暗自慶幸，翠翠能勾連出如此多的宮女嬪妃，獨獨沒涉及自己，實在叫他連連念佛，他得意於自己聰明絕頂，沒看錯人。在這樣的情形下，朱高燧知道，目前只能韜光養晦，不傻也得裝傻。

但朱高煦就沒這麼聰明了，他天生的耿直脾性驟然壓抑不住地爆發出來。他每日裡借酒消愁，大醉一番後便帶了他私自招募起來的一幫亡命之徒，大搖大擺地招搖過市。有時來了興致，還騎上戰馬，在大街上縱橫馳騁，所過之處，被擠傷踏死的百姓往往以數十人計。鬧騰得民怨載道，但各級官吏誰敢虎頭拔毛，都睜隻眼閉隻眼地互相推諉了事。

此刻朱棣的「東廠」已經開始起了作用，他們個個都是深受皇上寵信的心腹太監，幾乎什麼消息都可向皇上直接稟奏。更有些乖巧的，早瞧出皇上對皇子們耿介卻又無奈的心思，便一五一十地將漢王朱高煦如何混帳如實稟報。人證俱在，朱棣冷冷一笑，了結心頭癰患的時機終於到了。

朱棣秘密命令身邊這群特殊的錦衣衛繼續查辦漢王還有什麼不法跡象。有了皇上的明確撐腰，不幾天工夫，便有密奏呈上，記錄了漢王數十宗劣跡，除了隨意戕害百姓外，還私自招募精兵三千，網羅逃犯和亡命徒兩千餘，並時常到郊外借打獵之際演習陣法，似乎有什麼天大的密謀。並且他還於出行時張黃羅傘蓋，威風陣勢如同皇帝。

等等情形不一而足，朱棣聽得心驚肉跳，他雖然知道自己這個二皇子未必精明到要招募軍兵和朝廷對抗，但有他的三弟在身邊挑唆，什麼事情都有可能發生，他不能再容忍下去了，這個從登基時就棘手的難題必須快刀斬亂麻，否則難免不會叫人看笑話。

借著這些罪名，朱棣當即傳下詔書，令朱高煦立刻到封地樂安，朱高燧也即日趕赴自己封地。自以為精明過人的弟兄兩人，驟然卻成了難兄難弟，但也無可奈何，畢竟胳膊扭不過大腿，他們只得灰溜溜離開京城。

在城郊外臨分手時，朱高煦咬牙切齒地說：「三弟，難道我們就如此認命了不成?!」

朱高燧知道這個哥哥的心思，他的封地樂安只是個濱臨渤海的小縣，大半土地是鹽鹼灘，貧瘠不堪，去了簡直如同逃難。對比著想想，自己的封地雖說遠了些，但還差不多，心中竟然幾分幸災樂禍，但還是為以後留了鋪墊地說：「二哥莫急，有道是君子報仇，十年不晚，等一等，總有縫隙可鑽。」

「等，等到什麼年月才能鑽他娘的回來!」朱高煦黑紅著臉膛怒氣沖沖地吼道，「三十不豪，四十不富，五十就等著來尋死路，還等到老了不成，爺爺就嚥不下這口氣，非得盡快收拾了東宮不可！」

朱高燧暗吐一下舌頭，他知道父皇既然對他們起了疑心，自己身邊必定安插了父皇「東廠」的人，對於這樣名目張膽地吼叫，他哆嗦一下，胡亂應付幾句，匆忙告辭，催馬揚鞭各分東西。但他心裡也清楚，依朱高煦的性格，肯定不會輕易就此罷休，遲早他還有好戲等著看。

兩個狂放不羈又讓人無奈的兒子終於從眼前消失，朱棣心頭輕鬆了一大截，但心底深處他仍不舒服，內宮中那場嬪妃之間的戕害給他留下了深刻的陰影。況且這多少還曾和太子牽扯過，雖然事後還回了太子清白，但因為男女事情和兒子攪和在一起，總令他尷尬。

這樣的心情中，朱棣又在南京坐臥不寧了。南京的天空總是陰晴不定灰濛濛地叫人捉摸不透，如口鍋蓋頂在頭上，心中始終不能舒展。他開始懷念北京明朗透徹的天空，懷念讓人神清氣爽的颯颯西北風。

登基之初，他將北平更名為北京，就似乎無意識地有了要將那裡作為自己最終歸宿地的想法，而此刻，這樣的想法更明朗起來。金陵留給自己沉重的東西太多，不管怎樣盡力，他總是不能徹底擺脫，隨著年歲的日漸老去，他要擺脫過去沉重負荷的欲望也越來越強烈。況且北地大漠的胡人始終蠢蠢欲動，北京附近的大小城池經常受到擄掠，若以北京為首都，則可鞏固北地防線，確保黃河以北的安寧，這也成了遷都的最好理由。

由於此前做了一些鋪墊，眾多大臣其實早隱約覺察出了皇上的心思，提起遷都的事情，雖然也遇到些大臣的抵觸，但好在並不激烈，爭論一番，這個重大事件便依照皇上的意思決定下來。

北京城中各宮殿的修葺，從永樂四年就已經開始著手了，等正式決定遷都後，各項工程進度明顯加快，工部和戶部大小官員紛紛忙碌起來，一部分人在北京監工，另有人遠赴四川和兩廣、兩湖一帶的深山老林中採集木材。木材太大，非人力能搬運得動，砍倒後，還要等山洪爆發時，借助水勢將這些萬斤多的原木沖到山下，然後上百人輪流推拉，利用南北運河的漕運，幾個月工夫才能運送到北京，人力物力耗費巨大，可以想見。

直到永樂十八年時候，在原先燕王府舊址上改造而成的紫禁城才基本完工。這個幾乎將全國財力掏空的工程規模浩大，它的格局規劃，一如南京，卻比南京更恢弘壯觀。細數下來，整個宮殿共有大小房屋八千七百零四間，採用了「前朝」「後廷」的形式。「前朝」以太和殿、中和殿和保和殿為主，自南而北地排列於整個宮院的正中央。其中太和殿便是所謂的金鑾殿，皇上召見或朝會群臣，大多都在此處。

「內廷」共有乾清宮、交泰殿、坤寧宮和御花園乃至東西六宮，供皇上閒暇遊樂和后妃太子等人日常居住。紫禁城四周宮牆暗紅，東西南北各有東華門、午門、西華門和神武門以供出入，城牆四角還有十字脊的角樓，護衛們在此打更放哨。城牆外護城河開闊平整，河中波光粼粼，碧水蕩漾，紅綠掩映，別有一番情致。

朱棣千里迢迢來到北京，面對修葺一新的宮殿，有種故地重遊卻深感陌生的感覺，他將昔日的燕王府今日的紫禁城仔細察看一遍，角角落落裡都沒放過，很多地方引起他對往日的回憶。當年身為燕王時，真沒敢想過會有今天這番情景，如夢如幻啊！

來到北京的第二日，朱棣登臨紫禁城內的五鳳樓，與群臣會面，接受百官的朝賀。鐘鼓聲悠悠中，皇室宗親由右掖門進入，文武大臣從左掖門進來，按照官階高低，依次緩緩走過金水橋，在奉天門外空曠的場地上站住腳，人人神情肅然。輕風不起，草木不動，空氣彷佛凝滯了一般。

少頃，鳴鞭校尉從御道旁側走來，揮鞭甩響三下，聲音剛落，朱棣已經從奉天殿內踱步而出，鮮豔的朝霞映在他黑中透紅的臉上，整齊的龍袍熠熠生光，如同萬道彩帶當空起舞，讓眾臣望去宛若天人，都不由地呆了一呆。當三呼五拜中「萬歲」聲轟然響起時，朱棣深深被自己陶醉了，簡直比當初在南京頭一次登上金殿時感覺還要激動以至有些眩暈。畢竟，這是自己親手創下的天地，一切都是新的，萬物似乎剛剛開始。

那天的情景久久地激動著朱棣，雖然有限的生命時光在身上不住地流淌，但他感覺自己仍然年輕，有許多東西，他需要親手締造。而恰在此時，北方傳來加急戰報，彷佛迎合了朱棣的心思，他又有事情可做了。

原來，朱棣上一次北征後，韃靼徹底削弱下去，和韃靼對立的瓦剌便趁機壯大起來。瓦剌的順寧王馬哈木抓住機會，大舉進攻韃靼餘部，結果本雅里失被殺死，僅剩下阿魯台殘餘，自知無力對抗，只好南遷至開平。強盛起來的馬哈木驕橫之心漸漸濃重，開始不把大明放在眼裡。年年進奉的供品也突然停止，還將朝廷使者扣留住，僅讓副使帶回一封信，信上言辭激烈，驕橫得讓正在興頭上的朱棣渾身發抖，連連大喝：「反了，真是反了！」

恰在這時，窮途末路的阿魯台派人來到北京，進表謝罪，指出瓦剌對朝廷的種種不敬言行，並表示，若朝廷有意懲治瓦剌，他願率領自己屬下，充作先鋒。這不早不晚的進表，立刻激起朱棣心裡的共鳴，朱棣清楚，大漠深處，指望明軍征討，只能治其標而難治其本，若能讓兩個實力相當的部落互相牽制，那情況也許就會好許多。

出於這樣的考慮，朱棣當即傾向了阿魯台，封阿魯台為和寧王，令其為先鋒，明軍緊隨其後，開始征伐瓦剌。

眾臣得到消息，立刻議論紛紛，莫衷一是。有大臣像楊榮等人覺得，既然阿魯台甘心賣命，朝廷白揀了個便宜，何樂而不為呢？當時楊榮還在大殿中央喜氣洋洋地說：「陛下，臣雖文官，但行軍打仗的情形也跟隨陛下見識了一些，臣以為，打仗最危險的莫過先鋒，所謂先鋒先鋒，苦處先行，正是這個道理。如今阿魯台為了自保，甘願領兵為先，那再好不過了。若戰事順利，漠北兩雄並立，他們自己紛爭不已，就無暇南下侵擾。若戰事出乎意料，則有阿魯台先受其害，我軍可全身而退，實在再好不過，望陛下從速發兵，臣願依舊追隨！」

這話正合朱棣心思，他微微點頭，剛要稱讚幾句，戶部尚書夏原吉卻迫不及待地出班，斂衽奏道：「陛下，臣以為北征之事，不可草率，還須從長計議。近一兩年中，北旱南澇，因為修建北京城，耗費大量財力，國庫入不敷出，大批百姓流離失所，國家不堪重負！」

話一出口，朱棣臉色唰地陰沉下來，夏原吉卻不抬頭，盯住笏板自顧自地繼續說：「譬如修建大殿時，吏部侍郎師逵前往湖南、湖北一帶採集良木，驅趕近十萬人進山開闢道路，結果死亡無數，激起百姓譁變，當地彌勒佛教首李法良趁機扯旗造反，雖然很快撲滅，但終究留下陰影。

再譬如當今，由於國庫空虛，各地官吏便打著為朝廷斂財的旗號，壓榨百姓血汗，有些地方苛捐雜稅多如牛毛，百姓不勝其苦，使有不臣之心的刁民鑽了空子。山東便有女匪唐賽兒，扯旗反叛，幾乎達到振臂一呼，應者雲集的地步。不長時間內，竟然攻佔一府數縣，著實不可小覷。陛下若再興兵征討，勢必要耗費錢糧，對地方百姓無異於雪上加霜。韃靼那點便宜，還是不佔的好，自古便宜兩家窮，望陛下三思！」

夏原吉滔滔不絕地好容易將話說完，卻不料朱棣早已髭鬚打顫，臉上僵硬如鐵，忍住氣聽他說完了，冷冷一笑：「好，說得好，夏原吉真成朕的忠臣了！那照你這樣說，朕之永樂盛世，百姓不永樂，倒永哀了?!」

「這……臣，臣並非是這個意思……」夏原吉原本是想說國力空虛，不宜大舉用兵，說這話，也算盡了自己戶部尚書的職責，誰知說著說著，不覺間將話題扯遠，難怪皇上要發怒了。夏原吉清楚，坐在正上方的當今天子，最要面子不過，他從不承認自己的不好，而此刻，自己說的話，雖然是實情，卻毫無疑問，觸動了他心頭的傷疤，用臣子們私下裡的話說，就是逆了龍鱗，那可是要命的事情。夏原吉立刻想到這點，心驚肉跳地頭上冒出汗來。

見夏原吉忽然支支吾吾，朱棣更執拗地認為，夏原吉剛才那番話，是有意掃自己的興，是故意在大臣面前貶低自己而抬高他的身價。這樣想著，心底的火氣也就一點一點地升騰。「哼，夏原吉，地方民不聊生，分明是你們各部官員無能，刁民膽敢造反，分明是地方官吏懦弱，自古不謀其政者不在其位，你既然承認自己的無能，尚且在朝堂之上誇誇其談，不顧君父顏面，用心何其毒！左右，給朕拉下去，扔進詔獄中！」

大殿上立刻一潭死水般鴉雀無聲，皇上最信任的大臣，營建北京出了汗馬之力的夏原吉因為幾句不謹慎的話就要身陷囹圄，別人自忖自己身價，立刻緘口默立。錦衣衛就站在大殿門檻兩旁，聞聲撲上來，扯住夏原吉衣袖就往後拽。

夏原吉也沒預料到情形會如此糟，情急之下什麼也說不出，只是放開喊了一嗓子：「陛下，臣別無他意，只是忠心為國呀，陛下！」

但朱棣並不理會，冷著臉充耳未聞。接下來再要商議討伐瓦剌時，眾臣竟然沒能再說上一句有見地的話，朱棣有些失望，怏怏地說：「那就依楊榮之言，趁阿魯台願意出力的機會，徹底消除漠北隱患！」

在北京並未住上多長時間，朱棣御駕親征，率領兵馬踏上茫茫沙漠，開始了漫無邊際的征程。等在開平與阿魯台所率領的殘餘兵卒會合後，朱棣才知道夏原吉所說的這個便宜佔不得是什麼意思。阿魯台所統領的軍卒本來只是韃靼的一少部分，前番和明軍作戰，損失不少，後來又與瓦剌交鋒，損失更多，現在囤積在開平的，只不過三四千疲憊兵將，並且大半帶傷，未進他們的營帳，腥臭味就撲面而來，時不時有垂死的呻吟。

朱棣皺皺眉頭，心裡暗自長歎，無可奈何地苦笑著擺擺手：「罷了，你們還是先休整了再跟隨朕，此番出征，朕率軍單獨去好了。」

阿魯台似乎早就知道會有這句話，不等他說完撲通翻身叩拜，連連稱謝。朱棣看看他滿臉惡作劇似的笑容，既生氣又好笑：「這哪裡是替朕打先鋒，分明是誘使朕去當擋箭牌！」可是話雖如此說，大軍卻不能就此掉頭折回，沒了阿魯台信誓旦旦的許諾，朱棣瞇起眼睛，率領大隊人馬，闖進漫漫黃沙的海洋中。

在翰海闌干中走出兩天的路程，黃沙中漸漸出現星星點點荒蕪的草甸，天氣也奇怪起來，時而烈日當空，照得人懶洋洋地抬不動腳跟，時而驟然陰冷，淅淅瀝瀝一陣小雨過後，漫天卻飄起鵝毛雪花，雪往往越下越大，不多時，遠遠近近的枯黃枝葉頓時成了瓊枝玉葉，大雪在草甸和山嶺間攪動翻滾著，壯觀而恐怖。

從北京趕來時，眾兵將從未想到過漠北天氣會如此變幻莫測，他們還是穿著單衣，在風雪交加中瑟瑟如枯葉，鐵甲上結了一層明亮的冰殼，手腳一動，鏗鏘有聲。白天還好對付，尤其到了夜間，刺骨的寒風將帳篷吹得搖晃欲飛，厚厚的毛氈像層紙般，寒氣洶湧而入，大家緊緊依偎，但只聽見冰冷的鐵甲發出讓人更心寒的聲音，卻彼此感受不到絲毫暖意。

被派去催促後方運送衣服和糧草的將官接連去了好幾批，但始終杳無音訊，朱棣猜測，他們或許迷失了方向，無一例外地凍餓而死在茫茫荒原中。其實朱棣比起士卒來，也好過不了多少。許多年過去，畢竟已經是進入到花甲之年的老人了，身上熱力有限，表面的威風和聲勢卻抵擋不了無處不在的凜冽寒風。儘管侍衛將所能尋到的絲綢衣物和毛氈厚厚地裹在他身上，作用卻微乎其微。

每天都有各營寨凍死的兵卒屍體拋到山崖下。大軍躊躇著欲進不進，欲退不退，在忽冷忽熱鬼蜮般的境地中掙扎。

更讓每個兵將揪心的是，人馬深入荒漠如此之遠，卻並未碰見瓦剌的一兵一卒。他們好像消失了，又好像就躲在附近，幸災樂禍地偷望著他們。這種沒有敵人的征討更讓兵將分外恐懼，他們迷失了目標，迷茫中寒氣更加浸入骨髓。

終於有些忍不住，楊榮踉踉蹌蹌地裹著寒風進到朱棣帳中，叩拜後直截稟奏道：「陛下，我軍萬里趕來，現在卻戰不能戰，長期駐紮，糧草衣物又接濟不上，眼看兵將怨氣日重，陛下，還是先班師回朝，待準備充分了，先讓騎哨打探清楚敵情再作征討。」

楊榮覺得自己說的俱是實情，皇上當然會痛快地應允。朱棣端坐在帥椅上，周身擁著厚厚的衣被，但仍然面色鐵青，嘴唇似乎不住地打哆嗦。「楊榮，」僵硬的嘴唇終於翕動著說出話來，一團白氣從口中騰出，話語冰冷，「當初竭力勸朕出征討伐瓦剌的是你，現在頭一個說要班師回朝的還是你，你是何意，莫非拿朕當成了兒戲?!」

楊榮渾身一震，他聽出了話中的意思，皇上現在其實正處於兩難地步，若一直向荒漠深處走下去，瓦剌蹤影不見，簡直是自找死路，若就此班師，無功而返，難免會給人留下勞民傷財話柄，要知道，當初正是因為出征，夏原吉被下到詔獄中，至今生死不明，若就這樣回去，豈不承認錯的是皇上?可皇上怎麼會錯?!

「臣……臣當時並未料想到漠北深處會如此險惡，臣……」楊榮有心想攬過些罪責，來替皇上開脫，但他也清楚這個罪責的重大，弄不好會丟掉老本，他猶豫著不敢不承認自己的錯處，也不敢全擔待起來。

朱棣卻彷彿已經看透了他的心思，鼻孔裡「哼」出一聲，仍然面無表情地說：「楊榮，朕知道你是忠心為國，但即便忠心，也有失誤的時候，失誤不比奸佞，但造成的禍患卻同樣嚴重，朕向來體諒臣子的苦心，也不會為難於你，只不過叫其餘人等好生思慮周到罷了。」

聽皇上這樣說，楊榮放心一些，但心裡仍沒底，剛要再說話，朱棣已經招招手，侍立在營帳一側的衛士躥上來，將楊榮按倒在地，三把兩把地捆住了。楊榮忽然忘了本來想說的話，就這樣一聲未吭地被帶了下去。

第二日一大早，軍中上下傳出令兵士們振奮不已的詔令，全軍拔寨南歸，待糧食衣物準備齊全了，瓦剌消息打探確實後，再另行征討。「知道麼，這回匆忙北征，聽說全是楊榮出的主意，聖上將他狠狠訓斥了一頓，還治了罪，這傢伙，害得多少弟兄白白將骨頭扔在狼也不來的地方，治罪活該，殺了他的頭才解恨！」因為即將解脫苦難的高興，眾人的話也就格外多，你一言我一語，將楊榮罵了個狗血噴頭。

大軍匆匆而去，又倉皇而回，沒遇到敵軍一兵一卒，卻平空折損三成兵士，出征時將北京城中囤積的糧食全部運走，爾今人人空腹而歸，更有些的已經幾天沒吃上飯，搖搖晃晃的，沒等進到城中，便暈倒在地。

那天天氣陰沉沉的，烏雲低垂，天際不時傳來陣陣雷聲。雷聲忽遠忽近，漸漸滾落到頭頂上。朱棣一改往日騎馬行軍的習慣，他坐了輦車轟隆隆地駛進永定門，那裡聚集著群臣等待迎駕，但輦車絲毫沒停頓，直接從他們跟前碾了過去，隨從太監一疊聲解釋道：「皇上身子不適，百官免見。」大家也就默默地叩了個頭，各自散開。

車輦的影子隱沒在甬道上，眾人就要散開之際，雷聲突然尖利起來，條條火龍在烏雲中上下飛舞，閃現出耀眼奪目的光芒，好像隨時都要落下來。「快些走散吧，怕立刻就要落雨了！」有人這樣說，大家得了提醒，腳步更加邁得快了。

可是沒走幾步，霹靂炸響，道道火柱在火龍間交錯，尖利的聲音叫人茫然。恰在這時，一聲吆喝陡然響起：「快看哪，紫禁城那邊著火了！」驚恐中眾人駐足朝正南方向望去，可不是，遠遠的，火光已經映紅了低垂的烏雲，火柱和火龍在火光正上方舞動得更歡，不用說，是它們擊中了某座大殿，引發了大火。

「糟了，紫禁城正殿全是乾透的巨木構建而成，這火一著起來，恐怕大災降臨了！」每個人都恐懼地這樣想到。

餘音

人已散時曲未終

人已散時曲未終

朱棣在輦車中也聽到了隨從的驚呼，吵嚷聲越來越大，雷鳴風吼裡聽起來格外心驚。朱棣不耐煩地掀開眼前的帳幕，沒等他喝斥，南邊天空一抹紅彤彤的跳動先讓他瞠目結舌。他立刻知道，著火的地方必定是皇宮無疑，別的莊戶人家，即便遭了火災，也弄不出這麼大動靜來。

「快，你們看不出來麼?!一群不中用的廢物，快傳朕的旨意，令城中兵卒全數調過去，趕緊救火！」朱棣見隨從們只是喊喊喳喳地叫嚷，卻滿臉麻木，彷彿被驚呆了，又好像有意要看熱鬧，禁不住怒罵起來。一股涼風趁機衝進喉嚨，他伏在車攔上猛烈地咳嗽，臉上神色在陰雲籠罩下頗有幾分猙獰。

等眾人簇擁著車輦接近皇城時，灼熱的氣息愈加濃烈，夾雜著油漆味的煙霧瀰漫過來，嗆得朱棣喘不過氣。但他強忍住了，他將這場大火當作了在漠北沒能追尋到的敵人，他站在輦車上，指手畫腳，大聲叫喊著要太監護衛們跑東跑西，忙得不亦樂乎，他甚至還衝進皇城，站在大火附近，親自看他們是如何救火。

大火嗶嗶啵啵地沖天燃燒，頭頂的黑雲已經被烤成暗紅色，前廷後宮也亂了界線，宮女們紛紛跑出來，尖聲叫喊著想要遠遠躲開，又不忍心錯過這麼難得的熱鬧場面，不遠不近地駐足，觀看兵卒們抬水救火。

大火映襯下，天色愈暗，有幾個宮女正巧站在朱棣的輦車旁，但她們只顧盯住面前的大火，沒注意到皇上就虎視眈眈地蹲在身邊。

「姐姐，這麼大的火，我可還是頭一回瞧見，真好看，太壯觀啦！」一個宮女興奮地拍著手嬌聲叫道。

「唉，可惜這是百姓的血汗哪，辛辛苦苦多少年，就這麼一把火給燒了，實在太可惜喲！」

另一個年齡略大些，話語更沉悶。

站在旁邊正看得入迷的宮女聽她們說話，冷不丁地插過話頭：「可惜什麼，百姓的血汗倒不假，不過即便不燒，百姓別說住，就是看上一眼也不能夠，叫我說，燒了活該，總之是幹活的人累死累活也得不到什麼好處，反倒不如大家都住不上了心靜！」

聽她們說的這麼熱火，又有宮女湊過來，眼光不離大火，嘴唇上下翻動著快人快語地說：「哎，知道麼，我聽老年人講，被雷打死或叫點著了房屋，那是這個人做了造孽的事，老天爺要懲罰他呢！前陣子權妃一死，呂妃不知怎麼的也被殺了，殺了呂妃不算，還將大大小小的宮女殺那麼多，這樣的皇上，和說書人講的隋煬帝差不多，怪不得上天要警告他一下，宮城皇城都燒光了才叫絕呢，咱們沒了地方住，正好回家，我早就在這鬼地方住夠了！哪裡是皇宮，分明是牢獄！」

其餘幾個聽了連連拍手：「姐姐到底是讀過些書的，說出話來果然比我們強！皇上不光在後宮濫殺無辜，聽說這回好端端的硬要什麼北征，結果胡人的影子沒見到一個，自家倒白白累死了一大半，這不是造孽是什麼，老天爺沒眨眼哪！」

說著話有人哽咽起來：「臨叫選了來宮時，我哥哥就被徵發入伍了，這回出征也不知有沒有他，若他有個三長兩短的，我爹娘可就沒了指望了！」

聽她這麼悲戚，眾人也動了心事，沉默片刻，先前那個講話最多的宮女打破沉悶，壓低了聲音說：「哎，聽說過麼，現在皇上六十多的人了，那東西早不中用啦，既然不中用了，還霸佔人家這麼多女孩子家幹什麼，宮殿全燒光了，大家散夥的好！」

有人捂住嘴竊笑：「人家那東西不中用，你怎麼知道的，好像你見識過似的！」

那宮女也笑了：「後宮嬪妃好幾千，我想見識也沒那福分，多少比咱姿色強的人蚊子似的叮在那皮包骨頭的身上，多少年啦，血早給榨乾了，臨幸過的姐妹都這麼說。唉，也就是這會兒亂糟糟的能說幾句痛快話，平素誰敢這麼議論！有道是含情欲說宮中事，鸚鵡前頭不敢言。好了，快看，火頭小些了！」

朱棣端坐在一旁，靜靜地聽著，忘了指手畫腳地指揮，他還是頭一次聽宮女如此講出心裡的實在話，這話是多少代帝王根本聽不到的，他也忘記了發怒，平靜地聽她們說下去。等聽她們說自己那東西不中用了時，他渾身一冷，衰老的淒涼倏地湧上心頭，年輕時氣呑山河的雄風哪兒去了？多少個夜晚，他赤條條地躺在柔軟的羅香帳內，面對曾令他砰然心動的玉體，卻沒了任何反應時，他總是這樣問自己。但往事如斯，一切卻再也不會重來了。朱棣清楚這個道理，他只有深陷於無邊的悲涼中不能自拔。

但是此刻，這種淒涼感只是一閃而過，他忽然在暗中陰陰一笑：「你們這幫賤人，也配議論朕麼，你們不是嫌朕殺人太多麼，朕就偏再殺幾個叫你們瞧瞧，造孽？哈哈，朕貴為天子，做什麼事情都不過分，哪裡談得上造孽?!」

還沒想停當，朱棣已經如猛虎一樣霍然站起，他揮動衣袖，衝不遠處的幾個錦衣衛大喝道：「快，將這幾個沒王法的東西拉下去，狠狠地折磨，將她們的骨頭磨碎！」

聲嘶力竭地喊叫蓋過了火焰和呼呼作響的風聲，緊接著一陣劇烈的咳嗽，朱棣搖晃兩下，差點站立不住，好在忙亂中並沒人看清。站在旁邊的宮女們此刻才注意到身邊的車輦，她們立刻驚呆了，僵立著說不上一句話，直到錦衣衛們衝上來，將她們拖拉走，她們也沒呼喊出一聲，似乎從夢境中還沒清醒過來。

大火斷斷續續地一連幾日才撲滅下去，青煙裊裊中，工部和戶部大臣勘察了火情，隨即寫成奏摺稟報上來，其時戶部尚書夏原吉還在詔獄中面壁思過，奏摺由戶部侍郎代寫了呈上。

僅僅幾天中，朱棣驟然蒼老了許多，他斜靠在軟榻上，哆嗦著手略微看了看，零星房屋不算，奉天殿、華蓋殿和謹身殿在大火中全部化為了灰燼。朱棣心中有什麼東西猛地扎一下，尖銳地刺痛，他又想起夏原吉說的，為了蓋大殿，百姓辛勞十餘年，像支撐奉天殿的七十二根巨木，都是上百年樹齡的金絲楠木，從深山老林中砍伐運送下來，通常是民夫進山一千，出山時只剩了五百，不僅有汗，更多是血呀！朱棣又想起了那天救火時宮女們尖銳的議論，雖然她們此刻在詔獄中正為她們隨口胡言欲活不得，欲死不能，但仔細想來，未嘗不是這個理啊！上天既然借了大火來懲誡自己，莫非真的造了孽?!

朱棣默默地想著，他忽然有些眩暈，手指一鬆，奏摺飄落在地上，朦朧中，他聽見有太監驚恐地呼喊：「皇爺，皇爺怎麼啦?!」

依照祖制，皇城宮城內發生了這麼大的事情，皇上應當下所謂「罪己詔」來反省，還要讓大臣上書直言，指出政令的過失。朱棣勉強撐起軟綿綿的身子，在偏殿中召見群臣，他只是想做個樣子，他感覺自己已經沒那麼多的精力來聽他們直陳過失。

但是令朱棣沒想到的是，大臣們似乎憋了一肚子的怨氣，他們不知由誰打開了話頭，你一句我一語地嘮叨開來。一些人提出當初就不該遷都，南京乃金陵帝王之鄉，盲目遷都到天寒地凍的北京，祖宗神靈不適應這裡氣候，怎麼會有不怪罪之理?!

對此朱棣並不特別在意，當初議論遷都時，反對的人就絡繹不絕，此刻他們舊話重提也在預料之中。於是他強忍住渾身的不適，慢條斯理地說：「眾位愛卿，當初遷都時，朕曾與卿等商議三個月之久，可見並非草率從事，況且遷都之事，自古並不少見，只要宜國宜民，祖宗自然不會怪罪，這些就不必重提了。」

皇上一句話打住，這個話題自然就此結束。但隨即而來的，是令朱棣頗覺難堪的北征。大學士楊士奇率先指出，若說遷都北京，大舉修築宮殿，雖然勞民傷財，但畢竟還有東西擺放在那裡，足以流傳後人。而北征卻是將百姓的銀子和性命丟進深潭中，絲毫沒有半點必要，百姓怨望乃至上天告誡，也在情理之中。

大學士的話向來耿介，朱棣早領教過多次，看皇上不開口，似乎沒發怒的意思，其餘眾臣大膽起來，附和著七嘴八舌地說，北征確實有些鹵莽，未察清敵情便貿然出擊，犯了兵法大忌。

朱棣臉騰地紅了，呼吸急促起來，他明白眾人遮遮掩掩的意思，他們心裡一定想，你不是堅持北征麼，那戰果呢，連敵軍的影子都沒看見，分明是叫阿魯台戲耍了一通，還有什麼面目指指畫畫?!但朱棣無法反駁，他知道他們說的都是實情，明擺著的勞民傷財，任你再分辯也是徒然。但他不甘心就此成為他們議論的目標，若堂堂帝王任由臣子們指責，那君威何在?!

無名怒火洶湧奔流，朱棣終於遏制不住，他忽然拍案而起：「你們……朕這把年紀，尚且不避勞苦，深入大漠幾千里，敵軍遇沒遇到暫且不論，你等這般目無君父，指指點點，成何體統?!左右，給朕將楊士奇拿下，他的兄弟楊榮還在詔獄中，讓他去做個伴！」

偏殿大堂上頓時混亂起來，楊士奇大聲辯解著什麼，但朱棣奇怪自己卻一點也聽不見，到後來，滿殿的臣子也開始身影模糊，他聽到什麼東西砰地悶響了一下，感覺軟綿綿地躺在什麼地方，異常舒服，不知不覺地睡了過去。

皇上病了，而且病得不輕，雙腿發軟，幾乎站不起來，看他蒼老的面容，已經徹底消逝了當年在戰馬上翻飛的豪邁。據太醫講，皇上肝火頗旺，心力急躁，加之在漠北遭受忽寒忽熱，風餐露宿，得了風濕之症。

群臣知道太醫的話甚有道理，若不是肝火旺盛，心力急躁，皇上何以在大病之中，還要再次御駕親征?不過風裡浪裡過來的大臣，都能揣摩出皇上的心思。上次在偏殿中直陳過失時，你們不是嫌我勞而無功麼?我這回就偏要再次出師，拿回戰功來叫你們瞧瞧!他們太了解皇上的脾性了，這種既讓他自己嘗到甜頭也讓百姓和大臣吃了不少苦頭的稟性，眾人都知道，誰也沒辦法改變。

出於這種原因，朱棣要御駕親征再次出兵漠北的詔旨頒出後，意外地沒一個大臣站出來反對，大家商議好了似的三緘其口。這一次北征，朱棣將心中的火氣發到本已臣服的阿魯台身上，既然有人覺得是他戲弄了朕，朕就將他捉回來，叫你們看看，戲弄朕的人是何等的下場！

向來跨馬馳騁疆場的朱棣，頭一次坐上了車輦出征，他心中很不舒服，但像他這樣站在地上都有些頭暈目眩的境況，怎麼能坐穩馬背抓住馬韁？他不甘心，卻也無可奈何。大軍這次做好了遠征的充分準備，浩浩蕩蕩的二十萬大軍之後，追隨著比大軍更長的輜重隊伍。出動了大約有三十五萬匹騾馬，近二十萬輛糧車，還有二十多萬民夫往來奔忙著運送軍糧。但即便這樣雄壯的隊伍，進入到沙漠中時，卻突然顯得單薄，天地之間，再多的血肉軀幹也是如此渺小。

大軍走得相當緩慢，當行進到阿魯台駐地附近時，前鋒傳來消息，俘獲了幾個阿魯台的部屬，他們聲稱阿魯台得知大軍前來興師問罪，自知不是對手，已經匆忙向北遷徙，具體遷移到了什麼地方，大漠茫茫，誰也說不清楚。

校尉輕聲慢語地稟奏著，朱棣感覺渾身冰冷，預期的激戰成了泡影，戰功自然也就失去了著落。「難道又是上一回的重演麼？這樣如何回到北京？」朱棣暗自思忖著，表面不露聲色，面無表情地揮揮手叫他退下。等校尉走出了營帳，朱棣才似山崩一樣地轟然倒下，他眼前閃現出當年靖難之戰中，一幕又一幕生死激戰的場景，閃現出自己滿臉蒙上灰塵，將士們只有聽聲音才辨認出這是他們首領的場景，還有那插滿了箭矢，如同刺蝟一樣的旌旗，多麼令人神往啊！可是這一切都成了隔岸的風景，成了明日的黃花。朱棣感覺現實與夢幻交錯，他甚至忘記了自己身在何處。

滯留在茫茫大漠間倉皇迷惑時，終於有個叫人心動的消息傳來，韃靼王子也先土率領自己的部從，前來歸附大明。消息傳到中軍，朱棣長出口氣，他有種溺水後抓住根木棍的感覺。他立即命令也先土趕來覲見。結果令朱棣格外驚喜，也先土不像阿魯台那般胡人氣息十足，他更有幾分文弱的神情，談吐十分文雅而且謙卑，相比之下，朱棣則出奇地熱誠，特意賞賜給也先土旌旗旌表，並擺出一桌豐盛的御宴犒勞這位王子，雖然自己不能親自奉陪了，但筵席的隆重，仍讓也先土感動不已。

帶著這樣一個戰果，朱棣開始漫長的返回路途。但不知怎麼回事，心中沒了那揪人心弦的爭鬥，朱棣再也挺不下去地躺倒了。搖搖晃晃的車輦在沙漠草甸中艱難跋涉，似乎永遠也到不了盡頭。而朱棣卻已經意識不到這些，他混沌的頭腦裡翻檢著生命當中的一件又一件大小往事，一個又一個鮮活人物。他的世界已經開始縮小到腦海深處。

昏睡了兩三天之後，朱棣終於睜開眼睛，看看侍立在身旁的內侍，張開嘴微弱地叫道：「鄭和，鄭和，你從西洋回來了麼？」

那內侍聞言一驚，但立刻明白過來，忙湊近了輕聲說：「陛下，奴婢是黃升，鄭公公此刻或許正在西洋的某個地方為陛下播揚我大明國威呢！」

「哦，」朱棣輕嘘一口氣，仔細再看看，終於辨認清楚了，眼前這個確實是黃升，黃儼的乾兄弟，兩人身材相似，話音也差不多，「黃升，現今大軍到了何地？」

「稟皇爺，剛到翠微崗。」

「你估摸著什麼時候可到北京？」

黃升眼珠轉動兩下，彎腰說道：「皇爺，從來時的情形看，奴婢估摸著到北京恐怕得八月過半了吧？」

朱棣沉默片刻，忽然提高了聲音：「速傳朕的旨意，叫夏原吉來見朕。」

「這……」黃升一愣，旋即明白過來，爬在床榻旁囁嚅著說，「皇爺，夏尚書此刻正在北京詔獄中呢，皇爺……」

朱棣搖搖頭苦笑了：「那就召楊榮來見朕好了。」

黃升這次伶俐了許多，忙接口說：「皇爺，楊學士他，他也在北京……」

朱棣卻再笑不出來，他癡癡地盯了彎曲如天穹樣的帳頂，良久才徐徐說：「朕身邊還有誰？」

黃升不知他問的什麼意思，但也不能再猶豫，略想一下稟奏道：「皇爺，大學士金幼孜就在帳外附近，皇爺若要召見，奴婢這就去叫。」見朱棣疲憊地點一下頭，忙爬起身退出去。

金幼孜匆匆趕來時，朱棣正直眼望著吊了棉簾的帳門，秋風呼嘯著從四周旋過，聲音如同群狼長嗥，淒厲得動人心魄。看金幼孜來到近前，朱棣努力微笑了一下：「愛卿雖為大學士，倒也經常在地方官府中行走，愛卿看，朕所倡導之永樂盛世，可否還算名副其實？」

金幼孜顯然沒料到皇上見面會劈頭問起這話，但看看他枯黃的面皮和無神的雙眼，立刻也就明白了，猶豫片刻才拱腰回話：「陛下聖明，陛下自登大位以來，致力百姓生計，現今國力較洪武年間大為增強，百姓蕃息，人口大增，此等情形，有目共睹，陛下不必生疑，盡可放心將息身子。」

朱棣聽得很認真，臉上並沒什麼表情，等他小心翼翼地說完了，沉吟片刻又問：「愛卿，你看朕是什麼樣的人君？」

「陛下文韜武略蓋過秦皇漢武，舉世公認，自不待說，」金幼孜說過一番話後，逐漸緩過神來，話語流暢許多，「陛下文治武功堪稱雙絕，編修永樂大典，遠播國威於西洋諸國，親征漠北，南征北戰，為鞏固北疆，又修葺北京，將國都北遷，臣遍觀史書，能做到這些一半的，已是寥寥，堪與陛下比肩的，臣還未看到。」

朱棣忽然露出微笑，搖擺一下枯瘦的手臂：「愛卿不必再說下去，朕明白了。」

金幼孜不清楚皇上到底明白了什麼，但他趕忙住了口，垂手站在一旁。彼此沉寂片刻，朱棣忽然幽幽長歎口氣：「夏原吉和楊榮、楊士奇都是朕的忠臣，愛卿回去之後，當立即將他們釋放，朕之後人，就要靠他們來輔佐，大明江山興衰全在你們了。」

「陛下何出此言？」金幼孜似乎意識到了什麼，忙翻身跪倒，「陛下些許微疾，不必思慮這麼多，待不日還京後，一切再從容計議不遲。」

朱棣不以為然地搖手笑道：「任你使盡家中財寶，難買無常生路一條，這個道理，朕豈有不曉得的？唉，榮枯在天，生死由命，朕還是能想得開的。不過百姓們講，瓦罐兒少不得井上破，尿盆兒再刷也是臊，萬物皆有本性，朕向來自詡為馬上皇帝，能死在這營帳中，也就甚感欣慰了。」

「陛下！」金幼孜從未聽皇上如此隨和地說過話，心頭湧過一陣難以言說的感覺，張張嘴卻不知再說什麼好。

朱棣面色平靜地招手示意他平身：「愛卿，快準備紙筆，朕有幾句話要說。」好在營帳旁側御案上擺放了文房四寶，金幼孜轉身捧過來。

「朕一生馳騁，功過在心也在天，任後人評說去吧，人之將死，其言也善，朕近日將前塵後事思慮再三，深感天下百姓跟隨於朕，疲憊有加，望後繼者體恤民情，以休養生息為治國上策。北京城中被天火燒毀的三大殿，不必修復，漠北再有戰事，以守為主，切莫窮追，所有政令，當考慮百姓負荷為先。朕之殯葬，禮儀盡量從簡。大位傳於皇太子，一應不到之處，皆以太祖祖制為準。」

朱棣一口氣說這麼多，似乎有些勞累，他合上沉重的眼皮，喘幾口粗氣，轉臉盯住金幼孜，臉上流露出一絲詭秘的笑意，忽然放輕了聲音說：「愛卿，朕知你素來忠直，有句話還要交代，朕去之後，地府沉沉，未免寂寥，朕欲讓後宮中朕曾召幸過的嬪妃追隨陪伴朕一程……這個就不必記下，愛卿傳朕口諭也就是了。」

金幼孜聞言一愣，猛地抬頭，正與朱棣渾濁卻意味深長的眼光相遇，他遲疑一下，抖嘴唇答應道：「陛下放心，臣……遵旨。」

帳外風更猛了，捲起的滾滾黃沙漫天飛揚，天地之間一片蒼茫，千軍萬馬行走在茫茫荒原上，似乎永無盡頭。此刻中原大地上，大江南北百姓正忙於收穫辛苦一年的收成，鄭和也正航行在西洋盡頭的各個角落，賣力地播揚大明國威。天地盡頭響起「吾上國永樂皇帝萬歲，萬萬歲」時，朱棣已經魂魄隨風而散，飄揚在蒼茫宇宙洪荒中，所有的一切，都逐漸地成為了過去。

皇上駕崩的消息傳至北京後，京城頓時一片混亂。皇太子朱高熾派遣長子朱瞻基遠赴開平迎接靈柩，當即釋放出夏原吉等人，商議妥當後，率領文武百官在長城內居庸關下哭迎先帝。新皇即位後，將父皇朱棣和母后徐妃合葬於京郊昌平縣天壽山的長陵，尊其謚號為「體天弘道高明廣運聖武神功純仁至孝文皇帝」，廟號太宗。

當金幼孜將先帝私告自己的口諭稟奏給新登基的皇上後，新皇當然不敢違背。後宮上百妃子在哀哀哭泣中，被賞賜了一頓精美的盛宴，之後有太監過來，每人扶住一個，將她們放在張張小木床上，小木床的正上方懸好了一個個的繩套，太監幫著她們將頭伸進繩套中，一聲吆喝，拍地將床上活動的木板齊齊抽開，看著吊滿房屋的宮妃，新皇欣慰地想，這下父皇的在天之靈該不會寂寞了吧。

正如朱棣所擔心的那樣，朱高熾身子不結實，即位沒多長時間，便很快步自己後塵而駕崩了。不過，也正如他立皇太子時聽從解縉的建議所想到的，他的皇太孫此刻已經成長壯大起來，順利地接替了皇位，國號宣德，而宣德皇帝英武聰明的勁頭，也正應了他的初衷。

向來不安分的朱高煦和朱高燧在這場皇位接連交替中，覺得大好時機已經到來，便趁朱瞻基年輕並且剛即位，扯起造反大旗，一如父皇當年奪取他侄子建文皇權時的靖難之戰，歷史彷彿輪迴了一周，又開始重新演繹。然而朱高煦和朱高燧的運氣和謀略卻遠遠不比乃父，他們剛剛起事，朱瞻基便聽從大臣建議，御駕親征，打了他們一個措手不及。結果兩個叔叔很快被生擒活捉。

朱高燧再次表現出過人的機敏和應變，俯首認罪，被貶斥了事。唯有朱高煦抱著自己侄子未必敢拿自己怎麼樣的念頭，倔強地強硬到底，結果讓自己侄子罩進一口銅缸中，四周堆上柴草，在熊熊烈火中，桀驁的朱高煦化作了灰燼。

這是永樂王朝以後的事情了，歷史不會凝滯，它總在櫛風沐雨地走下去。

大地【歷史小說】系列

中國四大美女　金斯頓 著◆每本特價：199

1 西施——這位江南女子是水的精靈，罩著一個含露的霓夢。她像一道彩虹，升起在春秋的天空，洞穿了歷史漫長的幽暗，把整個時代妝扮得五彩繽紛，也把范蠡、勾踐、夫差、伍子胥、文種，這些燦若星斗的名字點綴得更加燦爛奪目。

2 她態如飛艷，鄙視賄賂昏庸與諂媚，自請遠嫁匈奴，讓青春和美麗放出異彩。她就像美的光源，一踏上大漠，整個草原便爲她燃燒，大地山川鼓動著向她致意，連天上的大雁也不敢自傲，甘心落到地上向她的美敬禮。從長安古道到大漠草原，只要有風吹過的地方，都留下她光照千古的艷影。

3 她是一道迷離的色影，閃爍在三國的刀戈烽煙裡，她是月宮仙子，皎潔、嬌艷，一塵不染。貂蟬愛英雄，也引得英雄競折腰；董卓、呂布、袁術……這些名利之徒的勾心鬥角，一次又一次讓她失望，最後，她選擇了眞正的英雄——「寶劍」。

4 她是一朵含露盛開的牡丹，一道媚魂，高華瑰麗，儀態萬方。一代雄主唐玄宗爲她癡迷，燃燒、顫慄，重歸青春，像個初戀的少年，她們迷醉在靈與肉的交融裡，，大唐帝國的舞台上，皇帝李隆基擊鼓，詩人李白塡詞，歌手李龜年奏樂，楊玉環獨自高舞《霓裳羽衣曲》。

清宮奇后—大玉兒　胡長青 著

奪嫡、爭位、科爾沁草原的美貌公主一躍成爲至高無上的皇太后，然而卻危機四伏。爲了兒子江山穩固，她不得不下嫁小叔多爾衮，又設計除去多爾衮，輔佐幼兒親政，本可以高枕無憂，永享榮華，可是兒子廢皇后，娶兄弟之妻，欲出家爲僧，令她數臨困境。她中年喪子，扶持幼孫，擒鰲拜，平三藩，經歷了人生的大榮大辱，大喜大悲，走過了曲折離奇而又成功輝煌的一生。

特價$199

晉宮妖后—賈南風　張雲風 著

『賈南風』是晉惠帝司馬衷的皇后，異常醜陋且悍且妒，根本不具備後妃最起碼的條件，竟然能瞞天過海，代妹而嫁，堂而皇之地進了皇宮，成爲太子妃……司馬衷當了皇帝，賈南風當了皇后。賈后牢牢地控制著皇帝，呼風喚雨，興風作浪，玩弄皇權於股掌，實際統治中國十一年之久，簡直不可思議。

特價$199

漢宮梟后—呂娥姁　畢寶魁 著

特價$249

漢高祖劉邦的皇后呂娥姁（呂雉），因爲丈夫當了皇帝，所以成爲皇后，進而大權在握，操縱國柄，實際統治中國達15年之久。

時勢造就英雄。同樣，世勢也造就女人。

呂后生活的時代，正是封建地主階級朝氣蓬勃的時代。新興的大秦帝國，鑄就了輝煌，也鑄就了罪惡。呂后在這輝煌和罪惡中度過童年，十五歲嫁給劉邦，當過農婦，蹲過大獄，婚姻生活頗多苦澀。劉邦起義，秦代滅亡，接著楚漢戰爭，呂后一度被項羽扣爲人質，險遭烹殺。

艱辛的磨難錘煉了呂后的意志和品格，堅強，剛毅，幹練，同時對於紛擾的世界有了清醒和深刻的認識。劉邦稱帝，她被立爲皇后。

在封建國家“家天下”的性質，以及皇后「正位宮闈，體同天王」的特殊地位，加上呂后個人的才智，決定了她能夠登上政治舞臺，一顯身手。

國家圖書館出版品預行編目資料

永樂王朝／宋福聚, 夏明亮著；
-- 一版. -- 臺北市：大地, 2005〔民94〕
冊；　公分-- （歷史小說；24）

ISBN 986-7480-14-7（上卷：平裝）
ISBN 986-7480-24-4（下卷：平裝）

857.7　　　　93014740

永樂王朝(下卷)—紫苑徊翔

歷史小說 024

作　　者：宋福聚・夏明亮

創 辦 人：姚宜瑛

發 行 人：吳錫清

主　　編：陳玟玟

封面設計：呈祥設計印刷工作室

出 版 者：大地出版社

台北市內湖區內湖路二段103巷104號

劃撥帳號：〇〇一九二五二～九

戶　　名：大地出版社

電　　話：（〇二）二六二七七七四九

傳　　真：（〇二）二六二七〇八九五

印 刷 者：普林特斯資訊有限公司

一版一刷：二〇〇五年四月

定　　價：250元

版權所有・翻印必究

E-mail：vastplai@ms45.hinet.net

Printed in Taiwan

（本書如有破損或裝訂錯誤，請寄回本社更換）